JACQUES SAUSSEY

Ne prononcez jamais leurs noms

ÉDITIONS DU TOUCAN

ISBN : 978-2-253-04485-7 – 1re publication LGF

À toutes leurs victimes…

« Des chiens aboyaient, des lumières s'allumaient. Et si quelqu'un dans mon champ de vision écartait ses rideaux pour observer, j'actionnais à nouveau le levier pour insérer une autre cartouche dans le chargeur, je visais. Un visage d'homme au centre du réticule, éclairé par une lampe de chevet, la sécurité débloquée et mon doigt sur le côté, juste au-dessus de la détente. »

David Vann, *Dernier jour sur terre*

1

24 février 2015

Au moment où le train amorça son entrée en gare, Karine Monteil posa instinctivement la main sur l'épaule de Jérémie. À huit ans à peine, son fils était d'un naturel plutôt impulsif, il était capable de se précipiter au bord du quai pour pouvoir se pencher au-dessus des voies et tirer la langue au conducteur de la motrice tout en lui faisant un pied de nez.

Au geste de résistance qu'il amorça pour se dégager, elle sentit qu'elle avait eu raison et affermit sa prise. La fin des vacances d'hiver était proche et la rentrée pointait le bout de son museau. D'ici deux jours, Jérémie aurait repris son cartable et le chemin de l'école. Elle savait qu'il angoissait déjà de se retrouver à nouveau enfermé entre quatre murs de béton, avec le tableau noir pour seul horizon, jusqu'aux prochaines vacances de Pâques qui lui paraissaient aussi éloignées que la Lune. Et tout allait être bon pour mener une vie infernale à sa mère. C'était comme ça, chaque année depuis trois ans.

Depuis que Sylvain était parti.

Pour une autre femme.

Sans enfants.

Le train s'arrêta enfin dans un bruit assourdissant. Grâce aux repères lumineux affichés sur le quai, Karine avait déjà repéré l'endroit où se situaient leur wagon et les sièges confortables qu'elle avait réservés en première classe pour eux deux. Une dépense un peu au-dessus de ses moyens, certes, mais qui allait permettre à Jérémie d'avoir un peu plus de place pour jouer pendant le long trajet qui les ramènerait à Paris.

Tandis que son fils se précipitait à l'intérieur du wagon en bousculant les voyageurs qui tentaient d'en descendre, incapable de le suivre avec sa valise à la main, Karine leva les yeux une dernière fois sur les hauteurs enneigées de la chaîne des Pyrénées qui se profilait loin au-dessus de la vallée. Le retour au travail s'annonçait difficile. Les soucis allaient lui retomber dessus dès qu'elle remettrait le pied dans son bureau. Le harcèlement de son chef, qui ne la lâchait pas d'une semelle depuis qu'il avait appris qu'elle était récemment divorcée, le salaire qui lui permettait à peine d'arriver à la fin du mois sans se retrouver à découvert, les collègues qui allaient l'assommer de leurs vacances géniales, en famille, dans une station de sports d'hiver…

Cette unique semaine qu'elle avait pu arracher à la grisaille de ce que sa vie était devenue, elle l'avait payée cher. Très cher, même, avec cette chambre d'hôtel au prix démesuré. Mais elle ne l'avait pas volée. Et Jérémie non plus. Car malgré son caractère nettement hyperactif, c'était un gosse adorable, que la fuite de son père avait encore un peu plus rapproché d'elle. Elle avait vécu avec lui cette parenthèse de farniente au soleil clément du Sud comme on prend une bonne inspiration en hissant la tête hors de l'eau, même s'il avait fait encore bien trop froid pour pouvoir espérer se baigner dans l'océan. Par chance, le temps avait tout de même été très printanier et leur avait permis de sortir chaque jour pour une longue balade, le seul vrai loisir qu'elle pouvait leur offrir. Le ski, l'équitation, la planche ou le char à voile, la plongée, tout cela était bien au-delà des possibilités de sa bourse. Jérémie avait bien tenté sa chance pour une activité ou deux, mais il avait fini par comprendre que le porte-monnaie de sa mère n'était pas sans fond et il s'était contenté de négocier deux soirées au cinéma. Le reste du temps, sous l'œil protecteur de Karine, il avait couru sur la plage et dans les dunes à en perdre haleine, ou bien il s'était allongé près d'elle pour jouer à sa console portable.

Siège 64 et 65. Elle lui avait répété les nombres au moins une dizaine de fois. Lorsqu'elle put enfin monter dans le wagon, une fois le déferlement de la horde des touristes tari, elle entreprit de hisser sa valise en haut du marchepied d'un coup de reins. Mais elle avait tellement bourré le bagage de vêtements et de bons produits du terroir qu'elle avait oublié le poids qu'il représenterait lorsque ses roulettes ne toucheraient plus le sol.

Elle allait basculer en arrière lorsque la poignée lui fut presque arrachée des doigts et qu'elle s'envola d'un seul coup dans le wagon. L'instant d'après, une main se tendit vers elle pour l'aider à monter.

Au-dessus, un visage souriant.

Jeune.

— Vous permettez ?

Le cœur de Karine manqua un battement.

Bon sang, ce type était beau comme un dieu grec.

Elle se sentit moche en lui souriant à son tour, empotée dans ses vêtements trop voyants. Les yeux verts de l'homme pétillaient de malice. Peut-être un peu trop rapprochés, à bien y regarder, mais cela lui donnait un charme indéniable. Il lui adressa une grimace éloquente. *Bon, alors vous la prenez, ma main, ou vous restez plantée comme une courge sur ce quai ?*

Karine sentit son sang s'accélérer dans ses veines lorsqu'elle posa sa paume entre les doigts tièdes de l'inconnu. Quel âge pouvait-il avoir, exactement ? Trente-cinq ? Trente-huit ? Quelques années de moins que ses quarante-cinq à elle, en tout cas, c'était sûr.

Elle crut qu'elle allait s'envoler comme sa valise, un instant plus tôt, mais le geste inattendu de son chevalier servant fut plein de retenue. Elle se retrouva debout tout contre lui en moins d'une seconde, et sans aucune secousse.

Karine cligna des paupières, enivrée par le parfum musqué qui émanait de lui. Une odeur de cuir et d'homme, mélange à la fois puissant et délicat, tout à fait à l'image de celui qui ne lui avait toujours pas lâché la main.

Les mots franchirent ses lèvres sans qu'elle l'ait décidé.

— Merci. C'est vraiment…

Sympa ? Gentil ? Elle se sentit cruche, incapable de finir sa phrase.

— Oh, ne vous en faites pas, c'est la moindre des choses…

Karine perçut une petite pointe de quelque chose qu'elle avait oublié depuis longtemps lui mordiller le ventre. Les pupilles brillantes de cet étranger, peut-être. Ou bien son corps bien découplé qu'elle devinait sous ses vêtements ajustés.

— Maman ! Maman ! Je suis là ! J'ai trouvé les numéros !

Karine tourna les yeux vers Jérémie qui sautait à pieds joints sur un siège et sourit. Elle savait que ça la mettait en valeur, que son air triste s'évanouissait dès qu'elle laissait sa fossette éclore sur sa joue. Que c'était l'un de ses avantages, comme la jolie paire de seins encore hauts et fermes qu'elle entretenait avec soin par la pratique assidue de la gymnastique dans un club de filles.

La voix de l'homme, chaude et basse, se faufila dans ses oreilles. Elle vit sa main nerveuse empoigner sa lourde valise et la décoller du sol.

— Allez-y, je vous la range.

Elle ne sut quoi répondre et rougit bêtement avant de hocher la tête. Vite. Retrouver Jérémie. Ses gestes de mère. La sécurité que la proximité de cet incroyable play-boy avait détruite en quelques instants. Elle le vit du coin de l'œil installer son bagage dans le compartiment au bout du couloir, puis il s'approcha d'elle, la démarche féline, en consultant le billet qu'il tenait à la main.

Karine ferma les yeux. Le 66. *Fasse le ciel que cet homme ait réservé le siège 66 !*

— Ah, je crois que nous allons être voisins pendant un moment encore…

La jeune femme ouvrit les paupières et se mordit les lèvres tandis qu'il se penchait pour ranger son sac à dos sous son fauteuil. Son pantalon moulait des fesses qu'elle devina parfaites dès qu'elle posa les yeux dessus.

Un corps de rêve, un sourire à la Delon et une chevelure brune en bataille indisciplinée, cet homme était un vrai top model. Il aurait pu faire la couverture d'une bonne dizaine de magazines de mode sans être ridicule.

Les regards de convoitise ou de jalousie qui convergeaient vers eux depuis la moitié des autres sièges le lui confirmèrent.

C'était une chance inespérée. Une chance qui ne se reproduirait peut-être pas de sitôt. Il fallait qu'elle dise quelque chose. Qu'elle fasse quelque chose. L'envie lui mordait le bas-ventre, à présent. Un élan de tout son corps, de toute sa féminité, de tout ce qui lui manquait terriblement depuis trois longues années.

— Pourquoi tu regardes le monsieur comme ça ?

Karine eut un violent sursaut mais n'eut pas le temps de répondre. L'homme le fit avant elle en ébouriffant les cheveux de Jérémie.

— Eh bien… C'est parce que ta maman s'est fait mal au dos, avec la valise, et qu'elle est contente que je me sois trouvé là pour l'aider. Et parfois, bonhomme, les remerciements passent par autre chose que les mots.

Karine rougit une nouvelle fois et baissa les yeux après avoir échangé un regard troublant avec l'inconnu.

— Moi, c'est Jérémie. Et maman, c'est Karine. Et toi, c'est comment ?

L'homme rit et le cœur de Karine fondit.

— Je m'appelle Damian. Ravi de faire votre connaissance, Jérémie et… Karine.

Puis il ôta son cuir, s'assit et étendit ses jambes devant lui en se glissant les mains dans les cheveux.

— Le voyage va être long. Autant prendre ses aises tout de suite, n'est-ce pas ?

Karine hocha la tête, la langue toujours soudée au palais. Un vieil homme passa entre eux, les sourcils froncés, ses yeux myopes rivés à son billet. Il paraissait chercher sa place et commençait à grommeler en sourdine contre les voyageurs et leurs bagages qui le gênaient pour avancer dans le couloir.

Karine en profita pour reprendre courage. Il allait falloir qu'elle se dépêche de changer d'attitude, qu'elle parvienne à prononcer quelques paroles intéressantes si elle voulait espérer revoir ce cadeau du ciel après l'arrivée du train à Paris. Mais, au fait, allait-il lui aussi jusque-là ?

Elle s'apprêtait à lui poser la question lorsqu'il se redressa soudain en se frappant le front, au moment même où le contrôleur annonçait le prochain départ du train.

— Bon Dieu ! Quel con ! J'ai oublié ma carte bleue dans le distributeur de billets !

Il jeta un œil inquiet à Karine. Son beau visage s'était brusquement crispé.

— J'en ai pour une minute. Vous pouvez surveiller mon sac ?

— Oui, oui, bien sûr ! Mais faites vite, le train va partir !

— Merci, je file ! À tout de suite !

L'instant d'après, il avait disparu, sa veste de cuir à la main.

Le quai était de l'autre côté des sièges de Jérémie et de sa mère. Karine regretta de ne pas pouvoir le suivre du regard pendant qu'il courait vers le hall de la gare. Quel dommage…

Et puis, une ou deux minutes plus tard, la deuxième annonce arriva. Départ imminent. Tous les accompagnateurs devaient à présent avoir quitté le train.

Karine fronça les sourcils. Quelque chose ne tournait pas rond. Elle se leva et marcha jusqu'à la porte du compartiment. Par chance, le contrôleur était en face d'elle, sur le quai, le sifflet entre les lèvres. Il s'apprêtait à souffler dedans en gonflant les joues comme Dizzy Gillespie lorsqu'elle lui fit un signe impératif de la main. Il suspendit son geste et l'interrogea du regard, les sourcils en accents circonflexes. Comme elle ne lui répondait pas assez vite, il insista.

— Eh bien quoi ? Il y a un problème, madame ?

Karine hésita. Dans son dos, le vieil homme aux cheveux gris la poussa du coude pour pouvoir repasser dans l'autre sens. Elle s'écarta d'instinct devant l'air revêche du vieillard.

— C'est... c'est mon compagnon. Il... il a oublié sa carte bleue, dans la gare. Il va revenir tout de suite !

Le contrôleur regarda ostensiblement sa montre et bomba la poitrine.

— 11 h 15. C'est l'heure. La SNCF n'est pas responsable des oublis de carte bleue.

— Mais...

— Mais elle l'est du retard des trains ! Vous voulez rembourser tous les autres voyageurs de celui qu'ils vont subir à cause de vous ?

— Mais il en a pour une minute ! *Une minute !*

Le fonctionnaire soupira avec exaspération.

— Et où a-t-il oublié cette carte ?

Karine sentit qu'elle avait une prise, quelque part dans l'esprit obtus du gros homme sévère sanglé dans son uniforme et dans sa réprobation.

— Dans le distributeur, à la gare !

Le contrôleur eut un sourire qui fit vibrer sa moustache.

— Bien essayé, madame. Veuillez reprendre votre place, s'il vous plaît. Nous partons.

— Monsieur…

Le gros homme grimpa dans le wagon et la repoussa sans douceur vers l'intérieur.

— Laissez-moi faire mon travail, je vous prie.

Il décrocha le micro d'un tableau électrique, annonça le dernier avis et se pencha par la portière avant de souffler dans son sifflet comme s'il voulait le projeter de l'autre côté de la gare. Puis il actionna la fermeture des portes qui coulissèrent en chuintant. Karine, rouge de colère, se planta devant lui et le toisa du haut de son un mètre soixante-trois.

— Mais vous êtes idiot, ou quoi ? Je vous ai dit que mon ami…

Le contrôleur leva une large paume devant elle et il éleva la voix d'un ton péremptoire.

— Surveillez votre langage, madame ! Vous parlez à un employé de la SNCF !

— Mais je m'en fous ! Je vous dis que…

— Pour être parfaitement clair, je ne sais pas qui vous attendez aussi impatiemment ni ce que vous avez en tête, mais il n'y a pas de distributeur automatique de billets dans l'enceinte de la gare. Ou pour être plus exact, il y en a un, mais il a été vandalisé il y a trois semaines, et les services techniques ne l'ont pas encore réparé. Au revoir, madame.

Le train s'ébranla lentement. Surprise par l'à-coup, Karine se retint à la cloison pour ne pas tomber en arrière.

Pas de distributeur de billets dans la gare ? Mais… Karine se retourna vers Jérémie qui s'était déjà plongé dans le jeu de sa console portable. Sur le siège 66, le vieil homme pas commode avait pris place et se mouchait bruyamment comme s'il était seul dans le wagon.

Elle s'avança vers lui comme dans un mauvais rêve. Quelque part, au fond d'elle-même, une petite flamme continuait à lui affirmer que le contrôleur s'était trompé, que le demi-dieu appelé Damian avait réussi à monter dans le train au dernier instant, qu'il traversait en ce moment même les rames une par une pour revenir auprès d'elle.

Du coin de l'œil, elle vit Jérémie qui s'énervait sur son jeu. Il ne pouvait pas rester concentré plus de vingt minutes sur cet appareil. Au bout d'une demi-heure, il avait envie de le jeter par terre et de sauter dessus à pieds joints. Karine se pencha vers l'homme aux cheveux gris.

— Monsieur ? Pardonnez-moi, mais je crois que vous vous êtes trompé de place.

Le vieillard leva un regard courroucé vers elle et lui colla son billet devant les yeux.

— Dites que je suis sénile, tant que vous y êtes !

Siège 66.

Le train prenait peu à peu de la vitesse. Les bâtiments commençaient à défiler derrière les fenêtres du wagon. Les vibrations montaient dans les jambes de Karine comme des fourmis rouges affamées. Avait-elle rêvé ? Le beau Damian n'avait-il été qu'une brève hallucination dans son existence vide d'aventures masculines ? Un fantasme ?

Non. Le contact de la peau tiède de ses doigts sur les siens avait été bien réel. Son parfum aussi. Elle l'avait encore dans les narines, comme si elle avait voulu le retenir avec l'énergie du désespoir avant qu'il disparaisse à jamais de sa vie.

À ce moment-là, Jérémie s'énervait tant sur sa console qu'il la fit tomber, juste sous le siège devant lui. Il se précipita sur le plancher pour la récupérer et se figea, soudain silencieux, les yeux braqués entre les jambes de sa mère.

Le regard de Karine suivit le sien jusque sous le fauteuil 66.

Puis il plongea dehors, sur le quai, où la silhouette immobile de Damian les observait partir, adossé au mur de la gare. Son sourire avait disparu. Il ne restait sur son visage qu'une expression d'une tristesse infinie. Au moment où il allait la perdre de vue, il agita la main, comme pour lui dire au revoir. Puis il sortit de sa poche ce qui ressemblait beaucoup à un téléphone portable un peu épais et composa un numéro sur le clavier.

Le train roulait de plus en plus vite. Il passa sur un aiguillage qui le fit tanguer comme un navire pris dans les vagues d'un chenal agité par le vent.

Les yeux écarquillés de Karine s'abaissèrent vers le plancher.

Sous le siège 66, la poignée du sac de Damian avait basculé en pleine lumière. Elle s'accroupit et le tira vers elle, et ce fut soudain comme si elle avait pu voir au travers du tissu. Comme si cette forme oblongue qui le déformait lui avait murmuré quelques mots funestes à l'oreille.

Elle eut juste le temps de prendre une profonde respiration pour pousser un hurlement.

Et puis le monde s'éteignit dans un grand éclair blanc.

2

Assis à la terrasse d'un café, non loin de la gare, un policier buvait une bière en regardant voler les mouches. C'était la troisième de la matinée. Ou la quatrième, il ne savait plus. Un jour de congé, ça s'arrose, forcément. Une semaine, ça se fête comme il se doit. Une mise à pied de quinze jours, ça nécessite de l'entraînement pour se défoncer consciencieusement la cervelle au houblon.

Cela faisait déjà trois jours qu'il avait été viré par son chef d'équipe pour ivresse en plein service. Un avertissement, lui avait-on dit. Du genre ou bien tu rentres dans le rang, ou bien tu vas voir ailleurs si tu y es.

Il y avait moins de deux mois qu'il s'était retrouvé ici, dans le trou du cul des Pyrénées, et il ne parvenait pas à s'y faire. Tout lui était étranger, tout lui montrait qu'il n'était qu'un intrus parmi les autres, qu'une mauvaise graine apportée par le vent.

Lorsque la déflagration déchira le ciel en deux, il n'eut que le temps de plonger à l'intérieur du café avant que les débris ne se mettent à tomber sur la terrasse comme des obus. Des objets non identifiés défoncèrent les vitres de la véranda, pulvérisèrent les tables et les chaises qui s'y trouvaient et enfoncèrent le toit de l'établissement à trois endroits. Par une chance inespérée, personne ne fut blessé parmi les clients qui s'étaient tous figés à leurs places au moment de l'explosion.

Un miracle.

À moitié dégrisé, l'homme sortit de l'abri dès que les chutes mortelles cessèrent de tout casser autour de lui. Il fallait qu'il aille voir ce qui s'était passé. Il serait peut-être le premier témoin sur les lieux. Le premier vivant, en tout cas. Il pourrait peut-être intervenir, sauver une vie grâce à son brevet de secouriste.

Il essaya de pousser la porte, mais elle résista, bloquée par un monceau de verre brisé. L'homme passa au travers de l'ouverture en s'aidant de ses semelles pour casser les derniers poignards acérés qui restaient coincés en travers des montants de bois.

Une fois dehors, il se mit à courir en direction du nuage épais qui s'élevait dans l'air immobile. Dans la rue, des objets calcinés, dont certains ne lui disaient rien qui vaille, jonchaient le macadam de sinistres fumerolles.

Un plan approximatif de la ville se forma dans son esprit. L'explosion s'était apparemment produite au-delà de la gare, située entre la colonne noire et lui. Une usine, comme à Toulouse ? Un accident ? *Un attentat ?*

Le policier accéléra, le cœur serré. À son arrivée à son nouveau poste, il avait eu une réunion d'information sur l'économie, l'histoire et les coutumes de la région. Il n'avait écouté que d'une oreille, ses pensées cristallisées sur le gouffre où sa vie était en train de sombrer. Il ne se souvenait pas si on lui avait mentionné qu'un établissement à risque de type Seveso[1] se trouvait dans le secteur.

Mais s'il s'agissait d'un attentat, il pouvait avoir été perpétré n'importe où. Même dans un train…

Des images sombres lui revinrent alors en mémoire tandis qu'il courait en slalomant dans la rue où toute vie s'était figée en un instant. Saint-Michel, 25 juillet 1995. Madrid, 11 mars 2004. Dans le RER parisien ou dans le train espagnol, cela avait été le même massacre. De nombreux morts, des dizaines de blessés. Des familles ravagées par la douleur, des pouvoirs publics impuissants. Des criminels insaisissables, dissimulés derrière une cagoule, qui agitaient un drapeau noir et des armes devant une caméra pour revendiquer le carnage, comme s'ils étaient fiers d'avoir brisé toutes ces vies en plein vol par leur seule volonté de déverser leur colère sur des inconnus.

Au moment où le policier arrivait à proximité de la station, il aperçut un homme, près de la sortie des voyageurs, qui tapotait avec agitation sur le clavier de son téléphone, dos tourné à la catastrophe. Le flic eut une grimace de mépris. Encore un de ces malades qui ne perdent pas une occasion de poster des vidéos sur les réseaux sociaux dès qu'ils sont témoins d'un événement dramatique. Comme s'il n'était pas plus intelligent de prévenir les pompiers que de jouer au charognard d'images.

Les voitures s'étaient soudées sur l'asphalte après l'explosion. La conscience que quelque chose de grave venait

---

1. Politique commune de sécurité des États européens mise en place à la suite du rejet accidentel de dioxine sur la commune de Seveso, en Italie, en 1976.

de se produire maintenait leurs conducteurs dans un état de paralysie hypnotique. La circulation était complètement bloquée, dans un sens comme dans l'autre. Des morceaux de ferraille tordus et calcinés jonchaient le macadam et les toits des voitures dans un silence assourdissant.

Le policier s'arrêta, hors d'haleine, les mains appuyées sur ses genoux. Il y avait bien longtemps qu'il n'avait couru à cette cadence, ni même pratiqué juste un peu d'exercice pour se maintenir en forme. Il avait pris du poids, des cernes sous les paupières, et un caractère de doberman qui le rendait aussi sympathique que la gale à tous ceux qui essayaient de se frotter à lui.

L'homme au téléphone tourna alors les yeux vers lui. Un regard de mort, figé dans sa face blême comme deux huîtres pleines d'eau sale. Le type eut un moment d'hésitation, puis il rangea d'un geste vif l'appareil dans la poche de son jean, fit demi-tour et se mit à courir vers une motocross appuyée contre un mur qu'il démarra d'un coup de kick nerveux avant d'enfiler un casque qu'il avait laissé sur le guidon.

Ce fut comme si le policier recevait une brusque décharge électrique dans la cervelle. C'est là que les bières cessèrent soudain de faire leur effet et que les réflexes du chien de chasse réussirent à percer la surface de l'hébétude. Que le flic parvint à additionner deux et deux avec une effrayante lucidité.

Il se mit à courir vers le motard avec une énergie décuplée, un sentiment d'urgence qui refoulait ses douleurs dans une petite boîte hermétique qu'il ouvrirait plus tard, quand il le pourrait.

Le type à motocross partit à fond de train sur le trottoir au beau milieu des badauds qui commençaient à peine à sortir prudemment de leurs habitations et des commerces aux vitres en miettes.

Le cri jaillit de la gorge en furie du policier alors qu'il n'était plus qu'à quelques mètres de lui.

— Ah, l'enfoiré !

Il s'arrêta le cœur battant, les poumons en feu.

Raté.

Il l'avait raté.

Il en avait désormais la certitude : c'était ce salopard qui avait fait péter une bombe quelque part.

La motocross s'éloignait à une vitesse vertigineuse vers le bout de la rue. Ah, si seulement on lui avait laissé son flingue ! Le flic jeta un regard rageur autour de lui. C'est là qu'il aperçut l'homme habillé en rouge qui essayait de sortir son scooter du magma de tôles immobilisées sur la chaussée. Un livreur de pizzas. À vue de nez, le scoot était du genre grosse cylindrée. Sur le flanc, il lut distinctement T-Max. Le flic courut vers lui, l'aida à pousser sa machine hors de la confusion des automobilistes, puis il lui colla sa carte tricolore sous la visière avant de l'éjecter de son engin.

— Réquisition officielle ! Adressez-vous au commissariat !

Une seconde plus tard, il fonçait sur le trottoir dans la direction où l'inconnu à motocross avait disparu.

Le coursier resta debout sur la route, les bras ballants, les yeux ronds. Ce flic était un vrai cinglé. Il n'avait même pas pris le temps de lui demander son casque.

Le ridicule de la situation lui sauta aux yeux dès qu'il franchit la première bordure de trottoir. Comment pouvait-il espérer rattraper une moto tout-terrain avec un scooter de pizzaïolo, même si celui-ci avait l'air d'avoir autre chose que de la mozzarella sous le guidon ? Si l'inconnu quittait la route, il allait l'enfumer en quelques secondes à peine.

Il eut la réponse moins de deux minutes plus tard, au sortir d'un virage à gauche qu'il prit penché à l'extrême, le pneu arrière à la limite du décrochage. Il eut juste le temps d'apercevoir la moto couchée en travers de la chaussée à côté d'un fourgon de couleur sombre. L'inconnu était allongé près d'elle, immobile. Les mains braquées droit devant lui.

Ce n'est que lorsqu'il tenta de redresser la course du deux-roues que le policier vit le canon de l'arme dirigé vers lui.

Et puis plus rien.

Tandis que ses yeux se fermaient sur le néant, l'engin chuta sur le macadam dans une gerbe d'étincelles et se mit à tournoyer en glissant jusqu'à venir s'encastrer sous le châssis d'une voiture en stationnement. L'homme à la moto se releva d'un bond et se rua vers le corps de son poursuivant qui avait roulé sur le bitume. Le tireur braqua à nouveau son arme sur la tête ensanglantée du blessé inconscient. Mais au moment où il allait appuyer sur la queue de détente, il arrêta soudain son geste, les pupilles fixes et dilatées. *Il fallait qu'il sache qui était ce putain d'emmerdeur.* On ne se prémunit jamais mieux contre le danger que lorsque l'on connaît son visage. Si un type comme lui l'avait repéré, un autre le pourrait aussi, plus tard, et il ne le verrait peut-être pas à temps. Il fallait qu'il comprenne comment c'était arrivé si vite, alors qu'il était certain de ne pas avoir commis d'erreur.

Il s'agenouilla pour glisser la main dans la poche intérieure de la veste imbibée du sang de sa victime, pêcha son portefeuille souillé du bout des doigts et l'ouvrit sur le trottoir. Il tira alors la carte officielle de celui qui avait failli lui causer de gros soucis et poussa un sifflement appréciateur.

Il jeta un regard de loup affamé au type inanimé qui gisait dans une flaque sombre qui s'élargissait de seconde en seconde sur le goudron.

— Un flic ! Et un capitaine, rien de moins que ça !

L'homme hésita. Ses yeux un peu trop rapprochés scrutèrent la rue encore vide et les haies hautes de thuyas qui masquaient les fenêtres des maisons riveraines. Il se décida soudain. Il rangea son arme dans la ceinture de son jean, attrapa le blessé sous les aisselles et le traîna sans ménagement jusqu'à l'arrière du véhicule. Il vérifia une dernière fois qu'il était toujours seul dans l'allée résidentielle, puis il ouvrit le hayon du fourgon et chargea le haut du corps du flic sur le plancher de tôle avec un *han* de bûcheron. Il bascula ensuite son bassin et repoussa ses jambes à l'intérieur pour pouvoir verrouiller la porte. Coup d'œil circulaire… personne en vue. Parfait. Il se recula de quelques pas, vérifia qu'il n'y avait pas de taches de sang visibles sur la carrosserie du fourgon, puis il ôta son cuir poisseux, le roula en boule et le lança à côté du corps immobile.

La moto... Il jeta un œil à la machine toujours couchée en travers de la route. Il ne pouvait pas la laisser là. Le cœur cognant entre les côtes, il prit le temps de descendre la planche qui lui avait permis de la hisser dans le fourgon, puis il poussa l'engin dans le coffre et le coucha par-dessus le flic inanimé. Il balança la planche à l'intérieur, claqua le hayon puis il sauta derrière le volant et démarra en faisant hurler les pneus sur la chaussée. Le tout ne lui avait pas pris plus de trois minutes. Par une chance extraordinaire, aucun indésirable n'avait pointé le bout de son nez dans la rue pendant ce court laps de temps.

Quelques kilomètres plus loin, il ralentit et engagea dans un chemin forestier de gravelle le fourgon des Pompes funèbres qu'il avait subtilisé la veille, et qui lui avait servi à introduire la moto en ville. Personne n'était venu se garer près de sa vieille camionnette Citroën. C'était parfait. L'endroit était invisible depuis la route, il fallait connaître le coin pour le savoir. Et sur la caillasse, il ne laisserait aucune empreinte de pneu identifiable.

Il descendit du fourgon mortuaire et ouvrit le coffre de l'utilitaire. Il commença par transférer la motocross et l'attacha debout avec des sangles, puis il déplia une couverture brodée au logo des Pompes funèbres et l'étendit sur le plancher. Autant ne pas pourrir complètement son propre véhicule si c'était possible. Il la brûlerait ensuite dans son jardin. Il approcha alors le fourgon en marche arrière et transféra le corps du flic en le faisant glisser sur la planche. Avec ça, même les plus malins de ces clébards de la brigade cynophile pourraient bien s'user la truffe sur les cailloux jusqu'à en avoir les dents qui tombent, ils ne retrouveraient jamais sa trace.

Il ramassa son cuir et abandonna le fourgon sans y mettre le feu, comme il l'avait prévu tout d'abord. Même en hiver, un incendie dans la montagne attirerait très vite les pompiers comme des mouches sur un morceau de viande. Il ne pouvait juste supposer qu'ils seraient trop occupés du côté de la gare.

Pour les traces ADN qu'il avait laissées dans le véhicule, les flics en seraient pour leurs frais. Il n'avait jamais été condamné ni fiché nulle part, n'apparaissait dans aucune affaire précédente.

L'homme sourit en écartant les lèvres. De toute façon, ce n'étaient pas eux qui allaient venir à lui, mais exactement le contraire. Et quand il l'aurait décidé, lui ! Mais cela, ils étaient loin de s'en douter…

Lorsqu'il s'engagea dans la série d'épingles à cheveux qui marquaient la sortie sud de la ville, la carte officielle qu'il avait extraite du portefeuille du policier glissa sur le Skaï du siège passager et accrocha un bref rayon de soleil. L'homme leva les yeux d'un air rêveur vers la montagne dont les roues de la camionnette attaquaient les premiers contreforts.

Il avait réussi. Son père serait fier de lui, à coup sûr. Ah, si seulement il pouvait voir ça, de là où il était…

Une idée, tout à coup, s'imposa à lui. Son Œuvre se dessinait soudain de mieux en mieux devant ses yeux, lumineuse, magnifique et effrayante à la fois. En serait-il digne ? Serait-il à la hauteur de ce que son père avait accompli avant lui ?

Il eut un bref regard vers le rétroviseur, dans lequel il aperçut le corps de l'homme inanimé qui avait roulé sur la bâche imprégnée de son propre sang, puis il sourit.

— Ne crève pas tout de suite, Daniel Magne. On a quelques trucs à faire ensemble, juste avant…

3

15 h 03
Connecting to iCloud…

Je m'appelle Damian Iturzaeta. Aujourd'hui, j'ai assassiné beaucoup de gens de sang-froid. Ils ont été les premiers. Combien de victimes, je l'ignore encore. Et je m'en moque. Ils ne seront pas les derniers. Il y en aura bientôt plus. Beaucoup plus. Il y en aura tant que les journaux n'auront pas assez d'encre pour en décrire l'horreur, que les familles n'auront pas assez de larmes pour les pleurer.

Il faut bien que quelqu'un paye pour tout ça.

Je suis né en 1982 d'un père indifférent et d'une mère si sévère que la peau de mon dos s'en souvient encore. J'ai grandi dans la peur des coups, des brimades, dans la crainte d'un Dieu si puissant qu'il pouvait m'observer à tout moment, même dans le secret de la salle de bains, même avec la lumière éteinte. Aujourd'hui, j'ai trente-deux ans, mais je crois toujours que l'œil du diable m'épie lorsque je me la secoue contre le lavabo, et l'irrépressible angoisse de la voir devenir soudain toute noire et se détacher de mon corps ne m'a pas complètement quitté.

Parce que c'est sale et que ça me vaudra la damnation quand je passerai de l'autre côté.

Quand j'en aurai fini avec tout ça.

Mon père s'appelait Eritz. Il élevait des porcs dans la montagne. Des porcs si recherchés pour la qualité de leur chair qu'on lui en commandait de partout dans la région. Un élevage si important à ses yeux qu'il n'avait jamais le temps de les poser sur moi. Je ne sais même pas s'il était au courant de mon existence. Je n'ai jamais pu le lui demander. Il est mort le jour de mes cinq ans. On l'a retrouvé ce matin-là pendu dans sa grange, près des cadavres égorgés de ses cochons.

On n'a jamais su ce qui s'était vraiment passé. Ou bien on ne me l'a pas dit. J'ai entendu parler de maladie, mais je serais incapable de dire si c'était à propos de mon père ou des cochons.

Ma mère s'appelle Arantxa. Berrigoriherratza, de son nom de jeune fille. Elle a des yeux noirs comme des grains de raisin roulés dans de la suie. Elle vit appuyée sur ses béquilles, à moitié paralysée par une attaque qui l'a privée de son autonomie deux ans après leur mariage, juste au moment de ma naissance. Le jour de mon sixième anniversaire, ma mère m'a dit que c'était arrivé par ma faute, parce que j'avais mis trop de temps à sortir de ses entrailles. À l'époque où ma grand-mère Dolores était encore vivante, c'est elle qui assurait notre subsistance, à nous trois. Mon frère Xabier était trop jeune pour travailler. Dolores était née de parents basques espagnols enfuis du pays au début des années quarante devant les exactions du franquisme. Elle savait ce que misère voulait dire.

Elle s'est occupée de nous jusqu'à sa mort, en 2001. J'avais dix-neuf ans, Xabier, vingt-quatre. Mon frère venait juste de trouver un boulot chez un grossiste en outillage à Saint-Étienne-de-Baïgorry. On n'est pas morts de faim, mais ça a été juste.

Ma mère a refusé que je l'emmène à l'enterrement de Dolores. Elle a dit que sa propre mère l'avait abandonnée. Qu'elle ne valait pas mieux qu'Eritz. Qu'elle pouvait s'en aller pourrir en enfer si elle voulait, mais qu'elle y partirait sans elle et qu'il faudrait la traîner de force jusqu'au cimetière.

Ma mère a toujours eu le sens de la famille.

Il y a deux ans, j'ai retrouvé les carnets de mon adolescence. Ce n'était pas vraiment un journal. Plus des phrases crachées sur le papier à force de haine, de colère, de toutes ces choses qui font qu'on a soudain envie de tuer quelqu'un de ses propres mains. Et puis de lui arracher la langue et de la jeter aux chiens. C'est à cette époque-là que j'ai commencé à descendre des oiseaux avec la carabine à plombs de mon père que j'avais retrouvée au grenier, et ensuite à les enterrer dans le jardin.

Pendant des années, Xabier m'a répété que je n'étais qu'une lopette dans un corps de mauviette. Que je ne valais pas mieux que le truc qu'il laissait dans la cuvette des chiottes tous les matins avant d'aller au collège. Xabier est un type... non... était un type qui ne vivait que pour me pourrir la vie devant ses copains ou devant les miens, pour le peu que je pouvais en avoir. Il n'a jamais perdu une occasion de me flanquer une gifle, de me filer un coup de poing dans les côtes, de se pointer comme un loup derrière moi et de baisser brusquement mon pantalon jusqu'aux genoux en m'appelant « petite bite ». Tout le monde trouvait ça drôle, dans la cour du lycée, même les filles.

Même ces salopes de filles.

Lorsque je réussissais quelque chose, Xabier trouvait toujours le moyen de me rabaisser, d'une façon ou d'une autre. Ce qu'il adorait, c'était le faire devant ma mère, le soir, au dîner, alors qu'elle trônait à l'autre bout de la table, une de ces saloperies de béquilles toujours à portée de main. Quand le regard sombre d'Arantxa m'écrasait comme une mouche sur le revêtement de formica, la phrase préférée de Xabier, c'était que je n'étais de toute façon qu'une sous-merde, que je n'arriverais jamais à rien. Qu'on n'arrive à rien quand on n'a pas une vraie bite d'homme, pas une quéquette de lopette-mauviette.

Xabier a toujours eu le sens de la famille.

Ce sens de l'amour a fini par germer en moi.

Ce sont eux deux qui me l'ont appris.

Clic.

Upload Completed.

4

Suisse, 15 h 30

La chienne lève la tête, les oreilles bien dressées. C'est quoi, ce bruit ? Ah, oui, le téléphone. Je l'avais oublié, celui-là. Tant pis. Rien à foutre. Je suis bien, là, vautrée au soleil comme une étoile de mer sur le sable. Le temps est rarement aussi chaud, ici. J'en profite à fond, étendue sur ma chaise longue avant que ça ne tourne à la flotte ou au vent. C'est la montagne. On n'est jamais certain que la journée va s'achever comme elle a débuté. Je commence à avoir l'habitude.

Voilà, c'est fini. On va me laisser tranquille, maintenant. Je n'attends de nouvelles de personne. Je ne veux de nouvelles de personne. Je ne donne de nouvelles à personne. Je veux qu'on me foute la paix, qu'on m'oublie pour de bon. Je ne descends dans la vallée que quand c'est vraiment nécessaire. Une fois par semaine, parfois moins. Je n'ai pas besoin de grand-chose. L'essentiel. À manger, pour Sham et pour moi, du gaz quand la bouteille de la cuisinière est presque vide, et des livres. Beaucoup de livres. Pour ne plus penser à rien d'autre. Du bois pour la cheminée, il y en a pour dix ans dans la remise. L'eau et l'électricité, je les ai enfin obtenues le mois dernier. La pose de la conduite et celle de la ligne ont été longues et laborieuses, mais ça y est. Je ne m'éclaire plus à la bougie et j'ai de l'eau chaude pour me laver. Je ne suis plus obligée d'aller au puits pour en rapporter des seaux qui pèsent une vache chacun. Avec l'argent que mon père m'a légué, je peux tenir ici jusqu'à ce que j'aie les cheveux gris. Facile. Et les voisins ne risquent pas de venir me casser les pieds. Ils sont soit morts, soit trop loin pour me gêner.

Ça y est. Ça recommence. Foutu téléphone. Foutu cordon ombilical. Pourquoi n'ai-je pas balancé ce maudit portable dans une poubelle, depuis le temps que je suis ici ? Une dernière mesure de sécurité, peut-être. Si jamais je me blesse, que j'ai un gros problème avec le bébé et que je ne peux plus me déplacer ni prévenir personne autrement. Mais qu'est-ce qu'il me veut, cet emmerdeur, à la fin ? Je ne t'ai rien demandé, moi ! Laisse-moi seule avec ma…

— Fait chier !

Je me lève d'un coup, traverse la terrasse de planches d'un pas de hallebardier et ouvre la porte du chalet à la volée. Où est passé ce truc ? C'est malin : voilà qu'il s'est tu, maintenant !

Pas pour longtemps. Il se remet à sonner, péremptoire, en équilibre sur le bord d'une étagère de la bibliothèque en chêne que j'ai fait installer cet été, après l'incendie qui a ravagé la moitié du chalet. Je m'arrête au milieu de la pièce, le regard posé sur ce bout de plastique et d'électronique qui est le seul objet qui me relie encore au monde extérieur. C'est une mauvaise nouvelle. Je le sais déjà. Je le sens au plus profond de moi, comme si les ondes n'avaient pas besoin de l'appareil lui-même pour me l'annoncer. J'hésite. Si je décroche, je vais ouvrir une porte sur quelque chose qui ne va pas me plaire. Le téléphone se tait à nouveau. Je l'observe du coin de l'œil. Sa lumière ne s'est pas éteinte. L'appel est en suspens, quelque part dans l'éther, matérialisé par un nom qui s'affiche encore sur l'écran. Je m'approche. Tends le cou.

Henri.

Il se remet à sonner quand j'appuie sur la touche verte.

— Lisa ?

— Oui. Salut, Henri.

— Ah, ça fait du bien d'entendre le son de ta voix, jeune fille…

Je souris. Jeune fille, il en fait peut-être un peu trop, là.

— Moi aussi, ça me fait plaisir, Henri.

Peut-être sent-il que je lui mens. Il se tait, respire au bout du fil comme un amant timide. Je perçois son souffle tendu, il doit gratter sa fine moustache filasse qui ressemble à un vieux pinceau mouillé jauni par le tabac. Quelle heure est-il, au fait ? Je lève mon poignet devant la lumière faible projetée par la petite fenêtre nord. Seize heures. Henri doit être au travail. De toute façon, Henri est *toujours* au travail. Ce type n'arrête jamais de réfléchir aux affaires sur lesquelles il est greffé. C'est plus fort que lui. Ça lui ronge la cervelle en permanence. Il doit même en rêver la nuit, quand il arrive à dormir, entre deux clopes et une insomnie. Henri a le métier dans le sang. Un flic à l'instinct aussi développé que ça, je n'en ai encore jamais rencontré d'autre depuis que je suis dans la police. À part peut-être…

Le temps s'étire entre nous dans le silence. De l'eau a coulé sous les ponts, depuis la dernière fois que je l'ai vu. Mon ventre a grossi, j'ai pris un peu de poids, mes seins ont gonflé. Ils se préparent gentiment à l'événement. À la naissance de mon fils, prévue dans un peu plus de trois mois. Ni Henri ni personne au commissariat ne le sait. Ni même au 36, où son père doit passer ses nuits à regretter de s'être servi de l'innocence d'un handicapé pour tenter de se rapprocher de moi[1]. Le commandant Picaud a refusé ma démission. Je suis actuellement en « disponibilité provisoire ». Je ne sais pas le sens qu'il donne à ces mots-là. Je m'en fous. Je n'ai pas l'intention de revenir là-bas, de toute façon. Je lui ai filé ma dem', il peut en faire ce qu'il veut.

— Lisa…

— Je t'écoute, Henri.

Il va me parler de Daniel. Ça ne peut pas être pour une autre raison qu'il a décroché son téléphone. Il va essayer de m'amadouer, de me prendre par les sentiments, de me faire revenir sur ma décision, de me demander de réintégrer les rangs de la Criminelle. Je t'aime bien, Henri, mais tu peux toujours courir. Celui qui m'obligera à faire ça n'est pas encore né, je te le garantis. Ça m'a fait trop mal d'apprendre que tout le monde, à la Crime et au commissariat, travaillait sur l'affaire de l'assassinat de mon père sans m'en avoir touché un seul mot. Que Daniel m'avait tenu à l'écart de cette abomination jusqu'à ce que tout lui pète à la figure.

— Lisa, c'est à propos de Daniel…

Je ferme les yeux, respire un grand coup. Je ne t'en veux pas, Henri, mais cette conversation va s'arrêter là. Je n'ai pas l'intention de me fâcher contre toi, mais tout cela n'ira pas plus loin.

---

1. Lire *La Pieuvre.*

— Écoute, Henri. Que les choses soient claires : je ne…

— Il a disparu.

Mes oreilles sifflent, tout à coup. Ma vue se brouille, tout se met à tourner autour de moi. Je m'appuie à la bibliothèque qui vacille sous mon poids.

— *Disparu ?* C'est quoi, cette connerie ?

Henri doit être en train de lever l'autre main devant le combiné, comme pour apaiser ma voix que je sens mordante au-delà du nécessaire.

— Il a été enlevé ce matin. Il est blessé. On ne sait pas si c'est grave ou pas.

Mon cœur pique un sprint malgré moi. *Enlevé ? Blessé ?*

— Mais qu'est-ce que tu me racontes ? On kidnappe les flics à Paris, maintenant ?

Ma réflexion me semble idiote dès que je la prononce. On bute même des dessinateurs et des journalistes à la kalachnikov, à Paris, aujourd'hui, en plein XXIe siècle. L'obscurantisme ne connaît plus aucune limite. En France, de nos jours, il ne fait pas bon porter haut et fort les valeurs de courage et de liberté de la République quand on caricature un barbu à turban. Ou bien alors il faut que ce soit sur une croix. C'est beaucoup moins dangereux.

Henri tousse une demi-douzaine de cigarettes. Ce truc finira par le tuer, un jour, lui aussi. Comme ce cancer que la société, par idéalisme ou par peur de regarder la menace en face, a laissé s'implanter au plus profond de sa chair, au sein même de la matrice où elle s'est construite.

— Ça ne s'est pas passé à Paris. Daniel est parti depuis deux mois dans les Pyrénées.

— Dans les Pyrénées ? Mais…

Mais qu'est-ce qu'il est allé foutre là-bas ? Et le 36 ? Il a laissé tomber ? Impossible. Il m'avait tellement dit qu'il en rêvait de faire partie de la Crime. Il n'a pas pu abandonner comme ça. À moins que l'IGPN lui ait causé tellement de soucis qu'il ait fini par jeter l'éponge.

— C'est lui qui a demandé à être affecté à ce poste-là. Picaud a été obligé d'accepter. Il avait la hiérarchie aux fesses, qui réclamait des têtes à planter sur des piques. Le capitaine a préféré qu'on coupe la sienne plutôt que voir ses hommes se faire lyncher à sa place.

Le silence retombe entre nous. Le visage de Daniel me monte aux yeux, déborde en larmes amères que je laisse rouler sur mes joues. La chienne se faufile contre mes jambes et plante sa truffe humide sur mon bras qui tient le canapé. Je vacille, m'affale dedans. Sham vient se coucher entre mes pieds, pose sa gueule sur ma cuisse. Heureusement que je t'ai, toi.

— Lisa…

— Qu'est-ce qui s'est passé ?

C'est sorti malgré moi.

Blessé. Enlevé.

Comment ne pas me sentir concernée par ce qui lui arrive, aujourd'hui ?

Je baisse les yeux sur mon ventre.

Que penserais-tu de moi, mon bébé, si je laissais tomber ton père comme lui m'a trahie ?

5

Alors c'est ça, le couloir sombre avec la lumière blanche tout au bout ? Pas de quoi fouetter un chat, entre nous. Pas de grandes orgues jouées par des angelots, pas de ricanements de petits démons avec des fourches enflammées, c'est neutre comme l'entrée d'une station de métro, quoique plus vaste. Ça résonne sous mes pas comme si je marchais sur du marbre, mais ça craque aussi comme si j'écrasais des amas de feuilles mortes. Ou des os. De tout petits os de squelettes d'oiseaux complètement secs qui seraient restés là depuis des siècles. En dehors de ça, pas un bruit. Pas d'odeur. Le tunnel est exempt de vie à un point que je n'aurais jamais pu imaginer. Pas une chauve-souris, pas un insecte, pas une trace sur le mur lisse et rond comme une fesse de bébé. Juste cette lumière qui pulse, qui pulse, qui pulse… Un cœur. Oui, c'est ça. Un cœur dans la nuit. Ou un phare, pour que je sache de quel côté me diriger. Qu'est-ce que j'en sais, après tout ? Et puis quelle importance ?

Je sais où je suis, et il n'y a que ça qui compte. J'en ai tellement entendu parler, depuis toutes ces années à côtoyer les toubibs, les légistes, et certains types qui sortaient de l'hôpital avec une tête de déterré vivant.

Je suis aux portes de la Mort.

Je me souviens de l'explosion. De la panique dans le café. Des vitres brisées qui volent au-dessus des tables sous lesquelles tout le monde a trouvé refuge. Je me souviens de l'homme au regard de cadavre, près de la gare, qui s'est enfui à moto. Je me souviens du coursier, ce gros mec qui m'a laissé partir avec son scooter comme si j'étais un copain. Il n'a même pas esquissé un geste pour m'en empêcher. Je me souviens du vent dans mes cheveux, de la machine qui hurlait entre mes jambes. Mais ensuite, plus rien. Je ne me souviens de rien. Le trou noir. Un accident ? Autre chose ? Je ne sais pas comment c'est arrivé, mais je crois que je me suis fait baiser en beauté.

Je m'arrête de marcher. Après tout, c'est à toi de venir me chercher, ma grande copine la Faucheuse. Je ne vais pas faire le boulot à ta place, quand même. Depuis le temps qu'on se fréquente, toi et moi, hein… Je dis marcher, mais je ne vois ni mes bras ni mes jambes. Ni mon corps, non plus. C'est curieux, je ne sais même pas si je suis habillé. Je n'ai ni chaud, ni froid, ni faim, ni soif. Je suis un fantôme, quoi. Une brume de particules qui sont encore moi sans plus l'être tout à fait. Je suis mort.

Je suis mort.

Des images filent dans ma tête à toute allure. Moi bébé, moi gamin, moi ado, moi adulte. *Moi, moi, moi... il n'y a que moi qui compte, bordel ?* Ah, c'est mieux. Voilà ma mère, mon père, morts tous les deux depuis longtemps, rongés par la même maladie stupide, celle dont on prononce le nom seulement à voix basse, des fois qu'elle aurait l'idée saugrenue de vous sauter dessus pendant que vous avez la bouche ouverte. Tiens, voilà Rafik, mon vieux pote Rafik. Il a à peine le temps de me faire un signe de la main qu'il disparaît, avalé par d'autres images. Des vivants, cette fois. Henri, Picaud, Martial, Estier. Des collègues, des amis aussi. Et puis… et puis… et puis il y a Lisa, qui est belle comme un soleil… Jacques Brel chante à tue-tête dans les oreilles que je n'ai plus. Sa voix rauque brûle mon cerveau éteint de sa flamme éternelle. Ah, Grand Jacques, comme je t'aimais, toi aussi… Lisa… Lisa… Mon inaccessible étoile… Son visage est flou. Je sais que c'est elle, pourtant. Elle a une position étrange, cambrée, les mains sur les hanches. Je la vois en contre-jour. Elle a un peu grossi, ces derniers temps, on dirait. Il y a des mois que je n'ai pas entendu le son de sa voix. Elle est partie en Suisse, j'en suis sûr. Elle est retournée dans le cocon que son père avait créé, dans la seule demeure où elle se sent à l'abri. Elle ne peut pas être ailleurs. Je l'ai cherchée partout. Et puis j'ai compris. J'ai compris qu'elle ne voulait pas que je vienne, qu'elle ne voulait pas que je la revoie. Qu'elle ne voulait plus vivre avec moi. Notre amour n'a pas survécu à cette boue. À tout ce que cette affaire a drainé derrière elle. Quand l'IGPN a fini par me lâcher, ce soir-là, elle avait quitté l'appartement en emportant toutes ses affaires avec elle. Elle n'a pas mis plus de deux heures pour s'en aller. Il s'en est fallu de peu, mais je suis rentré trop tard à la maison. Elle avait déjà mis les voiles. L'image de Lisa devient plus éthérée, plus transparente. Ses mains sont posées sur son ventre. Des perles de lumière glissent sur ses joues. Elle ne les essuie pas. Elles la rongent. Ces larmes sont de ma faute. Je le sens tout au fond de moi. Elles sont mon absence. Je lui manque. Comme elle me manque. Mais c'est trop tard, à présent. Trop tard. Elle apprendra ma mort dans les journaux, dans quelques jours. Ou bien

Picaud lui téléphonera. Elle viendra sûrement à mon enterrement, jeter quelques fleurs sur mon cercueil. En mémoire du passé. En mémoire de notre amour que j'ai gâché comme un con. Et puis merde. Autant abréger. Je ne peux plus rien faire d'autre que d'avancer vers cette lumière et me laisser avaler tout entier. Je préfère en finir tout de suite. Je reprends la marche vers le phare qui m'appelle à chaque pulsation. *Viens... Viens...* Les petits os d'oiseaux ont disparu. Ils ont été remplacés par de la mousse ou de la pelouse, je n'y vois rien en dessous. Ça ne fait plus aucun bruit. À cet endroit, le couloir s'évase peu à peu, on dirait. Les parois s'éloignent. La lumière est plus intense. Je m'approche. Voilà, j'arrive. L'image de Lisa m'a suivi. Elle vole au-dessus du sol comme un papillon éthéré. Elle glisse en silence et vient se placer entre la source lumineuse et moi. Sa main est toujours posée sur son ventre. À travers la soie de son corps, j'aperçois son cœur qui bat à l'unisson du mien, suspendu dans un réseau dense de lianes écarlates. Elle pense à moi. Sa main quitte alors son ventre pour essuyer une nouvelle larme.

C'est là que je le vois, lui aussi, plus bas que le premier.

Le deuxième cœur.

Tout petit.

Qui bat doucement.

Autour, une forme minuscule enroulée sur elle-même.

Oh, mon Dieu...

6

Connecting to iCloud…

Lorsque je suis enfin sorti avec une fille, j'avais dix-sept ans. C'était deux semaines avant Noël. Elle s'appelait Lorraine. Elle avait des nichons comme des grosses poires bien fermes qui me faisaient loucher depuis que je l'avais aperçue en juillet en maillot de bain à la piscine. En fait, c'est elle qui m'a approché. Je n'en revenais pas. C'était la plus belle fille du lycée. Tous les mecs me regardaient avec un drôle d'air. Je les avais tous coiffés au poteau. Moi, le type le plus coincé du bahut !

J'étais si fier que je ne les ai pas vus sourire dans mon dos.

Deux jours plus tard, un soir où ses parents étaient allés au cinéma, elle m'a invité à venir chez elle et on s'est enfermés dans sa chambre. Elle s'est foutue à poil dès que j'ai commencé à lui tripoter les nibards. J'en suis resté complètement tétanisé. C'est elle qui a pris ma main et l'a fait glisser jusqu'à sa chatte. Elle a ouvert mes doigts et a forcé mon médius entre ses lèvres humides. Elle couinait tellement fort que je me suis demandé si c'était ce bruit-là que mon père entendait tous les matins en allant ouvrir la porte de la porcherie.

C'est quand elle m'a demandé d'ôter mon slip que ça s'est gâté. Je sentais que quelque chose n'allait pas. Que je n'étais pas dans la meilleure condition possible pour le faire. Elle a insisté. J'ai dit non. J'ai lâché ses mamelles qui me dégoûtaient soudain et je me suis relevé, le cœur en perdition. La sueur a commencé à me couler dans le dos, sur les reins. Elle avait un regard qui flamboyait de colère. Elle est sortie du lit, droite comme une épée de vengeance, et elle est venue se coller devant moi, ses tétons dardés comme des balles de carabine contre ma poitrine maigre. Son visage n'était plus qu'un masque de fureur.

— Eh ben quoi ? Je te plais plus ? T'as pas envie de baiser ?

Muet de terreur, j'ai fait un pas en arrière vers mes fringues.

— Tu bandes pas, c'est ça ?

J'ai ramassé mon pantalon, enfilé une jambe dedans. Elle en a profité pour glisser sa main entre mes cuisses.

— C'est ça ! Tu bandes pas ! Et en plus c'est vrai que t'en as une toute petite ! Ah, il a bien raison, ton frère ! T'es vraiment nul, comme mec !

J'ai arraché ses doigts de mon sexe et j'ai enfilé la deuxième jambe dans mon jean. Je sentais la peau de mes joues qui avait rougi si fort que j'ai cru qu'elle allait se décoller toute seule.

Je suis sorti de chez elle sous une pluie d'insultes. Il y avait même des mots dont je n'étais pas certain de bien saisir le sens. Je suis rentré chez moi en rasant les murs, le nez baissé sur mes baskets. Quand je me suis retrouvé seul dans ma chambre, j'ai arraché mes habits de ce corps que je déteste et me suis branlé tout seul devant la glace de mon armoire, les yeux bien ouverts, le médius gauche encore enfoncé dans la chaleur moite de Lorraine. Cette fois, mon pénis était si dur que j'ai cru qu'il allait éclater. Je me suis tellement astiqué que j'ai eu mal pendant trois jours. J'ai joui dans mes mains en pleurant de honte et de rage mélangées.

Mais c'est le lendemain matin que j'ai le plus souffert.

Quand je suis arrivé au lycée.

Après Lorraine.

Tous ses copains étaient morts de rire. J'entendais une espèce de murmure flotter au-dessus de ces visages hilares. Leurs regards moqueurs se sont enfoncés au plus profond de mon âme. Au milieu d'eux, Lorraine était resplendissante de noirceur. Ses yeux sombres étaient posés sur moi comme si elle observait un cafard à travers la paroi d'un bocal. Un cafard sur lequel on viendrait juste de verser une belle goutte d'acide chlorhydrique.

« Damian, p'tite bite et bande mou, Damian, p'tite bite et bande mou, Damian p'tite bite… »

C'est à ce moment-là que mon frère est arrivé dans sa bagnole et qu'il l'a garée juste devant le portail du lycée. Il a klaxonné et tout le monde s'est tu. Lorraine s'est avancée vers moi. Elle s'est appuyée sur mon épaule, a passé sa main sous sa jupe et a fait glisser sa culotte blanche sur ses jambes nues. Puis elle s'est tournée vers mon visage cramoisi, l'a levée devant mon nez et l'a laissée tomber par terre.

Elle a franchi le portail au moment même où la sonnerie d'appel retentissait.

La portière a claqué.

Elle m'a regardé et m'a souri.

Un sourire d'assassin.

Derrière ses épaules, mon frère m'a fait un doigt d'honneur.

Et puis ils se sont tirés.

Le murmure, derrière moi, s'est transformé en éclat de rire général au milieu des hurlements des pneus.

Un mois plus tard, Lorraine n'est pas rentrée chez elle après les cours.

On ne l'a jamais retrouvée.

On n'est pas près de la retrouver, moi je vous le dis.

Clic.

Upload Completed.

7

Genève, 25 février, 6 h 14

Le train démarre dans un bruit de ferraille qui me fait grincer des dents. Je n'ai plus l'habitude de ce genre de truc, dans ma retraite habitée de silence. Dans le coin du compartiment, une passagère me jette un regard de connivence. La grande fraternité des femmes enceintes. *Je suis déjà passée par là. Vous allez voir, c'est merveilleux.* Je détourne les yeux. Je n'ai pas envie qu'on me dise que c'est merveilleux. Je n'ai pas envie qu'on me dise que je vais vivre des moments extraordinaires. Si j'avais le choix, je remonterais le temps pour que cet enfant n'ait jamais eu l'occasion de germer dans mon ventre. Je ne serai pas une bonne mère. Je ne suis pas faite pour ça, finalement. Que vais-je lui offrir d'autre que ma solitude, que le goût acide que la vie me laisse dans la bouche depuis que j'ai quitté son père ?

Un homme essoufflé monte dans la rame à la station suivante. La quarantaine bien frappée, petit ventre mou, costume froissé et attaché-case plein comme un œuf, il jette sa sacoche sur l'étagère à bagages et s'affale sur le siège qui couine sous son poids. Ça sent à plein nez le commercial qui a fini sa tournée et qui rentre au bercail retrouver bobonne après une semaine de dur labeur. Son regard erre entre nous deux, glisse sur mon ventre, puis revient à l'autre femme, qu'il se met à inspecter sans vergogne du haut jusqu'en bas en s'attardant sur ses rondeurs. Le genre de type à qui j'ai instinctivement envie de crever les yeux dès que je vois un sourire de prédateur effleurer ses lèvres. Il croise les jambes et touche celle de ma voisine qui se replie dans son coin comme un escargot effarouché. Puis il ouvre un journal rempli de photos de footballeurs aux doigts en V qui ont l'air d'avoir gagné une guerre et se plonge dedans avec les sourcils froncés. Tant mieux. Pendant qu'il va se mettre au courant des dernières actualités primordiales de ce monde, il va nous foutre la paix.

La femme a sorti un livre de son sac pour se donner une contenance. Elle hésite. Elle n'a pas envie de lire, mais ça lui permettra de nous oublier, tous les deux. Finalement, elle le pose sur ses genoux et branche un lecteur MP3 dont elle enfonce les écouteurs dans ses oreilles avant de se replonger dedans. Pas bête. Le barrage sera plus efficace contre le gêneur, au cas où.

Libérée de mes deux compagnons de voyage, je retourne à mes cogitations. Ma main est revenue se poser sur mon ballon de foot à moi, celui qui commence à remuer de temps en temps dans ma chair pour me dire qu'il existe, que je ne dois pas l'oublier. Celui qui est devenu malgré moi le centre de mon univers.

Puisque je ne fréquente personne, au village, j'ai confié Sham à un chenil tenu par une vieille dame seule, comme moi, dont j'ai trouvé l'adresse dans le journal du coin. Enfin, en fait de chenil, c'est plutôt un hôtel canin trois étoiles. Les chiens y sont en liberté dans le jardin, qu'ils transforment allègrement en réplique miniature de

Verdun à force de courir dans tous les sens et de creuser pour chercher des souris ou pour y planquer des os. La seule condition pour qu'un animal y soit accepté, c'est qu'il doit être immédiatement adopté par les autres. Avec le caractère joueur de Sham, ça n'a pas fait un pli. J'ai vu au sourire satisfait de la propriétaire de l'établissement que ma protégée était désormais en sécurité chez elle jusqu'à ce que je revienne. J'ai profité du moment où Sham faisait la folle avec un cocker blond comme les blés pour me sauver en catimini, honteuse et soulagée à la fois.

Tout cela m'a pris toute la fin de l'après-midi, hier. Quand j'ai téléphoné à la gare, il n'y avait plus aucune place libre dans les trains du soir. J'ai eu beau tempêter autant que je le pouvais, j'ai dû attendre l'un des premiers de la matinée.

Mes pensées ressassent inlassablement les paroles inquiétantes d'Henri. Daniel est blessé. On en a la preuve. Mais *quelle* preuve ? Ça, il ne me l'a pas dit. Et c'est bien ce qui m'effraie le plus.

Mon bébé bouge encore. Je sens qu'il se tourne dans sa grotte. Ses pieds s'agitent et tapent contre la paroi qui l'emprisonne et les empêche de se déployer. On dirait qu'il comprend mon inquiétude, qu'elle se transmet à lui par mes nerfs, comme s'il était branché sur ma propre longueur d'onde. Le train finit par le bercer, petit à petit, et il cesse de gigoter.

Dehors, les cimes enneigées laissent peu à peu la place à des collines pelées par la glace fondue. Le printemps met du temps à s'installer, par ici. Il faudra attendre au moins fin avril. La Nature va exploser d'un coup, se ruer vers la floraison avant que l'hiver ne fige à nouveau les jours dans un blanc de suaire. Ça convient parfaitement à mon humeur. Ces derniers mois, je suis devenue une ourse en hibernation sociale. J'ai eu ce que j'ai voulu, à ce moment-là, mais ça ne me suffit plus, aujourd'hui. Il faut que je sache ce qui s'est passé. Il faut que Daniel revienne.

Il faut que Daniel *me* revienne.

L'homme plie son journal et sort un doigt de son nez qu'il essuie distraitement sous son siège. Il surprend alors mon regard méprisant et suspend son geste, mais trop tard. Je t'ai vu, Ducon. Du coup, il se tourne vers la vitre et fait semblant de se plonger dans la contemplation du panorama.

Le train file sur sa lancée, nous ne serons plus dérangés jusqu'à Paris. J'ôte mes chaussures et allonge mes jambes lourdes sur le velours vide en face de moi, puis j'étends mon manteau par-dessus mes cuisses pour éviter d'être salie par le regard poisseux de ce pourceau que je vois se refléter dans le carreau.

Je ferme les paupières pour tenter de m'enfoncer dans le sommeil, mais il se refuse à moi comme un amant évanescent. Plus je l'approche, plus il s'évapore entre mes doigts. Il ne me reste bientôt plus que l'angoisse, que mon cœur qui martèle son nom à l'unisson des cahots du train.

Da-Niel... Da-Niel... Da-Niel...

8

La lumière vibre de plus en plus fort. Elle est devenue tellement aveuglante que je n'y vois presque plus rien. Les murs du tunnel ont disparu dans un éblouissement insoutenable. L'image de Lisa s'est dissoute dans la brûlure, mais je la perçois encore au fond de moi.

Un bébé.

Lisa est enceinte.

De moi ? Je calcule, le cœur battant. Ça fait combien de temps que je ne l'ai pas vue ? Trois, quatre mois ? Je ne sais plus. Je ne sais pas depuis quand j'erre comme une âme perdue dans ce couloir funèbre. Peut-être des semaines, des années. Le temps n'existe pas pour les morts. Il s'évapore. S'étire à l'infini. Devient aussi vide de sens que la faim et la soif.

Je ne bouge plus. J'essaye éperdument de faire revenir l'image de Lisa qui est partie en fumée. Je ne fais plus un geste, mais je sens que je glisse malgré moi vers le néant qui m'attend. Comme si la mousse s'était transformée en un tapis de petites roulettes silencieuses sous mes pieds.

Non. *Non !* Je ne veux pas que ça s'arrête. Je veux savoir. *Savoir*... Voir cet enfant. Le toucher. Glisser mes mains sur son corps potelé, sentir sur mon visage son haleine de lait et de miel.

Lisa… je regrette tellement tout ce qui a déchiré notre vie en deux. Je te demande pardon. J'ai été le roi des cons.

Cette mutation à Hendaye, c'est moi qui l'ai voulue. C'est moi qui ai insisté pour prendre cette place laissée vide par la mort soudaine d'un officier que je ne connais pas, et dont les collègues ont perçu mon arrivée dans leur service comme celle d'un chien plein de puces sur un lit tout propre.

Je n'ai pas pu dénicher un poste plus loin de la Suisse, où je suis certain que tu as trouvé refuge. C'était impossible que tu tombes sur moi, dans ce coin paumé. Ni que tu entendes parler de moi. Je t'ai laissé toute la latitude pour revenir au 36, là où tu devrais être aujourd'hui si je n'avais pas merdé. J'aurais voulu que tu le saches avant que je finisse ici, comme un détritus poussé par le vent dans le caniveau. Quand tu l'apprendras, il sera déjà bien trop tard. Je n'aurai pas l'occasion de revoir un sourire sur ton visage.

La lumière proteste. Elle me réclame à grands geysers de feu qui jaillissent tout autour de moi. Je plante mes pieds de fumée dans la mousse sans le moindre résultat. Je glisse toujours vers elle, entraîné comme par une bonde d'évacuation. J'étends mes bras virtuels le plus loin possible pour me raccrocher à la paroi qui s'est évanouie.

Je me resserre alors sur moi-même. Me contracte autant que je peux. Deviens pierre, rocher, montagne, continent. Je me verrouille au bord du précipice.

Pourtant, je ne peux m'empêcher de jeter un œil dans le gouffre qui s'est ouvert juste devant moi dans le tunnel qui se fissure. Un trou sans fond, duquel surgissent des odeurs âcres de soufre et des cris de terreur. Le vide me donne le vertige. Issue des abysses, une spirale noire déploie ses anneaux de suie qui montent vers moi pour s'enrouler autour de mon corps épuisé.

Si j'abandonne, je ne tiendrai jamais notre enfant dans mes bras.

Je deviens planète, soleil, galaxie, univers.

Je me fige et me disperse en même temps.

Je ne bougerai pas.

Non. Tu ne m'auras pas.

Tu ne m'auras pas.

Tu ne m'auras pas...

9

Connecting to iCloud…

Durant toutes ces années, je n'ai eu qu'un seul ami. Son vrai nom, c'était Xan Urreta, mais il se faisait appeler Patxi, comme le chef historique d'Iparretarrak, son héros absolu. Il ne voulait jamais qu'on prononce celui que ses parents lui avaient donné. S'il n'avait pas été coincé dans un fauteuil roulant, je crois qu'il aurait été capable de casser la gueule à celui qui n'aurait pas respecté sa consigne, quel qu'il fût.

Mais il n'en a jamais eu besoin. Tout le monde avait pitié de lui. Et ça, c'était ce qui lui foutait le plus les boules.

Sa maladie porte un nom que je n'ai jamais oublié. La myopathie de Duchenne. Une saloperie qui provoque la dégénérescence progressive de tous les muscles du corps. Jusqu'à ce que l'on se retrouve comme une limace inerte, baveuse et parfaitement consciente. Un cauchemar que personne ne voudrait souhaiter à qui que ce soit, même à son pire ennemi.

C'est tombé sur Patxi l'année de ses quinze ans. Il était fatigué depuis un moment. Un matin, ses jambes ont refusé de le soutenir. Il s'est écrasé comme une bouse contre la table du petit déjeuner en renversant son chocolat bouillant sur les cuisses de sa petite sœur. C'est du moins ce qu'il a expliqué quand il est revenu en classe, trois semaines plus tard, dans son fauteuil roulant flambant neuf. Mais je sais qu'il a seulement cherché à nous faire rire, histoire de ne plus voir dans nos yeux la gêne que ses roues brillantes avaient fait naître dans nos cœurs. Parce que nous avions tous compris qu'il allait y moisir pour le restant de ses jours.

Ses rats de copains n'ont pas tardé à quitter son navire. Un par un, je les ai vus s'éloigner de lui. Imperceptiblement d'abord, puis de plus en plus vite. Au début, tout le monde avait voulu être celui qui pousserait son fauteuil dans les couloirs. Et puis le jeu a lassé. Des mains ont commencé à se lever devant des lèvres pour masquer des sourires, des coudes se sont enfoncés dans des flancs, des dos se sont tournés pour que les regards de leurs propriétaires se dirigent vers d'autres horizons, bien au-dessus des épaules sur roulettes de Patxi, là où les filles ont deux jambes et savent les remuer pour danser.

Entre autres.

Je ne l'ai pas su tout de suite – il s'est bien gardé de nous parler de ça à ce moment-là –, mais Patxi était devenu impuissant. Sa paralysie musculaire était une vraie saloperie bien sélective. Elle avait frappé là où ça faisait le plus mal. Parce que si Patxi avait connu, lui aussi, les joies de la branlette, il ne l'avait jamais fait avec une fille, lui non plus. Et il savait que désormais, il pouvait toujours se la mettre sur l'oreille. C'était trop tard. C'était fini. Il ne pourrait plus jamais bander de toute sa vie.

C'est peut-être ça qui nous a rapprochés, au début. Ce puissant sentiment commun que nous n'étions ni l'un ni l'autre adaptés à ce monde sournois où l'on n'a pas le droit d'être différent. Où une fille est un ennemi mortel à détruire coûte que coûte. Surtout si elle nous croise avec un sourire narquois accroché à son visage d'ange du mal.

Patxi était très philosophe. Intelligent, aussi. Il a pris du recul avec une rapidité impressionnante. C'est lui qui m'a conseillé de me mettre à la musculation pour me débarrasser de ce corps trop maigre et dégingandé comme celui d'un héron. Et comme je ne pouvais pas m'inscrire dans la salle de sport près de chez moi, au risque de donner à mon frère une nouvelle occasion de me faire redevenir la risée du lycée, j'ai commencé à courir dans les bois.

Seul.

La nuit.

Un short, un tee-shirt, et des vieilles baskets trouées jusqu'aux doigts de pied.

La première fois, je me suis arrêté au bout de cinq cents mètres, le cœur en dérapage, à deux doigts de vomir mon petit déjeuner dans les feuilles mortes. Et puis j'ai pensé à Lorraine, à ses seins pointus, à sa culotte blanche suspendue à son doigt, juste avant qu'elle ne la laisse tomber à mes pieds pour rejoindre mon frère dans sa voiture, le cul déjà fumant à l'idée de se faire sauter par ce connard, à ses yeux remplis de fureur dans sa chambre – puis de terreur le jour où j'ai serré son cou très fort avec son foulard, dans la petite rue sombre qui sépare le presbytère de l'église, à mi-chemin entre le lycée et la maison de ses parents – à la douceur de sa chair pâle quand j'ai basculé ses jambes dans le coffre de ma voiture. Ce soir-là, elle avait une culotte. Blanche, elle aussi. Depuis que je l'avais enlevée à son cadavre, juste avant de la faire tomber dans le trou que j'avais creusé la veille pour elle dans le parc aux cochons, depuis que j'avais déposé sur son nombril immobile un oiseau mort aux plumes douces comme de la soie, je ne me masturbais plus avec autre chose.

Alors je me suis relevé, j'ai appuyé ma main sur le point de côté qui irradiait jusqu'à l'aine, et je suis reparti au petit trot en me traînant sous les chênes.

Je ne sais pas combien de temps j'ai tenu. Je ne le saurai sans doute jamais. Mais quand je suis rentré à la maison, tout était noir. Xabier et ma mère dormaient déjà. Ensemble, comme d'habitude.

Je me suis faufilé dans la salle de bains, ruisselant de sueur, et je me suis mis nu devant la glace. J'ai suivi du regard ses muscles qui n'existaient pas encore, mais qui bientôt rouleraient sous ma peau. Qui me permettraient de faire ce que je voudrais, quand je le voudrais, où je le voudrais.

À qui je le voudrais.

Ce soir-là, je ne me la suis pas secouée au-dessus du lavabo.

Ce soir-là, j'ai commencé à devenir un autre homme.

Clic.

Upload completed.

10

10h02

Je lève le nez sur la façade du bâtiment. Au-dessus de moi, les bourgeons des platanes qui bordent la Seine sont déjà gonflés de sève et de soleil. Des pigeons se tournent autour en s'excitant sur les branches, les plumes hérissées et le poitrail tendu en avant. Le taxi me rend la monnaie et file, me laissant seule sur le trottoir. Dans sa guérite, le jeune planton me dévisage avec curiosité. Mais que fout cette bonne femme en face du 36 ? Je ne dois pas avoir l'air aimable, car il tourne assez vite le regard ailleurs quand je m'approche droit sur lui.

— Je veux parler au commandant Picaud. C'est urgent.

Le fonctionnaire repose les yeux sur moi. Je vois qu'il a envie de m'envoyer balader, mais mon ventre proéminent le met mal à l'aise. Difficile de se décider à botter le cul d'une femme enceinte. Même verbalement.

— Vous avez rendez-vous ? Parce que sinon, ça va pas être…

— Dites-lui que Lisa est en bas, c'est tout.

Un vertige me prend là et je vacille. Le type n'a que le temps de m'attraper par une aile et de m'aider à m'asseoir sur le trottoir avant que je ne m'écroule. Complètement paniqué, il sort son talkie et appelle du renfort. Je l'entends mentionner le nom de Picaud. Très bien. Le message est passé. Le vertige aussi. Je me remets debout en poussant sur mes mains et mes reins, puis je me cambre pour évacuer la douleur qui s'est logée dans mon ventre. Deux types en uniforme accourent vers moi, leurs flingues leur battant les hanches. L'un d'eux se fige soudain et me considère de la tête aux pieds, incrédule.

— Oh ! C'est Lisa Heslin !

Son visage ne m'évoque rien. Mais lui a percuté tout de suite. Il faut dire qu'on a pas mal vu ma figure dans les journaux et à la télévision, cet automne. Une vraie star, bien malgré moi. Si j'avais pu me passer de cette pub malsaine, ça m'aurait bien arrangée. Mais les choses sont ainsi faites. On ne choisit pas d'être la fille de la victime d'un assassin. Le talkie crache à toute volée. Je reconnais la voix de Picaud. Elle tranche, nette comme un coup de sabre dans les grésillements.

— Mais faites-la monter, bon Dieu ! Qu'est-ce que vous attendez ?

Je sais qu'Henri ne m'a pas appelée de sa propre initiative. Même avec la disparition de Daniel, il ne se serait pas permis de briser mon isolement. Il a toujours eu beaucoup trop de respect pour moi. Il m'a protégée comme une mère peut le faire, qu'importent les conséquences de ses actes. C'est Picaud qui est derrière lui, qui l'a poussé à me joindre parce qu'il savait que seul mon vieil ami Henri parviendrait à me faire bouger de ma tour. Je n'ai pas hâte de le revoir, ce Picaud. Lui aussi m'a caché un certain nombre de choses dans l'affaire de la mort de mon père. Mais à présent, je vais passer outre. J'ai besoin de savoir ce qui est arrivé à Daniel.

Arrivée en bas de l'escalier poli par des générations de chaussures de flics et de malfrats, je jette un œil vers le haut. Les marches ne m'ont jamais paru aussi nombreuses. Elles semblent s'envoler vers le ciel, au-delà du filet tendu comme une grosse toile d'araignée en travers du vide pour empêcher les criminels suicidaires d'échapper à la justice en se jetant du troisième étage. Un bras se faufile sous le mien. Je baisse les yeux sur l'homme qui s'est collé contre moi sans y être invité et me sourit d'un air conquérant.

— Lieutenant Pelletier. Je peux vous aider ?

Son nom ne me dit rien. Pourtant, je suis sûre de l'avoir déjà rencontré quelque part. Beau mec, mais l'œil luisant comme celui d'une couleuvre. Je déteste ce type d'instinct. Je me dégage.

— Merci. Ça va aller.

J'agrippe la rampe et détourne le regard. Oui, je suis enceinte, mais je suis capable de porter mon ventre toute seule là-haut. Je n'ai besoin de personne pour ça.

Au premier palier, je m'arrête un instant pour remettre mon sac sur mon épaule. Au deuxième, je fais une nouvelle pause et j'en profite pour reprendre mon souffle. Pelletier n'insiste pas. Il se tient un peu en retrait, deux marches plus bas. Au moins, il comprend vite. C'est déjà ça.

À mi-chemin du troisième, j'entends les pas de Picaud qui se précipitent dans l'escalier en colimaçon. Il se fige en m'apercevant, jette un regard courroucé au jeune flic derrière moi, descend encore quelques marches et me chope le bras. Cette fois, je laisse faire. Je n'en peux plus.

— Lisa, je n'étais pas sûr que vous viendriez. Vous auriez dû m'appeler de la gare. Je vous aurais envoyé un chauffeur pour vous éviter les transports en commun.

Les yeux de Picaud ne parviennent pas à quitter la rondeur de mon ventre. Ça tourne un max, dans sa cervelle, en ce moment même. Il est en train de se dire que je n'ai pas eu le temps d'abuser à ce point-là de la fondue helvétique ni de la tartiflette pendant les cinq mois où je suis partie. Il essaye d'effectuer une addition. Puis une soustraction. Les hommes sont de vraies fillettes, sur ce sujet-là.

— Ce sera un garçon, commandant. Pour répondre à la question que vous ne me posez pas.

Picaud pique un fard. Il rougit jusqu'à la racine des cheveux, comme si je l'avais surpris à m'observer prendre ma douche par le trou de la serrure de la salle de bains.

— Heu… désolé… Je ne…

Il se tait, conscient de s'enfoncer encore un peu plus profondément dans le ridicule. Une chance pour lui, nous arrivons au troisième. Tandis qu'il fait signe au planton d'actionner rapidement le sas de sécurité, je ferme les yeux et j'avale à pleins poumons cet air vicié, composé d'odeurs de poussière, de vieux bois, de papier jauni et d'une pointe de fumet de transpiration, que je ne pensais jamais respirer à nouveau un jour.

Le silence me pousse à ouvrir les paupières. Henri est là, face à moi, la pupille brillante. Lui regarde mon visage, pas la bosse qui déforme mon ventre. Je vois dans ses yeux mouillés qu'il ne me juge pas.

Je tombe dans ses bras et j'éclate enfin en sanglots.

11

J'ai mal.

J'ai mal partout.

La lumière a fini par pâlir, comme fatiguée de me réclamer. Elle a relâché sa prise, peu à peu, comme la mer se retire sur le sable, ressac après ressac. La fumée noire s'est évanouie, la fissure s'est resserrée sous un tas de gravats instable que je sens vibrer sous mes genoux. Épuisé par la lutte, j'ai fermé les yeux. J'ai dû m'endormir un moment, ou bien tomber dans un néant sans rêves, de ceux où une âme peut errer à l'infini si elle cesse d'habiter un corps.

Comment puis-je avoir mal, puisque mes muscles ne sont plus qu'un souvenir ? Comment puis-je sentir mon cœur battre entre mes côtes si j'ai traversé le miroir ? J'essaie d'ouvrir les yeux. Impossible, cette fois. Ils sont soudés aussi sûrement que si on m'avait cousu les paupières. Et pourtant, confusément, quelque chose en moi se réveille. La sensation d'être écrasé par un poids qui me coupe le souffle. D'avoir la tête prise dans un étau, d'avoir soudain sauté à bord d'un ascenseur qui remonte sans se presser des profondeurs d'une tour plongée dans l'obscurité. L'air devient peu à peu plus léger, plus pur.

Je me détends. Je flotte à présent à la surface d'une mer étale, tiède et douce comme la peau d'une fille. Pas une ride à l'horizon, pas un cri d'oiseau dans le ciel que je devine bleu au-dessus de moi. Le soleil darde ses rayons sur mes blessures, les lèche de sa langue de lumière.

Le temps s'arrête.

Lisa...

Lisa...

Ton prénom tourne en rond dans ma mémoire, comme un mantra planté au plus profond de mes neurones. Où es-tu ? Qu'es-tu devenue ? Lorsque je suis rentré à la maison, ce soir-là, j'ai su que tu étais partie au moment même où j'ai ouvert la porte. La lumière pâle des lampadaires, en bas, dans la rue, n'éclairait plus qu'un mur vide où tu avais décroché le seul tableau que je t'ai vue contempler un jour.

Guernica. Une reproduction que tu avais trouvée aux Puces, quelques mois plus tôt, et que tu avais achetée à un prix exorbitant. Je me souviens que le vendeur avait l'air déçu que tu n'aies pas cherché à en discuter le montant. Tu avais complètement craqué dessus. Il te le fallait, et plus rien n'avait d'importance en dehors de ça. On s'était même disputés sur la somme délirante que tu avais versée pour cette imitation plutôt merdique. Mais tu n'avais rien voulu savoir. Tu n'avais rien lâché. Et c'est comme ça que je t'aimais. Têtue, râleuse, aussi obstinée qu'un carré qui a décidé de délimiter la même surface qu'un cercle.

L'odeur de l'appartement n'était déjà plus la même. L'air que je respirais avait perdu de son goût, les couleurs des objets avaient pâli d'un coup, comme si le soleil s'était couché sur le crépuscule de ma vie pour ne plus jamais se relever.

J'ai attendu, espéré, hypnotisé mon téléphone pour qu'il se mette à sonner. Je suis resté des jours entiers et des nuits plus longues encore à refuser de croire que tu n'allais pas revenir. Que tu glisserais un soir ta clé dans la serrure et que tu entrerais en coup de vent, comme toujours, en jetant ton blouson sur le canapé avant de me sourire parce que tu sais que je n'aime pas le bordel, mais que tu ne peux pas t'empêcher de le semer partout où tu mets les pieds.

Mais tu n'es pas revenue. Les jours sont devenus des semaines. J'ai commencé à baisser le nez, à me verser des trucs de plus en plus costauds dans un verre en rentrant le soir pour oublier que notre porte n'allait pas s'ouvrir sur toi avant que je reparte au boulot le lendemain.

Et pourtant, c'est chez toi, là où nous habitions. C'est l'appartement que tes grands-parents t'ont laissé à leur mort. Tu n'avais pas à t'en aller. Tu aurais dû me demander de le faire. C'est moi qui aurais dû partir.

J'ai mis des semaines à comprendre que c'était inutile de t'attendre, que tu avais coupé notre vie en deux. Que je ne pourrais plus à l'avenir parler de toi qu'au passé. J'ai espéré longtemps avant de renoncer, avant de demander ma mutation le plus loin possible de Paris et de quitter ce qui avait été notre nid, notre refuge. C'était soit ça, soit sombrer dans l'alcool jusqu'à m'y brûler la cervelle.

J'ai préféré l'exil.

Mais tu vois, comble de l'ironie, je n'ai pas arrêté de picoler. Et regarde-moi, maintenant. Regarde où j'en suis… Un zombie qui erre quelque part entre la vie et la mort, tombé pour une affaire à laquelle je n'ai rien compris. L'existence est d'un ridicule, parfois…

J'ai un mal de chien à la poitrine. Qu'est-ce qui s'est passé ? Ah, ça y est, je me souviens. Ce type qui sortait de la gare… Je l'ai tout de suite calculé. Le téléphone, j'ai d'abord cru que c'était pour prendre des photos du drame. Mais c'est son regard qui m'a mis en alerte. L'instinct du flic. Ça ne s'explique pas. Pourquoi là, soudain, ai-je été brusquement convaincu que ce salopard venait de faire péter une bombe ? Parce qu'il ne paniquait pas. C'était le seul. Parce qu'il tournait le dos à la fumée qui s'élevait dans l'air immobile, au-dessus de la ville. C'était le seul aussi. Parce qu'il s'est dégrouillé de grimper sur sa moto-cross et de se barrer de là avant que je lui saute dessus.

Il n'avait pas prévu qu'il aurait un flic à ses trousses, mais il avait quand même anticipé un service d'accueil, genre gros calibre, au cas où. Drôlement déterminé, le mec. Il a préféré me défourailler dessus loin des regards et des vidéos spontanées que font tous les apprentis vidéastes qui assistent en live à un accident ou à une catastrophe d'une telle ampleur. C'est un peu charognard, mais il faut reconnaître que ça nous permet souvent, à nous les flics, de regarder une scène sous un angle qu'on n'aurait jamais pu avoir autrement.

La dernière chose dont je me souviens, c'est de la moto couchée en travers de la route et des deux bras du type qui se lèvent.

Ensuite, c'est le vide.

12

Connecting to iCloud…

Quelque temps plus tard, quand j'ai réussi à courir un peu plus longtemps, à moins cracher mes poumons, j'ai commencé à attaquer les choses sérieuses. Pompes, tractions dans les branches des arbres, élévations de bûches abandonnées, lancers de caillasses de plus en plus grosses, de plus en plus loin... Patxi surveillait mes progrès sur un petit carnet où il notait chacune de mes sorties. C'est lui qui m'a offert le chronomètre. Il m'a dit : « Tu n'as qu'un seul adversaire, mais tu dois le battre à chaque fois que tu mets le pied dehors. Et tu dois être fier, chaque jour, de faire mieux que la veille. »

J'en ai chié. Patxi était aussi exigeant qu'un coach olympique. Lorsque je faiblissais, lorsque je lui donnais l'impression que je baissais les bras, il ne me lâchait pas d'une semelle. Et quand je lui mentais, histoire qu'il me foute la paix un moment, il s'en rendait compte rien qu'à sonder le fond de mes yeux. Je me sentais alors encore plus minable qu'avec Lorraine. Au bout de quelque temps, j'ai complètement cessé de tenter de le berner. Je me suis immergé dans l'effort, dans la douleur, dans l'abandon de la notion de limite. Je l'ai écouté, j'ai obéi, comme un chien fidèle qui est prêt à faire n'importe quoi pour vous montrer qu'il vous aime.

Prêt à mourir pour vous, même.

Au lycée, on a commencé à nous regarder de travers, tous les deux, à cause de nos messes basses permanentes. Les gens voyaient bien que quelque chose était en train de se produire. Mais ils n'arrivaient pas à savoir quoi exactement. Lorsque j'étais seul, je continuais à marcher, le nez au sol, les épaules voûtées, plus transparent qu'une vitre. J'ai traversé l'année comme ça, comme une ombre glissant sur un mur gris.

La présence de Patxi à mes côtés a amené les autres à se désintéresser de moi petit à petit. Ils ne pouvaient pas me charger sans buter sur mon copain infirme. Ah non. On ne dit pas infirme. On dit handicapé. Mon copain handicapé, donc. Sauf que ce vocabulaire de faux-culs m'énerve. Handicapé, c'est pour soi. Infirme, c'est pour les autres. Parce que dans leurs têtes de personnes qui pouvaient encore marcher, courir et bander quand ils le voulaient, Patxi était maintenant réduit à peine à la moitié d'un homme. C'était ça que leurs regards fuyants voulaient dire, c'était ça que l'écart qu'ils faisaient dans la cour en nous croisant ensemble voulait dire. Ils n'étaient pas prêts à lui laisser une place de stationnement privilégiée pour qu'il puisse se garer de temps en temps juste devant la porte fermée de leur groupe. Pas prêts à lui reconnaître la possibilité d'exister comme l'un d'entre eux, comme si ses jambes rondes en inox qui brillaient avec insolence au soleil du printemps en avaient fait un animal malade et contagieux qu'il fallait éviter à tout prix.

Aux vacances de Pâques, plus personne ne nous parlait. Je gardais des chemises à manches longues même en plein cagnard pour que personne ne voie la transformation que j'avais infligée à mon corps. Mais cette précaution n'a finalement servi à rien. Mon frère avait fait passer à tout le monde l'info de se méfier maintenant de moi, que j'étais en train de péter les plombs. Il avait fini par repérer mon petit manège, la nuit. Mes sorties, mes retours, trempé de sueur, et les mains en sang avec les coups de poing que je donnais dans les bottes de foin laissées dans les champs depuis les moissons. Un soir, toujours sûr de lui comme si j'avais encore quatorze ans, il avait essayé de me cogner alors que je traversais le jardin en pleine obscurité pour rentrer chez nous. Je lui avais tellement défoncé la tête qu'il n'en était pas sorti pendant trois jours. Il avait dit à notre mère qu'il était tombé dans l'escalier de la cave. Même à elle, il n'avait pas eu le cran de révéler qu'il s'était fait casser la gueule par son petit frère.

Maintenant, c'était lui qui baissait les yeux face aux miens quand je croisais son regard.

Tout le monde avait encore en mémoire la disparition de Lorraine à la fin de l'automne précédent. Avec toutes les larmes de rage que j'avais versées à l'époque, et qui ressemblaient très fort à un chagrin sincère, personne ne m'avait soupçonné. Les flics nous avaient tous interrogés, mais sans insister plus que ça. Pas de corps, pas de crime. Une simple disparition, comme il y en a des centaines chaque année. Pour moi, c'était à présent un peu comme si elle n'avait jamais vraiment existé. Elle était devenue un fantôme délétère qu'un petit coup de vent ferait sortir de mes souvenirs, au bout d'un certain temps.

Et puis les esprits avaient commencé à s'interroger, à s'échauffer, à se demander ce que j'avais vraiment *fait ce soir-là. Si mon alibi avait été vérifié. Si la police n'était pas passée à côté d'un crime abject dissimulé en fugue. Ils jouaient à se faire peur, à me repeindre de la couleur de la peste pour refuser de voir que j'avais désormais le choléra. Que je ne serais plus jamais leur petite victime préférée. Qu'il valait mieux rester au large plutôt que de venir me chercher des poux dans la tête.*

Je crois qu'ils n'ont jamais su à quel point ils étaient proches de la vérité, à quel point j'en jubilais intérieurement. À quel point j'ai souhaité être enfin découvert, être montré du doigt avec autant d'incrédulité que de colère mêlée de dégoût. Être la vedette, une bonne fois pour toutes, pour qu'ils ne puissent pas oublier mon nom.

J'aurais pu me dénoncer, bien sûr. Mais je n'en ai pas eu le courage.

Et je ne suis pas tout à fait prêt.

Encore quelques jours. Juste quelques jours, et ce sera bon.

Et cette fois, ils ne l'oublieront jamais, mon nom.

Clic.

Upload completed.

13

— *Hendaye* ? Mais c'est où, exactement ?

Le commandant Antoine Picaud s'assied à son bureau et lance le nom dans Google Maps, puis il tourne l'écran vers moi.

— Tenez, regardez, Lisa. C'est ici, à la pointe des Pyrénées-Atlantiques, juste en dessous de Biarritz.

Je me penche sur le plan, incrédule. La petite ville est à moins de deux kilomètres de la frontière espagnole. Autour, que du blanc et du vert. Le fin fond des Pyrénées. Je me laisse tomber sur le siège qu'Henri m'a glissé contre les cuisses.

— Mais qu'est-ce qu'il est allé faire là-bas ?

Les deux hommes échangent un regard lourd de sens. Picaud toussote dans son poing, abandonnant le crachoir à Henri.

— Purger sa peine, Lisa.

Je fronce les sourcils.

— *Sa peine ?* Mais quelle peine ?

Henri esquisse un pauvre sourire sans joie.

— Celle qu'il s'est infligée à lui-même.

Je reste muette, la bouche entrouverte. Henri se tait. Picaud prend le relais.

— La solitude. L'expiation de ses erreurs. On peut appeler ça comme on voudra. Personne ne l'a forcé à s'en aller. En tout cas, il vous a laissé toute latitude pour revenir ici si vous le souhaitiez.

Je baisse les yeux sur mon ventre. Ma main vient se poser dessus avec une délicatesse infinie.

— Expliquez-moi ce qui s'est passé.

Nouveau regard entre les deux flics. Picaud enfonce alors le clou.

— Il a été muté au commissariat subdivisionnaire d'Hendaye fin décembre. C'est en partie ce qui a permis qu'il ne soit pas viré de la police. Garbov est mort en prison. L'action de la justice s'est éteinte. Le capitaine a eu de la chance, si l'on peut dire…

Je me redresse.

— Capitaine ? Il n'avait pas obtenu le grade de commandant, en septembre ?

Picaud soupire.

— Si, mais il a refusé sa promotion deux semaines plus tard, quand il a été mis en examen.

— Tête de lard…

L'officier considère mon sourire avec circonspection.

— Oui, c'est exactement ce que je me suis dit. Je n'avais encore jamais vu ça en plus de vingt-cinq ans de carrière.

— Le commandant n'était pas seul avec Garbov, quand c'est arrivé. Tous ceux qui étaient là sont responsables de ne pas avoir réagi, eux non plus.

Antoine Picaud tourne les yeux vers Henri Walczak.

— Oui, je sais. La mort de votre collègue Rafik avait secoué tous les gars. Magne a pris pour tout le monde.

Mais c'est le rôle d'un chef qui se respecte, quand il a fait une grosse connerie.

Un silence tombe sur le bureau. Chacun plonge dans ses propres pensées le temps de se remémorer les sombres événements qui ont mené à la mort brutale de notre copain turc. Henri détourne le regard vers la fenêtre et baisse le front.

Au bout d'un moment, Picaud brise le malaise.

— Ce qui s'est passé hier matin à Hendaye n'est pas encore très clair. Nos collègues de là-bas ont demandé à Paris le soutien de la brigade antiterroriste, à la suite de l'attentat.

— L'attentat ?

Picaud me regarde avec étonnement.

— Oui, vous n'en avez pas entendu parler aux infos ?

Je secoue la tête. *Qu'est-ce que c'est que cette histoire, encore ?*

— Je n'ai pas la télévision au chalet, et je n'ai pas écouté la radio depuis un bon moment. Expliquez-moi.

Picaud s'exécute et ouvre le dossier qu'il a préparé sur son bureau.

— Une bombe, dans le train Irun-Paris, a fait hier matin, en sortant de la gare d'Hendaye, peu avant midi, dix-sept morts et quarante-trois blessés, dont cinq sont toujours entre la vie et le cimetière à l'heure où je vous parle. Pour certains cadavres, on en est encore à chercher des morceaux sur le ballast et cela jusque dans les rues de la ville. Des témoins ont décrit un homme qui était attablé dans un café, non loin de la gare, et qui a foncé vers la catastrophe dès qu'il s'est arrêté de pleuvoir des débris. Un livreur de pizzas est venu dans l'après-midi au commissariat demander qu'on lui rende son scooter qui avait été réquisitionné par un policier. À la description qu'il en a faite, le commandant a compris qu'il s'agissait du capitaine Magne, pourtant en congé ce jour-là.

Je tique.

— En congé ? Deux mois après avoir été muté à son nouveau poste ?

Picaud lève le nez du dossier, soudain mal à l'aise.

— Hem… un congé particulier, à ce que je me suis laissé dire. Du genre que l'on vous impose…

— Ah…

— Oui.

Je cherche le regard de Picaud pour le forcer à m'en révéler plus, mais il s'est déjà replongé dans ses notes.

— Le scooter a été retrouvé à moins de deux kilomètres de là, couché contre un trottoir. C'est une zone résidentielle. Des pavillons enfoncés derrière des écrans de verdure, invisibles de la rue. Des riverains, sortis de leurs maisons à la suite du bruit de l'explosion, ont entendu ce qui ressemblait à une détonation et ils sont rentrés vite fait chez eux, la trouille au ventre. Et avec les hululements des sirènes des pompiers et des ambulances qui arrivaient de partout en même temps, ils ne sont pas sortis à nouveau pour aller voir de quoi il s'agissait. Ils sont restés gentiment cloîtrés derrière leurs volets. Ils n'ont absolument rien vu du drame qui s'est joué à moins de cinquante mètres de leurs portails. Ils ont juste entendu un véhicule démarrer peu de temps après sur les chapeaux de roue.

— Et ?

— Et c'est tout ce qu'on a. On n'a pas revu le capitaine depuis. Son téléphone portable reste muet depuis ce moment-là. Il ne répond pas à nos appels. Nous avons vérifié : il n'est pas rentré chez lui. J'ai.. Enfin… nous avons pensé que nous devions vous prévenir. J'ai donc demandé à…

Mon sang se vide au fond de mes entrailles. Je dois être blanche comme une morte. Je me penche vers Picaud en appuyant mes mains sur mon ventre.

— Dites-moi la vérité, commandant.

Il fuit mon regard, de plus en plus sur des charbons ardents.

— Que… ?

Je frappe du poing sur le bureau. Le coup irradie jusque dans mon épaule.

— À côté du scooter, sur le bitume, qu'est-ce qu'il y avait ?

L'officier échange un nouveau regard tendu avec Henri Walczak, puis son visage se referme comme un coquelicot au crépuscule.

— Du sang, Lisa. Beaucoup de sang.

14

La mer s'est levée. Elle a grossi sans que je m'en rende compte. C'est venu petit à petit, insidieusement, vague après vague. Mon corps me fait mal à nouveau. Ça part de la poitrine et ça se ramifie dans toutes les directions, de mon crâne jusqu'à mes doigts de pied qui ont perdu l'engourdissement qui les isolait de la douleur. Ma carcasse est chahutée comme une barque en pleine tempête. J'entends le tonnerre, au loin. Ça se rapproche de moi par éclairs tonitruants, par flashs de lumière qui me déchirent les rétines à travers mes paupières closes.

Soudain, un choc me cueille dans le bas des reins. Quelque chose m'a frappé d'un coup sec. Cette nouvelle douleur se propage en moi comme une lame de feu qui me ronge la cervelle. Une voix de caverne se met à résonner dans mon corps comme dans un tambour.

— Rôooovoillllle-toooooi… Jeeee saaaais queeeee tuuuuu eeeees làààààààààà… Ouuuvreee leeees yeuuuuuuux…

Ouvrir les yeux… Oui, je vais essayer. Mais c'est dur… Mes paupières pèsent une tonne chacune. Mes doigts se crispent, quelque part au bout de mes mains qui reviennent à la vie. La mer disparaît dans un bruit de chasse d'eau géante. Un gros soleil blanc s'est allumé juste au-dessus de moi. Mon corps repose à présent sur quelque chose de dur qui me râpe le crâne.

Sur ma peau, un contact que je reconnais soudain.

Un courant d'air.

Un frisson parcourt mon épiderme. Froid. J'ai froid. C'est nouveau, comme sensation. Pas agréable, mais il y a du progrès. Je réintègre mon enveloppe charnelle. Je crois que je reviens de loin. De *très* loin.

Mes paupières frémissent enfin. La lumière se rue dans la fente entrouverte avec la fureur d'un incendie. Une lampe. Une foutue lampe braquée en plein sur mon visage. Une tête se penche au-dessus de moi. Les traits sont flous, comme si je les observais à travers une épaisse couche de verre cathédrale.

Je referme les paupières. L'éclat aveuglant de la lumière est insupportable. Mes membres semblent soudés à mon corps. Je me sens comme une méduse échouée sur la grève, incapable de soulever son propre poids. La lumière s'éteint. Le courant d'air cesse sur ma peau. Je rouvre les yeux, mais rien ne perce l'obscurité.

Noir.

Noir absolu.

Comme si j'étais enfermé dans une tombe, six pieds sous terre. Si je n'avais pas entendu cette voix, je pourrais le croire facilement. Après tout, ne suis-je pas mort il y a peu de temps ? N'ai-je pas disparu de la surface de la Terre avec une balle dans la carcasse ?

Mais non. Mes doigts bougent. C'est une certitude. Je n'invente pas cette sensation de béton rêche sous mes paumes, cette odeur de moisi qui règne dans la pièce, cette douleur qui irradie de mon torse et qui se faufile dans tous les nerfs de mon corps.

Au prix d'un effort insoutenable, je parviens à bouger la tête. Mais même en écarquillant les yeux, je ne discerne absolument rien.

Le vertige arrive lentement, neurone après neurone. Tout se met à tanguer d'autant plus fort autour de moi que je n'ai aucune image à laquelle me raccrocher. Mon cerveau perd alors la notion du haut, du bas, de l'équilibre. Je comprends que ça ne sert à rien de résister, que les courants sont bien trop forts pour que ma lutte ait un sens. Je me souviens que c'est en essayant de nager contre la violence des vagues que des gens s'épuisent en vain et qu'ils se noient.

Alors je tente de vider mon esprit de tout ce qu'il contient. Ma peur, mes questions sans réponses et ma douleur. Je me transforme en vague, moi aussi, et je me contente de suivre le mouvement, comme si je n'étais plus qu'une petite goutte d'eau de plus dans l'océan. Je m'écrase sur quelque chose, je glisse, je me régénère, et ça recommence indéfiniment.

Au bout d'un moment interminable, la tempête s'apaise, le vent diminue en intensité, l'envie de vomir ne me fait plus monter des haut-le-cœur par rafales constantes. Je ne roule plus d'un bout à l'autre de mon âme tel un tonneau abandonné sur le pont de ce bateau.

Le sommeil vient à moi comme une délivrance, dernière écume dont j'ai conscience avant de sombrer à nouveau dans le néant.

15

— Cet attentat, il a été revendiqué ?

— Non. Ni par des barbus fanatiques, ni par un groupuscule basque en mal d'action. Si ça avait été un coup de ces cinglés d'islamistes radicaux, comme à *Charlie Hebdo* le mois dernier, on le saurait déjà. Et d'ailleurs, je ne serais pas surpris qu'ils récupèrent cette merde à leur compte si personne ne se manifeste d'ici quelques heures. De la publicité gratuite, c'est toujours bon à prendre pour tirer sur soi une belle couverture médiatique sanglante, dans ce genre de cas. En l'absence du président, en déplacement en Chine pour trois jours, le Premier ministre s'est rendu sur place en personne hier soir pour condamner cette horreur avec toute l'indignation dont il était capable. Je vous laisse imaginer ce que les vautours de la presse en ont tiré dans leurs torchons !

Lisa leva un regard surpris sur le commandant Picaud. Lui qui avait d'habitude un vocabulaire plutôt mesuré paraissait au bord de l'implosion, ce qu'il confirma en cognant du poing sur son bureau.

— Dix-sept morts, nom de Dieu ! Et on n'a pas la moindre idée de la raison pour laquelle ce massacre a eu lieu !

Lisa ne répondit pas. Tout au fond de son cœur, même athée jusqu'à la racine de son ADN, elle priait en secret pour qu'il n'y en ait pas un dix-huitième d'ici peu.

— Je vais y aller.

La phrase avait franchi ses lèvres avant même qu'elle ait eu le temps de comprendre qu'elle allait la prononcer.

Picaud sauta sur sa chaise comme si un frelon l'avait piqué dans le cou.

— Quoi ? Dans votre état ? Mais vous êtes malade, Lisa ! Je viens de vous dire qu'on ne sait pas qui a fait ça ! Si ça se trouve, ils vont mettre la région à feu et à sang d'ici demain matin !

— Calmez-vous, commandant. J'y vais, c'est tout. Je ne peux pas rester ici à attendre qu'on m'annonce qu'on a retrouvé son cadavre dans un bois. Et ce n'est pas parce qu'une bombe a pété dans ce train qu'une deuxième va sauter au même endroit dans les jours qui viennent.

L'officier se leva et chercha l'aide de Walczak en le prenant à témoin.

— Mais vous êtes dingue ou quoi ? Qu'est-ce que vous vous imaginez que vous allez découvrir de plus que tous les hommes qui sont déjà là-bas ? Enfin, Henri, dites-le-lui, vous aussi !

Le Polonais eut un maigre sourire et il croisa le regard sombre de Lisa où il lut toute la peur qui la consumait de l'intérieur.

— Je pars aussi, commandant. Je ne peux pas la laisser y aller seule.

— Comment ? Mais je vous l'interdis, Henri ! Vous m'entendez ? *Je vous l'interdis à tous les deux !*

Lisa se leva et ramassa son sac à main.

— Vous oubliez une chose, commandant. Je ne fais plus partie de vos effectifs. Je ne suis plus sous vos ordres. Je vais où je veux, quand je le veux, et sans avoir à demander l'autorisation à qui que ce soit. Au revoir, commandant. Je vous appelle si j'ai du nouveau.

— Mais… enfin, Lisa… Henri ! Dites quelque chose, bon sang !

Walczak se leva à son tour.

— Je suis prêt à vous rendre mon tablier si vous le souhaitez, commandant. Mais je pars avec Lisa.

Picaud resta muet, son regard oscillant de l'un à l'autre comme pour évaluer leur détermination. Il se rassit lentement, le cerveau tournant à cent à l'heure. À situation exceptionnelle, mesure exceptionnelle. Il leva les mains devant lui, paumes en avant.

— OK. Très bien. Mais à une condition que je vais vous obliger à respecter ou je vous promets que je vous colle une équipe du RAID si près des fesses que vous ne pourrez même plus vous isoler pour aller pisser derrière un arbre !

Lisa échangea un coup d'œil avec Henri Walczak. *Merci.* Le Polonais eut une ombre de sourire, puis il dirigea son attention sur le visage crispé de l'officier.

— D'accord, commandant. Nous écoutons votre condition.

Picaud ferma les yeux et prit une longue respiration. Il commençait à comprendre pourquoi le commissaire Estier, l'ex-patron de cette bande de têtes de mules, avait pris une disponibilité pour aller se ressourcer dans une maison thermale de la Côte d'Opale dès qu'ils avaient eu définitivement quitté le centre de police du Xe. D'une manière ou d'une autre, il fallait qu'il garde la main sur ces deux énergumènes. Ou bien ils risquaient de se mettre en travers de l'enquête officielle sur laquelle planchait déjà la moitié de la brigade antiterroriste de Paris.

Le visage dur, le commandant leur fit signe de reprendre place dans leurs sièges.

— J'ai en fait deux conditions. La première, c'est que vous ne devez en aucun cas vous présenter où que ce soit comme des enquêteurs officiels de la Crime. Le parquet Antiterro a été saisi par le procureur, c'est lui qui gère l'affaire de A à Z. Dix-sept morts et une quarantaine de blessés, vous imaginez bien que le plan ORSEC a été déclenché vite fait, là-bas. Une centaine d'hommes de la DGSI a été envoyée sur site pour les constats, les auditions et les enquêtes de voisinage. Elle est accompagnée d'une dizaine de laborantins de la Scientifique qui attendent en ce moment même en habits de cosmonautes la fin du travail des démineurs pour essayer d'identifier l'explosif qui a été utilisé et la façon dont il a été mis en œuvre. De son côté, la SDAT[1] est sur le pied de guerre comme en 95 au moment de l'attentat du métro Saint-Michel. Les flics d'Hendaye ne savent plus où donner de la tête. Il y a également une équipe spécialement dédiée à l'enquête sur la disparition du capitaine Magne, car il s'agit d'une deuxième scène de crime. Là encore, enquête de voisinage, recherche des images qui ont pu être prises par les caméras situées dans les rues, recherche de témoins éventuels… Je ne vous fais pas un dessin : c'est l'effervescence générale. À Hendaye, sur les voies, c'est l'Afghanistan, Lisa. Les pompiers sont encore en train de coller des codes-barres sur des morceaux de cadavres en se disant qu'ils arriveront peut-être plus tard

1. Sous-division antiterroriste de la Direction centrale de la police judiciaire (DCPJ).

à rassembler dans un sac unique tous ceux d'une seule et même personne. On n'a jamais connu ça en France depuis la guerre. Vous voyez ce que je veux dire ?

Lisa hocha la tête sans répondre. Elle était flic, pas caissière. Ce déploiement des forces de police en cas d'attentat, elle en avait appris le déroulement pendant son cursus d'étudiante, même si elle n'y avait encore jamais été confrontée sur le terrain. Elle savait ce qu'elle allait trouver sur place.

— Bien. Sachez que tous les hôpitaux de la région ont été mobilisés pour accueillir les blessés, de Biarritz à Irun jusqu'à Saint-Jean-Pied-de-Port, et tous les hôtels l'ont aussi été pour loger tout le petit monde dont je viens de vous parler. Si vous trouvez une chambre à quarante kilomètres à la ronde, vous aurez du bol. Alors deux…

Henri Walczak ne répondit pas non plus. Comme Lisa, il attendait patiemment la fin du discours de Picaud.

— Parfait. Donc vous allez vous débrouiller… Henri, je veux que vous me posiez une semaine de congé. Je veux qu'officiellement, pendant ce temps-là, vous soyez sur une plage de Copacabana ou de la Guadeloupe, comme vous voulez, je m'en moque. Mais vous disparaissez des écrans radars de la police. Et huit jours seulement, Henri. Pas un de plus. Mais surtout, surtout, c'est ma deuxième condition, et ça je vous en tiendrai pour personnellement responsable…

— … Je veux que vous veilliez comme à la prunelle de vos yeux sur Lisa Heslin l'emmerdeuse ici présente, et que vous l'empêchiez de commettre une grosse connerie, surtout avec son ventre rond de bonhomme Michelin.

— Je ne vois pas ce qu'il y a de drôle, Lisa !

La jeune femme adressa un sourire désarmant à l'officier.

— C'est bien ce que vous alliez dire, commandant, non ?

Picaud soupira, mais ne put s'empêcher de plisser les lèvres à son tour.

— À peu près, oui.

— Je m'en tiendrais pour personnellement responsable aussi s'il lui arrivait quelque chose, commandant. N'ayez aucun doute là-dessus.

Picaud chercha le regard de Walczak pour voir si celui-ci n'était pas également en train de se payer sa poire. Mais le Polonais était sérieux comme un pape. Antoine Picaud ne décela aucune ironie sous-jacente sur ses lèvres ni dans son regard. Il secoua lentement la tête pour lui-même, comme s'il était en train de se convaincre du bien-fondé de leur départ imminent pour le Sud.

— OK. Je vois que je ne parviendrai pas à vous faire changer d'avis.

— Non, en effet, commandant.

— Alors bonne chance.

La jeune femme se leva, tendit la main à l'officier et se dirigea vers la porte, Henri sur les talons.

— Lisa…

Elle arrêta son geste, les doigts sur la poignée, et tourna un visage sombre vers le commandant Picaud.

— Faites attention à vous, d'accord ?

Lisa hocha la tête. Son regard ne quittait pas celui du chef de l'ex-commandant Daniel Magne.

— Je vais le retrouver, commandant.

Elle posa doucement la main sur son ventre, caressa la bosse qui le déformait à travers le tissu de sa robe, puis elle eut un sourire dur à l'attention d'Henri.

— *Nous* allons le retrouver…

16

Connecting to iCloud…

La mort de mon père nous a vraiment foutus dans la dèche. Avec ma mère à moitié impotente, mon frère qui pleurait tous les jours pour faire des caprices et moi qui ne travaillais pas à l'école, Dolores a eu du courage. À elle seule, elle a maintenu notre famille à flot en se tuant à la tâche. Elle se levait tôt pour aller bosser dans la supérette du coin durant la matinée et faire des ménages tous les après-midi chez des particuliers. Elle est morte d'une attaque cérébrale à soixante-neuf ans, le balai à la main. Elle avait pris soin de passer voir le notaire quelques années auparavant pour nous léguer tous ses biens et la maison où nous vivions déjà depuis la mort de papa.

La seule où nous pouvions loger sans avoir à payer de loyer.

Celle des cochons.

Mon frère et moi avons grandi à côté de la poutre sur laquelle notre père avait choisi d'enrouler sa corde. Plus tard, un après-midi d'été où j'étais supposé être à l'école et où j'avais séché les cours, j'ai entendu ma grand-mère reprocher quelque chose à ma mère. Il y avait des cris qui sortaient de la chambre, au troisième étage, mais j'étais dans la cour. Je ne comprenais pas bien ce qui se passait, même avec la fenêtre ouverte. Je sais juste qu'elles étaient en train de parler de moi, parce que j'ai entendu mon nom jaillir entre elles deux comme une flamme. Et ma grand-mère a fini par sortir de la chambre de ma mère en disant ces mots : « Souviens-toi quand même que c'est lui qui l'a trouvé ! Et il n'avait que cinq ans ! »

Là-dessus, la porte a claqué comme un coup de feu, et j'ai su que ce n'était pas un courant d'air. Ma grand-mère était excédée par la méchanceté de sa fille. Par sa perversité permanente à mon égard. Elle l'avait surprise plusieurs fois en train de me pincer en douce, de me gifler pour les couverts mal disposés sur la table ou d'ouvrir à la volée la porte des toilettes quand j'étais sur le trône pour se foutre de ma poire. Dolores ne comprenait pas comment ses gènes mélangés à ceux de ce mari qu'elle aimait tant – parti trop tôt, lui aussi – avaient pu produire un enfant si dénué d'amour et de compassion.

À part pour mon frère, bien entendu.

C'est elle qui lui a dévoilé les premiers mystères du sexe. Il avait seize ans. Je m'en souviens bien, parce que je ne dormais pas, cette nuit-là. Des idées noires me tournaient en vrille dans le cerveau depuis la veille, depuis que ma mère m'avait surpris dans la salle de bains en train de me tripoter. La scène avait été terrible. Elle était folle de rage. C'était comme si j'avais trahi la chrétienté tout entière. Comme si j'avais commis les sept péchés capitaux en explorant le bout de peau étrange que j'avais entre les jambes. Les flammes de l'enfer allaient me dévorer de l'intérieur, je n'étais plus qu'un misérable suppôt de Satan. Xabier ricanait comme un abruti dans l'embrasure de la porte. Je n'avais pas eu le temps de remonter le pantalon de mon pyjama.

Quelques heures plus tard, alors que j'avais encore la peau des fesses qui me cuisait, j'ai entendu les râles de mon frère étouffés par la main de ma mère. La gauche, certainement. La porte de sa chambre était fermée à clé. Ça a recommencé un long moment après. Avec les couinements des ressorts du lit en plus. Même à onze ans, je n'avais plus besoin de regarder par le trou de la serrure pour savoir ce qu'ils étaient en train de faire. Et j'avais compris que, si les jambes de ma mère étaient malades, son bassin fonctionnait encore très bien, lui.

Et ça ne s'est jamais arrêté, pendant toutes ces années.

Au début, ils se sont cachés. Et puis quand ils ont réalisé que je savais, Xabier m'a attrapé dans ma chambre et il m'a collé contre le mur. Il m'a serré la gorge dans ses grosses mains et m'a juré qu'il me tuerait si je disais quoi que ce soit à qui que ce soit.

Et je l'ai cru.

Je le crois encore.

Il m'aurait étranglé sans hésiter.

Alors je me suis tu.

Clic.

Upload completed.

17

10h45

Au commissariat subdivisionnaire d'Hendaye, ce matin-là, l'atmosphère était saturée d'électricité. Des policiers qui ne s'étaient jamais rencontrés auparavant se croisaient en se hâtant dans les couloirs, l'air sombre, des feuillets à la main ou le portable à l'oreille. À chaque bureau, sur chaque écran d'ordinateur, des yeux fatigués épluchaient sans relâche des dossiers aussi épais que des Bottins, auxquels se rajoutaient des dizaines de pages à chaque heure qui s'écoulait. Sur les murs de la salle de réunion, les photos des victimes de l'attentat étaient punaisées les unes à côté des autres, du sol au plafond. Dix-huit morts – un jeune homme d'une vingtaine d'années avait succombé en fin d'après-midi – et plus d'une quarantaine de blessés, graves pour la plupart, fixaient les policiers de leurs regards de papier, les uns figés dans un sourire qu'ils ne porteraient plus jamais sur le visage, les autres surpris dans une scène familiale ou dans un gros plan qui ne les mettait pas particulièrement en valeur, mais qui étaient les images que la mémoire collective garderait de leur passage sur cette Terre. Et tous avaient cette terrible chose en commun, cette chose qui impliquait qu'ils ne faisaient désormais plus partie de la population normale.

Ils étaient *des victimes*. Des gens dont il allait falloir creuser le passé, pour essayer de comprendre ce qui était arrivé.

Et la tombe, pour certains d'entre eux.

L'attentat n'avait toujours pas été revendiqué. Et malgré tous les efforts de la police scientifique, on n'avait pas encore isolé les composants de l'explosif utilisé pour fabriquer la bombe. Tout ce que l'on savait, c'était que le sac qui l'avait contenue avait également été bourré jusqu'à la gueule de clous d'un modèle tellement répandu qu'il allait falloir interroger tous les magasins de bricolage de la région tout en gardant à l'esprit qu'il y avait une chance sur un million de récolter un indice exploitable. Des équipes de policiers s'étaient déjà attelées à cette tâche ingrate depuis la veille, et les résultats restaient proches du zéro absolu. Il y avait en effet fort à parier que les assassins, s'ils étaient des fous criminels, n'en étaient pas des abrutis complets pour autant. Les clous avaient certainement été achetés par petite quantité à chaque fois, peut-être même à plusieurs endroits, assez loin des lieux du drame pour que les emplettes des tueurs se dissolvent dans l'anonymat de la clientèle habituelle.

Le capitaine Denis Larralde étira ses longs bras maigres derrière lui. Il n'avait pas dormi plus de deux heures durant la nuit, engoncé dans le fauteuil de son bureau. Cette affaire lui donnait envie de vomir, et une incoercible démangeaison d'abattre de ses propres mains le salopard qui avait eu cette idée méprisable lui tordait les entrailles. Tout en laissant son regard fatigué suivre les portraits des victimes de la tuerie, l'un après l'autre, il se gratta du bout des ongles la barbe dure et grisonnante qui lui mangeait les joues.

Il était inquiet pour le capitaine Magne. Il ne le connaissait pas encore très bien – pas plus que ce qu'un homme détruit vous laisse deviner de lui –, mais il avait appris à apprécier son caractère sans détour. Même s'il était froid comme un revenant, il paraissait bâti d'un naturel droit et entier qui méritait qu'on s'y attarde. Et du bout de la distance que Magne gardait avec tout le monde, le capitaine Denis Larralde s'y était attardé. Et ce qu'il avait aperçu derrière la douleur et l'alcool lui avait plu. C'était la seule et unique raison pour laquelle il avait défendu Magne devant sa hiérarchie lorsque le commandant Langeais avait voulu le mettre dehors. Magne n'en avait rien su, mais le capitaine Larralde – qui bénéficiait d'une certaine ancienneté dans le service – lui avait décroché un sursis que le commandant avait refusé de quantifier. *Jusqu'à la prochaine connerie* avait été son ultimatum. Ce qui était mieux que rien du tout.

Il lui avait obtenu ce sursis deux jours avant l'attentat, pendant la mise à pied du capitaine Magne pour ivresse manifeste au moment de prendre son service, un matin à 8 heures. Le médecin qui avait pratiqué la prise de sang de l'officier avait eu beau préciser que sa consommation alcoolique datait de la veille au soir, que son organisme n'avait pas encore pu assimiler durant la nuit tout ce qu'il avait ingurgité – ce qui prouvait qu'il n'était pas un vrai toxicomane déjà habitué au poison de l'alcool au point d'en avaler avec son café du matin –, le commandant n'avait rien voulu savoir. Dans une ville aussi petite qu'Hendaye, tout finit par transpirer un jour. Un flic poivrot, comme un ripou, est une pêche pourrie dans un panier de fruits. Il faut l'en extraire avant qu'il contamine tous les autres.

Sauf que Magne n'était pas une pêche pourrie, le capitaine Larralde en aurait parié sa chemise. C'était un homme qui souffrait, voilà tout. Et si l'on parvenait à lui faire cracher ce qui lui rongeait la cervelle, il redeviendrait alors celui qu'il était avant de lâcher le bord de sa conscience et de couler au fond de lui-même.

Mais tout d'abord, il fallait le retrouver.

Larralde repassa une nouvelle fois les bandes-vidéo qu'il regardait en boucle depuis plusieurs heures. Il avait fait une compilation, minute par minute, des images où l'on apercevait le capitaine Magne dans la rue. Le film commençait par quelques secondes de sa course depuis le café vers la déflagration. Il disparaissait ensuite derrière le coin d'un bâtiment pour réapparaître plus loin sous un autre angle, filmé par une seconde caméra qui surveillait les accès d'une agence bancaire. D'après le plan de la ville que Larralde avait sous les yeux, Magne n'avait pas encore changé de direction. Cela n'arrivait qu'à proximité de la gare, sur la bande suivante. Entre les deux, son collègue avait parcouru plus de cent mètres en ligne droite vers le lieu de l'explosion sans croiser le regard d'une nouvelle caméra. Larralde avait minuté et inséré un passage vide d'images pour symboliser cette course éperdue et sans témoins de Magne dans les rues de la ville. Et puis le policier apparaissait à nouveau, toujours en courant, et il s'arrêtait brusquement en fixant quelque chose qui l'avait bloqué sur place, le souffle court, le regard incrédule.

Larralde en était certain, c'était là que tout s'était joué. Mais ce qui avait stoppé Magne dans son élan était resté hors champ. Le capitaine Larralde avait eu beau explorer toutes les autres caméras du secteur, aucune n'avait éclairci ce point d'interrogation-là. Et il y avait tout lieu de croire que celui qui avait ainsi attiré l'attention de Magne le savait très bien. Qu'il connaissait les emplacements de tous les mouchards motorisés de la ville, que l'endroit où il se trouvait à ce moment-là avait été soigneusement choisi en tenant compte de ce critère. L'instant d'après, on voyait le visage de Magne se transformer. Même grossi à l'extrême, pixellisé à mort, le changement d'expression du policier ne laissait aucune place au doute. À l'inquiétude, certainement dirigée vers les victimes de l'explosion, avait succédé la répulsion, puis la colère la plus noire que Larralde n'avait jamais lue dans les yeux d'un homme.

Magne avait vu le terroriste en face. Il ne pouvait y avoir d'autre explication. Le type s'était trahi, d'une façon ou d'une autre, et l'œil exercé du flic l'avait percé à jour en moins de trois secondes, montre en main.

Les dernières images qui clôturaient la séquence vidéo montraient qu'il n'avait alors pensé qu'à une seule chose : se précipiter vers le criminel pour lui faire passer un mauvais quart d'heure.

Ensuite, il n'y avait plus que ce que les témoins de la scène en avaient rapporté. Mais avec le chaos que l'attentat avait déclenché sur la ville, les avis divergeaient tellement qu'ils en étaient inutilisables. Seul, celui du coursier à scooter avait pu être vérifié par plusieurs autres sources, des automobilistes qui avaient assisté à la réquisition du deux-roues par l'officier et à son démarrage à fond de train sur le trottoir. Mais aucun d'entre eux, hélas, n'avait identifié celui qu'il poursuivait. Un unique témoin, motard lui aussi, avait affirmé qu'il avait vu quelques secondes auparavant une motocross de marque

KTM filer vers le sud de la ville, la direction que Magne avait prise avant que l'on retrouve le scooter couché sur la chaussée au milieu d'une mare de sang. Mais de là à corréler formellement les deux événements, il y avait un viaduc d'incertitudes à franchir.

Cependant, Larralde croyait à cette version, même si elle n'avait pas été corroborée par une autre personne. Une motocross était le moyen idéal pour s'enfuir au milieu d'une scène d'apocalypse. Ce type d'engin était capable de se faufiler partout, de sauter par-dessus des obstacles infranchissables pour n'importe quel autre véhicule. Quand on le maîtrisait bien, comme cela semblait avoir été le cas de l'inconnu, rien ou presque ne pouvait vous arrêter. À part une balle, peut-être. Mais le tireur devait être tout de même particulièrement habile pour toucher une cible aussi instable et aussi rapide.

L'officier se gratta à nouveau la joue. C'était certainement ce qu'avait pensé le poseur de bombes quand il avait compris qu'un policier était à ses trousses sur un autre deux-roues. Il n'avait aucun moyen de savoir que Magne n'était pas en service, ni que son pistolet avait été déposé deux jours auparavant dans le coffre de l'armurerie du commissariat. Il aurait suffi qu'il traverse un champ ou un bois pour semer le scooter, mais il avait choisi la prudence pour en avoir le cœur net. Un flic accroché à vos basques, ça peut vouloir dire qu'on a été balancé, qu'il y a des renseignements qui ont été fournis sur vous, sur ce coup que vous pensiez avoir mené à bien sans encombre. Et dans ce cas, il faut pouvoir être capable d'extraire le mal à la racine, de remonter la filière jusqu'à celui qui vous a trahi. Alors le meilleur moyen, c'est encore de capturer et de pousser à parler celui qui est à vos trousses, quitte à l'esquinter un peu, histoire de lui montrer qui tient la crosse du flingue.

Larralde se leva, l'inquiétude au cœur, et s'approcha de la vitre de son bureau. Loin au-dessus des toits de la ville, la montagne avançait son ombre dans le brouillard. Magne était là, quelque part, voyageant peut-être encore entre la vie et la mort, soumis à la folie meurtrière de son ravisseur.

Et cette fois, il ne pouvait rien pour lui.

À ce moment-là, la porte s'ouvrit sur Luis Rizzoli, son jeune collègue qui avait pris pour quelques jours la place laissée vide par le capitaine Magne depuis sa mise à pied la semaine précédente. Les yeux brillants de Rizzoli l'avertirent qu'ils tenaient quelque chose avant même que les mots ne franchissent ses lèvres.

— Capitaine, on a une vidéo !

18

La petite salle de réunion du commissariat était déjà bondée de policiers, hommes et femmes confondus, mais le commandant Yves Langeais, chef du groupe de Magne et Larralde, lui fit signe d'approcher. Il lui avait gardé une place à côté de lui. Denis vint s'y asseoir en vitesse. Visiblement, on n'attendait plus que lui. Sur l'estrade, un homme jeune qu'il ne connaissait pas, au maintien très raide, se racla la gorge et désigna l'écran blanc tendu derrière lui, juste devant le mur couvert d'avis de recherche dont certains étaient cornés et jaunis par le temps.

— Mesdames, Messieurs, je suis le lieutenant Édouard Castaing, responsable d'équipe sur la plateforme PHAROS[1]. Je vais vous demander la plus grande attention lorsque vous allez regarder cette bande-vidéo. Vous allez voir, c'est très court, mais très explicite. Je ne vous en dis pas plus pour l'instant pour ne pas vous influencer. Je vous donnerai toutes les précisions immédiatement après et je répondrai à toutes les questions qui vous viendront à l'esprit.

1. Plateforme d'harmonisation, d'analyse, de recoupement et d'orientation des signalements de la Police nationale. Elle permet de signaler les comportements illicites sur Internet.

Puis, sans plus attendre, il appuya sur la télécommande et s'effaça devant la scène qui apparaissait sur l'écran.

La caméra avait été fixée face à un mur nu de placoplâtre, du type qui peut se trouver dans n'importe quelle maison de France, du grenier jusqu'au sous-sol. En bas à gauche de l'image, un compteur égrenait les secondes en chiffres rouges qui défilaient de façon hypnotique.

Les dix premières, il ne se passa rien. On entendait juste un léger ronronnement lointain, peut-être le bruit du moteur de la caméra, une machine à laver en route dans une autre pièce, ou encore l'écho de la circulation dans la rue. Un silence à couper au couteau était tombé sur la salle du poste de police.

Une ombre apparut sur la droite du cadrage, puis elle s'avança d'un pas assuré devant le mur. L'homme se tourna alors face à l'objectif. Un masque blanc allongé, identique à celui rendu célèbre par les films d'horreur de la série *Scream*, lui cachait l'intégralité du visage. Le reste de son corps était nu comme au jour de sa naissance. Les muscles à fleur de peau montraient une pratique assidue d'un sport exigeant et une alimentation exempte de graisses. Le sexe de l'inconnu, de petite taille, mais dressé comme à la parade, était tendu vers les spectateurs et semblait sur le point d'exploser.

La voix de l'exhibitionniste, rendue nasillarde par le plastique, filtra à travers le masque.

— *Bande d'enfoirés, je vais tous vous baiser jusqu'à l'os !*

Puis il se cambra face à la caméra et saisit son pénis de la main droite avant de l'agiter convulsivement, les jambes écartées de plus de la largeur de ses épaules.

— *Je vais tous vous sodomiser jusqu'au dernier !*

La voix était devenue plus rauque en quelques instants. L'homme s'était déjà visiblement mis en condition avant de déclencher le film. Sa main accéléra le mouvement et il commença à trembler de tout son corps. Derrière le masque, les yeux lançaient des éclairs de couleur claire.

— *Vous allez crever comme des rats, un par un ! Je vais tous vous faire sauter la gueule, où que vous soyez ! Dans ce putain de train, vous ne m'échapperez pas ! Je vais tous vous faire exploser comme des merdes de chien !*

Sa main atteignait une vitesse hallucinante. Ses testicules battaient contre son pubis comme s'ils allaient se décrocher. Le souffle de l'homme s'accélérait de plus en plus. Il s'approcha alors de la caméra au point que l'on ne discernait plus que le bout de son sexe qui dépassait de ses doigts désormais animés par une rage totale, et qui se mirent à cogner contre l'appareil en le secouant dans tous les sens.

Au moment où il éjacula sur l'objectif, il poussa un feulement de bête sauvage et l'image se brouilla de sa semence qu'il étalait sur le verre comme s'il essayait de la faire passer au travers.

Puis l'homme tomba d'un coup à genoux sur le sol, le cou plié vers son membre qu'il n'avait pas lâché. Le masque inquiétant se releva alors lentement face aux policiers figés dans un silence absolu. L'inconnu reprenait son souffle, les épaules animées d'un rapide va-et-vient par sa respiration saccadée. Sur sa peau, de petites gouttes de sueur scintillaient sous l'éclairage froid de la pièce.

— À présent, je sais que vous connaissez mon existence. D'ici quelque temps, vous connaîtrez mon nom.

Tout le monde connaîtra mon nom. Et personne ne l'oubliera jamais. En attendant…

L'inconnu tendit le doigt vers la caméra et y cueillit un peu de son sperme avant d'en barbouiller son masque comme s'il y dessinait une peinture de guerre translucide. Dans les deux trous percés pour les yeux, on ne discernait plus qu'une fente plissée de rage froide.

— En attendant, je vais devenir votre plus insoutenable cauchemar. À très bientôt, les amis…

Le doigt de l'homme grossit jusqu'au flou, puis l'image se coupa.

Dans la salle, pas un seul commentaire ne fusait, même à mi-voix. L'ensemble des flics semblaient transformés en statues de marbre, les yeux toujours rivés à l'écran noir où la scène continuait à tourner en boucle dans leurs cerveaux.

Le lieutenant Castaing brisa l'hébétude générale en claquant sèchement dans ses mains.

— Des questions ?

Les policiers s'entre-regardèrent d'un air ahuri. Certains avaient même sursauté, brutalement arrachés à la violence de ce qu'ils venaient de visionner.

En bon chef qui tient à garder la barre dans la tempête, Langeais montra l'écran nu d'un index vibrant de fureur.

— Où avez-vous trouvé cette cochonnerie ?

Castaing eut un petit sourire désabusé.

— Sur YouTube, commandant. Il ne nous a pas fallu chercher bien longtemps une fois que nous avons eu profilé le type de malade auquel nous avons affaire… Détail étonnant : personne ne nous avait signalé jusque-là le contenu de cette vidéo. Et elle a été visionnée plus de trente-deux mille fois avant que nous l'éjections du site. Nous vivons dans un drôle de monde…

Denis Larralde se redressa sur son siège.

— On sait déjà qui est ce type ?

L'homme de PHAROS secoua la tête.

— Non, ce n'est pas ce que j'ai dit, capitaine. Nous ne savons pas *qui* il est. Mais nous savons désormais *ce qu'il est.*

— Expliquez-vous, Castaing. Qu'est-ce que ça veut dire, ce charabia ?

Pour toute réponse, le lieutenant Castaing relança le film, mais sans le son. L'image captura une nouvelle fois tous les regards. Castaing saisit un stylo qui traînait sur le bureau et désigna la scène au fur et à mesure qu'elle se déroulait sur l'écran.

— Vidéo publiée sur le Web : désir de démonstration, de marque de pouvoir et de provocation. Masque : anonymat, bien sûr. *Je me cache le visage et dévoile en même temps mon corps nu pour briser vos codes que je hais.* Masturbation et exhibitionnisme : désir de combler un manque affectif profond tout en affirmant *qu'il nous possède.* Peut-être un problème avec un parent très dominateur, une agression sexuelle à l'âge d'enfant, ou une rupture mal vécue. Préparation à l'éjaculation avant le début du film : peur de ne pas pouvoir y arriver pendant le tournage. Manque de confiance en soi. À mon avis, un élément majeur de la vidéo. Ce type est un frustré de naissance. Barbouillage du sperme sur l'objectif : désir de domination poussé au paroxysme. *Je suis Le Maître et vous êtes mes objets, mes esclaves.* La volonté d'écraser le spectateur de sa puissance durant l'acte prend le pas sur tout le reste. Chute sur les genoux : l'homme a une résistance bien en deçà de ce qu'il imagine. Il n'avait pas prévu ça à l'origine. Peinture de guerre séminale : déclaration à consonance puérile, à l'image du vocabulaire de jeune voyou utilisé pour choquer ceux qui assistent à la scène. Menaces avant l'extinction de la caméra : c'est lui qui va décider quand les prochains événements vont arriver et comment ils vont s'enchaîner.

Le commandant Langeais balaya le discours lénifiant d'un revers agacé de la main.

— Vous n'avez pas répondu à ma question, lieutenant.

Castaing arrêta l'image sur le masque immobile qui prenait tout l'écran, percé par deux flammes vertes à l'éclat maléfique. Il posa les yeux sur le chef de groupe. L'intensité de son regard fit taire l'officier.

— Je crains bien que si, commandant. Comme je viens de vous l'expliquer. Nous sommes en présence de la pire espèce de tueurs que l'humanité a enfantée parmi nous.

Le lieutenant se tourna vers l'écran et sa voix devint sourde, comme s'il s'était retenu jusque-là de dévoiler ses propres sentiments.

— Nous ne connaissons pas l'identité de cet individu, mais nous savons déjà qu'il veut entrer dans l'histoire du crime par la grande porte.

Castaing s'approcha lentement de l'image figée et pointa son stylo sur le regard de folie qui brûlait l'écran de haine pure.

— Parce que cet homme-là est de la même espèce que les deux jeunes qui sont entrés avec des armes automatiques dans leur lycée de Colombine, en 1999, pour massacrer sans pitié leurs camarades et leurs profs, que celui qui a assassiné froidement soixante-dix-sept personnes et blessé plus de cent cinquante autres en Norvège, en 2011, que celui qui a abattu sans sourciller des militaires en permission et des enfants juifs dans leur école, dans le sud de notre pays, en 2012, tout en filmant ses propres crimes…

— Ah ! Vous voulez parler de…

— STOP !

Le capitaine Larralde se tut, coupé dans sa question par la virulence de l'injonction lancée par le lieutenant.

Castaing avait fait face à la salle. Son regard enfiévré glissa du visage stupéfait de Larralde à l'ensemble des policiers présents dont pas un n'avait réagi.

— *Ne prononcez jamais leurs noms !* Toutes les horreurs que ces hommes ont commises, c'est pour que la société n'oublie *jamais* qui ils étaient, pour que leurs actes continuent à ronger la population de frayeur, jour après jour, mois après mois, anniversaire de massacre après anniversaire de massacre. Et vous pouvez compter sur les médias pour raviver de terreur sourde la mémoire collective à chaque occasion qui va se présenter. Si vous citez leurs noms à chaque fois que nous allons parler, que *vous* allez parler de cette affaire, ces assassins auront gagné. Ils auront réussi à implanter dans vos cerveaux cette petite graine empoisonnée que vous ne pourrez plus *jamais* extraire de vous-mêmes, quoi que vous fassiez pour tenter de l'en arracher. Vous n'avez qu'à consulter Internet pour vous en rendre compte par vous-mêmes…

Quelques officiers échangèrent un regard incertain. Manifestement, cette idée ne s'était jamais frayé un chemin dans leur esprit. Castaing éteignit l'écran et ralluma la lumière dans la salle. Ses yeux sombres avaient pris la couleur de la nuit.

— Cet homme, mesdames et messieurs, n'est pas un criminel ordinaire. C'est un *tueur de masse*. Un homme qui a la haine pour seul moteur, pour seule identité. Il a frappé à l'aveuglette, ou parce que ce train a éveillé chez lui une certaine résonance dans la folie qui a pris possession de son âme. Le transport ferroviaire, les vacanciers, les familles, les enfants… Nous ne savons pas quoi. Il est encore trop tôt pour le dire, mais ce détail va revêtir une importance cruciale dans les prochains jours.

Langeais, qui bouillait de reprendre le contrôle de la situation, coupa le jeune officier.

— Lieutenant, qu'est-ce qui nous prouve que c'est bien lui, et pas un illuminé quelconque qui a posté cette déjection pour s'approprier l'événement ? Des vidéos comme ça, on en trouve des centaines sur Internet ! Ce ne sont pas les dingos qui manquent !

Castaing soupira. Un haussement de tout le haut du corps qui montra à quel point ce qu'il allait dire lui pesait.

— C'est lui. Aucun doute. Ce film a été mis en ligne à 22 heures le lundi 23 février, la veille de l'attentat. Même si la gare exacte n'est pas mentionnée, la coïncidence est trop frappante pour que cette publication soit uniquement le fruit du hasard.

Langeais accusa le coup. Castaing lui laissa le temps d'une réponse qui ne vint pas, puis il reprit d'une voix forte.

— Personnellement, ce qui me fait le plus peur, c'est le masque.

— Le masque ?

Larralde n'avait pas pu s'empêcher de répéter le mot à mi-voix. Castaing l'entendit et dirigea son regard vers lui.

— Oui. Le masque. Les tueurs de masse sont des criminels à part, je vous l'ai dit. Pour la plupart – c'est-à-dire les trois quarts d'entre eux, au moins –, ils cherchent à tuer le plus de monde possible en un seul acte ponctuel dans un déchaînement de violence, puis ils se suicident sur les lieux mêmes de leurs crimes, ou bien ils vont provoquer les forces de police les armes à la main pour se faire abattre en pleine lumière, au sommet de ce qu'ils fantasment comme étant leur moment de gloire ultime, pour se projeter en lettres de sang sur le monde et le marquer de leur nom pour l'éternité. Ils se moquent de laisser des empreintes, des traces génétiques. Ils se moquent que des témoins voient leurs visages. Et même, bien au contraire, ils font tout ce qu'ils peuvent pour que les caméras – de surveillance, de téléphones portables ou encore de télévision – soient braquées sur eux au moment de leur mort, pourvu qu'elle soit la plus violente et choquante possible pour ceux qui pourront se la passer en boucle sur leurs écrans.

— Ce qui veut dire, lieutenant ? Ce type n'a pas vraiment l'air de suivre votre schéma ! Pourquoi se cache-t-il ainsi s'il est le genre de fou que vous prétendez ?

Castaing tourna les yeux vers Yves Langeais. Il fit un pas vers le siège de l'officier qui ne put s'empêcher de se raidir devant son regard habité.

— Ne concluez pas trop vite, commandant. N'oubliez pas qu'un quart de ces tueurs ne se comportent pas tout à fait de cette façon-là. Il s'agit d'un profilage type, pas d'une parole d'Évangile. Croyez-moi, la seule chose dont vous pouvez être certain, c'est que cet homme va remettre ça, et même très bientôt. Il a un but, et il veut y arriver avant de mourir. Mais surtout, ne faites pas l'erreur de le considérer comme un « simple » terroriste. Un terroriste sert une cause, même complètement hideuse, même complètement amorale. Sa démarche conserve une certaine logique criminelle, quelle qu'elle soit. (Il braqua son stylo vers le masque.) Lui, il ne sert que lui-même. Il est en autarcie complète. S'il a décidé de ne pas mourir avec ses victimes dans le train, c'est parce qu'il veut accomplir autre chose avant de disparaître. Quelque chose de plus terrifiant que ça. Et pour l'arrêter, il va falloir que vous imaginiez une autre technique qu'une « simple » filière de fanatiques à infiltrer. Il va falloir que vous trouviez la cause profonde de sa colère, de sa haine. *Il va falloir que vous entriez dans la tête de ce malade. Que vous pensiez comme lui ! Que vous deveniez comme lui !*

Castaing laissa couler un long moment de silence, froid comme les ténèbres, et acheva le reste du groupe de policiers qui s'étaient transformés en pierres en les dévisageant l'un après l'autre d'un œil de cendres.

— *Seul un flic qui sera capable de faire ça pourra mettre un terme à son parcours...*

19

Connecting to iCloud…

Au mois de mai 2000, j'ai eu dix-huit ans. Avec Patxi, on a décidé de fêter ça. Ce n'a pas été compliqué à organiser. Il est venu à la maison, après les cours, et pour une fois ma mère n'a rien trouvé à y opposer. Il faut dire qu'en un an, j'avais déjà pas mal changé. J'étais devenu plus costaud et ses crises de baffes commençaient à s'espacer. Une fois où elle était vraiment en colère – je ne me souviens même plus pourquoi –, j'avais arrêté sa main au vol, comme ça, sans aucun effort. L'instinct qui se réveillait, sûrement. Et puis j'avais baissé le bras et l'avais laissée me frapper autant qu'elle le voulait. Je ne l'avais pas quittée des yeux pendant tout le temps où elle cognait, et ça, ça l'avait foutue en rogne comme un chien enragé. Si elle avait pu se tenir debout sans ses béquilles, elle aurait peut-être utilisé autre chose que sa main pour me l'écraser sur la figure.

À partir de ce moment-là, elle a commencé à se méfier de moi. Tous ses coups, ensuite, elle les a faits en douce, pendant que je n'étais pas là. Elle prenait même un malin plaisir à ne pas signer son forfait. Du coup, j'avais toujours un doute. Ça pouvait aussi être mon frère. Ou le fruit du hasard. Ou la faute à pas de chance. Comme quand un verre se renversait sur l'un de mes livres préférés, quand l'ordinateur du salon effaçait mon compte personnel et toutes les données que j'y avais enregistrées, quand un pull qui m'avait coûté un bras sortait troué de la machine à laver, quand mes pantalons disparaissaient de la corde à linge tirée en travers du jardin. Des exemples de ce genre, j'en aurais des centaines à raconter. Peut-être des milliers, en trente-trois ans de vie commune.

Mais j'anticipe. Je parlais de mes dix-huit ans. J'avais acheté une bouteille de vodka avec l'argent que j'avais gagné en travaillant dans les jardins des petits vieux du village, un peu plus bas sur la route. Avec l'arrivée du printemps, la nature et les rhumatismes se réveillaient. Il fallait des bras pour tondre, couper, tailler, planter, et retourner la terre des potagers où les retraités iraient finir de se bousiller le dos jusqu'à l'automne.

Je ne faisais plus mes devoirs du lycée depuis longtemps. J'avais un emploi du temps plein de trous. Alors j'ai bossé comme un esclave. Et chaque coup de pioche, chaque pelletée de terre me rendaient plus fort dans ma tête. Chaque heure passée le front courbé sur les outils était comme une nouvelle épreuve que je devais affronter tel un adversaire redoutable. Je me donnais des challenges que n'importe qui aurait trouvés ridicules.

« Pas cap' de fendre cette bûche d'un seul coup. »

« Si tu n'arrives pas à retourner toute cette parcelle en une heure, t'es qu'un foutu branleur juste bon à bouffer de la merde. »

« Si tu arrives à ramasser toute l'herbe avant la nuit, t'auras droit à la culotte de Lorraine ce soir. »

Je ne négligeais aucune petite victoire, aucun plaisir pour me récompenser d'avoir choisi de souffrir.

Le seul qui me manquait, c'était de coucher avec une fille.

J'avais l'impression de les effrayer quand je les observais dans la classe. Elles ne pouvaient pas s'empêcher de détourner les yeux avec un air dégoûté, comme si je portais sur le visage la marque d'une infamie congénitale. À la piscine, c'était pire. Surtout depuis que j'avais pris du muscle. On voyait encore plus que mon slip de bain n'était pas tendu par un engin à faire fantasmer dans les rêves érotiques des lycéennes. J'ai fini par ne plus y aller du tout. Au début, ça m'a fait un peu chier de ne plus voir tous ces petits culs à portée de main, mais je savais au fond de moi-même que je n'étais qu'un SDF qui bavait devant une vitrine hors de prix. Je ne suis même plus allé au stade. De toute façon, je courais maintenant plus vite et plus longtemps que tout le monde. Je sautais plus haut, plus loin, lançait le javelot avec plus de précision... j'étais devenu un vrai petit emmerdeur de première classe. Le prof a compris que mon départ rendait le cours plus serein. Du coup, il me collait une bonne note chaque semaine et n'a jamais envoyé de mot d'absence à ma mère.

Ça m'a laissé du temps libre pour ce que j'avais à faire.

Beaucoup de temps libre.

Et je me suis entraîné encore plus dur.

Je disais donc que j'avais acheté une bouteille de vodka pour mon anniversaire. Je l'ai montée dans ma chambre après avoir porté Patxi jusque sur mon lit et être redescendu chercher son fauteuil roulant. J'avais aussi pris du jus d'orange pour la faire passer, parce qu'il faut bien avouer que la vodka, quand ce n'est pas de la super came à consommer avec du caviar, c'est vraiment dégueulasse. En tout cas, celle que j'avais les moyens d'acheter avait un goût d'alcool à quatre-vingt-dix degrés, et elle piquait tout autant.

Je nous ai versé un premier verre et on a trinqué à notre amitié, à cette chance qu'on avait eue de se rencontrer, tous les deux, tandis que le monde entier nous tournait le dos. On a bu cul sec et on s'est mis à tousser comme des damnés. C'est là qu'on a découvert qu'on ne buvait jamais d'alcool, ni l'un ni l'autre. Avec sa maladie, les parents de Patxi m'auraient arraché les yeux s'ils avaient su ce qu'on avait l'intention d'ingurgiter cette nuit-là.

Alors on a décidé qu'il ne fallait pas qu'il rentre, sinon nous aurions des ennuis. Il allait rester dormir ici, dans ma chambre. Je suis redescendu en me tenant à la rampe – ça commençait à tanguer sec autour de moi – et j'ai appelé la mère de mon copain. Elle a un peu ergoté, au début, mais elle me connaissait bien. Elle savait que j'étais le seul ami de son fils, et que c'était un jour important pour moi. Elle n'a pas eu le courage de dire non. C'était un oui à contrecœur, mais c'était un oui quand même. Quand j'ai raccroché et me suis retourné, ma mère était dans l'encoignure de la porte de la cuisine. Elle a vu que je n'allais pas lui demander son avis. Elle s'est drapée dans sa dignité et m'a lancé un regard mauvais. Ses mains sèches étaient crispées sur les poignées de ses béquilles.

— Y a pas à manger pour lui, ce soir.

J'ai hoché la tête sans lui répondre. S'il y avait un truc dont je n'avais pas du tout envie, c'était de voir mon pote attablé entre ma mère et mon frangin. J'avais prévu de quoi grignoter. Des chips, des gâteaux secs, bref, des saloperies qui donnent encore plus soif.

Je suis passé à côté d'elle sans m'arrêter. Je sentais son œil acéré dans mon dos. Une pointe de haine qui me fouillait le corps de la nuque jusqu'au trou de balle.

Quand je suis arrivé dans ma chambre, j'ai tendu le pouce bien haut et nous avons hurlé ensemble en silence en nous claquant les paumes l'une contre l'autre. Pour que nous soyons tranquilles, j'ai fermé la porte à clé et je l'ai laissée dedans pour éviter que mon frère ne nous espionne. Il n'avait pas besoin de savoir combien de verres on allait s'enfiler, ni quelle quantité il me faudrait pour que je dégueule par terre. C'était la première fois que je faisais ça, et je me suis senti plus libre que je ne l'avais jamais été. C'est ça, la force de l'amitié. La complicité. Le partage. Patxi m'offrait ce soir-là mon plus bel anniversaire.

Nous nous sommes versé un deuxième verre.

Et nous avons commencé à refaire le monde.

Il en avait besoin.

Clic.

Upload completed.

20

Henri Walczak essaya de penser à autre chose qu'à l'envie de fumer qui lui dévorait la cervelle. Un peu plus de cinq heures de train pour descendre à Hendaye, ce serait plus qu'il ne pouvait en supporter avant d'allumer une cigarette. Déjà, il sentait le manque ramper sous sa peau comme une horde de vers affamés. Un jour ou l'autre, cette saloperie finirait par le tuer, c'était certain. Mais il était allé trop loin, et depuis trop longtemps, en compagnie de sa vieille amie Nicotine. Et puis mourir de ça ou d'autre chose, après tout, qu'est-ce que ça pouvait bien faire ? D'une façon ou d'une autre, la vie prenait toujours le même chemin, à la fin. Celui du cimetière. Alors, autant vivre comme on l'entendait tant que c'était encore possible. Rafik, lui, n'avait pas eu cette chance…

Lisa bougea la tête dans son sommeil, interrompant ses réflexions. Le regard d'Henri glissa du visage de la jeune femme jusqu'à ses mains posées sur le bébé qu'elle portait au creux de son ventre. Quatre mois ? Six ? Il réalisa qu'il ne lui avait pas demandé. Et son célibat forcené ne l'avait pas habitué à jauger ce genre de situation féminine. La culpabilité à vif, il fit un rapide calcul. Lisa et Daniel ne s'étaient pas revus depuis septembre. Nous étions à la fin février. Six mois. Oui, c'était possible. Cet enfant pouvait être celui du capitaine Magne.

Mais peut-être que non.

Henri observa les traits détendus de Lisa. Peut-être avait-elle rencontré quelqu'un, depuis, en Suisse ou ailleurs. Peut-être avait-elle déjà refait sa vie avec un autre homme qui n'était pas policier, un type qui n'était pas amené à faire parfois un certain nombre de choses contre son propre intérêt pour défendre la veuve et l'orphelin. Des actes qui plongeaient une lame empoisonnée dans sa vie, qui lui coupaient les jambes et le cœur en deux au moment où son couple explosait en vol d'avoir trop tiré sur la corde.

Je sens qu'il me regarde, qu'il s'interroge sur cet enfant qui pousse en moi, sur ce que j'ai traversé depuis que je l'ai vu la dernière fois, quand j'ai tout plaqué au 36 et que je suis partie vivre seule dans le chalet de mon père. Je n'ai pas envie d'ouvrir les yeux, pas envie d'avoir à me justifier, à expliquer, à plonger dans son expression malheureuse comme celle d'un chiot qu'on ne caresse plus. Mais Henri a toujours été quelqu'un de délicat. Il ne me posera pas de questions si je n'aborde pas le sujet de moi-même. Il est bien trop discret, trop attaché à moi.

J'aurais dû l'appeler, de temps en temps, lui donner de mes nouvelles. Lui demander des siennes. De celles de Daniel, aussi. J'aurais vu plus tôt arriver sa descente aux enfers.

Je suis partie sur un coup de colère. Daniel m'avait tenue à l'écart de cette enquête sur l'assassinat de mon père, il m'avait menti. Je ne l'ai pas accepté. Je n'ai pas compris, à l'époque, qu'il avait fait tout cela pour me protéger, pour m'empêcher de couler dans cette affaire comme dans un océan de vase.

Aujourd'hui, je me rends compte que j'ai été trop dure avec lui. Daniel a le droit de savoir qu'il va être père. Il a le droit de savoir qu'il me manque, que je n'ai jamais cessé de l'aimer.

Un gémissement s'échappe de mes lèvres fermées.

Je vais te retrouver, mon amour.

— On va le retrouver, Lisa.

J'ouvre les paupières. Henri a posé une main paternelle sur mon bras. Je lui souris avec affection. Que deviendrais-je sans lui, maintenant ; lui qui partage mes pensées sans les entendre ?

— Oui, j'en suis sûre. J'ai dormi, désolée.

— Ne t'en fais pas, il y a encore du chemin. Une heure et demie, au moins. Tu peux continuer à te reposer…

Je me redresse. Le sommeil m'a quittée aussi vite qu'il m'était tombé dessus. Henri me montre la tablette que je lui ai prêtée quand nous sommes arrivés dans le train.

— J'ai trouvé une chambre et une voiture. J'ai appelé depuis la passerelle pour ne pas te réveiller.

Je plisse les yeux.

— *Une* chambre ?

Henri prend un air piteux.

— Oui, une seule. Le commandant avait raison sur ce point, tout est loué sur Hendaye depuis hier et pour un temps indéterminé. Mais il y a deux lits.

Je regarde son expression angoissée et je ris.

— Ah, je vois le truc ! Tu as peur qu'on te voie monter dans ta piaule avec une femme enceinte et qu'on aille jaser dans ton dos ! Gros pervers, va !

Henri se déride.

— Tu es sûre que ça va aller ?

Je hoche la tête.

— Si tu as peur de me voir en culotte, je me déshabillerai dans la salle de bains et je mettrai une robe de chambre en laine, promis !

Le rouge lui monte aux joues.

— Je…

Je suis conne, parfois…

— C'est parfait, Henri. Merci d'être toujours aussi efficace. C'est où ?

— Heu… dans un monastère.

J'écarquille les yeux.

— Un monastère ?

— Tous les hôtels sont pleins. Les auberges, les pensions de famille, même les chambres d'étudiants ont été réquisitionnées. J'ai fouillé plus loin, et j'ai trouvé cette annonce dans le diocèse de la paroisse d'un petit village perdu au pied des Pyrénées. « *Chambre monastique pour retraite spirituelle ou isolement d'écrivain. Location à la semaine ou au mois. Cuisine attenante, salle d'eau et toilettes privatives.* » C'est un peu loin d'Hendaye, mais…

— Une chambre monastique avec deux lits ?

— C'est moi qui ai demandé qu'ils en rajoutent un.

— Et les sœurs ont accepté ça ?

Henri a un sourire de renard sous sa moustache jaunie par le tabac.

— La chambre d'écrivain est inoccupée ce soir, mais un locataire arrive dans deux jours. Les nonnes ne pouvaient pas refuser quoi que ce soit à une femme enceinte qui se rend à Lourdes avec son vieil oncle atteint d'un cancer incurable. Elles nous ont accordé une halte chez elles jusqu'à demain matin.

J'ai un hoquet de surprise.

— Non… t'as pas osé faire ça, quand même ?

— C'était soit ce pieux mensonge, soit nous passions la nuit dans la voiture.

— Un pèlerinage à Lourdes ! Alors ça ! Mais c'est pas en été, ce voyage, d'habitude ?

— C'est en été quand les gens sont sûrs de pouvoir passer le printemps !

Henri se met à rire comme un bossu et s'étrangle dans une toux qui lui coupe la respiration. Je me fige, soudain inquiète.

— Henri, le cancer… c'est pas vrai, hein ?

Il a un regard flou vers la campagne qui défile à toute vitesse le long de la fenêtre.

— Non, c'est pas vrai.

— Henri…

Il tourne vers moi ses yeux de cocker.

— Je tousse comme ça depuis des années. C'est pas une clope de plus qui va me tuer.

— Tu tousses *beaucoup*, depuis des années. Et cette saloperie a tué des gens plus costauds que toi avant même qu'ils sachent qu'il était trop tard pour arrêter. Ça serait bien que tu te fasses examiner par des spécialistes, quand même. Je ne sais pas, à Marie Curie ou à Villejuif…

Le regard d'Henri s'enfuit encore.

— Oui, peut-être…

— Henri, promets-moi que tu le feras.

Il contient une nouvelle quinte de toux avec difficulté.

— Henri, s'il te plaît…

Il sort un mouchoir de sa poche et s'essuie les lèvres avant de le replier sur la tablette du compartiment. Il me fait penser à mon grand-père, qui ne quittait jamais la table sans avoir soigneusement accompli ce rituel. J'ai brusquement envie qu'il me serre dans ses bras, de coller ma joue contre le col fatigué de sa veste, contre son odeur de tabac froid qui me donnerait envie de gerber chez n'importe qui d'autre.

— D'accord. Je te le promets.

J'acquiesce du menton. Ai un sourire gêné. De quoi est-ce que je me mêle, enfin ? Henri est bien assez grand pour s'occuper tout seul de sa santé. Il n'a pas besoin que je le sermonne ou que je joue à la maman avec lui. Soudain mal à l'aise avec le silence qui s'installe entre nous, je change de sujet.

— Raconte-moi ce qui est arrivé, à la Crime, depuis que je suis partie.

De l'autre côté de l'allée centrale, un type nous regarde par-dessus ses lunettes de lecture, semblant considérer que notre couple n'est pas naturel. Henri se rapproche de moi pour qu'il ne puisse rien entendre de ses révélations.

— Après le tabassage d'Anton Garbov dans les locaux du 36, l'IGPN est tombée sur Daniel.

— Comment ont-ils su si vite que c'était lui ? C'est Garbov qui a porté plainte ?

— Non. Le Russe avait une trouille de tous les diables. Et il avait raison. Il a été étranglé peu de temps après par un autre détenu – non identifié, évidemment – dans les douches de la prison de Fresnes, pour l'empêcher de révéler quoi que ce soit sur la Pieuvre lors de son procès prévu deux mois plus tard. Je pense que le capitaine a été dénoncé par un membre de l'équipe. Je n'ai pas su de qui il s'agissait. Il s'était cassé trois doigts de la main droite en cognant sur le Russe. Il n'a pas pu nier avoir frappé Garbov. Il s'en moquait, même. Il a déclaré qu'il était seul avec le prisonnier à ce moment-là, ce qui était faux, tu t'en doutes. Mais tout le monde a laissé faire. Moi le premier.

— Mais tu n'y étais pas, toi.

— Non, mais je connaissais la vérité. Le capitaine a cogné sur Garbov mais les autres en avaient autant envie que lui, après l'assassinat de Rafik. Ils sont restés dans la pièce d'à côté et ils l'ont regardé agir en se frottant les mains. Au bout d'un moment, l'un d'eux a fini par réagir et par dire aux autres qu'ils allaient tous avoir de gros ennuis. Il était temps. Quand ils l'ont retiré des griffes du capitaine, Garbov n'avait plus figure humaine. Du moins, c'est le bruit qui a couru dans les couloirs de la Crime.

— Et on a la preuve que c'est lui qui a tué Rafik ?

Henri secoue lentement la tête.

— Non. On n'en a jamais été certains.

— Du coup, aucune circonstance atténuante pour le tabassage…

— Aucune. L'opinion publique ne plaisante pas avec les excès de violence de la police. C'est la même qui vote dans les isoloirs. Il fallait faire un exemple, donner quelqu'un en pâture aux journaux. Le capitaine a failli être viré par le ministre, mais Picaud a réussi à atténuer la sentence grâce à ses excellents états de service. On lui a ordonné de solliciter sa mutation, mais on lui a laissé le choix de la destination. Le commissariat d'Hendaye venait de perdre un officier. Il a envoyé sa demande en tant que capitaine. Il avait déjà refusé sa promotion au grade de commandant.

Je me mords les lèvres. Oui, Daniel a dû en baver. Et moi, je n'étais pas là pour le soutenir, enfermée dans ma colère stérile et dans ma fuite.

— Et comment ça s'est passé, à son arrivée là-bas ?

Henri a une grimace éloquente.

— Pas très bien, d'après ce que j'ai compris. Les gradés se méfiaient de lui, vu la raison pour laquelle il quittait Paris, et ses collègues n'avaient pas encore digéré la mort de leur copain. L'officier que le capitaine devait remplacer avait été abattu en service, lors d'une descente dans un club privé où il était tombé sur un caïd armé.

— C'est lui qui t'a raconté ça ?

Henri acquiesce du menton.

— Le premier mois, il tournait en rond comme un fauve en cage. Il avait besoin de téléphoner. De garder le contact.

— Et ensuite ? Le mois d'après ?

— Ensuite… eh bien…

Henri baisse les yeux. Mon cœur se serre.

— Il a rencontré quelqu'un ? Une autre femme ? C'est ça ? Il te l'a dit ?

J'ai monté la voix. Le type de la travée d'en face rabaisse son journal. Son regard coule sur moi comme de la morve et m'enveloppe de quelque chose de gluant qui me donne la nausée. J'ai l'impression de revivre la scène du train qui m'a amenée à Paris le matin même.

— Qu'est-ce que tu veux, toi ? Ma photo ou ma main sur ta tronche ?

Le silence tombe soudain dans le wagon. Certains se haussent sur leurs fesses pour tenter d'apercevoir ce qui se passe, d'autres regardent ailleurs pour faire comme s'ils n'étaient pas là. Une autre femme, deux sièges plus loin, a un grand sourire de connivence. *T'as raison, ma fille. Ne te laisse pas emmerder par n'importe qui.* Le type, vexé à mort, remonte son journal et disparaît derrière en m'offrant une vue imprenable sur sa braguette à moitié ouverte.

La main d'Henri se repose sur mon bras comme une aile d'oiseau.

— Non, aucune femme, Lisa. Ça, ce n'est définitivement pas son truc. Pour lui, il n'y en a qu'une qui compte. Et je crois que tu le sais très bien. En fait, il a eu d'autres problèmes. Mais je préfère que ce soient ses collègues d'Hendaye qui nous en parlent…

Je baisse le nez. Henri a raison. Je me cherche des excuses. Si j'avais été à ses côtés quand l'IGPN était à ses basques, je n'aurais jamais permis que Daniel parte s'exiler tout seul là-bas, dans une région qu'il ne connaît pas et où il n'a aucune attache.

Et où il était à mille kilomètres de moi.

Le train file à toute vitesse. Le paysage, hypnotique, n'est qu'un long ruban d'aquarelles effilochées par la pointe d'un pinceau gorgé d'eau. Je ne sais pas où nous sommes. Je visualise le trait lumineux de notre parcours sur la carte de France, comme si je regardais la progression de notre train sur un plan de GPS à vitesse accélérée. Quelque part, sur cette ligne, un point bleu. Moi. À côté, un second, vert. Henri. Plus bas, un troisième, rouge, luit en clignotant faiblement. Pour combien de temps encore ?

Daniel…

21

— Lisa…

L'écho de ma propre voix me sort de l'inconscience. Comme si je m'entendais parler en double, à quelques fractions de seconde d'intervalle.

J'ouvre les yeux sur un plafond gris sale. Je bascule la tête avec effort sur le béton. Tout mon corps est devenu raide comme un bout de bois. La petite pièce aux murs de parpaings bruts est vide. Un seul soupirail rayé de barreaux laisse entrer une lumière chiche et froide qui m'indique quand même qu'il fait jour. Une couche grise recouvre le bas du carreau. De la neige ?

Cette fois, je sens mes extrémités. Mes doigts de pied ont rallié l'équipe. La douleur dans ma poitrine me coupe le souffle. Elle s'est incrustée dans ma chair comme une lame chauffée au rouge.

Je lève une main hésitante pour soulever un peu le pan de ma chemise. Mon bras pèse une tonne, mais il finit par obéir. Le tissu, rigide comme un morceau de contreplaqué, est collé à ma poitrine. Je ne vois rien, mais je sens la plaie qui me lance, à une dizaine de centimètres en dessous du cœur. J'ai la glotte qui fait soudain le yoyo. *Putain, j'ai eu chaud !* Si la balle avait frappé juste un peu plus haut, j'étais bon pour un aller simple dans le trou.

Le sang me battant les tempes, je laisse retomber ma main. J'ignore ce qui a stoppé l'hémorragie. Peut-être ne suis-je pas si gravement touché que ça. Mon voyage intérieur aux portes de la Mort n'était-il donc alors qu'un délire dû à la fièvre ? Ou peut-être est-ce une simple rémission due à un caillot de sang qui a bouché la blessure, un barrage temporaire qui ne demandera qu'à céder dès que je tenterai de bouger ? Et qui est ce type qui m'a flingué comme un ballon sur un stand de tir ?

La porte de la pièce s'ouvre alors, et mes questions trouvent tout de suite une première réponse. Je reconnais immédiatement le pilote de la moto. Il me regarde de haut, un sourire d'enfoiré accroché au coin des lèvres. Ses yeux de vipère se rivent aux miens.

— Alors ? En pleine forme, *capitaine Magne ?*

— Va te faire foutre !

La phrase m'a coupé le souffle. Le type se marre. Dans sa main gauche, il tient une barre de métal aux angles vifs. Il s'en frappe la paume de la droite avec nonchalance, comme s'il jouait avec un stylo.

— T'es pas reconnaissant, dis donc.

— De m'avoir plombé ? T'es complètement cinglé, ma parole !

— Il paraît, oui…

Il s'accroupit face à moi, observe d'un œil intéressé la tache sombre qui macule ma poitrine. Il me la montre avec le bout de la barre.

— Tu sais, tu as eu du bol quand même, ne te plains pas. J'ai visé le cœur, mais tu allais trop vite, avec le scoot. J'ai pensé t'achever sur place, mais j'ai eu une meilleure idée.

La colère me noue les tripes de ses doigts crochus.

— Une carcasse de flic, ça ne rapporte que des années de taule. Tu n'auras pas un rond. Et si je sors d'ici vivant, tu peux compter les jours qu'il te reste à vivre libre sur les doigts d'une seule main. Tu le sais comme moi. Ton idée à la con, tu peux te la carrer dans le cul !

Je souffle comme un phoque sur la banquise. Ma sortie m'a épuisé d'un coup. Il me scrute de son regard couleur d'huître.

— Qui te dit que je vais demander du pognon à qui que ce soit ?

Je le dévisage avec le plus de mépris que je peux instiller dans mon regard. Quand elle sort de ma poitrine, ma voix a la puissance de celle d'un chaton de trois semaines.

— Alors qu'est-ce que tu veux, enfoiré ? Tu te sens super balaise d'avoir buté des femmes et des enfants ? Ça te file la gaule, c'est ça ?

— Ta gueule !

Le coup de poing est parti dans la foulée. Il a dû y balancer toutes ses forces. Je vois des éclairs violacés, et des chandelles se mettent à tourner autour de moi au milieu d'une envolée de moineaux terrorisés.

D'un bond, il lâche la barre qui rebondit sur le sol et il écrase mes bras de ses cuisses en se laissant tomber sur moi. Je sens un doigt dur comme de l'acier se vriller sous mon menton jusqu'à ce que je bouge la tête dans sa direction. Prudent, il me bloque la mâchoire avant que j'aie le temps de lui cracher au visage, puis il se penche au-dessus de moi, comme s'il voulait me faire une confidence sur l'oreiller. Les aspérités du béton me déchirent la peau du crâne alors que j'essaie en vain de me libérer de sa poigne.

— Écoute-moi bien, flic à la con. Je n'en ai rien à foutre de toi, pas plus que du moindre de ces cadavres qui jonchent encore les voies en petits morceaux. Ta morale à deux balles ne trouve aucun autre écho chez moi que l'envie de t'exploser la tête et de te balancer dans une décharge. Je te garde vivant pour l'instant, mais je n'ai pas dit que ça allait durer longtemps. Alors, ne me fais pas chier, tu brûles tes cartouches pour rien.

Là-dessus il se lève, récupère la barre de fer d'un geste vif et l'abat d'un seul coup sur mes jambes. Le hurlement s'échappe de mes poumons malgré moi. À travers mes larmes, je vois son sourire revenir sur sa sale gueule de raie.

— Eh bien, tu comprends vite, quand tu veux !

La douleur est tellement intense que j'en ferme les yeux pour ne pas lui donner le plaisir de s'en repaître au fond de mes prunelles. Mes jambes ne sont plus qu'une boule de lave en fusion qui me remonte la colonne vertébrale en ondes de feu. Le motard profite du fait que je suis plié en deux pour lâcher son arme, m'attraper les poignets et les lier ensemble avec un bracelet plastique d'électricien. Les crans émettent un grincement mat juste avant que les angles me mordent la peau. Puis il se recule, satisfait.

— Maintenant, il y a une chose que je veux savoir, mon cher capitaine. Pourquoi étais-tu là, précisément au moment où j'ai fait sauter ce train ? Comment as-tu su ?

C'est là que je comprends pourquoi il ne m'a pas encore exécuté. C'était pourtant tellement évident. Et malgré la douleur qui irradie dans tout mon corps, je réalise que si ma vie ne tient qu'à un fil, j'ai peut-être encore une dernière carte à jouer. Un tout petit atout, mais c'est mieux que pas de jeu du tout. Tant qu'il ne saura pas que c'est le hasard complet qui m'a mis sur son chemin, j'ai une chance infime de rester en vie encore un peu plus longtemps. Je dois l'inciter à croire qu'une équipe est sur sa trace, que ce n'est qu'une question de temps avant qu'on le colle au placard, que je peux être une monnaie d'échange si ça se met vraiment à sentir le roussi pour lui.

Son regard n'a pas cessé de me vriller le crâne. Il a perçu mon hésitation. Il ramasse la barre et l'étend à nouveau au-dessus de mes tibias en marmelade, puis il se penche vers moi, les mâchoires serrées.

— Dépêche-toi : j'ai pas toute la journée…

22

— *Lisa*...

J'ouvre les yeux. Henri me regarde avec affection. Sa main est posée avec douceur sur mon bras. Ce geste de papa, il le fait de plus en plus souvent. Comme s'il voulait me rassurer en permanence, comme s'il cherchait à aplanir le chemin devant mes pas à chaque seconde. Derrière lui, la silhouette sombre d'un bâtiment de pierres mange toute la vitre. Une paroi abrupte et grise percée de quelques fenêtres hautes et étroites. Un corbeau traverse mon champ de vision à grands coups d'ailes noires en poussant un long cri lugubre. Le rêve.

— C'est là ?

— Oui. C'est le monastère de Montbaillac. Nous sommes arrivés.

Je me redresse en basculant le siège où je me suis assoupie peu après notre départ de l'agence de location de voitures, à la gare d'Hendaye. Je découvre les douves, larges et remplies d'eau stagnante, qui entourent l'austère construction. Je penche la tête. Tout en haut, un tour de garde crénelé me fait plus penser à un château fort qu'à un édifice religieux.

Au-delà de l'imposante bâtisse, les collines s'étirent en vagues lentes vers l'horizon qui disparaît dans une ligne floue où la forêt pâle et le ciel se marient à l'infini. Du haut des remparts, on doit pouvoir lancer son regard presque aussi loin que son imagination est capable de s'évader. Henri enfile une veste chaude en laine. Il a l'air de faire frisquet, dehors. Il se tourne vers moi avec une mine de conspirateur qui va faire sauter le coffre d'une banque.

— Bien. Souviens-toi de ce que je leur ai raconté. Je suis ton oncle, je suis malade, et tu as tenu à m'accompagner malgré ta grossesse. Ton mari est à l'étranger pour affaires, ma femme est morte et enterrée depuis de longues années, et je n'ai plus que toi pour m'aider à accomplir ce pèlerinage. D'accord ?

Je retiens un sourire. On se croirait dans un épisode de *Mission impossible*.

— D'accord. Mais tu n'en fais pas un peu trop, là ? Ce n'est pas crédible, cette histoire !

Henri secoue la tête.

— Si, bien au contraire. Il y a des milliers de gens qui se rendent à Lourdes tous les ans. Seuls, en famille, en couple, jeunes ou âgés, Blancs, Noirs ou originaires d'autres ethnies, on y trouve la mixité la plus forte qu'il soit possible de générer sur un événement religieux. J'ai vérifié sur le Net. Ce n'est pas la première fois que les sœurs reçoivent des pèlerins, même si leur monastère est encore loin de leur destination. C'est une source de revenus non négligeable pour entretenir les bâtiments. À part ça et les maigres subventions de l'Église et de la commune où elles résident, elles n'ont pas grand-chose d'autre à se mettre sous la dent.

Je soupire. Ce mensonge ne me dit rien qui vaille. J'ai un souvenir mitigé de ma dernière visite dans un couvent[1]. Mais je ne me sens pas de contredire Henri. Il a fait ce qu'il a pu pour nous trouver un abri en un minimum de temps. Et Picaud nous a demandé de passer inaperçus. De nous fondre dans la nature. Le moins que je puisse faire est de me ranger aux exigences des circonstances.

— Ça ne te plaît pas, hein…

Je lui souris du bout des lèvres.

— Eh bien…

— D'accord. Mais pense que c'est pour ce soir seulement. Demain, on trouvera autre chose. De toute façon, on n'a pas le choix.

— Oui. Merci, Henri. Excuse-moi. Je suis mal embouchée, en ce moment.

Henri chasse une mouche invisible de la main.

— Bah… laisse tomber. C'est normal, avec ce que vous avez traversé tous les deux depuis cet automne. Et puis je me doutais de ta réaction. Toi et les curés, hein…

Il sait que je suis athée jusqu'au bout des ongles. La seule évocation des toutous fidèles qui se prosternent à genoux devant une statue crucifiée ou qui plantent la tête en rythme dans un tapis en direction d'un désert qu'ils ne verront jamais me hérisse le poil. Surtout connaissant les horreurs que certains d'entre eux sont capables d'exécuter pour que ceux qui ne partagent pas leur opinion se plient à leur prosélytisme exacerbé. Où est Dieu, là-dedans ? Se reconnaîtrait-il dans les crimes que tous ces prophètes intégristes commettent en son nom, le doigt suivant aveuglément les lignes où sont gravés les préceptes millénaires de la Bible ou du Coran ?

1. Lire *L'Enfant aux yeux d'émeraude.*

Je ne me suis jamais cachée de cette aversion viscérale pour la religion, même si j'évite d'en parler devant Henri, à cause du fort attachement de ses compatriotes au christianisme depuis des générations et au fait que j'ignore s'il le partage ou non. Si la foi est un non-sens pour moi, je n'oblige pour autant personne à subir mon point de vue. Pour essayer de me faire pardonner ma mauvaise humeur, je fais la moue et lui envoie une œillade de gourgandine.

— Ah, s'il y a aussi de beaux serviteurs du Seigneur, je vais réfléchir à la question, quand même.

Henri me dévisage et prend une expression de missionnaire horrifié.

— Tu ne les détournerais pas de leur vœu de célibat, tout de même ?

Je pose ma main sur son bras et lui retourne son regard d'un air angélique.

— Je n'ai pas l'intention d'en épouser un, ne t'en fais pas. C'est juste pour le sexe !

Il rit jaune.

— Ah, j'ai eu peur !

Tandis que, un peu gêné, il sort de la Scénic de location pour ouvrir le coffre afin de récupérer nos bagages, mon sourire s'estompe sur mon visage comme des bulles de savon sur du verre mouillé. J'enfile ma doudoune sur ma robe de grossesse et m'extirpe de la voiture à mon tour. Le vent chargé de sel qui se lève s'agrippe à mes cheveux et me fait plisser les yeux. L'océan n'est pas loin. On ne le voit pas, du bas des remparts, mais sa présence est palpable comme si je me tenais debout en haut d'une falaise qui domine les flots. Derrière moi, il s'engouffre dans les douves et fait siffler les créneaux du chemin de ronde. Si je fermais les paupières, je pourrais me croire sur le pont d'un navire, face à la houle, les pieds à deux pas du vide.

Mais je suis seule sur ce pont. Tu n'es pas là pour me serrer dans tes bras et ôter de mon cœur cette sourde angoisse qui y rôde depuis deux jours. Et le pauvre Henri n'y peut rien. Il fait de son mieux, je le sais.

Tout à coup, la folie de mon entreprise prend enfin toute sa dimension. Je me sens perdue au milieu de l'immensité de cette région inconnue. Par quel miracle vais-je dénicher une piste que les policiers d'Hendaye n'auraient pas découverte, alors qu'ils sont ici chez eux, qu'ils ont tous les rapports d'experts à leur disposition, tous les témoignages des survivants de la catastrophe, toutes les vidéos tournées par les caméras de la ville ? Est-ce que je m'imagine que mon ventre rond va m'ouvrir toutes les portes closes comme par enchantement ?

Un coup de vent plus fort que les autres me fait soudain frissonner. Pour la première fois depuis que j'ai quitté la Suisse, je doute de parvenir à autre chose qu'à me mettre en travers de l'enquête officielle.

Comme s'il avait compris les questions qui me taraudent et la lassitude qui s'empare de moi, la main rassurante d'Henri se pose sur mon épaule.

— Il est temps d'y aller, petite fille. Les sœurs nous attendent.

23

Connecting to iCloud…

Au bout de trois verres, j'étais complètement désinhibé. Patxi riait de toutes ses dents à n'importe laquelle de mes conneries et ça provoquait chez moi de nouveaux soubresauts d'un fou rire inextinguible. Ça a duré ainsi jusqu'au moment où je lui ai raconté comment j'avais cassé la figure à mon frère, un soir, et que je lui avais fait rentrer ses « Damian p'tite bite » jusqu'au fond de la gorge.

Là, Patxi a cessé de rire. Il m'a regardé bien en face – il n'était pas encore saoul, lui, inexplicablement – et il m'a posé une question que personne ne m'avait balancée jusque-là. Personne sauf mon frère, bien entendu.

— T'es toujours puceau, hein ?

Ça aurait pu me foutre en rogne. Mais c'était Patxi. Mon pote. J'avais confiance en lui. Il ne le répéterait jamais à quiconque. Il avait tout à y perdre, lui aussi.

Et quelle est la valeur d'un secret si on n'a personne en qui l'on croit pour le partager avec lui ?

J'ai baissé la tête sur mes pieds nus.

— Ouais.

J'ai soupiré, et puis les larmes me sont montées aux yeux sans prévenir.

— C'est à cause de…

Mes mots ne passaient plus. Je fuyais le regard de Patxi. Je croyais qu'il allait me juger, se moquer de moi. Mais il a glissé sa main sous mon menton et m'a souri.

— Moi aussi, Ducon.

Mes larmes ont séché d'un coup.

— Qu… Quoi ? Mais…

Les yeux de Patxi ont viré au rouge. La couleur de la rage, de la frustration, du désir d'en découdre avec la terre entière, en ce qui le concernait.

— J'ai la bite molle depuis que j'ai quatorze ans, Damian. J'ai à peine eu le temps de me branler une fois ou deux avant que cette putain de maladie me tombe sur le coin de la gueule. Depuis, c'est Ground Zero. Rien. Nada. Même pas le plus petit frémissement devant une chatte en gros plan sur mon écran d'ordinateur. Et je peux te dire que j'en ai maté, depuis que les vieux m'ont installé Internet dans ma chambre. Moi non plus, je ne sais pas ce que c'est de la glisser là-dedans. Et je ne le saurai jamais, même si j'ai vu plus de mecs le faire dans les films pornos que tu ne peux l'imaginer. Il paraît que c'est vraiment le pied. Surtout quand elles sont chaudes et humides comme des gants de toilette passés à l'eau bouillante.

J'ai hoché la tête, comme si je le savais moi-même. J'essayais de ne pas penser à ma mère et à mon frère, aux bruits dégueulasses qu'ils faisaient presque tous les soirs dans la chambre de l'autre côté du couloir.

— J'ai une bite minuscule.

C'est sorti tout seul, au milieu d'un silence brûlant de lumière. Patxi m'a regardé encore une fois bien en face. Il n'y avait pas la moindre ombre d'un sourire sur son visage empli de colère.

— Quel est le con qui t'a dit ça ?

J'ai avalé le reste de mon verre.

— Mon frère.

Un temps.

— Lorraine, aussi.

Un deuxième temps.

— Avec elle, j'ai... j'ai pas réussi...

Patxi s'est immobilisé. Il a remué tout doucement le menton, comme ça, de haut en bas. Ça voulait dire un tas de trucs, mais le principal c'était : « Oui, OK, là, maintenant, je comprends mieux... »

Puis, sans transition, il a ajouté :

— Fais voir.

Je suis devenu tout pâle. Mon cœur s'est mis à méchamment protester dans ma poitrine.

— T'es cinglé, Patxi ?

Il s'est redressé sur le lit.

— Montre-la-moi.

— Non !

— Si !

Nous sommes restés un moment face à l'autre, au bord de l'engueulade. L'alcool fusait dans nos veines comme de l'acide sulfurique. Je voyais des animaux inconnus traverser la chambre. Des soleils se levaient et explosaient dans mon crâne. Mais Patxi, lui, ne me quittait pas des yeux. Je ne bougeais toujours pas.

Alors il a fait un truc qui allait changer nos vies à jamais.

Il a tendu la main vers ma ceinture, et il a fait coulisser ma braguette jusqu'en bas. Puis il s'est reculé un peu.

— Fais voir, Damian. S'il te plaît.

Là, la colère m'a pris. J'ai sauté sur mes pieds, j'ai dénoué la boucle et j'ai baissé mon pantalon et mon slip jusqu'à mes genoux. Mon machin était invisible, perdu dans des plis presque aussi petits que lui.

— Alors ? Tu vois quelque chose, toi ? Allô, Houston ? Ici Apollo 13... Je crois qu'on a un problème ! Vous apercevez quelque chose, sur vos radars, vous ?

En me dandinant comme un con, je suis tombé en travers du lit, les jambes entravées par mon pantalon. La main de Patxi a glissé entre mes cuisses sans que je la voie arriver. Il m'a poussé en arrière contre mes oreillers, et il a plongé sa bouche sur la petite chose molle qu'il avait réussi à attraper du bout des doigts.

Cette petite chose molle qui s'est mise à durcir entre ses lèvres pendant que sa langue essayait de l'avaler et que ses mains malaxaient mes testicules.

Ça m'a coupé la respiration d'un coup. J'ai baissé des yeux terrorisés sur mon bas-ventre et j'ai croisé le regard de Patxi. Un regard qui me disait : « Ne fais rien. Laisse-toi aller, c'est tout. »

— Mais... Patxi ! Qu'est-ce que...

— Chhhut...

Son souffle a sifflé sur mon sexe et m'a fait dresser les poils des bras. Ma salive s'est asséchée d'un seul coup. La pièce s'est mise à tourner comme un manège infernal. Je me souviens que j'ai pensé à la clé. Dieu merci, j'avais laissé cette foutue clé dans la serrure. La bouche de Patxi allait de plus en plus vite. Sa langue était de plus en plus trempée. J'ai pensé à ma mère et à mon frère, j'ai pensé à Lorraine, à ses seins pointus que chaque pelletée de terre faisait disparaître un peu plus sous la lumière blanche de la lune. Une lumière virginale qui rehaussait la noirceur de la trace qui entourait son cou d'albâtre. J'ai pensé à sa culotte, qui portait encore son odeur intime, son parfum de fleur sauvage qu'aucun nez ne respirerait jamais plus. J'ai pensé à ses yeux morts qui cherchaient toujours sur moi la raison pour laquelle elle était étendue là, dans la boue des cochons, un oiseau aux ailes rigides et écartelées sur le ventre, tandis que je sortais mon appendice de souris au-dessus de sa tombe pour uriner dessus.

Et puis, quand la vague est montée si haut qu'elle m'a submergé, j'ai enfoncé ma bouche dans mon traversin pour que mon cri ne parvienne pas aux oreilles de ma mère de l'autre côté du mur.

Patxi a craché dans un mouchoir, puis il a fini son verre d'un trait sans respirer.

Pendant que les larmes roulaient sans fin sur mes joues et que je le regardais à travers un brouillard indistinct, le cœur en miettes, le slip toujours baissé en bas des cuisses, il a posé sa main sur ma hanche et m'a souri comme si nous n'avions jamais cessé de discuter...

— Ça a vraiment un goût dégueu, mais maintenant, au moins, t'es plus puceau.

Clic.

Upload completed.

24

J'ai dû m'évanouir. Lorsque j'ouvre les yeux à nouveau, le cinglé a disparu. Quand il a commencé à cogner pour m'obliger à parler, j'ai finalement renoncé à lui servir un bobard. Il aurait éventé mon mensonge en moins de deux. Je ne le connais pas, je n'ai aucune idée d'où il vient, ni de quelle matière fétide est constituée sa cervelle. Je n'aurais pas fait illusion bien longtemps. Le mieux était de me taire, histoire de lui faire croire que je savais quelque chose de vital pour lui. Quand il s'est attaqué à mes bras, j'ai pensé qu'il allait me tuer là, sur place, sans avoir reçu de réponse à sa question. Alors je me suis roulé en boule en serrant le plus possible mes coudes contre mon corps, ma tête protégée par mes mains liées, et j'ai laissé passer l'orage. Je crois que c'est quand j'ai entendu la gauche craquer sous l'attaque de l'angle de la barre que je suis tombé dans les pommes.

J'essaie de me redresser tant bien que mal sur les bras, mais mes poignets sont toujours verrouillés par les liens en plastique. Je plie mes jambes, l'une après l'autre, au prix d'un gémissement que je ne peux contrôler. Il n'a pas jugé utile de les attacher. C'est déjà ça. À travers le voile rouge de la douleur, je vois que mes doigts ont méchamment gonflé et changé de couleur. Ma main est à présent d'un bleu sale aux reflets noirâtres. Elle doit avoir doublé de volume. Si je ne parviens pas à couper ce lien très rapidement, je n'ose pas imaginer à quoi elle ressemblera d'ici peu.

Combien de temps suis-je resté dans les vapes ? Une heure ? Deux ? J'essaie de bouger les doigts, mais une vague de feu me dévore le bras. Malgré la souffrance qui alourdit chacun de mes gestes, je réalise que je m'en suis sorti vivant. Pour l'instant. J'ignore quand ce dingue reviendra, mais la prochaine fois, je pense que ce sera la dernière. S'il voit qu'il ne peut rien tirer de moi, il me tuera sans plus attendre. Et si je lui dis que je ne sais rien, ce sera pareil. D'un côté comme de l'autre, je suis foutu.

Je jette un regard désespéré autour de moi. À part un vieux tuyau d'arrosage entreposé dans un coin, la pièce est vide. Deux mètres sur trois, des parpaings nus et un soupirail protégé par des ferrures grosses comme mon poignet. La porte massive pourrait être celle d'une cave de château. Les gonds, invisibles, sont dissimulés dans l'épaisseur du bois. Je n'ai rien à attaquer, même avec les dents. *Sauf*... Je regarde le lien. Et pourquoi pas, tiens ? Je mords dans le plastique avec toute la rage qui bouillonne en moi, mais la matière semble très solide. Mes incisives ne parviennent qu'à imprimer une légère marque dans le bracelet. Les gencives en sang, écorchées par l'angle vif des liens, je finis par renoncer.

Mon cœur bat plus vite, soudain. Coincé. Je suis piégé comme un rat dans une nasse. L'idée d'être à la merci de ce type me rend malade, me donne envie de crier ma rage face au mur de ciment. Je ferme les yeux. Réfléchis. Du calme. *Du calme.* Ce n'est pas en laissant la panique s'installer en moi que je vais trouver la manière de m'en sortir. Chaque chose en son temps. La première étape à franchir, c'est couper ce foutu bracelet d'électricien pour libérer mes mains. Même si je parvenais à m'évader d'ici, je n'irais pas loin avec les poignets entravés jusqu'au sang. Autant ne pas y penser tant que je n'ai pas résolu ce premier problème.

Je roule sur le dos et me mets à quatre pattes, appuyé sur mes avant-bras, en essayant de ne pas poser ma main blessée sur le sol. J'inspecte le béton de près. Il n'y a jamais eu de ragréage effectué sur cette dalle depuis qu'elle a été coulée. Elle est brute de décoffrage. Çà et là, je déniche des endroits où le ciment s'est figé dans des aspérités plus agressives qu'ailleurs. La peau de mes coudes me renseigne au fur et à mesure que j'avance sur la granulosité du lissage. Je progresse lentement, centimètre carré par centimètre carré. Pour que je puisse râper le bracelet sur quelque chose qui pourrait le couper, il va falloir que ça dépasse suffisamment de la dalle, sinon je vais attaquer mes paumes autant que le plastique.

Combien de temps suis-je resté ainsi, le nez collé au sol, à chercher en vain de quoi sectionner ce lien qui me rentre dans la chair et me rend dingue ? Je ne sais pas, mais derrière la lucarne la lumière a commencé à plonger dans la noirceur. Il ne doit pas être loin de 17 heures. La peau de mes mains me brûle de tous les frottements que j'ai tentés, sans autre effet sur le bracelet que de mettre ma chair à vif sur mes poignets. Il est juste un peu râpé sur le dessus, comme gratté avec du papier émeri. Je me serai usé les avant-bras jusqu'à l'os avant même d'en avoir entamé la moitié.

La lucarne... Je la contemple comme si je la voyais pour la première fois. Environ cinquante centimètres de long sur trente de haut. Du verre cathédrale comme dans les pavillons anciens, protégé des coups par des barreaux de fer scellés verticalement dans les montants de l'ouverture que je devine épaisse d'au moins deux rangs de parpaings. Si je parvenais seulement à briser la vitre, j'aurais vite fait un instrument coupant sous la main qui me permettrait de me libérer, mais elle est hors de portée, implantée bien trop haut dans le mur. Même en me dressant sur la pointe des pieds, il me manque encore au moins vingt bons centimètres pour atteindre le bord de l'ouverture. Alors pour casser le carreau, pas la peine de rêver. Il me faudrait un projectile, un truc que je puisse balancer suffisamment fort entre les barres qui sont espacées de moins de la moitié de la largeur d'une de mes chaussures.

Découragé, je me laisse glisser le long du mur. Et puis après ? Même si je parvenais à me débarrasser de ce foutu bracelet, je resterais encore enfermé dans cette prison sans autre issue que la porte massive fermée à clé. Une porte que je ne pourrais pas faire vibrer en me démontant l'épaule dessus.

Pour la première fois, je commence à comprendre à quel point ma situation est désespérée, que ce n'est qu'une question d'heures avant que le type qui m'a enlevé ne mette sa menace à exécution. Je baisse le front sur mes mains et laisse les idées noires m'envahir de leurs vilains petits rires moqueurs. Dans mon esprit enfiévré, elles dansent en ribambelle en poussant des cris excités, comme la populace d'un village moyenâgeux avant la mise à mort d'un condamné sur la place publique.

25

— C'est la première fois que vous venez dans la région ?

Je me retourne, dos au vent qui rabat mes cheveux sur mon visage en s'engouffrant entre les créneaux du tour de garde. La nuit est tombée, mais l'air est encore doux. Henri est redescendu fumer une cigarette à l'extérieur du monastère. J'aperçois le bout incandescent de sa Gauloise longer la forme sombre des douves qui encerclent l'édifice. La femme est dans la pénombre, mais je la reconnais à sa silhouette massive et à sa voix caverneuse. C'est Anne-Marie, la mère supérieure, celle qui veille sur l'ensemble des sœurs avec l'autorité que confère la proximité que Dieu vous accorde. Pas commode, la vieille. Et un regard qui vous transperce jusqu'au cœur. Il va falloir que je surveille mes paroles, avec elle, ou bien elle va vite nous percer à jour.

— Oui. Je ne connaissais pas cette partie sud du pays.

— Et votre oncle ?

Je sens qu'elle appuie un peu sur le mot *oncle.* Elle ne croit pas à notre histoire. Et elle me le fait savoir sans me le dire vraiment.

— Henri non plus. Mais il est croyant jusqu'au bout des ongles. Notre hérédité polonaise, j'imagine.

— Polonaise ?

Le ton de la doyenne ne me plaît pas. Il est un tout petit peu trop intrusif. Sceptique. Mais l'important, c'est de ne pas éveiller plus avant sa méfiance. Alors à moi la romance. Je vais lui en mettre une couche, tiens. C'est le moment de lâcher la bride à mon imagination. Je démarre avec ce que je sais de l'histoire personnelle de la famille Walczak.

— Mes grands-parents sont arrivés en France en 36, juste après l'avènement d'Hitler. Mon père et Henri, son cadet, sont nés après la guerre, au début des années cinquante. Mon père est mort d'un accident vasculaire cérébral il y a deux ans, quelques mois à peine après que le cancer a eu fini de ronger le corps de ma mère. Henri est mon dernier parent. Lui aussi n'a plus que moi. Quand il a décidé d'effectuer son pèlerinage jusqu'à Lourdes pour implorer la clémence de Dieu, je lui ai proposé de l'accompagner. Il n'avait pas la force d'accomplir ce voyage seul. Pour lui, c'est un peu comme si le cancer avait décidé d'éliminer les membres de ma famille que les nazis n'ont pas exécutés.

La capuche de la nonne oscille. J'ai marqué un point. Elle a senti dans ma voix la note rauque due à mon inquiétude sur la santé d'Henri. L'a interprétée à sa façon. Peu importe. Le résultat est là. Elle s'approche et me prend par le bras, m'incitant à marcher quelques pas avec elle sur le chemin de pierres polies par les siècles et les pieds des hommes et femmes d'Église.

— Ne le prenez pas mal, mais nous devons être prudentes avec les personnes que nous logeons sous le toit de Dieu. Il y a parfois des âmes mauvaises qui se glissent sous des visages au-dessus de tout soupçon.

Je hoche la tête d'un air pénétré. Nous, les flics, sommes bien placés pour le savoir. Le crime n'a pas de sexe, pas d'âge, pas d'ADN que l'on pourrait identifier au premier coup d'œil ni sous la lamelle d'un microscope, si puissant qu'il puisse être.

La main d'Anne-Marie se pose sur mon bras.

— Et le père de votre enfant… il ne s'est pas joint à vous pour ce voyage difficile ?

Nous y voilà. Toi, tu commences à me gonfler avec tes questions indiscrètes. Tu veux une explication ? Je vais te la donner. Je pense à Daniel, à mon exil, à ma frustration de ne pas avoir remis ma colère en doute, au fait qu'il ne verra peut-être jamais mon ventre s'arrondir de l'amour que nous avons partagé dans le creux de notre lit.

— Non. Il s'est tué en voiture il y a quelques mois. Il n'a jamais su qu'il allait avoir un enfant.

Une fois encore, mon ton acide la dupe et scie sa curiosité à la base. Je dois être convaincante, car elle s'écarte après m'avoir serré le bras avec affection.

— Je suis désolée pour vous et pour ce bébé qui va naître orphelin de son papa. Vous êtes les bienvenus dans cette maison de Dieu. Puisse votre quête vous apporter la paix que vous espérez.

— Merci…

Elle fait demi-tour et s'éloigne, la tête penchée sur les autres questions qu'elle a renoncé à poser. Je relève le front face au vent, les cheveux pris dans l'air froid qui fouette les larmes que je finis par laisser couler sur mes joues. J'en viens presque à regretter de lui avoir menti, mais nous avons promis au commandant Picaud d'être les plus discrets possible. Je vais essayer. Je jure que je vais essayer…

Au loin, de petites lumières ponctuent l'obscurité comme des balises de vie dans un océan de noirceur. Est-ce cela qui m'attend, désormais ? Sauter d'îlot d'espoir en îlot de survie par-dessus des gouffres infinis qui ne guettent qu'un faux pas de ma part pour m'avaler ?

Où es-tu ?

Qu'est-ce qui a bien pu se passer sur cette route, bordel de merde ?

— Lisa ?

La voix d'Henri. Il est là, soudain, près de moi. Il m'enveloppe de ma doudoune qu'il a ramassée dans la chambre et me serre dans ses bras. Je réalise alors que je suis frigorifiée et que je claque des dents. Je pose ma joue sur son épaule. Laisse les autres larmes que je retenais rejoindre les premières.

Autour de nous, le vent se met à souffler très fort entre les créneaux découpés de nuit du monastère.

Et pour moi, il hurle à la mort.

26

Connecting to iCloud…

Lorsque j'ai ouvert les yeux, le lendemain matin, Patxi était déjà réveillé. Il avait les mains croisées sous la nuque et il regardait le plafond avec un petit sourire que je ne lui avais jamais vu.

J'ai pincé mes tempes entre mes doigts brûlants. Il y avait un troupeau de bisons qui me courait entre les sourcils et qui essayait de me défoncer le crâne à coups de cornes. La brume a fini par s'entrouvrir un peu. J'ai réalisé que j'avais juste pris le temps de remonter mon slip avant de m'endormir en chien de fusil sur la couverture. Patxi, lui, s'était glissé dans les draps. Je sentais le froid sur ma peau, et en même temps un feu inconnu couvait dans les limbes de mon âme. Un goût infect imprégnait ma langue, mélange d'alcool, de chips au piment et de péché.

Je me suis redressé sur un coude. Patxi a basculé la tête vers moi. Ma voix m'a paru sortir d'un tombeau égyptien.

— Alors… ça veut dire qu'on est pédés ?

Patxi a souri.

— Non. Ça veut dire que je suis ton ami. Maintenant, tu sais pourquoi les mecs adorent la pipe, et moi je sais

pourquoi les filles détestent ça. Alors, ne t'imagine pas que je vais te sucer tous les jours, hein !

Quand la mère de Patxi est venue le chercher, peu avant midi, il m'a fait un signe de la main depuis l'arrière de leur voiture spécialement aménagée pour son fauteuil. Il souriait comme un gosse qui vient de réussir une belle farce sous le nez même de ses parents.

On n'a jamais reparlé de ce qui s'était passé ce soir-là dans ma chambre. Il ne m'a jamais sucé une deuxième fois.

Il est mort le lendemain, écrasé par un chauffard juste devant la sortie du lycée. Son fauteuil a été propulsé à plus de trente mètres du choc, complètement pulvérisé.

On n'a jamais retrouvé celui qui l'avait tué. Il a préféré se barrer plutôt que d'affronter cette horreur. Avec les cars garés partout n'importe comment, les gens qui s'étaient précipités sur la chaussée pour venir voir ce qui causait tous ces cris, les premiers types qui ont refait surface et ont essayé de se lancer à sa poursuite se sont retrouvés englués dans la masse compacte qui bloquait la route. La voiture folle avait dû se fondre dans la nature bien avant que quiconque ne parvienne à s'extraire des embouteillages monstres que l'accident avait causés.

Les témoins ont parlé d'une grosse berline qui venait d'Espagne, mais ils n'ont pas eu le temps d'en être certains. C'était juste la couleur de la plaque. Rien de plus. Peut-être le type qui conduisait ne l'avait-il pas vu traverser la rue. C'est plus bas de plafond qu'un piéton, un homme sur un fauteuil. Peut-être ne peut-on pas tout à fait dire qu'il a été responsable de l'accident, même s'il roulait trop vite. Parce que s'il y a un détail dont les témoins du drame sont sûrs, c'est que Patxi s'est soudain précipité pour traverser en dehors des clous. Chose qu'il ne faisait jamais. Et quand un type se met à foncer sur la route avec un fauteuil roulant, la tête baissée, ça ne passe pas du tout inaperçu. On ne peut pas se tromper.

Peut-être Patxi a-t-il choisi de mourir ce matin-là, en pleine lumière, face à tous ces gens qu'il exécrait. Peut-être aussi l'a-t-il fait parce que je n'étais pas là, cloué au lit par une incoercible migraine consécutive à notre soirée, et que c'était le moment ou jamais d'en finir sans m'imposer la vue de son cadavre écartelé sur la route en plein soleil.

Je me souviens avoir pensé, beaucoup plus tard, que le salaud qui lui avait fait ça lui avait peut-être rendu service, en fin de compte. J'avais fait des recherches sur sa maladie, pour essayer de comprendre ce qu'il traversait pendant que moi je me plaignais d'avoir un sexe d'escargot. J'avais réalisé qu'il savait que la douleur ne ferait qu'empirer, qu'il perdrait de plus en plus le contrôle, qu'il finirait par faire sous lui, par devenir aussi mou qu'une limace, que sa conscience disparaîtrait dans un néant abyssal d'où il ne reviendrait jamais.

J'ai su qu'il avait peur, mais qu'il luttait plus contre elle que contre la maladie. Parce que contre celle-ci, il ne pouvait rien.

Et les médecins non plus.

J'ai mis un long moment à accepter le fait qu'il m'avait envoyé un dernier message avant de partir. Le sens en était pourtant clair. Limpide. Mais il s'est refusé à moi pendant toutes ces années. Je ne l'ai compris qu'il y a quelques jours.

Parce que je suis maintenant devenu comme Patxi.

Je n'ai plus aucune raison de survivre à ce qui est arrivé.

Dans quelques jours, moi aussi, j'irai traverser en dehors des clous.

Et plus rien, alors, n'aura d'importance.

Clic.

Upload completed.

27

Le rapport des experts en explosifs du LCPP[1] arriva sur le bureau du capitaine Denis Larralde à 22 h 45, alors qu'il commençait à cligner des yeux pour avoir épluché les dossiers des victimes de l'attentat pendant des heures. L'officier remercia le planton qui lui avait apporté l'enveloppe et se leva pour faire quelques pas en direction de la machine à café, histoire de se remettre les idées en place avant de consulter les conclusions auxquelles les scientifiques étaient arrivés.

Le poste de police avait un peu perdu de l'effervescence qui le faisait bouillir depuis plus de trente-six heures, mais il restait encore pas mal de monde dans les locaux. Le commandant Langeais lui-même n'était rentré chez lui qu'une demi-heure plus tôt, après trois appels consécutifs émanant d'un correspondant agacé que Larralde avait conclu être sa femme d'après le visage contrarié mais soumis de son chef.

— Salut.

Denis Larralde tourna la tête, surpris, arraché à ses pensées par la voix féminine qui avait jailli dans son dos. La jeune femme qui lui souriait timidement tendit le menton vers la machine à café.

1. Laboratoire central de la préfecture de police.

— Je peux… ?

Le capitaine fit un pas de côté tout en englobant d'un seul regard la silhouette mince et la cascade de cheveux blonds de la policière en uniforme.

— Oh, bien sûr ! Désolé…

— Merci.

Larralde plongea le nez dans la vapeur de son expresso pour cacher son embarras tandis qu'elle glissait une pièce de cinquante centimes dans la fente de l'appareil.

— Sale truc, hein ?

Le capitaine jeta un rapide coup d'œil autour de lui. Ils étaient seuls. Le visage fin de l'inconnue n'avait pas quitté des yeux son gobelet qui se remplissait bruyamment sous le bec du percolateur, mais c'était bien à lui qu'elle s'adressait. Elle lui fit soudain face tandis que le café qui s'écoulait élevait une colonne de vapeur odorante entre eux.

— Oui, parvint-il enfin à dire. Vraiment un sale truc.

Elle eut une moue éloquente, les mains écartées dirigées vers le plafond incrusté de carrés de lumière conchiés par une armée de mouches qui lui dessinaient des ombres dures sur les joues.

— *Dix-huit morts, merde !*

Larralde hocha la tête d'un air pénétré. Il ne parvenait pas à quitter des yeux le regard clair de l'inconnue. Elle se tut soudain, consciente de son trouble, et lui sourit en lui tendant la main après avoir récupéré son café de l'autre.

— Désolée, je ne me suis pas présentée. Lieutenant Jessica Lacour. Je suis à l'Antiterro. Arrivée ce matin en renfort de l'équipe du commandant Waill. Dure journée…

Le policier avala une gorgée de café pour se donner une contenance. Cette fille était sublime. Mais par quel caprice du hasard s'était-elle retrouvée seule avec lui à cette heure aussi avancée de la soirée ? Il réalisa soudain que l'annulaire de sa main qui tenait le gobelet ne portait aucune alliance. Il serra la seconde avec un doux pincement au cœur lorsque la paume tiède de Jessica se joignit à la sienne.

— Capitaine Denis Larralde, bienvenue en enfer…

Elle fit une moue qui déforma ses lèvres dans un rictus amer.

— Oui, l'enfer, c'est bien le mot, capitaine. Tous ces pauvres gens… Je… Je n'avais encore jamais vu ça auparavant… Ces cadavres en morceaux… Les hurlements des survivants… Et pourtant, je suis déjà intervenue sur des morts violentes. Je ne suis plus un perdreau de l'année, comme on dit. Mais là…

Larralde soupira. On reparlait boutique. Il se sentait déjà mieux.

— Je crois que personne n'a vu ça depuis plus de soixante-dix ans, lieutenant. Vous n'êtes pas la seule, heureusement.

— Jessica…

Larralde lui renvoya son sourire. Ce soir, il allait devoir s'envoyer quelque chose de fort pour pouvoir fermer les yeux sans que ce visage parfait ne vienne le hanter toute la nuit.

— Alors ce sera Denis, OK ?

Jessica inclina la tête et trinqua dans le vide avec son gobelet encore fumant.

— OK.

Larralde s'adossa au mur dans une posture qu'il espéra naturelle. En fait, la tension des heures passées devant l'écran de l'ordinateur lui avait contracté les muscles jusqu'à en nouer une boule douloureuse au milieu de sa colonne vertébrale.

— Vous êtes sur le coup jusqu'à quand, avec les gars de l'Antiterro ?

Elle haussa doucement les épaules.

— Je ne sais pas encore. Ça va sûrement dépendre des résultats des analyses du labo et des fouilles de l'IJ dans la carcasse du train.

Denis montra du menton la salle vide qui s'étendait derrière eux.

— Vos collègues vous ont abandonnée jusqu'à demain ?

Jessica eut un petit rire.

— Non, je suis logée chez une amie, en centre-ville. Elle rentre tard du travail, j'attends son appel pour partir. Une chance, parce que sinon j'allais être obligée de partager une chambre avec l'un de mes camarades à la testostérone débordante d'affection. Et je n'avais pas envie de poireauter toute seule dans un bar où je me serais fait emmerder toute la soirée. Alors autant rester sur le terrain des opérations, non ?

Larralde se recroquevilla intérieurement sous le regard pointu de la jeune femme. Elle lisait apparemment avec une facilité déconcertante dans l'esprit de la gent masculine, ce qui ne semblait pas bien difficile à comprendre, vu son corps aux courbes sensuelles au sommet duquel hochait un visage délicat encadré d'un voile de blondeur à en donner le tournis. Il ne devait pas être le premier à fantasmer sur le galbe de sa poitrine à peine masqué par son uniforme ajusté à la taille. Lui avait-elle envoyé un message subliminal pour lui demander de ne pas tenter de l'approcher de trop près ? Était-ce juste une précaution pour que leur promiscuité soudaine ne lui donne pas envie de la porter à confusion ? Dans le doute, Larralde, qui n'était jamais tout à fait à l'aise seul à seul avec une femme – et encore moins avec une créature de rêve comme celle-ci – se reconcentra sur le travail au prix d'un violent effort de volonté. Il fit un signe du pouce vers la porte entrouverte de son bureau.

— Si ça vous dit d'y jeter un œil, je viens de recevoir le rapport sur les explosifs qui ont été utilisés dans cet attentat. Vous aurez peut-être des trucs à m'apprendre là-dessus…

— Oui, volontiers. Merci.

Denis Larralde se décolla du mur et avança vers son bureau avec le sentiment très net du regard de Jessica rivé à son dos. Il valait mieux qu'il passe devant, sinon il n'était pas sûr de pouvoir ôter à temps le sien du balancement hypnotique de ses hanches. Mais qu'était-elle en train d'observer, *elle ?*

Il fit le tour de la pièce encombrée de dossiers pour lui débarrasser une chaise et la glisser à côté de son fauteuil, puis ils s'assirent tous les deux, coincés l'un contre l'autre entre le mur qui le séparait du bureau de Langeais et la photocopieuse aussi imposante qu'un cargo bananier dans le port d'Hendaye.

Mais bientôt, aussi improbable que cela ait pu lui paraître quelques minutes plus tôt, ils se retrouvèrent penchés ensemble sur le rapport que Denis avait divisé en deux parties pour plus de facilité. Il ne fallut pas plus de deux minutes à Jessica pour pousser un profond soupir. Denis leva le nez et considéra ses sourcils froncés et son regard toujours collé à la feuille qu'elle tenait entre les doigts.

— Qu'est-ce que tu as trouvé ?

Puis, réalisant qu'il venait de la tutoyer, il dressa une main vers elle et sourit d'un air contrit.

— Oh, désolé, c'est sorti tout seul.

Le froncement de sourcils s'évanouit au-dessus des yeux bleu azur et une moue complice éclaira le visage de Jessica.

— Alors c'est que c'est mieux comme ça, Denis. Si ça te va, ça me va.

Larralde inclina la tête. Oui, bien sûr que ça lui allait. Ça lui allait même parfaitement. Les cheveux blonds basculèrent à nouveau vers la feuille. Jessica lui montra du doigt une succession de symboles chimiques qui remplissait un cinquième de la page, puis la conclusion sans équivoque de l'expert qui avait rédigé le document.

— J'en étais presque sûre…

Le policier essaya de comprendre quelque chose à ce qu'elle lui désignait, mais le sens des mots lui échappait.

— De quoi ?

— Du Semtex.

— Qu'est-ce que c'est que ce truc ?

— Un explosif qui a été inventé dans les années soixante en Tchécoslovaquie. Une matière très stable, très puissante – équivalente au C4 – que s'arrachent toutes les organisations terroristes depuis que les attentats ont le vent en poupe. On s'en sert dans les mines et dans les carrières, principalement, ainsi que pour durcir certains matériaux pour des utilisations industrielles spécifiques. Pour te donner un exemple, il a suffi d'un demi-kilo de Semtex pour provoquer l'explosion en vol de l'avion de la Pan Am au-dessus de Lockerbie, en décembre 1988.

— Il y en a beaucoup en circulation ?

Jessica eut une moue désabusée.

— Un bon paquet… Les autorités françaises estiment le stock mondial actuel à quarante mille tonnes environ.

Le policier émit un léger sifflement appréciateur.

— J'imagine que les locaux où cette saloperie est entreposée sont gardés comme les coffres de la Banque de France, non ?

— Oui, depuis de nombreuses années. Mais les malfrats qui la convoitent réussissent quand même à en voler une belle quantité, de temps en temps. Ça va te paraître incroyable, mais ce n'est qu'à partir des attentats de Saint-Michel, en 95, que des mesures drastiques ont été mises en place pour les conserver sous clé.

— Et qu'est-ce qui te semble bizarre, dans notre affaire, puisque tu dis que c'est un explosif plutôt répandu ?

— Eh bien… Je me trompe peut-être, mais tu sais… Si je suis parvenue à entrer à l'Antiterro, c'est d'abord par mon parcours universitaire en chimie. Un officier est venu me recruter, il y a cinq ans, après les résultats des examens. C'est lui qui m'a incitée à me présenter au concours d'entrée de la police scientifique.

Larralde haussa un sourcil.

— Tu as cassé la baraque, on dirait…

Jessica parut soudain gênée.

— Eh bien… disons que j'ai une bonne mémoire. En fait, je... je suis sortie major de ma promo. Alors…

— Ah oui. Quand même !

La jeune femme remua sur sa chaise, un peu mal à l'aise devant l'air sincèrement admiratif du capitaine.

— Lors de mes études, j'ai mémorisé la formule de cette matière, parce que je l'ai souvent rencontrée dans les cas disséqués par les enseignants. C'est pour ça que là, il me semble qu'il y manque quelque chose.

Larralde parcourut les lignes composées d'une succession de lettres qui ne lui parlaient pas plus qu'une phrase d'hébreu ancien.

— Et qu'est-ce qui manque, d'après toi ?

Elle fronça les sourcils, suivit les symboles du bout des doigts, comme si elle tentait de l'apprendre par cœur pour repasser un examen à la fac.

— Ça y est. J'y suis. Le truc qui devrait s'y trouver, c'est un composé spécial. Tout au début, ça a été le dinitrate d'éthylène glycol, remplacé plus tard par le DNBMB, répondant au nom barbare de 2,3-diméthyle-2,3-dinitrobutane, ou $C_6H_{12}N_2O_4$. Il s'agit d'un additif olfactif que les autorités tchèques ont obligé les exploitants à intégrer dans leur formule, à partir de 1990.

Le policier claqua des doigts. Il avait compris.

— Pour les chiens, c'est ça ?

Jessica Lacour hocha la tête.

— Exactement. Ça permet de le repérer plus facilement, en cas de vol, et ça autorise une meilleure traçabilité de l'explosif, en cas d'attentat. On sait plus vite à quoi on a affaire.

Les deux policiers se regardèrent dans un silence chargé de sens. Elle concrétisa leur pensée commune en la formulant à voix basse, ses yeux azur fichés dans les pupilles sombres de Denis Larralde.

— C'est certain. Le Semtex utilisé pour faire sauter le train date au plus tard des années quatre-vingt. On ne savait pas, jusqu'ici, si le produit gardait ses propriétés au-delà d'une vingtaine d'années. À présent, on est fixés…

— Ça va resserrer les recherches, j'imagine.

— Oui. Sauf que je pensais qu'il n'y en avait plus en circulation depuis longtemps.

Le capitaine leva les yeux vers le mur de son bureau où étaient punaisées quelques photos du train éventré sur les voies.

— Eh bien, on dirait qu'il va falloir réviser ce jugement.

— Oui. Mais là, c'est impossible de connaître le stock. On n'a aucune donnée fiable pour…

Une sonnerie aérienne comme un vol de papillons lui coupa la parole. Jessica sortit un téléphone minuscule de la poche de sa veste. Elle décrocha après un bref coup d'œil à l'écran.

— Désolée… Allô ? Ah, Odile ! Tu es là, en bas ? Oui, je descends. À tout de suite !

La jeune femme raccrocha et se leva d'un coup. Le cœur de Denis Larralde manqua un battement lorsqu'elle se pencha vers lui pour lui déposer un baiser sur la joue.

— J'espère qu'on aura l'occasion de se revoir. Merci.

Elle tourna alors les talons dans une envolée de cheveux blonds. Denis Larralde réagit avec un temps de retard, le cerveau en ébullition.

— Jessica ?

La policière s'arrêta à la porte, la main sur la poignée.

— Oui ?

— Merci pourquoi ?

Elle le dévisagea, le regard limpide.

— De ne pas être tout à fait comme les autres…

Puis elle sortit en abandonnant derrière elle un voile de son parfum qui continua à flotter longtemps dans le silence de la pièce après son départ, et même bien après que le capitaine Denis Larralde se fut endormi à son bureau, calé dans son fauteuil, un sourire extatique gravé sur les lèvres.

28

Mais que fait cet enfoiré ? Ça fait des heures que je l'attends ! Je suis debout, tout tremblant, et j'ai l'intention de vendre chèrement ma peau. Ma main gauche me fait un mal de chien, mais elle a cessé de gonfler depuis que j'ai réussi à couper le lien avec le carreau brisé du soupirail. L'idée m'est venue d'un coup, tandis que j'essayais de le casser avec la seule force de mon regard.

L'envie de déféquer devenait insupportable. J'ai dû m'éloigner dans un coin de la pièce pour me soulager. C'est alors que j'ai senti la boucle de ma ceinture sous mes doigts. Et c'est là que j'ai compris que j'avais la solution à ce problème-là sur moi depuis le début. Elle, elle allait pouvoir passer entre les barreaux de fer !

Et après l'avoir fait tourner le plus vite possible autour de mes mains jointes, elle a eu assez de force pour aller fracturer la vitre du premier coup. Le plus difficile a ensuite été de récupérer un morceau utilisable depuis l'épaisseur du soupirail où ils étaient restés étalés. Mais à force d'acharnement, une lame de verre d'une dizaine de centimètres a fini par tomber sur le sol. Je l'ai amortie du pied, mais elle s'est cassée en deux en cognant le béton. Une fois que je l'ai tenue entre mes paumes jointes, il me restait encore un ou deux centimètres de verre coupant à faire frotter sur le bracelet, c'était plus que suffisant pour en venir à bout en moins de cinq minutes.

Quand j'ai senti le sang circuler à nouveau dans mes poignets, j'ai commencé à croire que j'allais peut-être me sortir de cette impasse, finalement. Mais si ma situation a un peu évolué, elle ne s'est en fait améliorée que du statut de « désespérée » à celui de « pas beaucoup mieux ». La porte est toujours verrouillée et le soupirail, même en miettes, ne laissera pas passer autre chose qu'une souris entre les barreaux. J'ai inspecté à nouveau chaque centimètre carré de la cave vide. À part la porte de bois massif, le vieux tuyau d'arrosage et la meurtrière que j'ai cassée, il n'y a strictement rien d'autre que ce que j'ai sur moi.

Et mes excréments qui puent dans un coin de la pièce.

Pourvu que…

Ça y est.

Des pas.

Derrière la porte…

Le type ne cherche pas à dissimuler son arrivée. Un bruit de clé. Elle s'enfonce dans la serrure, tourne à la volée. J'ai les fesses et les épaules collées au mur dans l'ombre de la porte comme si je voulais le traverser rien qu'en poussant sur mes jambes et en contractant mes abdominaux. Surpris par l'obscurité totale, le type appuie sur l'interrupteur, mais rien ne se passe. Pas étonnant, vu le coup de ceinture que j'ai aussi donné à l'ampoule qui pendouillait du plafond. La lumière du couloir éclaire vaguement le fond de la cave où se dessine à peine la silhouette inégale du tuyau d'arrosage plié comme un tronc et enroulé de ma veste, mais elle ne suffit pas, de là où je suis, à dévoiler clairement ma mise en scène. J'ai essayé de donner l'illusion que je suis recroquevillé sur moi-même, la tête pliée entre les bras, les jambes en position fœtale. Pour simuler le volume de mon crâne, j'ai roulé en boule mon tee-shirt sombre poissé de sang et l'ai enfilé dans l'encolure, le bout enroulé du tuyau d'arrosage enfoncé dedans. L'autre extrémité est dans ma main droite, collée à mes lèvres. Une chance, il était suffisamment long pour que j'aie pu le faire courir le long du mur, hors de vue depuis la porte.

L'air frais coule sur mon torse nu. Je sens les poils de ma poitrine qui se dressent. Quelque part, au-delà de cette porte, une autre issue est ouverte. La liberté. *La vie.* C'est le moment. Tout va se jouer en quelques fractions de seconde. Peut-être moins s'il évente la supercherie. Le nez pincé entre mon pouce et mon index gauche qui me font souffrir le martyre, je souffle dans le tuyau juste assez fort pour que le son ne me trahisse pas trop tôt. Un gémissement étouffé sort de l'autre côté, à l'intérieur de la boule de tissu. J'ai testé mon système avant qu'il se pointe. Avec la lampe éteinte, ça peut le tromper un bref instant si j'ai de la chance.

La première chose que je vois dépasser de la porte, c'est la barre de fer. Il la tient fermement braquée devant lui. Une goutte de sueur me dégouline le long de la tempe. Si mon plan échoue, lui ne me ratera pas. Je n'ai même plus la moindre épaisseur de vêtement pour amortir les coups quand il va se mettre à me cogner dessus si je lui en laisse l'occasion. Il avance encore un peu. Son visage fermé apparaît. Il plisse les paupières pour essayer de percer les ténèbres. Je ferme les miennes au maximum pour qu'il ne voie pas mes yeux briller dans la nuit à moins d'un mètre de lui. Je gémis plus fort, les nerfs en pelote. S'il ne plonge pas *maintenant* dans le piège, je ne donne pas cher de ma peau dans les secondes qui vont suivre. Ma seule idée fixe, c'est qu'il ne pense même pas à vérifier derrière la porte une fois qu'il aura pénétré dans la cave. Et ça, ça paraît quasi impossible. N'importe qui le ferait en tout premier lieu en entrant dans une pièce où un prisonnier est enfermé, encore plus si elle est plongée dans le noir. Ma seule chance, c'est de continuer à lui planter un gros point d'interrogation au-dessus de la tête, de focaliser son attention sur le bruit jusqu'à ce qu'il s'approche encore plus près du fond de la pièce d'où proviennent les plaintes. Jusqu'à ce qu'il se rende compte qu'il s'est fait baiser dans les grandes largeurs.

Un pas. Deux. Il avance, tendu à l'extrême. Encore un autre…

Ça y est !

Il a compris. Je vois son dos se figer. Il n'a pas fait plus de deux mètres vers mes vêtements. Il se retourne d'un bloc quand je saute vers la porte et me jette dans le couloir. Droite ? Gauche ? Je fonce à droite. La blessure de ma poitrine me lance une gerbe d'étincelles d'avertissement dans le cerveau. J'essaie de courir, mais les murs dansent tout de suite une drôle de sarabande autour de moi. Je comprends immédiatement que j'ai présumé de mes forces. Je n'ai rien mangé depuis mon enlèvement. Ballottées dans tous les sens par mes jambes qui flageolent, mes épaules cognent dans le mur brut de ciment. Chaque choc m'arrache un morceau de peau et me fait rebondir vers le mur opposé.

Derrière moi, un bruit de course martèle le couloir. Puis il ralentit. S'arrête. Je suis tombé à genoux, incapable d'aller plus loin. Ma blessure s'est rouverte. J'ai le torse couvert de sang. Le plancher se met à tournoyer sous moi comme si j'étais à bord d'un avion fou. Un goût de fer m'emplit la bouche. Celui de ma colère, de mon impuissancc.

Un rire éclate, dans mon dos.

L'enfoiré a gagné.

Il le sait.

Ce n'est plus qu'une question de secondes avant qu'il ne mette un point final à ma cavale avortée. Je devine, projetée par la lumière du couloir, l'ombre de la barre qui se dresse derrière moi. Je contracte instinctivement les épaules, et puis tout explose dans ma cervelle.

29

Connecting to iCloud…

Le corbillard de Patxi est arrivé au cimetière sous un soleil de plomb. Son père et sa mère avançaient seuls derrière, suivis par le prêtre et toute sa famille au complet. On avait l'impression qu'il ne manquait aucune grand-mère, aucun oncle éloigné. Tous ces gens qui n'avaient peut-être pas revu mon ami depuis des années et qui se retrouvaient là, ensemble, à tremper leurs chemises de sueur en pleine fournaise, avaient le regard halluciné de ceux qui ont été frôlés de si près par la mort qu'ils n'ont pas compris pourquoi elle est passée à leur porte sans les cueillir. Les traits étaient tirés, les masques livides. Ils n'avaient pas encore accepté qu'elle ait pu leur ravir un garçon qui venait juste d'atteindre l'âge d'homme, alors que pour bon nombre d'entre eux le chemin allait bientôt s'arrêter. L'aveuglement du destin était une chose qui avait du mal à se conjuguer avec la cérémonie funèbre empreinte d'amour céleste et de l'impénétrabilité des voies du Seigneur que le prêtre venait de leur asséner pendant plus d'une demi-heure dans la fraîcheur relative de l'église.

La mère de Patxi marchait avec difficulté. Son père avait glissé un bras sous son aisselle et il la soutenait pour avancer. Elle avait refusé toute autre aide, de qui que ce soit, d'un geste buté de son menton voilé de crêpe noir.

Après un espace laissé vide par respect pour la douleur de la famille, tout le lycée suivait en rang d'oignons. Même les faux derches qui l'avaient abandonné depuis longtemps étaient là, silencieux comme des carpes. Les profs étaient si nombreux que je crois bien n'en avoir jamais vu autant en une seule fois auparavant. L'établissement avait annoncé trois jours plus tôt, dès que la date des funérailles avait été communiquée, que ses portes seraient fermées pour la journée.

Le trou avait été creusé la veille à grand renfort de pelleteuses qui en avaient bavé pour percer la terre craquelée par la sécheresse depuis des semaines. C'était sûrement l'été le plus chaud que j'avais connu. Les oiseaux se taisaient, même les insectes avaient cessé de voler autour des buissons de fleurs qui embaumaient l'air à vous en écœurer. Il n'y avait pas d'autre bruit près de la tombe que celui du moteur du fourgon mortuaire qui refroidissait en cliquetant.

Le curé nous a infligé un nouveau discours empreint de dignité cléricale que personne n'a compris, tant il parlait bas et en latin tout en faisant de grands signes de croix dans l'air immobile. Et puis il a laissé officier les hommes en gris. Nous avons tous attendu, l'un après l'autre, pour jeter une rose sur la boîte en bois où reposait le corps de Patxi, que même sa propre mère n'avait pas été autorisée à regarder une dernière fois.

Quand nous avons tous eu achevé notre hommage personnel face au trou – j'espérais que personne n'avait pu lire le mien dans mes pensées –, il y a alors eu un long moment de silence, rompu par quelques quintes de toux et un ou deux coups de trompette dans des mouchoirs.

Et puis un petit vieux s'est soudain senti mal. Sonné par la chaleur, il est tombé comme une chiffe au premier rang, juste à côté du curé. Seule la présence d'esprit d'un membre du personnel des Pompes funèbres l'a empêché de basculer dans le trou, en plein sur le cercueil de Patxi. Du coup, ça a donné le signal du départ. Tout le monde a filé se mettre à l'abri du soleil avant que les pelleteuses commencent à refermer la fosse.

Tout le monde, sauf le père et la mère de Patxi.

Et moi.

Je me souviens encore du bruit sourd des mottes dures qui rebondissaient sur le bois. Là-dedans, mon Patxi était en train de me regarder à travers la poussière qui s'élevait comme si Méphistophélès venait de tirer une taffe juste sous sa boîte. Je pourrais jurer que j'ai aperçu son visage moqueur me faire une grimace dans les rayons du soleil découpés par le nuage de particules. Comme si son âme avait attendu cet instant précis pour quitter son enveloppe charnelle, comme s'il avait eu besoin de cette dernière mise en scène pour tirer sa révérence.

Sa mère a fini par s'écrouler et son père m'a jeté un regard paniqué. Je l'ai aidé à la ramener dans l'église, où nous avons attendu tous les trois qu'elle reprenne ses esprits avant qu'ils s'en retournent à leur voiture. Les autres membres de la famille de Patxi patientaient sur le parking du cimetière, à l'ombre des grands chênes, buvant à même le goulot des petites bouteilles d'eau tiède qu'un employé des Pompes était allé chercher en catastrophe au supermarché du coin.

Quand il a enfin pu faire boire un peu sa femme, le père de Patxi m'a remercié de ses yeux qui ne pouvaient pas sourire. Je lui ai fait un petit signe de tête.

« De rien, vraiment… »

J'ai alors tourné le dos au cimetière et je suis rentré à pied. Je les ai laissés là à leur deuil, à ce vide qui allait désormais faire partie de leur vie et qu'ils ne pourraient jamais combler. Cette partie de leur histoire ne me concernait plus.

Je ne les ai revus qu'une seule fois, après.

Mais j'ai gardé la dernière grimace de Patxi au fond de mon cœur.

Clic.

Upload completed.

30

Monastère de Montbaillac, 26 février

Au milieu des chants d'oiseaux, le matin se lève sur les collines, brumeux et tranquille, comme si la vie ne demandait qu'à s'étaler devant moi, paisible à l'infini, pour me faire regretter à chaque instant d'avoir été aussi stupide et entêtée. J'ai à peine dormi de la nuit. Il m'a fallu des heures avant de trouver une once de sommeil. Henri a ronflé un peu, vers 4 heures du matin. Ça m'a réveillée et emplie d'une sorte de désespoir qui m'a poussée à monter sur le chemin de ronde pour respirer seule l'air frais de l'aube. Il ne faisait pas si froid, emmitouflée dans la couverture que j'avais pris soin d'emporter à cause du vent de la veille. J'ai déniché un banc à l'abri, orienté vers le soleil levant. J'en discerne la lueur fantomatique qui cherche à pénétrer le brouillard. Loin en dessous, des sœurs sont déjà à l'ouvrage depuis un moment. Les cloches ont sonné, un peu plus tôt dans la matinée, pour les appeler vers une prière ou un autre acte religieux commun. Je ne sais pas de quoi il s'agissait, exactement, mais il faisait encore nuit.

Quelle est cette force qui les maintient ainsi sous sa coupe, qui les pousse à se lever d'aussi bonne heure pour obéir à son dogme ? Je ne l'ai jamais compris. Pas plus de cette religion que d'une autre, émanant de ces autorités séculaires et péremptoires qui obligent leurs servantes à se dissimuler aux yeux du monde sous un tissu opaque, ou à rester vierge toute leur vie en refusant l'amour d'un homme réel pour celui d'un Dieu insaisissable. Ce n'est pas la première fois que je croise des sœurs au cours d'une enquête et cela me met toujours mal à l'aise. Comme si elles étaient des témoins muets et emplis de bienveillance de défauts dont je n'aurais pas conscience.

La religion, quelle qu'elle soit, me révulse instinctivement. C'est dans mes gènes. Je ne crois pas à l'au-delà, ni à un monde meilleur rempli d'angelots ou de jeunes vierges évanescentes destinées au repos du guerrier. Je ne crois qu'en ce que nous, humains, construisons de nos propres mains, qu'en ce que, à force d'intelligence et de compassion, nous sommes capables d'édifier face à la barbarie pour nous élever au-dessus du chaos. Mais je crois aussi au Soleil, à la Lune, à l'eau et à l'air que je respire. Je crois à l'amour entre un homme et une femme, entre un parent et son enfant, et si je devais à mon tour assigner le nom d'un dieu sur un concept, ça ne pourrait être que sur celui-ci. Et sur l'espoir qui nous maintient en vie face à la peur et au vide du manque.

Du manque de celui qui est la deuxième moitié de moi. *De celui que j'ai repoussé pour…*

— Vous voulez un café, madame Heslin ?

Surprise par la voix qui a résonné dans mon dos, j'ai sursauté. Je tourne la tête vers l'escalier. La sœur qui m'a parlé a l'air très jeune et toute timide. Elle se tient les mains jointes, collée contre le mur, dans une position d'une telle humilité qu'elle me fait mal au cœur. Elle baisse les yeux comme si je risquais de me fâcher. Un petit oiseau tombé du nid qui pourrait se briser en deux si je parlais trop fort.

— Oui, merci. Mais ne vous donnez pas la peine de remonter, je vais descendre le boire au réfectoire.

Elle hoche la tête en silence et s'avance pour me tendre le bras afin que je m'appuie sur elle. Ai-je l'air si empotée que ça, avec mon ventre ? Et puis soudain je croise son regard juvénile. Elle donne l'impression d'avoir à peine dix-huit ans. Mais quelle est cette sorte de jeune femme, aujourd'hui, qui contemple une grossesse comme s'il s'agissait d'une maladie curieuse ? On ne leur apprend pas ça, dans leurs foutus bouquins de prières ?

Soudain, sa voix franchit ses lèvres comme si elle avait cédé à un besoin insoutenable de me poser la question. Ses yeux écarquillés n'ont pas quitté mon ventre rond.

— Ça… ça fait mal ?

Je m'arrête entre deux marches, sidérée. La novice a levé son visage d'adolescente vers moi, l'inquiétude gravée sur ses traits délicats. Au coin de ses paupières, une larme ne demande qu'à couler. La vérité m'apparaît alors comme un nuage qui se dissipe au premier souffle de vent. Je tire son bras et approche ma bouche de son oreille rouge comme une tomate bien mûre.

— Tu es enceinte depuis quand ?

Elle se met à sangloter contre moi en étouffant sa voix de sa paume. J'insiste.

— *Combien de semaines ?*

Elle jette un coup d'œil inquiet dans l'escalier pour vérifier que nous sommes seules.

— Huit...

J'accentue la pression sur son avant-bras, la force à me regarder en face.

— Comment t'appelles-tu ?

Je lui glisse la main sous le menton pour qu'elle ne baisse plus les yeux. À l'étage en dessous, une voix inquiète s'envole jusqu'à nous.

— Amandine ? Ou êtes-vous ?

Je serre la mâchoire de la sœur entre mes doigts. Il ne nous reste plus que quelques secondes.

— Très bien, Amandine. J'ai une seule chose à te dire. Va où tes tripes te mènent. Le reste n'a aucune importance. La douleur la plus atroce serait de le perdre. Pas de le mettre au monde.

Elle me jette un long regard éperdu et détourne les yeux juste au moment où Anne-Marie apparaît dans le colimaçon, à quelques pas de nous à peine. La doyenne se fige, nous dévisage toutes les deux, puis son expression se durcit en suivant la courbe des larmes qui ruissellent sur les joues de l'adolescente.

— Qu'est-ce qui se passe, ici ?

C'est le moment d'improviser. Je grimace de douleur en me tenant le ventre.

— C'est ma faute. J'ai failli tomber dans l'escalier et sœur Amandine m'a retenue. Elle s'est fait mal au dos, je le crains.

Anne-Marie cherche confirmation dans le regard de la jeune nonne, mais elle n'y trouve qu'un ruisseau de larmes. Elle s'avance et m'offre son bras à son tour, puis elle tourne un visage fermé vers la novice. Est-elle déjà au courant de sa grossesse ? Impossible de le deviner.

— Je prends le relais avec Mme Heslin, sœur Amandine. Nous verrons ensuite s'il y a lieu de consulter un médecin.

Au moment où notre ombre s'étale sur elle, Amandine lève le menton vers moi. Nos yeux se croisent dans le dos d'Anne-Marie. Je vois une mince lueur éclore entre les cils mouillés de la jeune femme, aussi fugace qu'un vol d'hirondelles au lever du jour.

Tout à coup, je réalise que la brume s'est dissipée sur les collines. Le soleil accroche son aile d'or sur les créneaux des remparts et baigne le visage de la très jeune femme d'une douceur de Madone. La lumière virginale de ce matin d'hiver nous prend dans ses bras et remplit soudain mon cœur d'un espoir insensé.

Ma main se pose sur la grotte où pousse mon propre bébé, enfoui bien au chaud au fond de moi.

Non, rien n'est jamais perdu tant que nous ne baissons pas les bras.

31

L'officier décrocha le téléphone à la première sonnerie.

— Larralde, j'écoute.

— Capitaine, c'est Marc. Je sors de chez KTM, dans la zone d'activité des Joncaux. Vous aviez raison, ils ont régulièrement de la casse. Cette année, plus d'une dizaine de machines a disparu en trois cambriolages. Mais impossible de savoir s'il y a parmi elles l'engin qui nous intéresse.

— Quel type de moto, exactement ?

— La 450 SX-F est la plus volée. Une cross très recherchée pour la compétition. Dix mille euros le morceau, tout de même. Ils m'ont expliqué qu'avec son poids d'à peine plus de cent kilos et sa puissance de soixante-six chevaux, c'est pratiquement impossible de la rattraper si on n'est pas un pilote pro. Un type bien entraîné est capable de lui faire grimper n'importe quel escalier, de monter sur des voitures ou de se fondre dans un bois en moins de temps qu'il ne faut pour le dire.

— C'est un deux-temps ?

— Non, quatre-temps. Nettement plus discret pour circuler en ville avant d'aller faire un mauvais coup. J'ai vérifié sur le fichier des plaintes, c'est le même type de modèle qui remporte la palme pour les vols chez les particuliers. Une bonne demi-douzaine dans la région depuis un an.

— Et aucune immatriculation, hein ?

— Non, il n'y a pas de plaque sur les motocross. Elles ne sont pas destinées à rouler sur route, seulement sur des terrains adaptés. Et vous savez que ni nous ni les gendarmes ne pouvons plus leur faire la chasse quand ils viennent nous provoquer en ville pour nous montrer qu'ils se foutent de nous. Nous n'en avons plus le droit.

— Oui, je sais… Ils pourraient se blesser en tombant, ces petits cons…

Larralde savait même que si l'interdiction d'intervention n'avait pas été prononcée par le ministère, les policiers auraient eu à peu près autant de chances d'arrêter les voleurs que d'attraper une hirondelle avec un lasso. La seule façon d'identifier les motos, c'est le numéro de moteur, quand on en retrouvait une sur un site de vente entre particuliers ou bien dans une décharge, complètement dépouillée. Et là, on pouvait prendre les paris que les malfrats les avaient fait disparaître depuis longtemps à coups de burin ou de chalumeau oxhydrique.

Le capitaine se renversa dans son fauteuil. La piste était mince, mais c'était la seule qu'il avait pour le moment.

— Très bien. Envoyez des équipes interroger tous les propriétaires déclarés de ce type de moto, toutes cylindrées confondues, de 50 à 500 cm^3, ainsi que tous ceux qui se la sont fait voler depuis trois ans. N'oubliez pas les clubs de motards, les organisateurs de concentres[1], les petites annonces, les forums web, les casses, tout

1. Réunions de motards.

ce qui peut avoir trait à un deux-roues motorisé dans la région. Ce type utilise une bécane de cross, mais il roule peut-être sur une autre moto le reste du temps. Il est cinglé, nous le savons. Il a pu se faire remarquer quelque part. Une crise de colère pour une réparation mal faite, une commande en retard, je n'en sais rien… Fouillez ! Même si vous risquez d'y perdre votre temps ! Interrogez les concessionnaires, les sites de pièces détachées pour ces machines, les bars où ils se retrouvent. Positionnez des barrages sur les routes et inspectez toutes les motos de ce type à la recherche de la moindre trace de sang. Faites tout votre possible pour nous dénicher un autre brin à tirer hors de cette pelote de ficelle, Marc. D'accord ?

— Compris, capitaine. Je vous tiens au jus.

Larralde raccrocha lentement. Qu'avait-il à se mettre sous la dent, en dehors de ça ? Rien. Aucun passager du wagon où la bombe avait explosé n'avait survécu. On avait commencé à en effectuer le recensement, d'après les réservations TGV et les papiers d'identité épargnés par le feu dans l'amas de tôles déchiquetées, mais on était encore loin d'avoir achevé le travail.

Il se leva pour chasser les fourmis qui montaient dans les muscles de ses jambes. Il fallait qu'il fasse quelque chose. Qu'il participe, lui aussi, à la traque des criminels. C'est bien beau d'être au gouvernail du navire, dans la cabine de commandement, mais on ne sent pas l'air du varech aussi bien que sur le pont. Et s'il y avait une chose dont Larralde avait envie plus que tout au monde, c'était de descendre dans les rues pour se mettre en chasse de la bande de pourritures qui avaient commis cet acte barbare sans se soucier ni des victimes qu'ils allaient causer, ni des familles qu'ils allaient briser.

La ville rayonnait sous le soleil de ce qu'il fallait bien appeler une splendide journée d'hiver. La température avait grimpé depuis le début de la matinée, quand il avait pris son service après une très courte nuit de quatre heures à peine de sommeil, et elle était presque printanière. Larralde ouvrit la fenêtre et laissa pénétrer l'air frais dans la pièce. Le bruit de la ville lui parvint aussitôt, mélange de vibrations de moteurs et de cris qui montaient depuis le marché, deux rues plus bas.

— Capitaine Larralde ?

L'officier se retourna, encore aveuglé par la lumière crue qui s'abattait sur la place sans arbres. À la porte de son bureau, une silhouette se dessinait dans l'embrasure, la main en visière au-dessus d'un visage aux traits tendus. Le regard du policier glissa malgré lui sur la robe échancrée de la jeune femme, de son cou gracile jusqu'à son ventre proéminent.

— Oui, c'est moi. Que… ?

L'inconnue fit un pas en avant et referma la porte derrière elle d'un air décidé.

— Je m'appelle Lisa Heslin. Je suis la compagne du capitaine Daniel Magne. J'ai à vous parler.

32

J'ai les jambes qui flageolent. Je m'assieds sur la chaise qui fait face à son bureau avant qu'il pense à me le proposer. Larralde a l'air sonné, comme si je venais de lui annoncer une mauvaise nouvelle. C'en est une, d'ailleurs, mais il ne le sait pas encore. Ce que je vais lui demander ne va pas lui plaire. Mais s'il me le refuse, je crois que je vais péter un plomb.

J'ai eu de la chance, en quelque sorte. Le planton auquel je me suis adressée m'a tout de suite donné son nom, et sans me poser de question. Ma phrase était pourtant un peu tordue. « *Je cherche le collègue de ce flic disparu. Vous savez ? Le Parisien...* »

Eh bien, pas pour lui, apparemment. « *Ah oui : Magne... C'est le capitaine Larralde, au deuxième étage, face à la machine à café, vous ne pouvez pas vous tromper.* »

Voilà. Pas plus difficile que ça.

Henri va trouver le temps long. Je l'ai laissé devant son café froid, à la brasserie du coin où nous nous sommes arrêtés en arrivant à Hendaye, afin de peaufiner notre plan d'action. Je lui ai dit que j'allais acheter des trucs de fille à la pharmacie. Que je risquais d'en avoir pour un moment. Il a eu un sourire gêné et m'a laissée filer. Je vais essayer de ne pas abuser de sa patience. S'il savait ce que je suis en train de faire, il en aurait des maux d'estomac. Je le mettrai au courant à mon retour. En sa qualité de flic, il risque de se retrouver en indélicatesse avec ses collègues d'ici, pas moi. Je suis la femme d'un policier qu'un criminel a blessé, puis enlevé, et qui le séquestre depuis lors. Et je ne sortirai pas de cette pièce tant que je n'aurai pas les renseignements que je suis venue chercher.

Le capitaine Larralde met du temps à réagir. De la stupeur passe dans ses yeux. Elle succède à la curiosité que mon ventre génère chez les hommes depuis quelques semaines. Comme s'ils n'en avaient jamais vu de tel auparavant. Comme si eux-mêmes n'en étaient jamais sortis un jour. Cette pudeur masculine, si elle m'amuse un peu, m'a fait prendre conscience que nos deux univers ne se croiseront jamais tout à fait, que c'est pure utopie que l'on puisse même l'imaginer.

Sa première phrase me prend complètement à contre-pied.

— Alors c'était ça…

Ses yeux sont braqués sur mon bébé, incrédules.

— Il n'est pas au courant.

Le regard du capitaine remonte vers le mien. Je vois qu'il fait un effort surhumain pour ne pas s'attarder sur mes seins gonflés par la grossesse. Il me sourit enfin, hoche la tête en se grattant le menton.

— Je ne voudrais pas être indiscret, mais…

— Alors, ne le soyez pas. Dites-moi plutôt ce que vous savez sur ce qui s'est passé.

Le capitaine se rembrunit. Ça lui va bien. Il est plutôt bel homme, d'ailleurs. Encore mince malgré une quarantaine bien avancée, vu sa barbe poivre et sel, une touffe de cheveux de la même couleur qui a l'air de refuser de pactiser avec un peigne, les traits d'un baroudeur désabusé revenu de tout, un regard clair entre le gris acier et un bleu délavé par les années, il doit faire tomber les filles dans sa poche comme des mouches dans un pot de miel.

— Si vous êtes femme de flic, vous savez que nous ne pouvons rien dévoiler sur les éléments d'une enquête en cours.

Je me penche vers lui. Je ne l'ai pas quitté des yeux.

— Je suis femme de flic, et je suis flic aussi. Article 11 du Code de procédure pénale. Vous ne m'apprenez rien, capitaine Larralde.

Il soupire. Bien. Il a compris. Il ne va pas s'en tirer comme ça avec moi.

— Vous voulez boire un café ?

— De l'eau, plutôt. Merci.

Il se lève et sort de la pièce avant de revenir avec une petite bouteille de Perrier bien fraîche qu'il dépose devant moi. Il se rassied. Son expression dure a quitté son visage.

— Il y a un certain nombre de choses que je suppose pouvoir vous révéler, et d'autres non. Et, bien entendu, je ne vous ai rien dit officiellement. Est-ce que vous êtes d'accord avec ça ?

Je le regarde intensément. Il a l'air franc du collier. Il ne baisse pas les yeux devant mes lance-flammes.

— Disons que oui, pour le moment.

Il sourit. Non, il n'est pas bel homme. Il est carrément craquant.

— Parfait. Alors voici les informations dont nous disposons aujourd'hui.

J'écoute le capitaine sans l'interrompre une seule fois. Je m'imprègne de son récit, des images qu'il m'évoque. Je suis Daniel en train de courir dans la rue, je le suis pas à pas, parce que je sais que j'aurais agi comme lui. Je vois ce qu'il voit, j'entends ce qu'il entend, je suis le prolongement de son énergie, de sa quête de vérité. Je monte sur le scooter, je colle au train du fuyard à motocross. Je penche l'engin dans le virage, devine le canon de l'arme dirigé vers moi, sens la balle me déchirer le corps en emportant des litres de sang avec elle…

Je ferme les yeux.

Il s'est tu.

— Madame ? Vous êtes sûre que ça va aller ?

L'intensité de l'image passe. Je reprends contact avec la réalité. Je ne pourrai pas aider Daniel si je me pâme comme une fillette à la première évocation de sa blessure.

— Oui, merci. Appelez-moi Lisa, ce sera plus simple.

— OK, Lisa. Moi, c'est Denis.

Nos regards se croisent à nouveau, mais cette fois toute animosité a quitté le mien. Denis Larralde va faire ce qu'il peut pour m'aider. Je le sens. Je le sais.

— Laissez-moi participer à l'enquête.

Je comprends instantanément que je viens de rompre le charme. Il se referme comme une huître que la marée basse découvre.

— Ça, c'est impossible.

— Mais…

— Et même si ça l'était, je ne le permettrais pas. Pas dans votre état.

— Capitaine Larralde, je…

— Lisa, vous avez peur pour Daniel, et vous êtes à bout de nerfs. Je le comprends parfaitement, et je suis prêt à vous soutenir dans la mesure de mes possibilités. Mais là, vous ne vous rendez pas compte de ce que vous êtes en train de me demander.

Je vais pour répliquer mais ma phrase reste en suspens entre nous. Il a raison. Ma colère et ma frustration, ces vieilles ennemies intimes, me le soufflent dans le creux de l'oreille.

Larralde attend juste l'ombre d'un instant, histoire d'être certain que je ne vais pas argumenter plus avant.

— Il s'agit *a priori* d'une bombe artisanale, que nous supposons avoir été dissimulée sous le siège d'un voyageur. Elle a fait dix-huit morts et quarante-six blessés dans ce maudit train. Des familles qui rentraient de vacances vers Paris, pour la plupart. À cette heure-là, le dimanche, il n'y a pratiquement que ça. Les hommes d'affaires se déplacent plutôt à partir du lundi matin. On explore actuellement le passé de chacune des victimes. La SNCF nous a fourni toutes les identités des personnes qui ont réservé par Internet un siège dans le wagon 11 situé à l'épicentre de l'explosion, mais on tente encore à l'heure actuelle de mettre un nom sur les morceaux de corps qu'on ramasse toujours tout autour du train. Le problème, c'est que quelques places ont été achetées en liquide. Et là, on n'a aucune trace exploitable. Parmi les blessés graves, il y a le contrôleur. Un voyageur nous a dit que le fonctionnaire venait de sortir de la rame quand la bombe a sauté. Il a eu la poitrine défoncée par une lame de métal arrachée à une cloison, mais il a eu la chance d'être secouru parmi les premières victimes. Les urgentistes lui ont sauvé la vie de justesse. On attend qu'il sorte des vapes pour l'interroger, ce qui risque de durer encore un moment.

— Quel type d'explosif ?

Larralde a un regard lourd.

— Un truc très recherché des terroristes de tout poil. C'est en tout cas ce que semble révéler le rapport de la Scientifique, mais j'attends la confirmation officielle.

— *Semble révéler ?*

Larralde élude.

— J'ai mes sources…

— D'où vient-il, à votre avis ?

— Aucune idée…

Je me recule dans mon siège. Mon ventre me fait mal, à l'écraser comme ça pour ne pas perdre une miette de ce que le capitaine me révèle.

— Et… c'est tout ?

Larralde me regarde bien en face. Ses yeux ne cillent pas.

— C'est tout, oui. La recherche sur la moto n'a rien donné pour l'instant. On tourne en rond, avec ça.

Je sais qu'il ne m'a pas tout dit, mais je sens qu'il n'ira pas plus loin. Un silence glacial tombe entre nous. Je jette un coup d'œil autour de moi. La pièce est froide, fonctionnelle. Pas une seule photo de femme ni d'enfant dans un cadre. Larralde est un solitaire, ça se voit. Il ne paraît pas avoir d'autres attaches que celles qui le lient à son travail. Je l'imagine très bien en binôme avec Daniel. Deux loups affamés en chasse ensemble, un vrai couple de prédateurs. Il remue sur sa chaise, visiblement très gêné par mon attitude revêche. Je dois avouer que je le trouve de plus en plus sympathique.

— Madame Heslin… Lisa…

Je croise son air mi-figue mi-raisin.

— On va le retrouver. Je vous le promets.

Je hoche la tête. Il est animé de bonnes intentions, mais il ne peut pas me promettre quelque chose qu'il n'est pas certain de tenir. Je pose la main sur mon bébé. Ça devient un besoin vital, on dirait, dès que je suis contrariée.

— Merci. Je reviendrai demain… si vous êtes d'accord, bien sûr.

Il va pour ergoter, mais mon regard sans concession l'en empêche. Je reviendrai, quoi qu'il en dise. Et si ce n'est pas devant lui, ce sera devant un autre flic. Je ne les lâcherai pas. Il le comprend cinq sur cinq.

— D'accord, mais je ne vous garantis pas que j'aurai du nouveau à vous apprendre…

— Parfait. Dites-moi, vous connaissez un hôtel potable, dans le secteur ? Nous nous y sommes pris un peu rapidement pour descendre ici, et ceux que nous avons trouvés sont déjà remplis jusqu'aux chambres de bonnes.

Larralde tique.

— *Nous ?*

Nous y voilà. Il fallait qu'il sache que je suis accompagnée, à présent qu'il a compris qu'il ne se débarrassera pas de moi comme ça.

— J'ai mon chaperon avec moi. Henri Walczak, un autre flic, lui aussi. C'est un peu comme mon deuxième père. Il a refusé de me laisser venir seule. Il a pris un congé spécialement pour m'accompagner. Mais ne vous inquiétez pas de sa présence, il est discret et très respectueux de la procédure. Il ne vous mettra pas de bâtons dans les roues.

Le capitaine fait la grimace. Un flic parasite en satellite orbitaire autour de son affaire, c'est un problème. Deux, ça devient carrément ingérable. J'essaie de le mettre un peu plus à l'aise.

— Il ne sait pas encore que je suis venue vous voir. Il est dehors, dans un café, sûrement en train de pester contre ces bonnes femmes qui restent des heures à tourner en rond dans les magasins. Notre commandant a été très clair. Pas d'ingérence dans l'enquête en cours. Henri est auprès de moi en tant que soutien moral, rien de plus. Vous n'entendrez pas parler de lui. Il ne vous causera aucun ennui.

Larralde amorce un sourire, amusé par l'image d'Henri en train de prendre racine en regardant sa montre toutes les cinq minutes. Je réalise alors que j'ai dit *notre* commandant. Je viens de comprendre que j'ai réintégré les rangs de la Criminelle sans l'avoir vraiment décidé.

Le beau flic ténébreux soupire et passe une main nerveuse dans ses cheveux argentés en bataille.

— Je vais voir ce que je peux faire, pour votre hôtel. Donnez-moi un numéro où je peux vous joindre.

Je quitte le poste de police avec un sentiment mitigé. J'ai à présent ce qui ressemble à un allié dans la place, mais cela me permettra-t-il d'obtenir d'autres renseignements que ceux que je peux lire dans les journaux ? Le capitaine Larralde, comme nous tous, est tenu de respecter le secret de l'enquête. Il ne me révélera que le strict minimum pour que je ne lui casse pas trop les pieds.

Pour le reste, il va falloir que je me débrouille par moi-même.

33

Connecting to iCloud…

Quand je suis arrivé chez moi, il n'y avait personne. C'était aussi bien, parce que je crois que je n'aurais pas pu supporter le regard mauvais de ma mère ou celui, plus sournois, de mon frère.

Je suis allé directement à la grange. Je me suis arrêté juste sous la poutre à laquelle mon père s'était pendu treize ans auparavant. Je n'ai pas levé les yeux vers elle. Parce que si je l'avais fait, j'aurais pu croiser son regard désapprobateur en train de se balancer à deux mètres au-dessus du sol. Ou bien apercevoir le nid.

J'ai ôté mes vêtements un par un, lentement, avec la certitude que le tissu glissait sur ma peau pour la dernière fois.

Lorsque je me suis retrouvé complètement nu, je me suis approché du tabouret que mon père avait utilisé pour se précipiter dans le vide, et que personne n'avait eu l'idée de jeter à la décharge depuis sa mort. La corde de chanvre était là, elle aussi, abandonnée dans un coin comme un objet qui n'a pas servi à tuer quelqu'un, ou bien au contraire pour en garder le souvenir. Elle était pleine de toiles d'araignées, mais encore en bon état.

Le nœud coulant avait été tranché pour décrocher le corps raide de mon paternel. J'en ai fait un nouveau, en prenant bien mon temps pour m'assurer qu'il remplirait son office. J'ai placé le tabouret sous la poutre et je suis monté dessus, la corde à la main. J'ai enroulé le bout libre autour de la solive, je l'ai solidement attaché, et le nœud est tombé devant mon visage comme il avait dû le faire devant celui de mon père.

J'ai passé la tête dedans. Le poids du chanvre tressé s'est mis à tirer mon cou en arrière et j'ai cessé de respirer. Ce fut soudain comme si j'avais deux cerveaux qui vivaient ensemble la même scène, comme si la corde avait conservé dans ses fibres l'écho des dernières pensées de celui qui m'avait donné la vie.

Le tabouret s'est mis à vibrer sous mes pieds. À présent, il suffisait d'un rien pour que tout se termine, là, maintenant, pour que la douleur de la mort de Patxi disparaisse d'un coup, que la vision du corps de mon père oscillant dans la pénombre s'évanouisse à tout jamais de mon esprit. Ils l'avaient bien fait, tous les deux. Alors pourquoi pas moi ?

Rien. Je n'avais rien sur cette Terre qui méritait d'être vécu. Je haïssais tous ceux que je ne méprisais pas. Et ça ne m'aurait pas dérangé d'étrangler chacun d'entre eux de mes propres mains.

En basculant ce tabouret d'un coup de cheville, j'allais mettre fin à mon existence terne et sans intérêt. J'allais même permettre à mon frère et à ma mère de consommer leur décadence sans avoir à se soucier de faire du bruit. J'allais leur offrir un corps nu et raide, des yeux noirs et gonflés, peut-être une ultime giclée de semence dans la poussière. J'allais leur laisser découvrir la même image que celle qui m'avait coupé la parole pendant plusieurs mois l'année de mes cinq ans. La même provocation, le même rejet de ce qu'ils avaient fait de moi.

Combien de temps suis-je resté ainsi, à deux doigts de pousser mon dernier soupir sous le poids de mes os et de ma chair brusquement libérés sous le nœud qui allait m'enfoncer la gorge jusqu'à la nuque ? Je ne sais pas. La seule chose que je sais, c'est qu'au bout d'un long moment, ma vision a commencé à se brouiller. Les lumières à devenir plus pâles, les sons plus feutrés. Ça s'éternisait. La vie pulsait dans mes veines, et je la sentais qui protestait à tue-tête en me faisant battre le cœur entre les tempes.

C'est là que, dans un éclair de soleil qui se faufilait entre deux planches disjointes, j'ai aperçu, au fond de la grange, la silhouette de mon frère accroupie contre une botte de paille. Juste à côté, celle plus petite d'Arantxa, ma mère, qui essayait de se cacher derrière lui.

Ils m'observaient depuis un bon moment. Je ne les avais pas entendus entrer. Peut-être même étaient-ils là depuis le début, allongés dans le foin poussiéreux pour expérimenter d'autres jeux sordides et contre nature.

Lentement, très lentement, j'ai extirpé ma tête du nœud coulant. Je me suis tourné vers eux et j'ai craché dans leur direction. Ensuite, j'ai attrapé mon micropénis – Damian p'tite bite, Damian p'tite bite – et j'ai commencé à me masturber devant eux, toujours debout sur le tabouret.

Arantxa est partie en courant, secouée par un hoquet de panique. Mon frère a plissé les lèvres de dégoût. De dégoût... lui qui baisait notre mère au moins deux fois par semaine de l'autre côté du mur de ma chambre...

Il est sorti en marche arrière avant que j'aie le temps de jouir face à lui.

La rage est alors arrivée d'un seul coup. Rage de n'avoir pas été capable de sauter, rage de m'être fait surprendre par les deux êtres que je détestais le plus, rage de ne pas avoir réussi à maîtriser mon destin comme l'avait fait Patxi.

Je suis descendu du tabouret, j'ai marché droit jusqu'au mur de planches et je l'ai frappé jusqu'à ce que mes poings éclatent comme des tomates trop mûres.

J'ai passé plusieurs jours dans mon lit, à refuser de boire et de manger. Depuis ce jour-là, ils n'ont plus jamais couché ensemble dans la chambre mitoyenne à la mienne. À ce moment-là, j'ai compris que je commençais à leur faire peur.

En fait, je ne savais plus où j'en étais. Je ne savais plus ce que je devais faire – ou ne pas faire – de ma vie et de ma mort.

Mais aujourd'hui, les choses sont beaucoup plus claires dans mon esprit. Mon frère ne pourra pas voir ça, hélas, mais ma mère sera aux premières loges, promis. Elle lui racontera quand elle ira le retrouver. Plus tard.

Elle va être fière de moi, maman.

Oui, vraiment fière...

Clic.

Upload completed.

34

Je m'éveille avec les yeux collés par la douleur qui me lacère l'arrière du crâne. Ma langue est aussi épaisse que si j'avais léché un pavé de sel toute la nuit. Me voilà de retour dans la cave, torse nu contre le béton. Cette fois, mes mains sont entravées dans mon dos avec des menottes dont j'entends crisser l'acier sur le sol. Mes chevilles sont bloquées aussi, serrées à mort l'une contre l'autre par du fil électrique torsadé. Il manque de matériel, ce connard. Pas l'habitude de faire des prisonniers, sans doute.

Je me redresse tant bien que mal sur les fesses, regarde autour de moi en écarquillant les yeux, des vrombissements plein le cerveau. Le tuyau d'arrosage a disparu. Une épaisse chaîne de fer relie celle des menottes à un barreau du soupirail brisé. Une croûte noirâtre recouvre l'endroit où elle forme une boucle, à environ un mètre du mur. Le type l'a soudée sur elle-même. Pas de cadenas. Pas de clé. Pas de fuite possible, cette fois.

Je tourne la tête de l'autre côté en retenant un gémissement. La cave se met brusquement à tournoyer autour de moi et je ferme les yeux pour ne pas vomir. C'est un miracle qu'il ne m'ait pas tué sur le coup. Avec le sang qui a coagulé sur mon visage et la plaie qui me brûle à l'arrière du crâne, je dois avoir une vraie tête de zombie. Lorsque je rouvre les paupières, une fois le vertige passé, la première chose que j'aperçois est un œil fixé sur moi. Celui, rond et froid, d'une caméra numérique montée sur un pied télescopique. Un petit voyant rouge clignote sur le bâti de l'appareil.

Rec.

Le salopard a bien mesuré la liberté qu'il laissait à ma chaîne. Même en allongeant les jambes au maximum, mes semelles n'arrivent pas à moins d'un mètre du pied télescopique. Posée contre le mur, une petite enceinte est reliée à la caméra. J'entends un déclic, puis le son explose dans la pièce.

— Bien dormi, capitaine ?

Je ne réponds pas. J'observe le montage, les dents serrées sur mon impuissance. Poussée au maximum du volume du haut-parleur, la voix de mon ravisseur résonne à nouveau jusque dans ma poitrine.

— Vous avez remarqué, cher ami policier, que j'ai pris quelques libertés avec la vôtre. Vous ne m'en voulez pas, j'espère ?

Je regarde l'œil de la caméra comme s'il s'agissait du visage de cet enfoiré.

— Va te faire foutre, sale con !

— C'est bien ce que je pensais… Ah, vous n'êtes pas très coopératif, capitaine. C'est bien dommage. J'ai évité de vous frapper trop fort la dernière fois, mais je demande si cela a été une bonne idée, finalement. Je crois que je vais revenir vous apprendre à être poli avec moi.

— Viens, enfoiré ! Viens ! Je t'attends !

Un rire résonne dans la cave comme un sac de gravier jeté du haut d'un escalier. Un rire qui se veut méphistophélique, mais ne parvient qu'à être ridicule. Je ne sais pas ce que ce type imagine être, mais c'est nettement plus gros que lui.

— Je vais venir, capitaine de mes fesses. Compte sur moi. Mais tu vas devoir patienter un peu. J'ai un truc à faire avant. Numérote bien tes abattis en attendant, d'accord ? Il risque de t'en manquer un ou deux quand j'en aurai fini avec toi.

Puis l'enceinte se tait d'un coup. Je me retrouve seul avec le point rouge qui clignote face à moi. Même s'il a coupé le son, le motard a conservé active la fonction enregistrement. Je ne sais pas ce qu'il a l'intention de faire de ces images, mais ça ne me dit rien qui vaille.

Quelques minutes passent dans le vide avant que j'entende un bruit de moteur pétaradant. Il part sur sa moto. Je lève le nez vers le soupirail, mais le type l'a refermé avec un morceau d'aggloméré sur lequel il a agrafé de la laine de verre, histoire de m'empêcher de rameuter le voisinage. À tout hasard, même si je sais déjà que ça ne servira à rien, je hurle de toutes mes forces, la gorge au bord de l'explosion, jusqu'à ce que mes cordes vocales ne puissent plus produire autre chose qu'un râle de bête à moitié morte.

Foutu. Je suis foutu. Pour la deuxième fois depuis le début de ma captivité, je suis au bord du renoncement. Il n'aura pas fallu grand-chose pour que je m'écroule, si je regarde bien la vérité en face. Une blessure par balle, une cave, une chaîne, des coups de barre de fer… Je suis à la merci des crises de démence de ce psychotique. Il peut venir me trouver à n'importe quel moment pour me défoncer le crâne, pour m'étrangler à mains nues ou pour me vider un chargeur complet dans le corps.

Ou bien encore me laisser crever de faim et de soif.

Il suffit que je pense à boire pour que ma bouche s'assèche d'un seul coup. La sensation de sel sur la langue devient vite intolérable. Combien de temps un homme peut-il survivre sans avaler quoi que ce soit ? Deux jours ? Trois ? Je ne sais pas. Je n'y avais jamais réfléchi auparavant. À mon avis, vu que mon corps en est constitué à plus de 76 %, le manque d'eau me tuera avant la privation de nourriture.

Bien avant.

Restons optimistes. Au moins, je n'aurai pas à me préoccuper de trouver quelque chose à manger…

Au loin, j'entends ronfler un orage dont le son se répercute à l'infini, comme prisonnier entre de hauts murs de pierres. L'écho s'enroule en volutes interminables alors que les coups de tonnerre sont plutôt espacés. *La montagne.* Nous sommes en pleine montagne. C'est pour ça que le type se fout que je me mette à gueuler comme un veau qu'on égorge. Il doit avoir une baraque isolée quelque part dans les collines à flanc de roche. Un endroit où les voisins ne sont pas les bienvenus, où lorsque de la visite survient, ce n'est jamais bon signe.

La foudre frappe de plus en plus vite, de plus en plus violemment. Bientôt, le tac-tac de la pluie se met à marteler la planche d'aggloméré qui bouche le soupirail. Le vent doit souffler plutôt fort et en biais vers ma prison. L'autre enfoiré va se retrouver trempé comme un con, sur sa moto. C'est une maigre consolation, mais peut-être un peu plus que ça. L'orage va peut-être l'obliger à s'arrêter quelque part pour s'abriter. Il va perdre du temps sur le programme qu'il s'est fixé. Ou alors, il est encore plus cinglé que ce que je croyais.

Le type a laissé la lumière allumée quand il est parti. Pour pouvoir continuer à filmer, j'imagine. Ça me permet d'apercevoir un filet d'eau qui commence à ruisseler sur le mur de parpaings, juste sous la vitre brisée du soupirail que la planche n'obstrue qu'imparfaitement.

La langue soudain collée au palais, je me mets à ramper en me tortillant comme une chenille vers le mur d'où pendouille ma chaîne. Je parviens à me redresser sur les fesses et me soude la joue aux parpaings, les yeux braqués sur la trace d'humidité qui progresse vers le sol avec une lenteur de cauchemar.

35

— En tout cas, une chose est désormais certaine, commandant…

— Hm ?

L'officier avait à peine levé le nez de son clavier d'ordinateur sur lequel il pianotait avec difficulté, les sourcils froncés au-dessus de ses lunettes de myope.

— Je disais qu'une chose est désormais certai…

— J'ai entendu, capitaine. Venez-en au fait.

Larralde retint un soupir et poursuivit :

— Ce n'est pas un coup des islamistes, cette fois-ci.

Le commandant Langeais suspendit les mains au-dessus des touches, le visage impénétrable. Il avait toujours le regard rivé sur son écran.

— Et vous en êtes arrivé à cette conclusion par quel tour de magie, capitaine ?

Larralde se pencha alors sur le bureau de son chef et posa ses deux poings fermés de chaque côté du clavier. Ses yeux se plissèrent dans une expression si froide que Langeais ne put retenir un léger mouvement de recul contre le dossier de son fauteuil.

— Juste en constatant que ce taré a toujours son prépuce sur le bout de sa queue. Avec votre respect, commandant.

La porte claqua derrière Larralde comme un point d'exclamation sur une page blanche. Langeais reposa lentement les mains sur le clavier et il enregistra son fichier avant de se repasser la vidéo dont le lieutenant Castaing lui avait transmis une copie. Oui, c'était net. Comment avait-il pu ne pas voir ça lui-même ? Ils avaient tous été tellement hypnotisés par le film que ce détail lui avait complètement échappé. Larralde ne s'était pas trompé. L'inconnu au masque n'était pas circoncis. Et si la circoncision n'était pas pratiquée avec la même dévotion religieuse par les musulmans que par les juifs, les plus intégristes d'entre eux en avaient fait une étape incontournable de leur dogme. Cette affaire n'avait donc *a priori* rien à voir avec les barbus fous de Dieu. Mais en un sens, c'était encore pire. Comme lorsque l'on se rend compte que ses propres cellules sont en train d'attaquer de l'intérieur, quand on réalise que son organisme est devenu un champ de bataille où il n'y aura pas de vainqueur, que chaque combat est perdu d'avance puisqu'on l'engage contre soi-même. Cet homme, ce *tueur de masse,* avait soigneusement planifié son forfait pour exterminer le plus de gens possible dans ce train. Il avait apporté la bombe, l'avait dissimulée sous le siège, au milieu des familles, des femmes et des enfants, puis il s'en était allé, les mains dans les poches, peut-être même en clignant de l'œil à un gamin dans le wagon. Le comble de l'horreur. La mort maquillée sous l'apparence d'un voyageur anonyme, le visage semblable à celui de Monsieur Tout-le-monde, invisible sous sa cape de haine camouflée en peau de toutou.

Langeais comprenait la colère de Larralde, mais il ne la partageait pas. Magne avait merdé, en arrivant un matin à moitié torché à son poste. L'officier avait vite repéré quelle brebis galeuse ce Magne pouvait devenir s'il le laissait aller trop loin dans cette direction. La suspension du flic parisien avait eu le mérite de redresser la barre avec sa propre équipe et de remettre la pendule à l'heure vis-à-vis de l'alcool, qui continuait à faire des ravages dans la police, quoi que les dénégations des autorités en disent. Le métier était dur, et cela n'allait pas s'arranger au fil des années. L'ex-commandant Magne – il avait eu connaissance de son dossier par la hiérarchie parisienne avant son arrivée – ne devait pas devenir le ver dans le fruit qu'il avait mis si longtemps à faire mûrir. Il en était tout simplement hors de question. Cependant, le soutien inattendu du capitaine Larralde avait ouvert les yeux du commandant. Malgré les apparences, Langeais faisait confiance à son subordonné. Et si Larralde lui disait que Magne valait le coup qu'on s'y attarde un peu plus longtemps, il avait sans doute de bonnes raisons pour le croire. C'était lui qui l'avait côtoyé pendant deux mois sur le terrain. Il avait largement eu le temps d'appréhender ses compétences. Le fait que l'officier puni ait été enlevé sur les lieux mêmes de l'attentat prouvait qu'il n'était pas resté les bras croisés alors qu'il n'était pas en service. Ce qui était un bon point pour lui, il fallait bien l'admettre.

Le commandant Langeais se leva et se dirigea à pas lents vers le couloir qui menait à la salle de réunion. Ils n'avaient pas fini d'en baver avec toutes les implications de cet attentat. Tous ces morts, tout ce sang répandu, et pour quoi, pour quelle obscure raison enfouie dans un crâne en pleine démence ? Car malgré les forces de l'ordre qui grouillaient sur l'affaire comme des asticots sur un cadavre en putréfaction, Langeais savait que la lutte n'était pas à armes égales. D'un côté, un tueur très organisé, dont on ignorait l'identité et les motivations et qui frappait où il le voulait après avoir soigneusement préparé son coup ; de l'autre, une armée d'enquêteurs qui étaient là pour ramasser les sinistres morceaux de sa vengeance tout en cherchant dans les cendres qu'il avait laissées derrière lui une trace infime à exploiter.

Au moment où il poussa la porte de la salle, il sut à une vibration dans l'air, quand toutes les têtes se tournèrent vers lui à l'unisson, que la journée allait être encore pire que ce qu'il avait imaginé.

36

Lorsque je pousse la porte du bistrot où j'ai laissé Henri patienter jusqu'à mon retour, je n'en crois pas mes yeux. Assises à sa table, deux créatures de rêve partagent un café avec lui en riant aux éclats. Il me faut au moins deux secondes pour réaliser qu'elles ont toutes les deux des décolletés jusque-là, du rouge à lèvres jusqu'ici, du maquillage qui leur couvre le visage comme de la peinture de guerre et des jupes aussi larges que des écharpes. À leurs poignets, des bracelets brillants cliquettent en renvoyant des éclats d'halogènes vers le bar où un garçon boutonneux, très intéressé par le spectacle, essuie des verres déjà secs en reluquant les poitrines avantageuses qui menacent de jaillir de leurs soutiens-gorge pigeonnants.

– Ah, la voilà !

Henri me lance un regard égrillard qui me renseigne aussitôt sur la nature du commerce des filles, si j'avais encore eu un doute à ce sujet. Je lui adresse un clin d'œil salace.

— Eh bien, tu ne t'ennuies pas, dis-moi !

L'une des deux donzelles appuie sa tête blonde sur l'épaule d'Henri et me considère des pieds à la tête d'un air provocateur. Elle a un petit mouvement du menton dans ma direction et pose une main conquérante sur la cuisse de mon collègue tout en mâchant un chewing-gum rose qui claque entre ses dents de porcelaine. Elle ne doit pas avoir plus de dix-sept ans.

— Ah bah ouais, tu dois plus pouvoir te marrer tous les jours, dans l'état où elle est. T'es encore vert, pépé, hein ?

Sa copine, une belle métisse aux cheveux torsadés noir corbeau, pousse un hennissement de jument en chaleur. Elle a les yeux éclatés de celle qui a pris quelque chose de nettement plus fort qu'un arabica au petit déjeuner. Je vais pour me fâcher, mais je réalise que la blonde en est au même stade avancé. Deux pauvres mômes paumées dans une vie d'adulte déjà moisie avant même d'être majeures. Quelle navrance…

Oui, d'accord, c'est bien dommage pour elles, mais ce n'est pas une raison pour me laisser rembarrer comme ça. Je m'assieds sans façon à côté de la brune, fais signe au garçon au regard fuyant qu'il nous remette la même chose et dégaine un grand sourire à Dents-Blanches-Au-Chewing-Gum-Qui-Pue-La-Fraise.

— Change de trou, cocotte. Tu verras, ça marche mieux pour avoir des gosses. Sinon, vous avez pensé à apporter vos poupées, les filles ? On a à discuter entre grandes personnes…

La blonde saute sur ses pieds, son joli visage déformé par un brusque accès de fureur. Elle me fait un doigt d'honneur juste devant le nez.

— Et celui-là, tu sais où tu peux te le carrer, salope ?

Je me recule dans le siège, prête à lui balancer un bon coup de pied dans le ventre si elle approche trop près de mon bébé. Derrière moi, la brune prend discrètement le large et se pousse à l'autre bout de la banquette.

— Ne change pas tes habitudes, poupette. Il sera mieux dans ton cul que dans le mien.

Nos regards s'affrontent comme des gladiateurs pendant quelques secondes puis, de façon totalement inattendue, la jolie blonde aux yeux fous baisse le bras et sourit à son tour.

— Hé, t'as pas peur, toi, hein ? T'es un poulet, toi aussi ?

Je fais les gros yeux à Henri, qui lève imperceptiblement les épaules. Notre couverture n'a pas tenu bien longtemps, on dirait. Pas facile de tromper la vigilance d'une prostituée quand on est de la Grande Maison. C'est un peu comme si elles avaient des antennes à pandores, une sorte de sixième sens qui leur permettrait d'identifier sans faillir un membre de la flicaille dans une salle bondée d'inconnus. Les flics doivent dégager un genre de phéromones qu'elles seules sont capables de sentir. Il faut dire qu'à passer sa vie dans la rue en essayant de la gagner à la sueur de ses reins, on a plus souvent affaire aux perdreaux qu'aux oies blanches.

Bon, puisque la fille a éventé notre qualité de policiers, autant que je la joue cool.

— Ouais. Flic et enceinte jusqu'aux oreilles. On ne peut rien te cacher…

Brusquement calmée, elle se rassied face à moi et fait claquer son chewing-gum contre son portail d'émail blanc tout en m'observant en détail. Le garçon profite du moment d'accalmie pour glisser la commande sur la table. L'odeur du café est magique et met tout le monde d'accord. C'est le break. Je bascule un sucre dans le mien et je touille, pensive. Mais qu'est-ce que ce cher Walczak fabrique avec ces deux tapineuses ? Une envie soudaine d'extase ?

Henri en profite pour reprendre la main.

— Lisa, je te présente Nina et Louise.

Nina, c'est la blonde. Je la regarde à nouveau avec attention. Non, cette fille n'est pas jolie. Elle est carrément sublime. Elle doit faire fureur dans la rue quand elle se balade en se déhanchant avec sa jupe ras le minou. Tous les hommes qui la croisent, et encore plus ceux qui la suivent, doivent avoir la langue qui traîne par terre. Mais comment cette beauté s'est-elle retrouvée à faire le trottoir au lieu des couvertures de magazines ? Aux plis amers qui marquent déjà le coin de ses lèvres, je devine une sombre histoire familiale à la clé. Le genre de choses que la mémoire n'oublie jamais, quand elle ne la transforme pas en bombe à retardement qui vous fait imploser des années plus tard. Le genre de choses qu'on n'a pas envie de raconter à qui que ce soit, qui fait se sentir très sale dans son propre corps.

— Salut, Nina.

La fille considère ma main tendue comme si c'était la première fois qu'elle en voyait une. Du moins sans billets dedans. Elle jette un œil incertain à sa copine, puis elle se décide et m'écrase les doigts avec une poigne surprenante.

— Salut.

On a déjà gagné ça. L'animosité est tombée de son regard comme une peau morte qu'elle n'est plus obligée de porter pour se protéger. Je tourne les yeux vers la métisse et lui tends la main également.

— Salut, Louise.

Le sourire est plus immédiat. La poignée franche. Cette fille est très belle, elle aussi. Elle me fait un signe de l'autre main en direction de sa bouche, puis une moue désolée en la posant sur son cœur. Nina prend le relais.

— Elle entend à peu près, mais elle ne peut pas parler. Elle te dit salut aussi.

OK. Et voilà pour le hennissement de jument en chaleur. Ça m'apprendra à juger trop vite, la prochaine fois.

Henri a un petit signe de connivence.

— Nina et Louise « travaillent » du côté de la gare…

Claquement de chewing-gum.

— Elles étaient au boulot, quand ça a pété. Un truc à quatre, avec deux types en déplacement qui cherchaient le frisson en commun avant de rentrer chez eux. Dans un appartement dont les fenêtres donnent sur les quais.

Claquement de chewing-gum. Nina me coule une œillade du genre : « Et alors ? T'as quelque chose à dire à ça, la vieille ? » Non, je n'ai rien à dire à ça. Mais j'aimerais bien qu'elle arrête de souffler ses bulles d'un rose écœurant juste sous mon nez.

Henri continue son monologue :

— Quand les vitres ont pété, leurs clients se sont vite rhabillés et se sont fait la belle avant que le quartier grouille de policiers. Et en oubliant de payer les filles, bien sûr. Leurs épouses bafouées n'auraient sûrement pas apprécié de les voir témoigner en essayant de justifier leur présence sur les lieux du drame avec deux prostituées. Alors Nina et Louise leur ont couru après dans l'escalier et jusque dans la rue pour tenter de les rattraper. C'est là qu'elles ont aperçu le type qui est monté sur la moto, appuyée contre le mur de l'immeuble. Elles ont aussi vu un autre gars qui avait l'air de lui coller aux fesses sur un scooter.

Mon cœur se fige dans un froid absolu.

— *Daniel ?*

— D'après leur description, ça ne fait aucun doute. Il n'avait pas de casque.

Daniel... Ironie du sort, les premières nouvelles que j'ai de lui me sont fournies par deux filles de joie. Est-ce qu'il comptait les faire travailler, lui aussi ? Est-ce qu'il en était arrivé là ?

Je me penche sur la table, les yeux plantés dans ceux de Nina.

— Raconte-moi ce que tu as vu.

Claquement de chewing-gum. La gamine se lève et secoue sa chevelure blonde tout en rajustant sur ses cuisses sa jupe qui lui est remontée jusqu'au nombril devant les yeux exorbités du garçon.

— Je l'ai déjà raconté à pépé. On n'a pas que ça à foutre. On a déjà perdu assez de temps comme ça avec vous deux. Allez, viens, Louise, on se tire. Il faut qu'on aille bosser.

Je chope le bras de la métisse de la main gauche, sors mon portefeuille de mon sac de la droite et frappe un billet de cinquante euros sur la table.

— C'est combien ?

Claquement de chewing-gum.

Je pose un deuxième billet près du premier.

— Pour vous deux ?

Hennissement de jument en chaleur.

37

Connecting to iCloud…

Au printemps 1999, comme tout le monde, j'ai entendu parler de ces deux types qui sont partis en croisade à Colombine, aux États-Unis, pour essayer de tuer un maximum de victimes. Je ne me souviens plus de leurs noms exacts, mais je me rappelle que ça sonnait vachement américain. Aux infos, on ne parlait que de ça. Une petite ville tranquille, un lycée sans histoire dans le comté de Jefferson, un lieu paisible exempt de violences meurtrières comme on peut en trouver dans toutes les mégapoles. L'Amérique avait été trahie par ses propres fils. Un comble. Au pays de la liberté proclamée, des ados parvenaient à acheter des armes de guerre et à massacrer joyeusement leurs anciens copains de classe et leurs professeurs, puis à se faire sauter la tête ensuite au milieu des cadavres.

Le choc avait été ressenti sur toute la planète. Le géant US avait du plomb dans l'aile, on le savait depuis longtemps. Mais là, la décomposition avançait depuis le plus profond de ses tripes en proie à un cancer qui n'en était déjà plus à ses prémices.

Ici, nous n'étions pas à Colombine. Même si je l'avais voulu très fort, je n'aurais pas pu acheter quelque chose de plus dangereux qu'un pistolet en plastique chez Toys'R'Us. Mais à partir de ce moment-là, je m'en souviens très bien, j'ai commencé à avoir des idées plus précises sur mon avenir.

J'avais dix-neuf ans et demi quand j'ai arrêté le lycée. J'avais redoublé mon année de seconde, celle de première, et je moisissais dans une classe de terminale A où j'avais échoué par incapacité d'aller ailleurs. Le droit me faisait chier. Les lettres encore plus. Je bâillais tellement pendant les cours qu'un prof plus agressif que les autres a fini par me demander ce que je foutais là. Il y a eu des ricanements, dans mon dos, mais ils se sont tus dès que je me suis retourné. J'avais encore pris de la musculature, depuis la mort de Patxi. Et cette année-là, je ne la cachais plus.

Je me suis levé, j'ai balancé mes livres à travers la pièce jusqu'à son bureau, et je lui ai dit d'aller se faire foutre. J'ai été viré pendant une semaine, puis définitivement parce que je refusais de lui faire des excuses. Sur mon épaule, perché comme un chat sur une branche, Patxi ronronnait contre mon cou. Nous avons tourné le dos à cet endroit pourri et nous avons franchi la grille au milieu d'un silence prudent. Les langues ont commencé à se délier quand nous avons été hors de vue.

Mais nous n'étions pas encore hors d'ouïe. J'ai entendu des trucs qui m'ont stoppé sur le trottoir, les poings serrés, prêt à faire demi-tour pour faire taire un ou deux connards, mais Patxi a miaulé sur mon épaule. Je l'ai écouté. J'ai gardé mes forces pour une meilleure occasion.

Je n'aimais pas traîner dans les bars, dans les quartiers louches, à la recherche d'un mauvais coup pour gagner de l'argent facile. Mais depuis que j'avais été expulsé du lycée, ma mère m'avait coupé les vivres. Il fallait que je mette de l'essence dans ma bécane, que j'achète mes cigarettes, des plombs pour ma carabine. Et elle m'avait fait comprendre que j'allais devoir prendre le large, aussi. Qu'il n'y avait plus de place pour moi dans cette maison qui ne lui avait jamais véritablement appartenu avant qu'elle en hérite de Dolores, et qui lui avait permis de quitter celle des cochons. Alors je suis parti en ville. J'ai trouvé un petit boulot, un appart', mais ça ne me suffisait pas. J'ai commencé à dealer un peu de shit, des ecstas, de quoi survivre. J'ai rencontré des gens. Des gens pas bien, du point de vue de la police. Mais des gens qui se foutaient que j'aie le bac ou pas, et qui payaient les livraisons rubis sur l'ongle.

C'est à peu près à ce moment-là que ma mère est tombée encore plus malade et que mon frère a rencontré Marie-Noëlle. Depuis quelque temps, je voyais bien qu'Arantxa avait les yeux tirés. J'avais pensé que c'était parce que Xabier avait fini par se dégoter une copine, une blonde aussi mince que factice, avec deux arguments majeurs qu'elle vous flanquait sous le nez dès qu'elle vous parlait pour que vous ne la perdiez plus de vue pendant toute la soirée.

C'est vrai qu'elle était physiquement intelligente, je dois le reconnaître. Ma mère était folle de jalousie. Ça exsudait par tous les pores de sa peau. Lorsqu'elle regardait Marie-Noëlle avec ses yeux plissés de vipère, elle donnait l'impression qu'elle était prête à la mordre à pleines dents.

Celle qui allait bientôt devenir ma belle-sœur se renfermait alors, confusément consciente que quelque chose clochait dans cette famille. C'est elle qui a poussé Xabier à quitter la maison. C'est elle qui lui a mis le couteau sous la gorge – ou sous les couilles, selon le point de vue où l'on se place – pour qu'il coupe enfin le cordon ombilical.

Ma mère s'est retrouvée clouée au lit, dépendante. Il a bien fallu qu'elle revoie sa copie. Que je revienne vivre avec elle, dans cette grande maison vide. Parce que Xabier ne se pointait plus que trois ou quatre fois par an, et toujours seul. Une fois que son premier bébé est né, en 2002, il n'est plus venu qu'à Noël.

Ils habitent aujourd'hui à dix kilomètres d'ici.

Ils... Je veux dire Marie-Noëlle et ses enfants.

Parce que mon frère, lui...

Clic.

Upload completed.

38

— Ah, merci, Xabier… tu es un bon fils, tu sais…

Damian remonta les draps sur le corps anémié de sa mère. Elle avait fermé les yeux, comme pour s'évader un instant de sa maladie. Il n'y avait plus guère que ça qu'elle était capable de maîtriser de temps en temps. Pour ses sphincters, en tout cas, il y avait relâche depuis des mois. Et plus aucune infirmière de la région ne voulait s'occuper d'elle, même à double tarif. Elle avait réussi à les faire toutes démissionner, l'une après l'autre, jusqu'à ce qu'il n'y ait plus qu'une seule option. Qu'il lui appartienne à temps plein. Il avait fini par quitter son appartement en ville pour revenir vivre avec elle.

— Oui, m'man. Je sais.

— Pas comme ton vaurien de frère.

Damian serra les dents en repliant la couche souillée d'excréments. Un éclair déchira le ciel et s'abattit quelque part dans la montagne.

— Non, m'man. Pas comme lui.

— Toi, au moins, tu as réussi dans la vie. Je suis tellement fière de toi.

— Réussi. Oui, j'ai réussi…

— Tu seras un grand chirurgien, Xabier. On parlera de toi dans les journaux. Tout le monde voudra passer par tes mains pour soulager sa souffrance.

Damian ôta les gants de latex qu'il enfouit dans la poubelle avec le reste. Pour la première fois de la journée, un maigre sourire éclaira son visage. Son frère n'avait fait médecine que dans les délires de fièvre de sa mère.

— On parle déjà pas mal de moi dans les journaux, tu sais.

Mais Arantxa Iturzaeta ne répondit pas. Elle était partie ailleurs, loin dans les brumes qui envahissaient soudain sa tête sans prévenir, et de plus en plus fréquemment.

Damian laissa son regard dériver vers la cour emplie d'herbe brûlée par l'hiver rude qu'ils venaient de traverser. La neige avait mis longtemps à s'en aller, cette année, mais le printemps courait à présent dans les gorges encaissées comme un torrent sauvage. Les premières fleurs avaient jailli, les animaux pointaient enfin le nez dehors, la vie reprenait ses droits après avoir dormi pendant la froidure. Au-dessus des cimes des sapins, l'orage avait noyé le ciel de rais de pluie qui griffaient la forêt de longues stries acérées. Dans le lointain, le tonnerre roulait vers une autre vallée, suivi par le bruit assourdissant de l'averse.

Il referma le lourd rideau opaque qui gardait la pièce dans la fraîcheur et l'obscurité. Le souffle de la respiration de sa mère n'était plus qu'un silence à peine moins dense que celui de la grande maison familiale où ils vivaient désormais seuls tous les deux, à flanc de montagne, depuis le départ de Xabier, dix ans auparavant, pour le centre-ville d'Hendaye, à quatre-vingt-dix kilomètres d'Urepel où il était né. Son frère chéri qui ne supportait plus de s'occuper de sa propre mère. Son frère chéri qui avait réussi à lui faire croire qu'il était toujours à son chevet, contrairement à son cadet qui passait sa vie à essayer de l'oublier. Son frère chéri qui avait une situation, qui ne voulait pas perdre son temps *avec ça.*

Son frère chéri qui nourrissait depuis deux ans la terre de ses salades, en plein milieu de son potager, une balle de 9 mm fichée au milieu de son crâne sûrement nettoyé de fond en comble à l'heure qu'il était par les fourmis et la vermine.

La police était venue, bien sûr, certainement envoyée par cette salope de Marie-Noëlle, sa belle-sœur qu'il n'avait jamais pu encadrer, mais Damian n'avait eu qu'à les emmener jusqu'à la chambre de sa mère pour qu'ils comprennent qu'ils avaient affaire à un garçon plein d'attention pour ses proches, un frère très éprouvé par la disparition de son aîné. Il les avait assurés de sa complète collaboration, avait pris les numéros de téléphone, avait régulièrement contacté le commissariat pour voir s'ils avaient des nouvelles, les yeux posés à travers la fenêtre sur ses laitues grasses de l'année.

On n'avait jamais retrouvé la trace de Xabier Iturzaeta, et pour cause. Personne n'avait jamais découvert qu'il était venu un après-midi du printemps 2013 dans un hôtel de Saint-Jean-Pied-de-Port, où il avait ses habitudes, rejoindre l'une de ses maîtresses, une femme rondelette à la fringale sexuelle inextinguible, sûrement épouse d'un pauvre type qui ne devait pas parvenir à apaiser ses ardeurs. Aucun petit curieux n'avait aperçu Damian « emprunter » la voiture de Xabier – autrefois celle de leur père, dont un double des clés était resté à Urepel –, la déplacer de quelques centaines de mètres hors de vue de l'hôtel, puis la rapporter devant chez son frère à Hendaye quelques heures plus tard. Aucun témoin n'avait remarqué l'air crétin de Xabier qui cherchait en vain son véhicule des yeux en sortant de l'établissement, alors que la nuit tombait sur la ville et que son frère garait sa camionnette juste devant lui, la mine sombre. Personne ne l'avait entendu lui demander, en grimpant à côté de lui, pourquoi il était là, comment il avait su.

Même lorsque Damian avait pris la route qui les éloignait des lumières de Saint-Jean, Xabier Iturzaeta n'avait pas compris tout de suite qu'il vivait sa dernière journée sur terre. Ce n'est que lorsque son frère s'était soudain engagé dans un chemin forestier, à plusieurs kilomètres de l'hôtel, qu'il avait brusquement cessé de se plaindre du vol de sa voiture, et qu'il avait tourné la tête vers les mâchoires serrées de l'homme assis derrière le volant, cet homme sorti du même ventre que lui et que soudain il ne reconnaissait plus.

— Damian ? Mais qu'est-ce que tu fais ? On va où, comme ça ?

Damian Iturzaeta avait freiné d'un coup sec et coupé le contact. Les feux étaient restés allumés, projetant un pinceau jaunâtre sur les sapins noirs qui formaient un mur dense dans la nuit.

— Descends.

— Qu… quoi ?

À proximité immédiate du geste qu'il attendait depuis si longtemps d'accomplir, Damian avait entendu son cœur battre à grandes pulsations dans sa poitrine. Il ne s'était jamais senti aussi vivant, autant en accord avec lui-même.

— J'ai dit « Descends ».

Xabier s'était mis à crier de sa voix de fausset que Damian avait toujours exécré.

— Non mais t'es malade ? Qu'est-ce que tu fabriques ? C'est quoi cette nouvelle connerie ?

Damian n'avait pas monté le ton. En revanche, il avait sorti le 9 mm de la poche de son blouson et l'avait braqué sur la poitrine de son frère aîné. L'arme pesait lourd au bout de son bras. Un poids rassurant, surtout avec le temps qu'il avait passé à s'entraîner à faire exploser des bouteilles de bière dans les carrières derrière la maison.

— Tu ne rentres pas chez toi ce soir. Descends. Et vite.

Hypnotisé par l'œil mortel qui était pointé face à son cœur, Xabier Iturzaeta avait soudain pâli. Un vague son avorté avait franchi ses lèvres, comme le cri d'une souris prise entre les pattes d'un chat très énervé par une nuit de chasse. Puis il avait reculé, centimètre après centimètre, les yeux exorbités, jusqu'à ce que son dos s'incruste dans la portière de la camionnette.

— Qu'est-ce que tu fais, Damian ? *Qu'est-ce que tu fais ?*

— *J'ai dit « Descends » !*

Le hurlement avait fusé, incontrôlable, comme quand il était petit, de cinq ans de moins que Xabier, et que son aîné s'amusait à lui faire manger des vers de terre pour lui montrer qui était le plus fort, les éclats de rire de son père résonnant entre ses côtes comme autant de coups de poignard dans son dos.

Xabier avait ouvert la porte et s'était jeté dehors, terrorisé par l'expression du visage de son frère qui venait d'armer le chien du revolver d'un coup de pouce déterminé. Damian avait fait le tour du capot sans se presser en savourant chaque seconde de ce moment délicieux que la vie lui offrait enfin sur un plateau d'argent. Il avait souri en apercevant le pantalon mouillé de pisse de celui dont il ne serait plus jamais la victime.

C'est à cet instant qu'il avait pris une longue inspiration et avait lentement levé le canon de son arme face au front en sueur de son frère.

— *Tu as toujours été le préféré de maman, Xabier. Tu l'as montée contre moi, pendant des années, et il ne m'est plus rien resté d'autre que des miettes. C'est toi qui as pris la place de papa dans son lit. Toi qui as baisé notre propre mère ! Et qu'est-ce que tu en as fait, de toute cette merde, ensuite, Xabier ? Dès que tu as trouvé de la chair fraîche, tu l'as reniée avec toute la pourriture que vous aviez vécue ensemble. Mais tu as fait pire que ça, en couchant avec elle. Tu as renié notre père, tu m'as renié, moi ! Moi qui suis toujours resté dans ton ombre, moi qui n'étais qu'une crotte de chien devant tes semelles ! Moi qui ai fini par trouver ce revolver planqué dans la porcherie, derrière une cloison de parpaings. Dis-moi, tu sais pourquoi papa s'est pendu au lieu de se tirer une bastos dans la tête, toi ?*

Xabier avait levé les mains devant lui, en une tentative désespérée d'opposer un obstacle à la balle qui grondait de colère dans l'effrayant tube noir qui le regardait entre les yeux. Il avait reculé d'un pas, puis de deux. Ses talons avaient buté contre une souche et il avait failli tomber en arrière. Il avait alors commencé à pleurer. De belles larmes pleines d'une terreur intense qui lui mangeait le visage comme de la moisissure.

— N... non, Damian, je... je n'ai jamais voulu te faire du tort, je n'ai... Écoute, on va rentrer chez moi, là, d'accord ? Je... je vais...

— Tu ne vas rien faire du tout, Xabier. Tu ne vas plus rien faire du tout, à partir de ce soir. Tu comprends ça, pas vrai ? *Dis-moi que tu comprends ça !*

Le bras de Damian avait vibré de rage, son doigt avait blanchi sur la queue de détente, et Xabier était tombé à genoux, les joues ruisselantes de trouille absolue.

— *Je suis ton frère, Damian... Je suis ton frère ! Ne fais pas ça !*

Les yeux de Damian Iturzaeta s'étaient plissés de haine. Il avait raffermi sa prise sur le revolver de son père, qui commençait à peser au bout de son bras. Alors c'était ça, le pouvoir absolu. Le pouvoir de dire non et de changer le cours des choses. Le pouvoir de devenir enfin le maître de sa vie. Ce n'était rien et, pourtant, tellement en même temps. Juste le doigt qui se crispe un peu plus, au moment précis où la décision est prise et qu'il n'y a plus de place pour le moindre retour en arrière.

Damian avait eu un petit sourire triste. Ses yeux avaient cherché sur le front de l'homme à terre l'endroit exact où le morceau d'acier allait faire éclater son crâne comme une pastèque trop mûre.

— Je n'ai pas de frère, Xabier.

L'explosion avait longtemps retenti dans le bois, bien après qu'une bande d'oiseaux brusquement arrachés au sommeil se furent envolés dans la nuit au milieu de bruissements d'ailes affolés.

39

Le capitaine Larralde lève les yeux de son écran et manque renverser sa tasse de café sur le clavier de son portable. C'est vrai que nous devons avoir une drôle d'allure, toutes les trois, immobiles face à lui, elles deux en minijupe et moi avec mon ventre proéminent. Le planton qui nous a escortées jusqu'à son bureau guette son accord pour disparaître. Le capitaine opine du menton et nous fait signe d'entrer dans la pièce minuscule. Nina et Louise s'écartent contre le mur pour me laisser m'asseoir sur la seule chaise disponible face à l'officier.

— Nina, tu veux bien fermer la porte, s'il te plaît ?

Docile comme une enfant sage, la jeune femme s'exécute sous l'œil interdit du capitaine. Il lève les mains et s'apprête visiblement à me passer un savon.

— Qu'est-ce que…

— Des témoins, capitaine. Ce sont deux témoins majeurs dans l'enquête que vous menez. Et je suis sûre que vous serez très intéressé par ce qu'elles ont à raconter.

Denis Larralde ravale son savon et observe les filles tour à tour, ne cachant pas le fait qu'il a parfaitement compris à quel genre de métier elles se livrent.

— Je leur ai promis qu'elles ne seraient pas inquiétées à cause de leur activité, et que leur identité sera gardée secrète si elles témoignent.

— Quoi ? *Vous* avez promis… ? Mais…

Je tends un index plein de hargne vers la fenêtre d'où nous parviennent les bruits de la rue.

— On ne sait pas à qui on a affaire, dehors, mais ce type est très dangereux. Leur nom à toutes les deux ne doit apparaître nulle part au cours de l'enquête, ou bien elles repartent maintenant sans vous avoir dit un seul mot. C'est à prendre ou à laisser.

Larralde pousse un soupir. Il doit commencer à en avoir assez que je lui coupe la parole, mais il se contient. Beau gosse et gentleman, on dirait.

— Même si je leur donnais cet accord, je ne pourrais pas le tenir. Et vous le savez très bien, Lisa.

Je m'attendais à ce refus. S'il avait accepté tout de suite, j'aurais eu la preuve qu'il ne s'agissait pas d'un officier de police rigoureux. Cette décision incombe au magistrat, pas au flic de terrain.

— Ce type ne sera jamais jugé, capitaine. Ça aussi, vous le savez autant que moi. Il ne s'arrêtera de nuire que quand il sera mort et enterré. Si ces filles témoignent, vous *devez* les protéger. Pensez qu'elles peuvent permettre d'éviter beaucoup de nouvelles victimes. Mais pensez également qu'elles mettent leur vie en danger en acceptant de venir ici.

Silence. Le capitaine Larralde nous dévisage alternativement, passant plusieurs fois de l'une à l'autre pour mesurer notre détermination. Il décroche alors son téléphone et demande à parler au commandant Langeais. Un temps passe, ponctué par des bruits diffus provenant du combiné. Puis une voix de basse résonne dans l'appareil. Larralde explique la situation avec concision. Il y a un nouveau silence, rompu par un ordre bref.

Larralde repose son téléphone sur le socle et croise mon regard interrogatif.

— Le commandant Langeais arrive…

Il ne se passe pas dix secondes avant que l'officier supérieur fasse irruption à l'entrée du bureau, où il se retrouve bloqué par l'afflux des trois visiteuses. Il jette un œil incrédule à mes deux compagnes et à ma grossesse mise en évidence par le tissu tendu de ma robe.

— Qu'est-ce que c'est que ce bordel ? Qui sont ces femmes ?

Larralde prend l'initiative, me fauchant l'herbe sous le pied et la moutarde sous le nez. Il désigne Nina et Louise de la pointe de son stylo-bille.

— Ces deux jeunes personnes sont des témoins visuels dans l'affaire de l'attentat du train, commandant. Elles ont des révélations à nous faire mais souhaitent garder l'anonymat.

— Et elle ?

L'officier me toise avec suffisamment de hauteur pour que j'aie envie de le rembarrer avec sécheresse, mais Larralde ne m'en laisse pas le temps.

— C'est cette dame qui les a amenées ici. Une de leurs connaissances, je crois. Elle a pensé que ça pouvait nous aider à y voir plus clair.

Je glisse un long regard vers le capitaine qui feint de ne pas le remarquer. Larralde a décidé de ne pas dévoiler pour l'instant ma qualité de policière. Ça m'arrange. Du coup, je me tais. Langeais se désintéresse de moi et détaille les filles avec attention. Je constate, à son avantage, que ses yeux ne collent pas sur leurs rondeurs à moitié offertes comme des méduses affamées à l'instar des autres mâles du poste de police.

Claquement de chewing-gum.

Visiblement, Nina n'apprécie pas l'inspection dont elle fait l'objet. Mais Langeais surprend tout le monde en faisant volte-face et en refermant avec douceur la porte derrière lui, rétrécissant d'autant l'espace vital entre nous tous. Je vais pour me lever mais il me fait un signe impératif de la main.

— Non, restez assise, madame.

Puis il se tourne vers les filles collées au mur pour échapper à sa bedaine.

— Écoutez, je comprends votre requête, mesdemoiselles. Je ferai tout mon possible pour obtenir l'accord du juge en ce qui concerne la confidentialité de votre témoignage. Nous vous écoutons. Le capitaine va prendre votre déposition. Vous n'aurez qu'à la signer avant de partir.

Claquement de chewing-gum. Nina fait un pas en avant face à Langeais et plonge ses yeux lagon dans ceux de l'officier à moins de vingt centimètres de son visage. Elle tend alors la main vers la poignée de la porte emprisonnée entre les gros doigts du commandant. Le sens de son expression est clair. *Dégage de là, connard.*

— Viens, Louise, on se casse !

Langeais se dresse de toute sa stature pour l'empêcher de sortir du bureau.

— Attendez ! Vous ne pouvez pas partir comme ça ! Dix-huit personnes sont mortes, dans cette explosion ! Des femmes ! Des enfants…

Nina se met à crier plus fort que lui.

— *On se casse !*

Elle lève sa main pour essayer de repousser le commandant hors de l'embrasure de la porte, mais celui-ci lui attrape le poignet pour l'empêcher de l'agripper par la cravate. Il serre assez fort pour écarter les ongles longs de son visage et lâche Nina tout de suite après, puis il dresse les paumes bien haut entre eux en signe de conciliation.

— OK. OK. On se calme. Vous avez ma parole que je ne dévoilerai rien au juge de ce que vous aurez confié au capitaine Larralde. Ça vous convient, comme ça ?

J'échange un bref coup d'œil derrière le dos de l'officier avec le flic aux yeux clairs. Langeais ment, mais il le fait avec tellement de conviction que c'en serait presque crédible. Nina hésite, puis elle baisse lentement sa main. Louise a suivi le dialogue la bouche ouverte sur les mots qu'elle ne peut prononcer. Les filles se consultent également du regard.

Temps mort. Un ange passe.

Puis Nina demande :

— Combien de gosses il a butés, cet enculé ?

40

Connecting to iCloud…

On a vécu treize ans comme ça, avec ma mère. Treize ans à se regarder en chiens de faïence. Treize ans à ne pas se parler, ou seulement du bout des lèvres. Treize ans à attendre qu'il se passe quelque chose, que l'un d'entre nous deux meure avant l'autre.

Mais nous avons tenu bon, chacun de notre côté. Ma mère dans sa colère et sa maladie, moi dans mon idée et ma détermination. Elle est venue lentement, tout d'abord, cette idée. Comme la mer remonte depuis l'étale une côte irrégulière, tantôt rapide, tantôt comme figée dans l'éternité. Mais lorsqu'elle a enfin jailli en moi en gerbes tonitruantes, je n'ai plus pensé qu'à ça.

Ça fait plus de quatre ans que ça dure. *Il me fallait un coup de pouce du destin. Un signe que mon heure allait arriver, que mon jour allait enfin se lever.*

Il n'y a jamais eu d'autre Patxi. Mon seul et unique ami était tombé en poussière depuis longtemps le jour où j'ai ramassé une pauvre fille au bord de la route. Lorraine n'était plus qu'un filet de brume qui s'effilochait au loin lorsque je tournais la tête sur le chemin de mon passé. Les années filaient, et parfois je ne me souvenais plus très bien de l'endroit exact où je l'avais enterrée. Mais cela n'avait pas vraiment d'importance. Elle était à moi pour toujours, et c'était tout ce qui comptait.

Cette fille que j'ai prise en stop, elle n'a vraiment pas eu de chance. À une minute près, peut-être moins, elle aurait pu s'en tirer. On avait baisé dans la voiture, et dans le noir pour ne pas être vus depuis la route. Elle n'avait rien de farouche, et elle avait bu, aussi. Elle s'était enfuie d'une soirée, avait eu envie de rentrer à pied sous la lumière des étoiles. Mais elle avait mésestimé la distance. Elle avait mal aux pieds, avec ses talons aiguilles ridicules. Elle souhaitait que je la dépose en centre-ville.

Je lui ai dit d'accord. Je ne voulais rien d'elle. Il y en avait pour un quart d'heure de route à tout casser. C'est elle qui m'a fait des avances, qui s'est déshabillée comme si elle crevait soudain de chaud. J'ai pensé au cadavre de Lorraine quand je l'ai pénétrée, j'ai songé au souffle de Patxi sur ma verge. Et l'ombre d'un instant, l'ombre d'un trop court instant, mon sexe a grossi démesurément et j'ai pu lui faire illusion. Mais elle a commis l'erreur de vouloir me prendre la queue à pleine main.

C'est son rire que je n'ai pas aimé.

Alors je le lui ai fait rentrer dans la gorge.

Avec le reste.

Et avec de la terre, après.

Ensuite, j'ai ressorti la carabine à plombs de son placard.

Et puis, un peu après cette histoire, je me suis dirigé vers Dieu. Je l'ai interrogé entre quatre yeux, juste lui et moi, pour essayer de comprendre pourquoi il me poussait à faire des trucs pareils. J'ai un moment cru en Sa volonté, en Son doigt miséricordieux qui allait se vriller dans mon dos, qui me guiderait sûrement loin de là où mes pensées funestes m'entraînaient. J'allais à l'église comme une bigote, le front baissé et les mains ouvertes, prêt à recevoir, prêt à donner, prêt à ce qu'il me révèle dans Sa grande mansuétude pourquoi mon père et Patxi m'avaient quitté trop tôt, pourquoi ma mère se faisait baiser depuis des années par mon salaud de frère.

Et comme le Barbu céleste restait muet devant mes prières, je suis allé à la rencontre de l'Autre. Celui dont le messager a un turban sur la tête, et qu'il est interdit de dessiner sous peine d'être transformé en passoire par des kalachnikovs vengeresses. Il avait l'air plus méchant que le premier. Plus déterminé. J'ai lu le Coran, n'y ai rien trouvé de plus édifiant que les récits qui m'avaient fait bâiller dans la Bible. J'ai brûlé les deux bouquins dans la cheminée et j'ai dessiné des cahiers entiers de prophètes. Des petits, des grands, des gros et des maigres, des à poil, des crucifiés, des lapidés, des pendus, des éviscérés en robe de bure ou en djellaba tachée de sang. J'ai attendu, attendu, mais la nuit ne s'est pas remplie de colère divine, les cieux ne se sont pas mis à tonner et à s'ouvrir dans un énorme vacarme pour déverser sur moi des hordes de guerriers de la Foi armés jusqu'aux dents de sabres et d'explosifs.

D'explosifs…

C'est à ce moment-là que j'ai senti que je tenais quelque chose. Quelque chose qui me parlait, qui avait éveillé une petite étincelle tout au fond de ma rage.

Les armées de l'ombre affûtaient leurs lames pour me recruter. Je les entendais ferrailler au fond de mon cerveau pour prendre possession de mon âme comme des adversaires séculaires sur un champ de bataille.

La lumière divine, certainement, était enfin à l'œuvre pour prendre soin de moi.

Clic.

Upload completed.

41

Je n'ai pas réussi à étancher ma soif, mais grâce au filet de pluie qui s'est mis à couler sur le mur depuis le soupirail au plus fort de l'averse, je n'ai plus la langue qui me colle au palais, malgré le goût de ciment que l'eau sale m'a laissé dans la bouche. En revanche, maintenant, je sens la faim qui se rue dans mon estomac toutes griffes dehors.

Le cinglé est rentré il y a au moins une heure. J'ai entendu la moto ralentir sous l'orage avant que le moteur se taise à nouveau, mais il n'est pas revenu mettre sa menace à exécution. Ce n'est que partie remise, je le sais. Il aime trop cogner pour se priver de ce petit plaisir supplémentaire.

Enfoiré...

Le point rouge de la caméra est toujours braqué sur moi. L'objectif ne doit pas perdre une miette de ma déchéance, de mon impuissance. C'est sa mission, je l'ai compris. J'ai la tête basse, les cheveux rabattus sur les yeux. Je dois ressembler à un bagnard au bout du rouleau. À un type qui sait qu'il ne sortira pas de là vivant. Je pense à Lisa. C'est le seul moyen possible de m'évader. M'extraire de cette prison pour respirer à nouveau l'air enivrant de la liberté.

Lisa... Lisa... Comment notre vie a-t-elle pu prendre ce virage si brutal en si peu de temps ? Je n'ai rien vu arriver. Je croyais savoir de quel bois noble elle était construite, de quel acier son caractère était trempé, mais j'ignorais qu'elle cachait des fissures si sombres au fond d'elle-même qu'elles ne demandaient qu'à revenir la couper en deux à la faveur d'un choc trop violent à supporter.

Je me tortille pour m'appuyer contre le mur. Mes mains attachées dans le dos me font un mal de chien. Surtout la gauche, mais elle a l'air d'avoir légèrement dégonflée. Les menottes sont moins serrées que les liens crantés électriques, on dirait. Le sang parvient à passer un peu mieux. C'est déjà ça...

Il faut que je puisse ramener mes mains face à moi. Ça devient une idée fixe. Je ne pourrai aligner une pensée devant l'autre que quand mes épaules ne seront plus écartelées en arrière comme un quartier de bœuf à l'étal du boucher. Je me redresse autant que la chaîne me le permet, puis je passe les fesses par-dessus les pincettes. Jusque-là, pas de souci. Mais au moment où je cherche à glisser les bracelets sous mes jambes, je me rends compte que ça ne va pas être aussi facile que ça. Je suis complètement ankylosé, ma main blessée m'arrache un gémissement quand j'étire les bras pour faire passer la chaînette sous mes talons. Impossible. Il me manque encore quelques centimètres. La plaie de ma nuque me rappelle à l'ordre et se remet à saigner dans mon cou. *Oh bon sang, que j'ai mal au crâne...*

C'est là où la colère, déroulant ses anneaux puissants, me saisit au creux de la poitrine et me broie le cœur.

Putain d'enfoiré ! Putain de prison ! Putain de menottes à la con !

Je tire autant que je peux, force jusqu'à m'en arracher la peau des mains, mais la chaîne résiste. Ça ne passe pas. Ça ne passera pas.

Et merde !

Je m'écroule sur le flanc et reste allongé là, les jambes bloquées parcourues par une onde de rage qui se propage dans ma colonne vertébrale jusqu'à ma cervelle en ébullition. Ah, si je pouvais seulement tenir cet emmanché par la peau des…

— C'est agaçant, hein ?

Les enceintes poussées au maximum me déchirent les tympans.

Je le savais. Ce fils de pute est en embuscade derrière son écran et il me regarde me débattre en vain avec mes liens en se bidonnant. Je ne relève même pas la tête vers la caméra.

— Va te faire foutre, sale con !

— Et pas poli, en plus. Vous êtes un homme très surestimé, capitaine Magne, si vous voulez mon avis.

Très bien. Il a décidé de jouer avec moi, comme un chat vicieux avec une souris mourante. S'il n'est pas revenu dès son arrivée avec sa barre de fer, c'est qu'il a pensé à autre chose, à un truc beaucoup plus amusant.

— Ça va certainement passionner vos petits amis de vous voir tenter de survivre à votre séjour chez moi.

Je me tais, reprends mon souffle. J'entends le sien qui accélère. Ce mec est en train de prendre son pied, c'est sûr.

— Un peu comme une sorte de *reality show*, vous voyez ?

Silence.

— Mais en différé, bien sûr…

Silence.

Sa voix devient caressante. Elle s'éteint dans un soupir d'extase anticipée.

— Pour qu'ils ne sachent pas quand vous allez mourir…

Silence. Mon cœur a accéléré la cadence malgré moi.

— Car j'imagine que vous n'avez aucun doute concernant l'issue de cette petite plaisanterie, n'est-ce pas ?

— Parce que tu crois que tu vas t'en sortir, toi, abruti ?

Silence. Chacun son tour.

— Vous me fatiguez, capitaine Magne. Vous n'êtes peut-être pas si drôle que ça, après tout. Nous verrons demain si vous êtes plus coopératif. Il paraît que la nuit porte conseil. Sauf qu'il va vous falloir l'attendre encore une bonne partie de la journée, j'en ai peur. Pas trop faim ? Soif, peut-être ?

Je ne réponds pas, évite de tourner les yeux vers le mur où l'eau a coulé jusqu'à moi. Le rire de ce salopard me résonne désagréablement dans les oreilles.

— La caméra a un objectif grand-angle, cher ami. J'ai pu suivre vos exploits comme si j'avais été à côté de vous. Quel bel esprit d'à-propos ! Vous avez décidément la vie chevillée au corps : un vrai petit Indiana Jones !

Il attend une seconde.

— Vous manquez juste un peu de souplesse, c'est tout. Pratiquez, mon cher, pratiquez. Vous verrez, avec l'entraînement, ça va venir, et…

Les crachotements se taisent brusquement.

Il s'est lassé de moi.

Ou bien quelque chose l'a obligé à couper la communication.

Quelque chose, ou quelqu'un ?

42

Le dessinateur gomme, reprend son crayon, s'applique, soumet son trait à Nina et Louise, puis regomme inlassablement. Il a approché le visage du portrait-robot avec un logiciel de morpho-analyse, mais il est ensuite revenu aux vieilles méthodes. Il ne doit pas être loin de la soixantaine, une couronne de cheveux gris et frisés qui encadrent sa calvitie prononcée, et des lunettes rondes cerclées d'acier qu'il aurait pu voler à John Lennon.

Cela fait au moins deux heures qu'ils s'y sont collés. Je suis restée là, assise dans un coin d'une petite pièce attenante à la grande salle de réunion, et personne n'a pensé à me demander de partir. J'ai croisé des regards compréhensifs, voire amicaux – de femmes, surtout –, mais aussi de nombreux coups d'œil de curiosité. Mais comme Langeais m'a amenée dans son sillage avec le capitaine Larralde et les filles pour venir trouver le dessinateur, je me suis faite toute petite et on m'a laissée tranquille. J'imagine que Langeais a dans l'idée de me faire subir un interrogatoire, à moi aussi. D'où est-ce que je connais ces filles ? Comment en suis-je arrivée à savoir, d'après les dires du capitaine, qu'elles étaient près de la gare au moment de l'explosion ?

Pour l'instant, tout au moins, il m'ignore. Une fliquette est venue me proposer une boisson chaude et m'a apporté quelques gâteaux sucrés. J'ai choisi un thé, même si je n'aime pas trop ça. J'ai lu quelque part que l'abus de café peut nuire à mon bébé, et il semble couler ici comme de l'eau, à l'image de tous les commissariats du monde.

Dans l'encadrement de la porte, une belle fille blonde en uniforme apparaît soudain et reste plantée un instant, une feuille à la main, comme si elle hésitait à se manifester auprès de quelqu'un. Je suis son regard jusqu'au dos du capitaine Larralde, qui ne l'a pas vue. Elle croise le mien, m'adresse un vague sourire, puis elle fait demi-tour. Pas assez vite, cependant pour que j'aie pu rater la façon dont elle a suivi la silhouette du beau flic jusqu'à ses fesses. À mon avis, le séduisant capitaine Denis Larralde est le centre de beaucoup d'intérêt féminin, dans ce poste de police. En voilà une qui ne devrait pas s'ennuyer, si elle réussit à capturer l'apollon dans ses filets.

Je me lève, fais quelques pas jusqu'à la porte et risque un œil dans le couloir. La blonde s'est appuyée contre le mur et elle relit sa feuille avec attention. Je la rejoins nonchalamment en observant à droite et à gauche, comme si je cherchais quelque chose. Elle me regarde et me sourit à nouveau.

— Je peux vous aider ?

Cette fille est magnifique. Une vraie beauté qui ne se limite pas à son visage ou à son corps. Il émane d'elle, malgré l'uniforme, une grâce touchante qui m'enveloppe dès que je m'approche d'elle. Son sourire lumineux la rend plus belle encore.

— Oui, merci. Je cherche les toilettes.

Elle se tourne vers le côté opposé de la pièce, me désigne une porte dans un renfoncement, derrière le réservoir à eau fraîche.

— C'est là. Il faut un peu forcer, ça coince sur le carrelage…

J'ai juste le temps de baisser les yeux sur sa feuille et de lire un mot écrit en gras. *Semtex.*

— Merci.

Je m'éloigne vers les sanitaires, les deux syllabes me tournant dans le cerveau comme une mouche affolée. *Semtex.* Je suis sûre que j'ai déjà entendu ce mot-là quelque part. Au moment où je pousse d'un coup sec la porte des W.-C., ça me saute à la mémoire. Bien sûr. Comment oublier ça ? Lockerbie. L'attentat qui a fait dans les deux cents morts, en Écosse, à la fin des années quatre-vingt. Tous les passagers de l'avion, plus des villageois sur lesquels il était tombé. C'était avec du Semtex dissimulé dans une valise, si je me souviens bien. Un drame marqué par une enquête qui a duré des années, et dont les conclusions n'ont toujours pas permis, près de trente ans plus tard, de connaître avec certitude l'identité des commanditaires.

Je reste une minute ou deux dans le cabinet, puis je tire la chasse pour me donner un bon alibi d'y être entrée. Lorsque je ressors, je vois que la fille est partie. Dommage. J'aurais bien aimé en savoir un peu plus sur ce Semtex. Pourquoi avait-elle besoin d'un document pour refiler l'info à Larralde ? Elle aurait pu juste la lui transmettre de vive voix. Ou bien alors, c'est qu'il y avait quelque chose de particulier à lire. La composition exacte, peut-être… Un détail sur l'origine de l'explosif qui aurait échappé aux premières analyses ?

À ce moment, une voix se met à crier dans la pièce à côté.

— Là ! C'est lui !

Je me précipite tant bien que mal à la porte de communication. Nina s'est redressée, imitée par Louise au comble de l'excitation qui pousse de nouveaux hennissements, l'index pointé vers le dessin. Les yeux écarquillés des deux filles ne laissent planer aucun doute. Le dessinateur a fini par cerner le visage qu'elles essayaient de lui décrire depuis un bon moment.

Langeais et Larralde échangent un regard, les sourcils en forme d'accent circonflexe. Je m'approche d'eux, mine de rien, et je glisse un œil par-dessus leurs épaules vers la feuille de papier usée jusqu'à la trame. Le visage du tueur est désespérément commun. La trentaine, mince, pas très grand. Des cheveux bruns, une mâchoire effacée derrière une bouche aux lèvres molles. Il pourrait être presque beau si ce n'était ce regard étrange, un peu fuyant, dessiné au crayon gras après de multiples retouches que la gomme a salies. L'homme a les yeux un peu plus rapprochés que la normale. C'est cela, et cela seul, qui donne une véritable consistance au portrait. Tout le reste pourrait appartenir à n'importe qui.

Mais ce qui attire l'attention, plus que la différence physique qu'elle souligne, c'est l'expression de ce terrible regard.

Et je sens mon cœur battre soudain à grands coups tout au fond de ma poitrine.

Car ce que je vois, dans les yeux de ce type, c'est la Mort.

43

Connecting to iCloud…

En 2010, la grosse machine ETA[1] *a annoncé qu'elle déposait les armes. La radio rabâchait ça toute la journée comme si le sort du monde allait en être bouleversé, comme si la Terre allait en vibrer d'angoisse sur son axe.*

Moi, franchement, je n'en avais strictement rien à faire. ETA, IRA[2]*, IK*[3]*, FLB*[4]*, FLNC*[5]*, qu'est-ce que ça pouvait bien me foutre s'ils finissaient tous en prison, dans un cimetière ou dans un musée ? Qui d'entre eux m'avait jamais porté de l'intérêt ? Qui s'était soucié de me mettre à l'abri de la lubricité de ma mère et du suicide de mon père ? Qui avait pris soin de moi, à part Patxi ?*

J'ai suivi les informations d'une oreille distraite, comme je les écoutais depuis des années, et je tournais le bouton quand ça finissait par m'agacer. Je suis né au

1. ETA : Euskadi ta Askatasuna : « Pays basque et liberté ». *Armée indépendantiste et révolutionnaire créée en 1959 au Pays basque espagnol pour lutter contre la dictature de Franco.*

2. Armée révolutionnaire irlandaise.

3. Iparretarrak : Organisation indépendantiste du Pays basque français.

4. Front de libération de la Bretagne.

5. Front de libération nationaliste corse.

Pays basque, mais je ne me suis jamais senti membre de cette espèce de secte qui prône la pratique d'une langue parlée par une nation qui n'existe plus que dans les fantasmes nationalistes d'une bande d'excités, dont le principal exploit politique est généralement de s'habiller en noir et de faire péter des centres des impôts ou de taguer de grandes lettres rouges des transformateurs électriques ou des silos au bord des routes. De temps en temps, un peu de sang pour la légende, mais qui s'en souciait vraiment, à part les flics chargés de les arrêter ? ETA n'intéressait plus personne. Le groupuscule faisait partie d'un passé révolu lié au franquisme, d'une époque définitivement enterrée dans les livres d'histoire.

ETA tournait la page, renonçait à la lutte armée, préférait désormais combattre parmi les politiques. Très bien. C'était leur problème. Moi, je ne renonçais pas. Je ne renoncerais jamais. Il faudrait m'arracher le cœur et les tripes pour que j'abandonne l'idée qui commençait à m'envahir le cerveau.

J'avais trouvé un petit boulot dans une entreprise agricole. Rien de bien exaltant, mais ça permettait de remplir le frigo une fois par semaine et de payer les soins de ma mère que la Sécu ne prenait pas en charge. Je ramassais de temps en temps une fille sur la route, de plus en plus loin d'ici, et ça suffisait à maintenir dans mon cœur la certitude que ça durerait encore des années. Le terrain est vaste, dans le parc. Il y a de quoi les accueillir confortablement. Depuis l'année dernière, je tiens un plan des sépultures. Ce serait dommage d'en déterrer une pour en ensevelir une autre. Je les aime bien quand elles ne bougent plus, quand leurs lèvres ne s'ouvrent plus sur des sourires de mépris, quand leurs yeux moqueurs ne se plissent plus en découvrant mon sexe de souris, mais il ne faut quand même pas exagérer. Au bout de plusieurs mois dans la terre des cochons, elles sont devenues un tout petit peu moins sexy.

Je suis les recherches de la police dans les journaux nationaux. C'est entre les lignes, mais c'est là. Je leur cause bien des soucis, parce que parfois je parcours plus de cinq cents kilomètres avant de me décider à mettre un visage sur ma prochaine proie. C'est plus l'opportunité qu'autre chose qui me déclenche. Je ne fais pas d'étude des semaines durant, à épier la fille jusqu'à travers la fenêtre de sa chambre avec des jumelles d'ornithologue. Je me fonds dans le décor. Je suis bien habillé, rasé, ma voiture est propre et il y a un attaché-case vide sur le siège passager, pour donner le change, genre homme d'affaires en route pour un rendez-vous important. Je le mets à l'avant, bien en évidence. À la place du mort. De la morte, plus exactement. Mais elle ne le sait pas encore quand elle accepte de monter, en pleine ville, au milieu des passants. Ils représentent pour elle une espèce de rempart illusoire qui lui assure que rien ne peut lui arriver d'autre que de profiter un instant de ma voiture pour se pointer plus tôt au travail ou chez des amis. Ces passants qui ne me remarquent jamais. Pas un seul d'entre eux ne l'a fait depuis plus de dix ans. Ma bagnole a la couleur d'un courant d'air, elle est toujours immatriculée avec une nouvelle plaque du département volée la veille sur le parking d'un centre commercial. Elle ne fait naître aucun soupçon, aucun regard scrutateur. Car même si la nouvelle commence à se répandre dans le pays, c'est encore flou, muselé le plus possible par la police. La presse ne s'en est toujours pas emparée. Les serial killers, ça n'existe pas en France. Ça ne peut pas exister. C'est un pur produit américain, russe, japonais, chinois, norvégien, australien, tout ce qu'on veut, mais pas français.

HA HA !

Clic.

Upload completed.

44

Michel Bouchard porta la main à sa casquette en un vague salut fatigué. La cinquantaine bien en chair, il était essoufflé d'avoir grimpé le raidillon depuis la route jusqu'à la porte de la maison des cochons. Plus bas, un autre fonctionnaire, plus jeune et moins gras, était sorti de la vieille 4L jaune et avait allumé une cigarette en attendant le retour de son collègue. Damian Iturzaeta vit le nuage bleuté flotter dans l'air en direction de la porcherie, dont la silhouette sombre s'élevait à une cinquantaine de mètres de la maison basse aux vitres fendues. Un bâtiment sans fenêtres, aux soupiraux étroits occultés par des monceaux de bottes de paille entassés contre le mur jusqu'au toit d'onduline à la fibre de verre presque opaque de crasse. La paille, moisie et poussiéreuse, était nettement plus claire par endroits, là où des liens avaient été déchirés par les fers de levage du tracteur. Elle avait visiblement été remuée depuis peu.

Le facteur ne parut pas remarquer ce détail insignifiant. Il avait le regard rivé sur les lunettes de myope que portait le type qui lui avait ouvert la porte de la vieille maison, et qui lui donnaient l'air un peu débile en grossissant ses pupilles à l'excès.

— Bonjour, monsieur. Un recommandé pour vous. Une signature, s'il vous plaît. J'allais déposer le bordereau dans votre boîte, chez vous, en bas, mais un voisin m'a dit qu'il vous avait vu monter ici…

Damian saisit le paquet et signa, puis il rendit le stylo au postier et lui tourna le dos sans lui décrocher un mot. Lorsque la porte lui claqua au nez, le gros homme repoussa sa casquette en arrière et secoua la tête avec fatalisme. Il s'adressa à la maison hostile à voix basse.

— Y a pas de quoi… La prochaine fois, tu viendras le chercher toi-même au bureau de poste, Ducon.

En redescendant vers l'impasse en contrebas, le facteur leva le nez pour humer l'odeur de la végétation qui embaumait déjà la montagne, bien que le soleil n'ait pas encore complètement éloigné les nuages de l'orage qui avait éclaté dans la matinée. Bientôt, des milliers de fleurs sauvages allaient envahir les sous-bois et les coteaux comme autant de guirlandes odorantes. Michel Bouchard adorait cette saison. À elle seule, elle lui faisait oublier sa modeste condition d'employé de bureau et justifiait les centaines d'heures qu'il passait sur la route chaque année par tous les temps. Lorsqu'il tourna la tête vers la porcherie, attiré par un léger bruit qu'il ne pouvait identifier, son pied droit manqua l'extrémité de la dalle de béton et s'enfonça dans la terre gorgée de pluie de la bordure qui n'avait pas été nettoyée depuis des années. Il glissa, perdit l'équilibre dans la pente et, emporté par son poids excessif entretenu à grandes rasades d'anisette et de cochonnailles locales, il s'affala de tout son long dans l'herbe trempée. Au bruit de la chute, et surtout à la succession d'injures qui s'ensuivit, le deuxième fonctionnaire fit le tour de la 4L et se claqua les cuisses en éclatant de rire.

— Alors toi, t'en manques pas une, hein ?

Le gros homme se releva en soufflant, les mains boueuses écartées du corps, le front rouge de colère.

— Ta gueule, Bernard ! Aide-moi plutôt à trouver un truc pour me nettoyer un peu, crétin !

Bon prince, Bernard Giraud ne s'offusqua pas de l'explosion de rancœur de son collègue. Tout en pouffant de rire et en s'imaginant comment celui-ci allait se faire foutre de sa poire lorsqu'ils allaient rentrer au bureau, il grimpa à son tour le raidillon et s'avança vers l'abri à voitures un peu de guingois qui bordait le parking de calcaire concassé. Un morceau de chiffon dépassait d'une brouette dont les bras étaient tendus vers la maison où une fenêtre venait de s'entrouvrir dans son dos. Derrière le verre recouvert de traînées de poussière délayées par la pluie, le rideau bougea à peine.

Peu désireux de salir lui aussi son uniforme tout propre du matin même, Bernard Giraud planta sa cigarette entre ses lèvres et tira sur le morceau de tissu en le pinçant entre le pouce et l'index. Le chiffon résista, coincé par les outils oubliés en vrac dans la brouette. Le postier avança et se pencha un peu pour dégager le bout de ce qui ressemblait à un vieux drap et resta interdit, les yeux plissés par la fumée et fixés sur la longue traînée rougeâtre qui imbibait encore le calcaire au cul de la camionnette garée en marche arrière juste à côté de lui. Incrédule, il se redressa et tourna la tête vers son compagnon.

— Bon sang, mais… Hé, Michel ! Viens voir ça ! On dirait…

La détonation claqua dans la cour comme un coup de tonnerre que l'orage aurait oublié en s'en allant. Bernard Giraud resta un instant immobile, comme en suspens au bord d'un vide que lui seul pouvait appréhender, puis il s'écroula comme une chiffe molle sans avoir eu le temps de comprendre qu'il y a des endroits où il vaut mieux ne pas venir fourrer son nez.

Figé par une terreur instinctive, les bras encore écartés dans la boue, Michel Bouchard, facteur en chef du bureau de poste de Saint-Étienne-de-Baïgorry, Pyrénées-Atlantiques, né le 25 juillet 1962, père de deux enfants de vingt-six et dix-neuf ans, abonné au *Chasseur français*, à Canal +, amateur de football, de pizzas, de Ricard et de magazines cochons qu'il conservait à l'abri de la colère de sa femme dans son vestiaire fermé à clé, vit la porte se rouvrir lentement devant lui. Lorsqu'il reconnut l'objet que le type serrait dans ses mains, il sentit ses sphincters l'abandonner et une giclée brûlante d'excréments coula dans son caleçon. Michel Bouchard avait, comme tout bon Français de son âge qui n'avait pas réussi à se faire exempter, participé pendant une longue année à l'effort que la République faisait à l'époque pour sensibiliser ses enfants masculins au risque de conflit armé. Le dernier d'entre eux, qui avait envoyé à la mort de nombreux fils du pays dans les déserts d'Algérie, était encore bien ancré dans les mémoires, et le maniement de fusils de guerre avait fait partie de l'apprentissage militaire de tous les jeunes hommes en âge d'être convoqué au Service national en vue de se faire dépuceler la cervelle face à l'autorité de l'État. Et l'apparence de ces armes-là était ancrée dans le crâne de chacun des garçons qui en avaient manipulé même une seule fois dans sa vie.

Au moment où le canon se levait devant ses intestins en perdition, Michel Bouchard se souvint soudain qu'il avait des jambes et il fit demi-tour avec la grâce d'une ballerine de cent dix kilos. La 4L n'était plus qu'à quelques pas, juste à portée de main. Comme dans un mauvais rêve, il dérapa une seconde fois sur la terre meuble et tomba sur le ventre. Il essaya de pousser sur ses bras pour se redresser, mais les forces lui manquèrent. La peur primale, ce vertige insondable qui avait pris possession de son âme, lui avait coupé le peu de contrôle qu'il exerçait encore sur son système nerveux. Il ne put que tourner les yeux vers l'homme qui approchait lentement, le fusil braqué droit sur sa tête.

— *Non... Ne faites pas ça... s'il vous plaît... Je n'ai rien vu... Je ne dirai rien... Je...*

Michel Bouchard ne sentait plus les larmes couler sur ses joues tremblotantes maculées de boue. Il se moquait désormais de son uniforme souillé, de l'odeur nauséabonde qui émanait de lui telle l'expression même de la terreur qui lui comprimait les entrailles. Il ne voyait plus le corps sans vie de son collègue Bernard, étendu sur le sol juste à quelques mètres de lui. Il ne discernait plus que le regard mort de l'homme posé sur lui et celui du canon qui s'était arrêté à moins de cinquante centimètres de son front. Le type avait enlevé ses lunettes de myope, mais ses deux yeux un peu rapprochés avaient l'air de voir parfaitement bien la cible qu'il s'apprêtait à abattre de sang-froid.

Il y eut un instant de silence. Michel ne pouvait plus parler. Sa langue s'était soudée à son palais, toute sa salive avait séché d'un seul coup dans sa bouche. Il pensa à sa femme, à sa fille, à son fils, aux fleurs sauvages qu'il ne verrait pas pousser cette année, au courrier qu'il n'allait jamais livrer ce jour-là. Et puis il pensa à Lucette, la petite blonde maigrichonne, aux dents écartées, qu'il avait coincée dans les toilettes de la poste, quelques années plus tôt, et qui lui avait fait une pipe en échange de son silence à propos d'un vol de quelques dizaines d'euros dans la caisse. Il sentait encore ses cheveux gras entre ses doigts, la vague de dégoût qui avait secoué ses frêles épaules quand il l'avait forcée à s'agenouiller et à le prendre dans sa bouche, l'odeur de la peur imprégnée dans ses vêtements. Il pensa à cette sensation de pouvoir qui l'avait habité durant un instant, cette certitude que rien ne pouvait l'atteindre, qu'il dominait le monde entier, le pantalon en tire-bouchon sur les mollets, alors qu'il imprimait de violents mouvements de va-et-vient à la tête de sa victime jusqu'à l'en étouffer.

Alors il comprit l'expression qui s'était gravée sur le visage de celui dont le doigt blanchissait sur la queue de détente de la carabine. C'était peut-être la même qu'il avait eue ce jour-là, tandis qu'il atteignait la jouissance dans la gorge de Lucette et qu'il s'enfonçait en elle à la faire vomir.

C'était celle du plaisir absolu, celui qui ne souffre aucune loi, aucune limite, celui que l'on prend jusqu'à l'ivresse, jusqu'à l'overdose, jusqu'à la rupture, lorsqu'on est sûr de rester impuni.

— *Non... Je vous en prie... Je vous en prie...*

La voix de Michel Bouchard avait pris le ton geignard qui avait été celui de Lucette, à genoux dans les toilettes du bureau de poste qui puaient l'urine et le désinfectant. Il s'en rendait compte, le cœur au bord des lèvres, mais il ne pouvait pas s'en empêcher, les yeux exorbités face à l'orifice d'acier noir et encore fumant.

Et puis le deuxième coup de feu éclata dans la cour, projetant de la terre et des morceaux de cervelle jusque sur la peinture jaune de la 4L dont le moteur tournait encore au ralenti en bas du chemin.

Damian Iturzaeta leva les yeux de la forme allongée et sanguinolente qu'il venait de retourner du bout du pied et il consulta sa montre. Il était bientôt onze heures et quart. Il savait que la tournée des facteurs se terminait vers midi. Aux environs de 13 heures, on allait commencer à s'inquiéter de ne pas les voir rentrer au bureau. Le temps qu'elles s'organisent, les recherches ne débuteraient pas avant le milieu de l'après-midi.

C'était deux fois plus de délai qu'il ne lui en fallait pour faire disparaître toute trace de ce bordel.

45

J'ai crié. Aussi fort que j'ai pu. À m'en arracher la gorge. À cause du bruit du klaxon, tout d'abord, et ensuite de celui du moteur. J'ai dû bien tendre l'oreille, mais la vibration était là, dans l'air, si infime qu'elle n'était qu'un minuscule ronronnement presque imperceptible. Ce n'était pas le son d'une moto, mais celui d'une voiture, tournant au ralenti, qui stationnait là, dehors, pas loin de ma prison. Avec un peu de chance, je m'étais dit que le conducteur pourrait m'entendre, qu'il pourrait prévenir les secours.

Jusqu'à ce qu'éclate le premier coup de feu.

Il ne s'est peut-être pas écoulé plus d'une minute avant la deuxième détonation. Une ère entière, pour celui qui s'est retrouvé en face du canon. La déflagration avait l'air de venir du même endroit. Le coup de grâce ? Si c'est le cas, le cinglé a pris tout son temps pour ajuster son tir. Et l'autre a dû se voir mourir au moins cent fois avant d'être abattu.

Deux balles. *Deux victimes, ou une seule ?* Et qui était-ce ? Qu'est-il venu faire ici en plein milieu de la matinée ? Un voisin trop curieux ? Un employé municipal ? Le facteur ?

Quoi qu'il en soit, celui qui a eu la mauvaise idée de se pointer dans le secteur ne doit plus avoir l'occasion de le regretter, à l'heure actuelle. J'ai entendu un tracteur démarrer peu de temps après les coups de feu. Le type le conduit à grands coups de pied rageurs. La ferraille cogne, malmenée par l'accélérateur. Le mec a l'habitude de manœuvrer ce type d'engin, c'est évident. La boîte craque tellement qu'on dirait qu'elle va éclater en mille morceaux à chaque fois qu'il pousse le levier sans embrayer. Quelques instants plus tard, j'entends un fer gigantesque racler la terre durcie par l'hiver, non loin de la maison. Ce n'est pas un tracteur, en fait. C'est une pelle mécanique. Le moteur monte en régime et embarque toutes mes perceptions auditives dans son maelström de bruits assourdissants.

Un trou.

Évidemment. Il faut qu'il se débarrasse rapidement du corps et de toutes les traces de son crime. Je pense alors à la voiture, celle avec laquelle le type s'est pointé ici. Il va falloir qu'il la fasse disparaître, elle aussi. Et ça, c'est une autre paire de manches. Parce qu'à la campagne, on n'est jamais vraiment tout seul quelque part. Il y a toujours une paire d'yeux qui vous suit, où que vous soyez, aussi isolé que vous pensiez être, aussi caché que vous souhaitiez rester. Un chasseur, un randonneur, un amateur de VTT, un cantonnier, un type planté dans un champ ou au bord de la rivière, comme si la campagne était remplie d'une pléthore de petits curieux prêts à se mêler de ce qui ne les regarde pas.

Mais quelque chose me dit qu'ici, c'est le bout du monde. L'homme est suffisamment inquiétant pour ne pas donner envie à qui que ce soit de venir se balader dans le secteur. Quand on frappe à la porte de cette maison, ce ne peut être qu'avec une forte obligation collée aux semelles. Les promeneurs qui connaissent le coin doivent soigneusement éviter ce secteur. Pour les autres, il doit être trop loin de tout centre d'intérêt pour se situer sur un itinéraire fréquenté.

Un peu plus tard, la pelle se tait dans un rugissement de pistons surmenés. Je comprends que la victime a déjà disparu, enterrée quelque part, près de la maison, comme si elle n'avait jamais existé.

Je m'accroupis contre le mur, la tête serrée entre les mains. Mon impuissance me rend malade, ivre de rage et de frustration d'être aussi faible et inutile qu'un nouveau-né. Je pense à cet inconnu que le tueur a purement et simplement rayé de la surface de la Terre. Il laisse une famille, derrière lui. Des gens qui vont s'inquiéter, qui vont demander à la police d'enquêter. Même si ça prend du temps, on va finir par tracer une partie du chemin qu'il a parcouru avec son véhicule. On va vérifier le débit de sa carte bleue, les endroits où il a pu croiser l'œil d'une caméra de surveillance. Si c'est un gars du secteur, d'autres personnes l'auront sûrement aperçu quelque part. À la pompe à essence, chez le boulanger, dans un bistrot, sur la route pour venir jusqu'ici… Ça mettra les collègues sur la voie…

Bordel de merde ! Ça ne peut pas être autrement ! Il faut que quelqu'un vienne me sortir de là !

Dehors, la pelle redémarre et s'éloigne. Le trou est rebouché. Ce ne sera pas le mien. Je regarde ma montre. Le tout n'a pas pris plus de dix minutes. Je pense à la terre fraîchement remuée. Même le plus bigleux des flics s'en apercevra, s'il vient faire un tour ici avant que l'herbe ait repoussé.

Quelques minutes plus tard, j'entends l'engin revenir, et juste après éclate le tintamarre de monceaux de cailloux déversés sur le sol, puis raclés de long en large par les dents de la pelle. Et là, mes derniers espoirs volent en éclats.

Je crispe les poings sur mes yeux fermés. La chaîne émet un crissement qui me fait grincer des dents. Jamais, au cours de ma vie de flic, je ne me suis retrouvé aussi démuni. Même face aux pires salopards dont ma carrière m'a fait croiser le chemin, je n'ai jamais vécu cette horrible sensation d'être enroulé comme une mouche dans une toile d'araignée mortelle.

Il ne se passe pas trois minutes après que le moteur de la pelle se fut tu définitivement avant que la porte de ma cellule s'ouvre à la volée. Le barge fait irruption les yeux fous, la sueur lui dégoulinant sur le visage. Dans sa main droite, il tient une carabine d'une poigne blanchie par la colère.

Je ne me suis pas trompé. Je la reconnais, souvenir des cours dispensés durant les années passées à l'école de police. C'est un SVD, ou fusil Dragunov, une arme russe munie d'un chargeur de dix balles qui date des années soixante. Rustique, fiable et redoutable. Un flingue recherché par toutes les armées rebelles du tiers-monde, et tout particulièrement par les snipers. Calibre 7,62 X54R, dit *full metal jacket*. Une balle creuse à l'ogive de cuivre, créée en 1891, terriblement précise et mortelle à plus de mille mètres, et qui a fait ses preuves en plus de cent vingt ans d'existence. Particularité intéressante du fusil : contrairement aux armes de guerre occidentales, dont les munitions sont sévèrement contrôlées, celles issues des pays du pacte de Varsovie sont disponibles un peu partout dans les surplus par caisses entières. Le nec plus ultra pour celui qui veut entrer en conflit contre l'humanité.

Il ne dit pas un mot, avance sur moi d'un pas de hallebardier et lève son arme à deux mains pour me mettre en joue à quelques centimètres de ma poitrine.

Je ne fais pas un geste, pas le moindre mouvement pour me protéger. C'est de l'esbroufe. S'il ne m'a pas tué jusque-là, même si j'en ignore la raison, c'est qu'il a besoin de moi. Et ses balles ne peuvent rien contre ça.

Le coup de pied qu'il m'assène dans le ventre me prend complètement par surprise. Je me plie en deux, la bouche grande ouverte, incapable d'aspirer le moindre centimètre cube d'air. Le dingue s'accroupit à côté de moi. Je discerne à peine ses pupilles luisantes de haine à travers mes larmes de douleur.

— Toi, tu vas fermer ta gueule, à partir de maintenant, ou je descends aussi le suivant qui viendra sonner ici, tu piges ?

Je n'ai pas la force de répondre. J'ai un brusque haut-le-cœur et je vomis mes tripes sur le béton.

Le choc de la crosse de la carabine sur mon crâne me plonge dans une nuit noire et sans rêves.

46

Connecting to iCloud…

Le problème, pour un éventuel serial killer, en France, c'est le FNAEG. Le fichier national automatisé des empreintes génétiques. Depuis le Bertillonnage, au XIX*e siècle, la science a fait de sacrés progrès. La découverte de ces foutues traces ADN qu'on laisse partout dès qu'on perd un cheveu ou un peu de liquide personnel quelque part en est le flambeau le plus éclatant.*

De la Bretagne à l'Alsace, du Nord jusque sur la Côte d'Azur, ce logiciel espion veille sur le pays, sentinelle impitoyable et terriblement efficace. Impossible pour un criminel de ne pas se retrouver très vite dans le collimateur des flics dès que son patrimoine génétique est fiché.

Moi, j'ai compris le truc depuis longtemps. Et je suis d'un naturel méfiant. Je ne descends jamais de voiture, je ne touche personne tant que la portière n'est pas refermée et verrouillée. C'est bien trop dangereux. Et puis le cadavre, je le garde et je le ramène ici, chez moi. Pas de corps, pas d'empreinte, pas de fichage. Je n'existe pas, en tant que tueur en série. Je suis une ombre, un filet d'air froid qui se faufile sur la route.

Bien sûr, ma voiture est pleine de traces ADN en tout genre. Mais pour le savoir, il faudrait que quelqu'un ait l'idée de venir y foutre son nez et y pulvérise du luminol. Et ce n'est pas demain la veille. Chacune d'entre elles a son histoire. J'aurais bien aimé les garder toutes visibles pour mieux pouvoir me remémorer mes chasses fructueuses, mais la propreté de la voiture est un atout majeur dans mon cas. Aucune fille sensée ne montera dans un dépotoir ni ne s'assiéra sur ce qui ressemble fort à des taches de sang ou de sperme séché.

Et si un jour un flic curieux vient fouiller dans mon jardin, je lui trouverai une place bien tranquille, à lui aussi, comme à ce type, dans les bois. Mais c'est encore un peu tôt pour parler de celui-ci...

Je suis prudent, je l'ai dit. Je ne tue pas plus de deux ou trois fois par an, dans des lieux très éloignés les uns des autres. Je fais aussi attention à ne pas matérialiser sur la carte des enquêteurs un centre précis à ce cercle de prospection. Je ne vais pas leur offrir ma peau sur un plateau, quand même ! Je ne change jamais d'arme. Pas la peine, puisqu'on ne peut pas retrouver les dépouilles de mes victimes. J'utilise une cordelette. Une bonne vieille cordelette en nylon munie de deux solides poignées en frêne. Un bois clair, lourd, poli par l'usage. Je les ai moi même taillées dans un arbre de mon jardin et fait sécher devant ma cheminée. Mon côté artiste. Finisseur. Esthète de la belle ouvrage. Je n'aime pas le sang. J'évite le plus possible de les blesser, sauf bien sûr quand je suis obligé de cogner pour les réduire au silence.

Même si je dois avouer que ces crimes me dérangeaient un peu par leur violence, au début, ils ne me font plus rien aujourd'hui. Je n'entends plus les cris, les lamentations, les supplications. Tout cela glisse sur ma peau comme de l'eau sur les plumes d'un canard. Je ne les recherche pas. Ils sont juste le bruit qui accompagne la chasse, qui la colore. Et puis ils s'arrêtent vite.

TRÈS VITE.

Le retour à la maison est toujours triste. Tandis que la fille reste immobile près de moi, appuyée contre la vitre comme pour dormir, une écharpe ou un foulard autour du cou, selon la saison, je pense à toutes ces personnes qui vont la chercher partout durant des semaines, des mois, des années. Qui vont espérer, pendant quelques jours, qu'elle va revenir un matin avec le rouge aux joues, heureuse et comblée par un amant extraordinaire qui lui a fait perdre la notion du temps. Qui vont se racornir, jour après jour, de ne pas la voir débarquer d'un coup au dîner, au travail... et puis qui vont réaliser, peu à peu, que c'est fini. Que le rire de Chloé, Marion, Noémie, Sandrine, ou Virginie ne résonnera plus à leurs oreilles, que la seule chose qui va leur rester est un ou deux albums photo et le son de sa voix sur un répondeur téléphonique.

Je ne peux pas m'empêcher de penser à tous ces autres, ces gens qui ne me connaîtront jamais, qui ne sauront pas à quel point je les ai aimées, même si j'ai été le dernier à chaque fois.

Quoique, avec ce manifeste qui sera publié sur le Web le jour de ma mort, il est bien possible qu'ils y reconnaissent les leurs. Moi, je ne connais pas les noms de toutes ces femmes qui m'ont donné leur vie et quelques minutes de jouissance. Je les ai enterrées avec leurs sacs à main, avec le petit tas de leurs vêtements roulés en boule pour qu'elles puissent se rhabiller au paradis, et avec l'oiseau qui a guidé leurs âmes blessées vers le ciel.

Quand la police finira par apporter une pelleteuse dans le parc des cochons, je ne serai plus là pour leur expliquer où chercher. Ils se débrouilleront pour remettre les pièces du puzzle dans le bon ordre. À ce moment-là, ce ne sera plus mon problème.

Clic.

Upload completed.

47

— Commandant, vous ne devez pas diffuser ce dessin aux médias…

Langeais me dévisage aussi intensément que si j'avais perdu la raison. Il échange un regard avec son subordonné et s'approche de moi, comme s'il réalisait soudain que j'existe et que je n'ai rien à faire là.

— Je vous demande pardon, madame ? Qui êtes-vous, déjà ? Une connaissance de ces deux… jeunes femmes, c'est bien ça ?

Je reste assise, profitant de la position privilégiée à laquelle mon ventre me donne droit. Les deux hommes m'entourent alors et je sens que le capitaine, un peu en retrait par rapport à son chef, est plutôt mal à l'aise.

— J'ai menti au capitaine Larralde, mon commandant.

Les sourcils de Langeais font le dos rond.

— *Mon* commandant ?

Je me lève et lui fais face. Je n'ai plus du tout envie de finasser. Le temps presse. Ça passe ou ça casse.

— Mon nom est Lisa Heslin. *Lieutenant* Lisa Heslin. Ex-membre du Groupe du commandant Picaud, au 36. Je suis la compagne du capitaine Magne.

— Vous…

— Je ne suis plus en service. J'ai quitté la Crime il y a quelques mois déjà. J'imagine que vous voyez pourquoi…

Pieux mensonge, mais c'est pour la bonne cause. J'ai dédouané Larralde de son propre bobard et j'ai clarifié la situation, c'est l'essentiel.

— Mais qu'est-ce que vous…

— Je n'ai pas pu rester à Paris à attendre un communiqué de votre service ou de la morgue ! Il fallait que je vienne, que je me rapproche des opérations en cours pour le retrouver ! Pour lui…

La mâchoire de Langeais se durcit avec animosité.

— Ça vous arrive de me laisser finir une…

— … et pour notre enfant.

— … phrase ?

Il y a un silence gêné. Langeais me considère soudain d'un œil neuf, toute agressivité envolée. Denis Larralde inspecte ses chaussures en essayant de disparaître dans le décor. Le commandant tourne vers lui un regard pointu.

— Vous étiez au courant, n'est-ce pas ?

Larralde ne cherche pas d'excuses. Il ne me laisse pas le temps de réagir.

— Oui.

Les deux hommes se dévisagent un instant, tels deux loups qui se mesurent en se tournant autour. Langeais a beau être le mâle dominant en termes de hiérarchie, la posture presque insolente qu'adopte alors le capitaine me laisse à penser que le rapport de force entre les deux flics n'est peut-être pas aussi limpide que ça.

— Très bien, dit enfin le commandant. Tous les deux dans mon bureau, tout de suite. Vous m'attendez là-bas, j'arrive dans deux minutes.

Lorsque Denis Larralde passe devant moi pour me montrer le chemin, j'aperçois ses lèvres plissées en un petit sourire satisfait. Il me fait un clin d'œil au passage quand il est sûr que le commandant ne peut pas le surprendre.

Langeais disparaît à grands pas dans la direction opposée après m'avoir jaugée une dernière fois du regard. Je sais ce qu'il va faire, et ça va lui prendre moins de deux minutes, à coup sûr. Picaud ne sera pas content quand il va recevoir le coup de téléphone, mais je m'en fous. Les ordres, maintenant, je m'assieds dessus.

Je suis le capitaine jusqu'à la porte d'une vaste pièce restée ouverte dont les larges fenêtres donnent sur la montagne, au-dessus des toits aux tuiles arrondies qui accentuent mon sentiment d'être très loin de chez moi. Larralde me désigne la seule chaise disponible devant le bureau du patron. Décidément, c'est restriction budgétaire, dans le coin…

Je lui souris en prenant place.

— Il est en colère, on dirait. Désolée…

Le capitaine hausse les épaules, fataliste.

— Il est souvent comme ça. Vous n'y êtes pour rien.

Je repense au commissaire Estier, qui dirigeait le comm' du Xe quand j'ai obtenu mon premier poste, là où j'ai rencontré Daniel. Lui aussi était d'un caractère à coucher dehors. Le poids des responsabilités, peut-être. Ou bien juste le fait de mal les supporter. À force, ça doit user un homme, j'imagine.

Le commandant ne nous fait pas attendre longtemps. Deux minutes, montre en main. Il vient directement s'asseoir face à moi après avoir fermé la porte de son bureau et plonge son regard noir dans le mien.

— OK. Vous êtes bien celle que vous prétendez être, chère madame. Maintenant, je vais vous expliquer un truc. Je dirige cette enquête qui pue comme c'est pas possible, et je n'ai pas besoin qu'une ex-vedette du Quai des Orfèvres vienne ici pour m'apprendre mon boulot.

— Je…

— Vous n'êtes investie d'aucune autorité de flic ici, madame Heslin. Et de surcroît, j'ai eu la confirmation que vous ne l'êtes plus au 36 non plus. Vous n'avez donc rien à exiger ici. *Rien du tout.*

J'agrippe le bureau à deux mains, prête à lui balancer son téléphone à travers la figure, mais l'expression que le capitaine arbore, juste derrière lui, m'en dissuade. D'un geste lent de la paume, il me fait signe de ravaler ma rancœur et de me calmer.

Le commandant me sonde en silence, attendant visiblement que j'explose. Comme je me tais, les mots collés contre mes dents, il finit par incliner la tête.

— Bien. Cela étant désormais clair entre nous, j'ai une petite question à vous poser.

Je me renverse dans la chaise qui commence à me faire mal au dos. L'air satisfait de vainqueur de Langeais achève de venir à bout de ma patience.

— Commandant, si vous publiez ce dessin dans les journaux et à la télévision, même s'il manque de précision, son ravisseur saura que ce n'est plus qu'une question de temps avant que quelqu'un le reconnaisse. Il va tuer Daniel dès qu'il verra son portrait affiché quelque part et il disparaîtra dans la nature. Vous êtes prêt à prendre le risque de mettre la vie d'un de vos hommes dans la balance ?

Les sourcils du flic se froncent aussitôt. Il laisse passer un court moment de silence, comme si mon argument avait porté, puis il a un geste énervé de la main pour rejeter mon objection.

— Comment avez-vous trouvé ces filles, et comment avez-vous su qu'elles avaient vu ce type dans la rue ?

Je ne le quitte pas des yeux. Une vague de rage attaque mes dernières digues, tout au fond de moi.

— Ne publiez pas ce dessin, commandant. Il y va de la survie de Daniel.

L'officier hausse le ton et frappe du poing sur le bureau.

— Comment avez-vous obtenu ce renseignement, nom de Dieu ?

Je lui tends alors mes poignets joints qui vibrent de colère.

— Ça, pour le savoir, il va falloir commencer par me coller au trou, commandant Langeais ! Et j'espère que vous connaissez un bon juriste à consulter avant de décider de placer une femme enceinte de cinq mois en garde à vue !

Une chose est sûre, l'officier n'a pas l'habitude que l'on se mette à crier aussi fort que lui dans son antre. À travers la vitre de séparation, j'aperçois deux secrétaires dont les doigts sont restés suspendus au-dessus de leurs claviers, leurs nez tournés vers la tempête qui s'annonce. Le visage du commandant Langeais a pris une vilaine couleur brique qui ne me dit rien qui vaille.

Un coup frappé à la porte lui coupe sa réponse acerbe dans l'œuf. De l'autre côté du vitrage, une jeune femme appuie sur la poignée et glisse avec précaution sa jolie tête de poupée à l'intérieur de la pièce.

— Pardon de vous déranger, messieurs, mais quelqu'un souhaite parler au capitaine Larralde. On m'a dit qu'il était chez vous, commandant.

Denis Larralde se décolle du mur et s'avance vers la secrétaire avec une démarche de play-boy. Encore une victime du beau flic ? En tout cas, elle le mange des yeux, elle aussi.

— Faites-le attendre, s'il vous plaît, Sandrine. Je ne peux pas venir pour l'instant. Nous sommes occupés.

La jeune femme prend un air contrit.

— C'est que… il insiste…

Le capitaine soupire.

— Qui est-ce ? Il vous a donné un nom ?

— Heu… oui. Wallak, ou Zak, je ne sais pas exactement.

— Walczak. Henri Walczak.

Tous les trois me dévisagent, ahuris.

Je leur souris avec soulagement. La cavalerie est arrivée.

— Quelque chose me dit que vous allez bientôt pouvoir obtenir la réponse à votre question, commandant Langeais…

48

Connecting to iCloud…

La dizaine de petits pains ocre est alignée devant moi sur la table de la salle de manger, apparemment aussi inoffensifs que s'ils étaient constitués de pâte à modeler. Sauf que la pâte à modeler ne pulvérise pas tout ce qui se situe à moins de cent mètres autour d'elle quand on lui branche un détonateur au cul et qu'on appuie sur la mise à feu.

C'est arrivé un dimanche froid et pluvieux de novembre 2013, dans les profondeurs de la forêt d'Hayra où je n'allais courir que de temps en temps, puisqu'elle se situe à une bonne quinzaine de kilomètres de chez moi. Je m'en souviens encore comme si ça datait d'hier. C'était un nouveau parcours que j'avais repéré sur la carte, une longue ligne tortueuse enfouie entre les arbres qui mène des maisons d'Urepel aux crêtes de Harriondo Kaskoa, à quelques kilomètres au-dessus du village. Je m'étais habillé comme à l'accoutumée de vêtements camouflés, dans lesquels je n'ai pas l'impression de jurer dans le décor, comme tous ces foutus touristes déguisés en couleurs fluo criardes qui déferlent chaque été sur les chemins de grande randonnée des Pyrénées.

C'est la façon de marcher du type qui a attiré mon attention et m'a incité à cesser de courir, puis à me dissimuler derrière un arbre pour l'observer. Grâce au bruit de la pluie qui ruisselait dru, cette fin d'après-midi-là, il ne m'avait pas entendu arriver dans le layon détrempé. Il consultait sans arrêt une carte protégée par un sachet plastique transparent et une boussole dont il n'avait pas l'air de bien savoir se servir, puis il jetait des regards circonspects autour de lui, comme un chasseur perdu dans un pays qu'il ne connaît pas. Un chasseur solitaire. Les autres, les gars du coin, avaient renoncé à affronter le déluge et préféré rester près du feu en sirotant une bonne bière ou un café brûlant, le fusil rangé bien au chaud dans son étui. J'en avais aperçu quelques-uns accoudés au bar de chez Bixente lorsque j'étais passé devant les fenêtres ruisselantes de l'auberge pour aller garer ma voiture près de la ferme Bihurrietabuztanénéa, là où démarrait le GR qui allait me faire grimper jusqu'au col d'Hauzay.

Normalement, avec ce temps pourri, j'aurais dû être seul dans la montagne. Seul avec les démons qui me dévoraient le bas-ventre depuis plusieurs semaines. Bientôt, j'allais devoir me remettre en chasse. Me trouver une autre fille à faire rire, et puis pleurer. J'étais parti pour me laver le cerveau de toute cette boue, pour la faire disparaître par un effort acharné.

Mais cet inconnu en avait décidé autrement.

Je me suis approché, pas à pas, en silence, comme seul un homme qui a couru toute son enfance sur des terres sauvages sait le faire. Quelques minutes plus tard, à la faveur de ses mouvements un peu saccadés, j'ai discerné la crosse de l'arme qui dépassait d'un étui sanglé à la ceinture de son uniforme pâle sous sa cape de pluie.

C'est là que j'ai compris, en voyant ses insignes, que c'était un garde civil espagnol.

Rongé par une curiosité que j'avais du mal à contenir, j'ai suivi le militaire à distance respectueuse pour ne pas me faire repérer. Car en plus d'un pistolet à la hanche, le gendarme portait aussi une pioche dans la main gauche.

Il lui a encore fallu plus d'une heure pour trouver ce qu'il cherchait. Le repère – une pierre en forme de vague pyramide, comme je l'ai vu ensuite – avait été recouvert par un tronc moussu couché par la tempête quelques années auparavant, et la végétation avait repris ses droits par-dessus. Des feuilles étaient tombées, des ronces avaient poussé, un entrelacs d'arbustes y avait prospéré. Bref, il fallait vraiment savoir que quelque chose était caché là, au milieu de nulle part, pour s'emmerder à débroussailler ce magma d'épines tout seul et en plein déluge. Et ça, ce n'était pas ordinaire du tout. J'avais couru pendant des années dans ces bois sans y croiser autre chose que des animaux effrayés ou des marcheurs qui suivaient le GR à la belle saison. Mais un type aussi bizarre, ça, je ne l'avais jamais vu.

Je me suis alors allongé sur l'humus détrempé de la forêt. J'ai attendu patiemment que le garde parvienne à arracher les végétaux denses et à repousser le tronc en faisant levier avec sa pioche. J'étais tellement absorbé que je ne sentais plus l'eau froide ruisseler sur mon dos, dans mon cou, et noyer mon ventre dans la boue. Et lorsque le fer de l'outil a résonné sur quelque chose de dur, à peine cinquante centimètres sous la surface du sol, j'ai senti mes tripes se nouer d'excitation. L'homme s'est agenouillé au bord du trou. Il a dégagé la terre avec les mains, a ensuite tourné quelque chose en s'aidant de ses bras, puis il a ri. Un rire de victoire, un roulement de gorge empli de rocaille, un rire qui m'a jeté debout sur mes jambes encore tremblantes de l'effort fourni sur les chemins détrempés de la forêt, un rire qui m'a poussé à avancer vers le dos trapu du garde civil. Un rire qui a secoué la veste de pluie du gendarme jusqu'à ce qu'il s'arrête soudain, coupé net par le bruit d'une branchette qui avait cassé sous ma semelle. Un rire qui lui est rentré dans la gorge avec la lame du couteau pliant que je garde toujours au fond de la poche de mon pantalon en cas de mauvaise rencontre avec un chien errant dans les bois.

Le gendarme, gêné par la cape, n'a eu que le temps de poser les doigts sur la crosse de son pistolet. Il a ensuite émis un vilain gargouillis et a porté ses mains à sa carotide d'un air incrédule avant que ses yeux basculent dans le grand mystère de la mort. Il s'est effondré comme une masse sur le couvercle du bidon de plastique qu'il venait d'exhumer de la terre meuble de la forêt d'Hayra.

C'était la première fois que je tuais quelqu'un avec un couteau. Une réaction purement instinctive consécutive au mouvement brusque de la main du garde civil qui plongeait vers la crosse de son arme. Il fallait que je le fasse taire très vite. Je n'ai pas réfléchi. Et j'ai adoré ça. Peut-être même plus encore que le fait d'étrangler une pauvre fille sans défense.

Je n'ai pas perdu de temps à dresser l'inventaire exact du bidon. Ce que j'en avais vu m'avait suffi à comprendre que je venais de toucher le jackpot. Je l'ai refermé, j'ai fini de le sortir de sa gangue de terre avec la pioche, et je l'ai rapporté sur mon dos jusqu'à ma voiture en pliant sous son poids, le pistolet du gendarme glissé dans ma ceinture tout contre mes reins. Par acquit de conscience, je lui avais même piqué ses menottes. C'était le genre de truc qui pouvait toujours se révéler utile...

Au moment où j'ai quitté le parking de caillasses, la pluie avait tellement forci que je ne voyais pas devant moi à plus de dix mètres. Même si j'avais laissé des traces papillaires ou biologiques sur la scène de crime, elles seraient bientôt si délayées par l'orage qu'il n'en resterait certainement plus rien d'exploitable. Du moins je l'espérais. J'avais embarqué la cape de pluie, le seul vêtement du gendarme que j'avais touché du bout des doigts quand il m'était tombé dessus, déjà mort avant de l'avoir compris.

Pour couronner le tout, je n'ai pas rencontré âme qui vive jusqu'à ce que mes pneus mordent le bitume trempé de la départementale qui redescend d'Urepel vers Saint-Étienne-de-Baïgorry.

Comme je l'ai dit, je ne venais pas souvent courir dans ce coin-là. Les clients de chez Bixente me connaissaient, mais pas suffisamment pour que mon visage leur saute immédiatement à l'esprit quand le corps finirait par être découvert et que les flics pulluleraient dans le secteur. Personne ne ferait jamais le lien entre le gendarme espagnol et moi.

Cette fois, c'était sûr, les dieux avaient décidé de faire pencher la balance de mon côté.

L'important était de ne pas les décevoir.

Clic.

Upload completed.

49

Connecting to iCloud…

Je viens de poster mon billet du jour, mais pour que tout soit clair, sur ce que j'ai écrit précédemment, quelques précisions s'imposent tout de même…

Comme à peu près tous les habitants d'Iparralde, j'avais entendu dire pendant des années que des commandos d'ETA avaient caché des armes et des documents bien au chaud dans les caves de certains sympathisants français, et même jusque dans le cœur de la montagne, au-delà de la frontière espagnole. Des endroits soigneusement répertoriés, où les combattants pouvaient venir les récupérer en toute discrétion, de nuit comme de jour. Je prenais ça pour une légende urbaine, un fantasme correspondant au genre de truc que tout ramasseur de champignons rêve de découvrir par hasard en se baladant dans les bois.

Je me trompais.

Quelques jours après avoir trouvé le bidon, j'ai effectué un certain nombre de recherches sur l'histoire d'ETA, et ce que j'ai appris a passablement éclairé ma lanterne, moi qui me sens aussi basque que breton. J'ai notamment découvert que la France a été pendant plus de quarante ans la base de repli stratégique et privilégiée des etarras poursuivis par la Garde civile pour les crimes qu'ils avaient commis en Espagne. Jusqu'aux années quatre-vingt, le pouvoir français a même plus ou moins fermé les yeux sur les activités clandestines des fugitifs sur le territoire national, et cela malgré les attentats sanglants perpétrés de l'autre côté des Pyrénées depuis le premier assassinat d'un policier en 1968 à San Sebastian et la demande d'aide récurrente des gouvernements espagnols successifs.

Personne, ici, à ma connaissance, n'a jamais trouvé dans ces bois une seule cache d'armes de l'organisation révolutionnaire.

Personne sauf moi.

Je ne sais pas comment le militaire que j'ai tué avait eu connaissance de la planque des séparatistes, ni pourquoi il s'était aventuré seul et en uniforme de l'autre côté de la frontière pour vérifier l'information. Mais je m'en fous complètement. Grâce à lui, et grâce à la Providence qui est, entre nous, une drôle de méchante fée, il y a là sur ma table de quoi faire sauter un quartier de la ville tout entier. Si je rajoute le fusil Dragunov à crosse pliante que j'ai aussi sorti du bidon enterré dans les bois, les dix chargeurs pleins à ras la gueule qui l'accompagnaient, le Beretta 92 FS du gendarme de la Garde civile et ses quinze balles de 9 mm parabellum, j'ai de quoi tenir un siège dont on va se souvenir longtemps dans les chaumières de France et de Navarre. Et tout ça sans aucune trace, sans la moindre pelote de ficelle à dérouler qui pourrait mener la police jusqu'à moi.

Alors il y a une chose que je ne comprends pas. Comment ce petit flic minable que j'ai tiré sur son scooter comme un lapin à la foire a-t-il eu vent de mes préparatifs et m'est-il tombé droit dessus à la gare ? J'ai dû faire une erreur quelque part, mais franchement je ne parviens pas à voir où. J'ai pensé plusieurs fois à le supprimer, mais si je le descends sans savoir ce qu'il en est, ce qu'il a découvert, je risque de me faire surprendre par un autre de ses collègues qui sera plus malin ou plus rapide que lui. Il est coriace, le salaud. J'ai du mal à croire que sa présence était uniquement due au hasard, mais je ne rejette pas complètement l'explication. Hendaye est une petite ville. C'est moins improbable qu'à Paris.

Ce flic me dérange. Je n'aime pas son air bravache, sa certitude de survivre à sa captivité. Même avec le canon de mon arme dirigé droit entre ses yeux, il trouve encore le moyen d'essayer de me faire comprendre qu'il n'a peur de rien.

Mais son subterfuge marche mal. Je sais lire la peur dans le cœur des autres comme sur les pages d'un livre. Il y a des années que je pratique cet art difficile, et personne ne peut me berner à ce petit jeu.

Son trou est prêt dans le parc aux cochons. Je l'ai creusé bien à l'écart, pour éviter que sa personnalité agressive se répande dans le sol et vienne polluer le souvenir de mes petites chéries.

Il est temps que je tourne ma deuxième vidéo et que je la poste sur YouTube. J'irai la mettre en ligne ce soir, une fois que j'aurai trouvé un nouveau réseau Wi-Fi public pour me noyer dans l'anonymat de l'heure de pointe. Chez McDo, ce sera parfait. J'éviterai les caméras de surveillance avec une casquette enfoncée au ras des sourcils, comme tous les ados du coin venus se gaver de hamburgers. Ça suffira à égarer les recherches des cybertechniciens de la police pendant un bon moment. D'ici à ce qu'ils remontent la piste jusqu'à moi, j'aurai mené mon projet à bien, et plus rien n'aura alors d'importance.

Ils ne le savent pas encore, mais le sac à dos du train Irun-Paris n'a été qu'un pétard mouillé. Une mise en bouche. Dix-huit morts, ce n'était presque rien, tout bien considéré. Je peux faire beaucoup mieux.

Je vais *faire beaucoup mieux.*

Cette fois, on va vraiment parler de moi, mes chers amis.

Et autrement plus longtemps que de ces foutus indépendantistes et de leurs cagoules noires de fantômes d'opérette !

Clic.

Upload completed.

50

— Eh bien, en fait, quand Lisa est partie, j'ai eu envie d'aller aux putes.

Je me doutais qu'Henri allait leur sortir une boutade, histoire de dégeler l'atmosphère, mais là je dois avoir les yeux aussi ahuris que ceux de Langeais et de Larralde.

Mon Polonais préféré me regarde avec affection, et je perçois le clin d'œil qu'il ne peut m'envoyer.

— Je vous demande pardon ?

Langeais a du mal à se contenir. Sa voix a gonflé et il s'est écarté du mur, prêt à agripper mon collègue par le col de sa veste. Henri lui adresse un petit geste apaisant de la main, un sourire gentil au coin des lèvres.

— Non, c'est inutile. En fait, je connais bien Lisa, voyez-vous. Et lorsqu'elle m'a dit qu'elle allait acheter des trucs de fille à la pharmacie, je ne l'ai pas crue un seul instant.

Henri s'arrête une seconde, histoire de vérifier que tout le monde est bien accroché à ses paroles, moi, plus que quiconque.

— Parce que quand on est enceinte, j'imagine qu'on a moins besoin de « trucs de fille » que quand on ne l'est pas. Enfin, pas les mêmes, si vous me suivez bien… Et aussi, je l'avoue, parce que j'avais étudié le plan de la ville quand nous étions dans le train et que je savais que le commissariat central était à deux rues du café que Lisa avait soudain trouvé idéal pour s'arrêter boire un verre.

Je sens mes sourcils s'arrondir de surprise. Il m'a bien eue ! Moi qui me croyais bien maligne, c'est complètement raté. Henri, ce vieux singe à qui je n'apprendrai jamais à faire des grimaces, poursuit avec l'attention soutenue de son auditoire.

— Sachant que j'avais au moins une bonne heure devant moi – elle est bavarde, hein ? –, j'ai demandé au jeune homme qui tenait le bar s'il connaissait le quartier de la ville où l'on pouvait trouver une fille sympathique pour envisager de passer un bon moment de convivialité. Bon, oui, d'accord, je l'avoue encore, j'ai dû remodeler ma phrase pour qu'elle soit compréhensible par ce gamin à l'œil bovin très représentatif des jeunes générations analphabètes d'aujourd'hui, mais en gros c'était à peu près le même message... Sauf que j'ai baissé la voix pour que personne ne m'entende dans la salle et que je lui ai montré ma carte de flic en même temps.

Le capitaine Larralde, une fois la première surprise passée, semble prendre plaisir aux excentricités de ce cher Walczak. Il a placé sa main sur ses lèvres pour masquer son amusement grandissant de seconde en seconde. Langeais, quant à lui, paraît prêt à éclater comme un ballon resté trop longtemps gonflé au soleil.

— Venez-en au fait ou je vous colle au trou ! Vous, vous n'êtes pas enceinte, que je sache !

Henri incline la tête, bon prince.

— Exact, commandant, vous êtes très observateur... Bref, j'ai donc décidé de ne pas perdre de temps à tourner dans la ville, et plutôt que d'utiliser notre voiture de location, j'ai pris un taxi pour rejoindre la rue que m'avait si obligeamment indiquée ce jeune primate, rue qui se trouve – comme je l'avais remarqué – près de la gare, comme dans n'importe quelle grande ville de n'importe quel pays du monde. J'ajoute que je n'ai pas franchi le cordon mis en place par les collègues autour de la zone où s'est produite l'explosion pour accéder à cette partie de la rue, et ne me suis donc pas permis de polluer la scène ni d'interférer de quelque façon que ce soit avec l'enquête en cours sur le site.

Langeais a un moment d'hésitation. Il croise le regard de Larralde, qui confirme du menton.

— Nous avons interrogé toutes les prostituées du secteur, commandant. Aucune n'a vu quoi que ce soit de remarquable avant ou après l'attentat.

Henri lève le doigt et le secoue dans une véhémente négation.

— Pardon, jeune homme, mais vous faites erreur. En fait, aucune *ne vous a dit* qu'elle avait vu quoi que ce soit. Ce n'est pas du tout la même chose. Je crois que ce que vous avez appris avec Nina et Louise vous a prouvé le contraire, non ?

Denis Larralde n'a soudain plus l'air de s'amuser du tout.

— Mes hommes connaissent leur métier. Ces filles ont été interrogées, comme les autres. Elles ont menti la première fois ou fabulé à la deuxième pour se rendre intéressantes. C'est le même refrain à chaque enquête criminelle.

Henri lève le doigt à nouveau. Objection, votre Honneur. Larralde se tait, pressentant la catastrophe.

— J'imagine, oui. Sauf que Nina et Louise, je ne les ai pas trouvées près de la gare, mais à l'autre bout de la ville, en train de ranger leurs affaires dans deux valises pour se tirer d'ici. Heureusement, les taxis sont du genre rapide par chez vous.

— Comment avez-vous su qu'il manquait deux filles dans cette rue, monsieur Walczak ? demande Langeais, soupçonneux jusqu'au bout des ongles.

Henri sourit aux anges, heureux d'expliquer aux deux policiers comment il les a pris de vitesse sur leur propre terrain.

— Je pensais déjà que si l'une d'entre elles avait vu quelque chose, elle n'avait pas attendu longtemps pour jouer la fille de l'air. J'ai tenté le coup et expliqué à l'une des péripatéticiennes que je cherchais une autre de ses collègues que j'étais venu voir la semaine précédente, mais que je ne retrouvais pas dans la rue où je l'avais rencontrée la première fois. Était-elle déjà en main quelque part ? C'est là qu'une jeune métisse, certainement jalouse de sa consœur beaucoup plus jolie qu'elle, m'a dit que Louise venait juste de partir avec son amie Nina après qu'une autre fille avait reçu un coup de fil qui les alertait toutes d'une nouvelle et imminente descente de flics. J'ai bien sûr pensé que c'était le barman qui les avait prévenues de ma recherche, histoire de marquer des points pour la prochaine fois où il irait raser les murs dans le quartier chaud avec sa jeune turgescence prête à bondir sur la première paire de jambes bien roulées. Qui sait, il y aurait peut-être gagné une passe gratuite pour leur avoir évité des ennuis. En tout cas, une chose m'apparaissait fort probable : seules les deux d'entre elles qui avaient quelque chose de plus épais que leurs bas résille et leurs minijupes sur la conscience devaient craindre une seconde visite d'un enquêteur aussi peu de temps après la première fournée, et elles avaient tout de suite pris la poudre d'escampette. La fille m'a même donné leur adresse, puisqu'elles habitaient deux appartements voisins dans une cité du nord de la ville. Bref, lorsque je suis revenu au café avec mes deux conquêtes, après leur avoir expliqué qu'elles avaient tout intérêt à coopérer à l'enquête, et que j'ai vu l'air crétin de ce jeune trou du cul qui plongeait le nez dans sa vaisselle, j'ai su que je ne m'étais pas trompé. Je tenais mon indic à putes.

— Et vous voulez que nous croyions que vous êtes tombé sur ces deux prostituées, complètement par hasard, alors que nos hommes ont ratissé les rues pendant deux jours pour trouver un témoin qui ait quelque chose de tangible à nous raconter ?

Henri croise le regard furieux de Langeais sans se laisser démonter.

— Nous sommes tous le résultat d'une certaine forme de hasard, commandant. Ce n'est pas parce qu'il ne se met pas à nous jouer des tours à chacune de ses manifestations qu'il est nécessaire de douter de ce qu'il peut parfois nous offrir sur un plateau. D'autre part, la proximité de la prostitution et des sex-shops avec les gares n'est pas le fruit d'un concours de circonstances. Ça a toujours été le cas, depuis que des hommes voyagent seuls loin de chez eux avec leur libido inassouvie en bandoulière. Et le fait que ces filles n'aient rien d'autre à faire de la journée que de se taper des types en rut ou d'observer ce qui se passe dans la rue pendant de longues heures ne l'est pas non plus. Immobiles, attentives à chaque visage qui défile sur le trottoir, elles en sont les sentinelles incontournables, vous le savez aussi bien que moi. Il était impossible qu'aucune d'entre elles n'ait rien vu du tout.

Séchés. Il les a cloués sur place. Larralde est le premier à réagir. Il glisse sa main dans ses cheveux argentés avec un geste plein de grâce et de résignation.

— OK. Vous nous avez grillés sur toute la ligne. Et en moins d'une heure. Bravo. Rien à dire…

Il se tourne vers Langeais, qui ronge son frein en essayant de ne pas exploser.

— Patron, je sais que vous n'allez pas apprécier ma requête, mais…

— C'est non !

Langeais se redresse de toute sa taille.

— Il est hors de question que ces deux guignols participent à l'enquête officielle en cours, capitaine ! C'est le SDAT et nous qui gérons cette affaire en binôme, et personne d'autre ! Vous m'avez bien compris ? Personne !

Larralde lève les mains en signe d'apaisement.

— Parfaitement, commandant. Pas de problème…

Son allégeance à son supérieur a été si rapide qu'elle me fiche un coup au moral. Je ne le croyais pas si soumis. La porte claque à grand fracas. Il sourit et s'adresse au panneau de bois aveugle qui vibre encore de la colère du commandant.

— … pas à l'enquête officielle, c'est promis.

Il se tourne alors vers moi et plante ses yeux bleus rieurs dans les miens.

— Bienvenue au commissariat subdivisionnaire d'Hendaye, Lisa…

51

Je me réveille encore une fois avec la tête comme un compteur à gaz. Avant même d'ouvrir les yeux, je sais que je ne suis plus seul dans la pièce. C'est à cause des gémissements. Je soulève une paupière lourde d'une tonne et jette un œil incertain autour de moi. Combien de temps suis-je resté dans le cirage, cette fois ?

Il y a quelqu'un d'autre dans la cave. Une femme. Elle est enchaînée, comme moi, mais elle est attachée à un anneau fraîchement scellé au ciment rapide dans le mur opposé au soupirail. Elle a la tête baissée sur ses poignets et pleure sans discontinuer. Ses bras nus portent des traces de coups. Des ecchymoses aux nuances d'arc-en-ciel. Son chemisier est déchiré sur la poitrine et dévoile un soutien-gorge sali par des coulures de sang frais là où les boutons ont sauté. Je ne vois pas son visage, mais je comprends qu'elle a salement morflé avant de finir dans ma prison. Dans ses mains, elle tient une paire de lunettes dont les verres sont brisés.

Sa chaîne est très courte. La mienne aussi, désormais. Elle a été recoupée avant d'être ressoudée. Même en tendant les mains vers elle, je sais déjà que je ne pourrai pas arriver à la toucher. Pas fou, le salopard. Nous ne pourrons pas nous venir en aide l'un l'autre quand il aura décidé de revenir s'occuper de nous.

— Qui… qui êtes-vous ?

La femme relève lentement la tête. J'essaie de ne pas frémir en découvrant comment notre ravisseur lui a démoli le portrait. J'espère seulement qu'elle n'a pas eu l'occasion de se regarder dans une glace depuis qu'il l'a défigurée. Je pense qu'elle a dû être assez jolie avant de recevoir le coup de cutter qui lui a ouvert le front jusqu'à l'os, et avant qu'il ne lui brise le nez, les dents et les pommettes avec ses poings. Le type ne s'est pas embêté à lui faire un pansement, à elle non plus. Nous ne sommes pas ici pour y passer beaucoup de temps, c'est certain.

Aucun de nous deux ne va mourir de ses blessures. Ce n'est pas ça qu'il veut. Ce n'est pas ça qu'il a calculé.

— Mon nom est…

Elle a du mal à parler. Je ne comprends pas les mots qu'elle prononce ensuite. Elle s'en rend compte, prend une respiration sifflante par la bouche et recommence.

— Ma… Maialen. Go… Gorrietcha. Je chuis en… enchei…

Elle soupire de dépit, crache un peu de sang dans sa main.

— Prof…

Ses yeux sont encore flous des coups qu'elle a reçus. Elle regarde dans ma direction, mais je ne suis pas sûr qu'elle arrive à me distinguer très nettement au travers de ses paupières tuméfiées. Quel âge a-t-elle, au juste ? Difficile à dire. La cinquantaine, peut-être un peu plus. Peut-être beaucoup moins. Mais d'après la longueur de ses bras, elle est assez grande. À vue de nez, elle doit peser au moins quatre-vingts kilos. Il n'a pas pu la porter jusque-là. Il l'a donc assommée ici, juste à côté de moi, pendant que j'étais évanoui.

J'essaie de la rassurer comme je peux.

— Je suis le capitaine Magne. Je suis policier. Ce dingue m'a enlevé depuis deux jours, les collègues sont en train de remuer ciel et terre pour me retrouver. Ils vont finir par découvrir où nous sommes gardés et ils vont débarquer aussi sec. Il faut tenir. À deux, ce sera plus facile.

Elle hoche doucement la tête, ne se donne pas la peine d'essayer de me répondre. Elle est au-delà de la douleur, au-delà de l'abandon. Je scrute ses vêtements, à la recherche de traces d'abus sexuels, mais je n'en vois aucune. Elle a encore son pantalon, et lui n'a pas été déchiré. S'il a eu l'idée de la violer, il n'est pas passé à l'acte. Ou alors il voulait juste lui donner une méchante raclée avant de l'abattre. Mais dans ce cas pourquoi avoir attendu ? Pourquoi l'enfermer avec moi dans mon trou ? Quel rapport entre cette prof et moi, sinon notre âge à peu près similaire ?

La porte de notre prison s'ouvre soudain et j'ai la réponse à ma première question. Le dingue avance vers la caméra, toujours hors de ma portée, et vérifie qu'elle est encore en état de filmer. Il n'a pas dû passer devant son PC, ou bien celui-ci est dans une pièce plus éloignée de notre geôle. Un renseignement intéressant, parce que si je tente quelque chose pour que nous puissions nous faire la belle, il va mettre quelques précieuses secondes de plus pour rappliquer ici.

Il s'est collé sur le visage un masque ridicule, comme on en voit dans les films pour ados les soirs d'Halloween.

L'arme qu'il agite avec énervement m'inquiète nettement plus que sa grimace de monstre de foire.

Une fois sa vérification terminée, il se tourne vers nous et sort un pistolet qu'il avait dissimulé sous son pull contre ses reins. Un Beretta. Du 9 mm. Une arme réputée, utilisée par de nombreuses forces de police dans le monde. Une seule balle de ce truc dans le corps et je ne reverrai jamais ma Lisa. Si c'est avec ce flingue qu'il m'a déjà plombé, j'ai eu beaucoup, mais alors beaucoup de chance de m'en sortir.

Le cinglé se campe sur ses jambes bien écartées. Il s'est positionné de trois quarts face à l'objectif de la caméra. Il doit penser que c'est son meilleur profil. Il arme la culasse de son Beretta, le lève avec emphase devant mon visage et sourit comme s'il allait nous raconter une bonne blague.

— Alors voilà. Je vais vous la faire courte. L'un de vous deux va mourir. Ici. Maintenant. Mais je ne parviens pas à décider lequel je vais descendre en premier. À vous de m'aider un peu. Qui veut ouvrir le bal ? Toi, le putain de flic de mes couilles ?

Je sens mon anus qui se rétracte, mes testicules qui deviennent minuscules et cherchent à me remonter dans le bas-ventre. Les mots du tueur semblent figés dans l'espace et le temps, comme s'ils allaient mettre un siècle avant de se disperser dans l'air ambiant. Le type a un rapide mouvement du bras. L'œil du canon quitte la mire de mon front pour se poser face à celui de Maialen.

— Ou toi, la salope de prof ?

L'enseignante gémit, terrifiée, et elle se met à trembler comme une feuille. Son corps se balance d'avant en arrière sans qu'elle en ait vraiment conscience. Son esprit a choisi de se réfugier dans une bulle où l'arme braquée sur elle n'existe pas, où les tueurs sadiques n'existent pas, où l'on ne vous demande pas si vous avez envie de mourir après vous avoir brisée à coups de poing.

Je pense à Lisa, la femme qui a fait de moi l'homme que je n'aurais pas pu devenir sans elle. Je pense à mon bébé que je ne connaîtrai jamais. Je pense à mon ami Rafik, mort pour avoir servi une cause qu'il savait juste, celle de lutter contre le mal, quoi qu'il arrive. Ma vie défile devant mes yeux tandis que, le cœur battant à se fendre en deux, je me lève face à celui qui va devenir mon assassin dans quelques instants.

— Moi, fils de pute. Bute-moi en premier. Moi, je n'ai pas peur de toi.

Le dingue me regarde en plissant les yeux. Le coin de ses lèvres se relève un peu en un sourire mauvais. Ses pupilles vertes se mettent à briller d'excitation. Il sait que je mens, que je suis tétanisé de trouille.

Ce taré est en train de prendre son pied, ma parole.

L'arme revient vers moi. Il écarte les jambes à la John Wayne et me met en joue. Ses doigts blanchissent sur la crosse, son index se crispe peu à peu sur la queue de détente. Je refuse de regarder ce petit trou noir par lequel la mort va jaillir dans un très court instant pour se jeter sur moi. Je refuse de me laisser hypnotiser, de perdre le peu de dignité qu'il me reste. Si je dois mourir, ce sera debout, en lui crachant tout mon mépris à la gueule. De toute façon, je n'ai plus que ça pour me tenir sur mes jambes vacillantes. Je veux que tu sois fière de moi, ma Lisa, même si tu ne sauras jamais que j'ai fait le choix de perdre toute chance de retrouver la chaleur de tes bras.

— Tu es sûr que tu donnerais ta vie pour cette pouffiasse, flicard ?

Je n'ose pas tourner les yeux vers Maialen, mais je sens qu'elle est tendue à se rompre. Sa respiration est devenue aussi saccadée que si elle allait faire une syncope. Ses gémissements se sont tus. Elle ne doit pas y croire, elle doit se dire qu'elle a mal entendu, que je n'ai pas dit les mots qui viennent de franchir mes lèvres.

Je n'ai pas le choix. Et puis de toute façon, il va nous tuer tous les deux, alors…

— C'est ce que je t'ai dit, abruti. T'es sourd ou quoi ?

Le sourire fond sur la bouche du type comme si je l'avais giflé. Son regard devient fixe.

— Mauvaise réponse… Dommage…

C'est maintenant.

Bye la compagnie.

52

Connecting to iCloud…

La société agricole que j'ai fondée il y aura bientôt six mois est parfaitement viable. Du moins sur le papier. Après les porcs, la betterave. Il me fallait un numéro d'exploitant pour lancer mes premières commandes d'engrais. J'ai donc dû inscrire cette société bidon à la DDTM[1]*, à Pau, et peaufiner mes explications. Mais contrairement à mes craintes, on ne m'a pas interrogé sur mes motivations. J'étais juste un agriculteur de plus dans le décor, et ça n'a pas intéressé plus que ça le fonctionnaire qui a enregistré ma demande d'un air ennuyé.*

Je suis rentré chez moi avec des étincelles qui me crépitaient dans le cerveau. Enfin, j'avançais. Enfin, ma colère allait commencer à se concrétiser avec autre chose que des cadavres de jeunes femmes et de piafs enfouis dans la boue des porcs de mon père.

J'ai acheté tout le matériel pièce par pièce à des fournisseurs étrangers, dispersés aux quatre coins du monde, et je l'ai fait livrer en poste restante parfois jusqu'à deux cents kilomètres d'ici, et toujours sous un faux nom. Le

1. Direction départementale des territoires et de la mer.

plus difficile, ça a été de l'assembler seul. Mais quand on veut vraiment arriver à quelque chose, hein...

Je travaille d'arrache-pied, comme un forcené, depuis des semaines. Presque jour et nuit. J'ai commencé par labourer toutes les terres de mon père, histoire de donner le change si un petit curieux se pointe par ici. Les corps de mes petites chéries n'ont pas bougé. J'ai à peine creusé plus de cinquante centimètres avec les fers de la herse. Elles sont enterrées bien plus profond, complètement à l'abri. Ensuite, je me suis attaqué à la mise au point de mon projet, à la fabrication proprement dite. Tout ce que je produis, je le stocke dans la porcherie, bien au sec dans les locaux que j'ai lavés à fond avant de commencer mon labeur de fourmi.

J'ai passé ma première commande d'une tonne de nitrate d'ammonium le soir même. Enfin, pas tout à fait du nitrate d'ammonium. Il s'agit plutôt d'un ammonitrate, un composé granulé destiné à l'agriculture, moins poreux aux pollutions dangereuses qui risquent de faire sauter le stock, comme à Toulouse, en 2001, et surtout moins repérable par les flics parce que beaucoup moins chargé en nitrate que le mélange qui sert à la fabrication d'explosifs industriels. J'allais devoir le concasser pour l'imprégner de fioul afin d'obtenir la substance dont j'avais besoin, mais ça me garantissait de rester sous les faisceaux radars de la police.

Pour pouvoir passer commande de la poudre d'aluminium nécessaire à mon mélange, j'avais créé la semaine précédente une société bidon de fabrication de feux d'artifice. J'en ai acheté vingt sacs de vingt-cinq kilos que j'ai fait livrer à Bayonne après avoir loué un hangar pour un mois. Une demi-tonne qui m'a coûté pas loin de douze mille euros, mais la banque n'y a vu que du feu. Je n'ai pas à détailler chaque achat que je fais pour la ferme. Pas pour l'instant, en tout cas. Et quand viendra l'heure des comptes, ils les feront sans moi. J'ai donné le nom de ma mère pour la livraison de la poudre. J'avais enregistré la société de pyrotechnie sous son patronyme. Elle me devait bien ça, non ? Le mien ne figure que sur le chèque. Lorsqu'ils comprendront, il sera trop tard.

Mais mes nombreuses lectures sur le Web m'ont appris – merci Google –, que le mélange nitrate d'ammonium-fioul-poudre d'aluminium n'explose pas si facilement, même s'il est très dangereux. Il faut le porter à environ deux cents degrés. Pour cela, un booster est obligatoire. C'est à ça que je vais utiliser les pains de Semtex qu'il me reste. Je n'aurai pas à fabriquer de la poudre noire ou du diazodinitrophénol, compliqué et extrêmement dangereux à synthétiser, et source d'ennuis maximums si je le commandais aux États-Unis et que mon paquet était ouvert au passage de la douane.

Au début, j'ai eu un peu peur des réactions chimiques que je ne connaissais pas. Je flippais à chaque instant de faire exploser ma réserve à cause d'un stupide manque d'attention ou de compétence. Et puis j'ai commencé à apprivoiser mon angoisse. Si je prenais les précautions nécessaires, qui sont parfaitement expliquées sur des centaines de sites Internet consacrés aux produits chimiques et à la fabrication d'une bombe artisanale, je ne risquais rien.

Pas pour l'instant, en tout cas...

Clic.

Upload completed.

53

Le capitaine a laissé filer Louise et Nina dès qu'elles ont eu achevé leur déposition. Nous voici tous les trois, Larralde, Henri et moi, assis devant un nouveau café tiède dans le bar où le même garçon essuie consciencieusement les mêmes verres déjà secs en prenant bien soin de ne pas diriger son regard vers nous. Devant moi, une assiette d'œufs sur le plat achève de refroidir.

L'après-midi est bien entamé, et même si je n'ai rien mangé depuis la veille au soir, je n'ai pas faim. La seule idée d'avaler quelque chose me révulse l'estomac. Pourtant, je me force à prendre ma fourchette et à picorer dans mon plat. Mon passager clandestin tape des pieds contre la paroi de mon ventre. Lui, visiblement, est affamé.

Il y a un silence un peu gêné. Denis Larralde, en acceptant de venir avec nous, a implicitement désobéi à son chef. Cependant, je sens qu'il n'est pas prêt à nous laisser pénétrer dans les coulisses de l'enquête. Sa conscience professionnelle y rechigne, et je le comprends parfaitement. À sa place, je ferais exactement la même chose.

Seulement je ne suis pas à sa place.

— Et maintenant ?

Le beau flic me jette un regard résigné. Il savait que ça n'allait pas tarder à venir.

— Maintenant… je suppose que vous n'allez pas remonter comme ça à Paris…

— Non. Pas comme ça.

Je ne veux pas me poser en caillou dans l'engrenage, mais personne ne m'empêchera d'essayer de retrouver l'homme que j'aime.

— Ouais. Écoutez, Lisa…

— Je vous écoute, Denis.

Je le dévisage sans baisser les yeux, mais sans agressivité. Il n'aime pas ça, mais il ne peut échapper à mon double faisceau laser. Ses yeux bleus ne cillent pas non plus. Bon sang, ce mec est vraiment à tomber. Mais tiens, au fait, où est donc passée la petite blonde qui voulait venir le voir tout à l'heure, quand les filles consultaient les profils des criminels fichés aux archives ?

— Vous ne me facilitez pas la tâche, dit-il enfin en repoussant sa tasse pleine au milieu de la table.

— Qui était cette fille, Denis ? Vous savez, la blondinette au Semtex ? Belle comme un ange, vous avez du goût !

Le capitaine sursaute comme si je venais de lui piquer le bras avec mon couteau. Il se met à rougir comme un collégien surpris en train de se tripoter dans les toilettes.

— Mais comment vous êtes au courant de ça, vous ?

Je lui souris gentiment.

— Ce n'était pas difficile à voir. Elle vous mangeait littéralement des yeux !

Le beau flic n'apprécie pas ma petite plaisanterie.

— Je parle du Semtex, Lisa. Ne me prenez pas pour un con.

Je me penche vers lui et baisse la voix pour que mes paroles n'aillent pas plus loin que le bout de notre table.

— C'était écrit en majuscules sur le papier qu'elle tenait à la main pendant qu'elle attendait près de la porte de la salle que vous fassiez attention à elle. S-E-M-T-E-X. Vous savez, une sorte de C4 produit en Tchécoslovaquie depuis 1966, puis en République tchèque depuis l'éclatement du bloc de l'Est à la fin des années quatre-vingt. Malgré les apparences, je ne suis pas un perdreau de l'année, capitaine, et je sais ce que peut produire une explosion dans un train avec un simple kilo de cette saloperie. Ce que je ne sais pas, en revanche, c'est pourquoi elle revenait vous voir avec un document qui vous donnait des informations que vous aviez déjà puisque, sauf erreur de ma part, vous n'avez pas eu l'occasion de lui reparler depuis notre arrivée dans votre bureau avec les filles.

Il ouvre la bouche pour me répondre, mais l'argument ne doit pas être convaincant, car il ne parvient pas à me le lancer au visage. Il se ferme soudain et se recule dans sa chaise, exaspéré.

— Oui. C'est du Semtex. Une bombe artisanale montée avec un détonateur électronique commandé à distance par une connexion à code sécurisé. Un truc de pro, certainement volé dans un stock d'une entreprise spécialisée en démolition, en travaux publics, ou bien encore acheté sur le marché noir où se fournissent toutes les organisations terroristes du monde. Ça peut venir de n'importe où, Lisa. Et depuis un bon moment.

Je fronce les sourcils, intriguée.

— *Depuis un bon moment ?* Qu'est-ce que vous voulez dire, Denis ? Ce Semtex date de combien d'années, au juste ? L'examen des traces résiduelles vous l'a appris ?

Le capitaine, coincé par le feu roulant de mes questions, remue sur sa chaise. Il aimerait ne jamais nous avoir accompagnés ici. Il aimerait ne m'avoir jamais rencontrée, ne pas se sentir telle une poêle à frire posée sur le gril.

Mais je ne le lâche pas du regard. Il finit par abandonner la lutte de mauvaise grâce. Il avale son café désormais froid pour se donner une contenance, mais ne peut s'empêcher de faire la grimace.

— Le rapport mentionne que le Semtex date d'avant 1990. C'est tout ce que je peux vous dire.

— Il aurait plus de vingt-cinq ans ? Je croyais que ce type d'explosif avait une durée de vie limitée à une dizaine d'années…

Le capitaine Larralde lève les yeux vers Henri, dont il avait complètement oublié la présence.

— Et comment vous savez ça, vous ?

Mon collègue pose sur la table son téléphone portable branché sur la page Wikipédia qui est dédiée au Semtex, et qu'il tenait juste avant dissimulé sur ses genoux. Il a ce sourire désarmant qui agace tant ceux qui ne le connaissent pas et qui le prennent de haut.

— Le miracle de la technologie actuelle, et de la rapidité avec laquelle les infos sont disponibles, je suppose…

J'avance le bras et tapote la main du beau capitaine.

— Henri et moi ne cherchons pas à nuire à cette enquête, Denis. Tout ce que nous voulons, c'est retrouver Daniel. Vous êtes débordés. Laissez-nous vous aider. En sous-marin. Vous ne nous verrez même plus sur les radars. Vous nous donnez ce que vous pouvez, et si nous trouvons quelque chose de notre côté nous vous refilons tout. D'accord ?

Larralde se tait. Il fixe le mur derrière moi, comme pour y chercher une réponse à la question qui tourne en boucle et rebondit en silence entre nous. Nous faire confiance, ou pas. Prendre le risque, ou pas ?

Je tente un ultime argument. Je recule ma chaise et pose la main sur mon ventre.

— Si vous ne le faites pas pour Daniel, si vous ne le faites pas pour moi, alors, s'il vous plaît…

Il baisse les yeux sur mon visage, les laisse descendre jusqu'à l'enfant qui pousse en moi, puis il a un long soupir de vaincu et ferme les paupières. Le coup est bas, certes, mais efficace.

— OK… OK, Lisa. Je vais faire ce que je peux.

Henri me jette un regard aigu.

Nous avons maintenant une porte d'entrée sur les données collectées par la police et l'Antiterro.

Enfin.

54

Il n'y a rien de plus terrifiant que de savoir que l'on peut mourir d'un instant à l'autre sans même s'en rendre compte. Ces quelques mots, je me les répète à l'envi alors que l'explosion vient juste de m'arracher les tympans. Je n'entends plus rien, mais je vois parfaitement que le pistolet n'est plus dirigé vers moi. La fumée qui sort du canon s'élève dans la pièce, faiblement déviée de la verticale par un mince courant d'air qui se faufile entre les interstices de la porte fermée et de ceux du soupirail cassé. Au bout du bras du cinglé, il vibre encore de toute l'énergie qu'il a libérée dans sa main.

Je ne peux m'empêcher de tourner les yeux vers la femme qui ne dit plus rien. Et pour cause. La balle lui est entrée par l'œil gauche et a propulsé une bonne partie de sa cervelle sur le mur. Elle est tombée en arrière, les bras en croix, projetée sur le sol comme une poupée de chiffon qu'une fillette pleine de colère aurait jetée loin d'elle pour la punir de ne pas être assez docile.

Le flingue se baisse lentement. Les paupières du type se contractent de façon mécanique. Il a les maxillaires verrouillés de celui qui ne reculera plus devant rien. Je sais déjà que ce n'est pas son premier meurtre. Il ne s'arrêtera plus jamais. Ce gars-là a plus de haine dans le corps que je n'en ai encore vu chez quiconque. Les yeux de reptile se tournent vers moi. Cette fois, c'est mon tour. S'il me restait le moindre espoir de sortir vivant de cette affaire, il vient de le faire voler en éclats avec le crâne de cette malheureuse.

Le Beretta se lève encore une fois face à moi. Le cinglé plisse les paupières à nouveau. Son sourire revient, intact. Soudain, il se fige, l'index en lévitation sur la queue de détente. Dans les profondeurs de la maison, une sonnerie vient de retentir. Il tourne la tête vers la porte. Ses yeux vacillent avant de se fixer vers moi.

— Sois sage. Je repasserai plus tard m'occuper de toi.

Il essaie de le masquer, mais l'ombre d'un instant, il a été complètement déstabilisé par le petit son aigrelet. Ça ne ressemble pas à un carillon, pas plus à un téléphone. Non, c'est autre chose, comme un appel interne au sein même de la bâtisse.

Comme dans un hôpital.

Il baisse son arme, bascule le cran de sûreté avant de le glisser dans la ceinture de son pantalon.

— Et ne perds pas ton temps à discuter avec cette salope. C'est une putain de menteuse.

Il sort vivement de la pièce et je l'entends courir dans le couloir par la porte qu'il n'a pas refermée à clé.

La salive s'assèche dans ma bouche. Il ne me laissera pas d'autre occasion que celle-ci. Les tempes au bord de l'explosion, je tire sur mes chaînes comme un dingue jusqu'à ce qu'elles me fassent crier de douleur. Je m'arc-boute tant et si bien que je finis par perdre l'équilibre et que je m'écroule juste à côté du cadavre de l'enseignante, dont l'unique œil restant me fixe d'une pupille qui se voile déjà de l'ombre du néant où elle a disparu. Les barreaux du soupirail n'ont même pas frémi.

Sous mes fesses, quelque chose a craqué quand je suis tombé. Un bruit sec, comme un crayon cassé en deux par un enfant turbulent. Je roule sur le dos, glisse les paumes sur le béton. Les menottes raclent le ciment, puis des petits bouts de verre me coupent la peau.

Des bouts de verre ?

Et puis soudain, je me souviens. Quand j'ai repris connaissance, elle les tenait à la main.

Les lunettes de Maialen.

Dès que je pose les doigts sur les branches tordues, je me dis que ça ne va pas marcher. Ce truc insensé, je l'ai vu mille fois au cinéma. Comment peut-on espérer faire fonctionner une serrure, même rudimentaire comme celle des menottes, avec un foutu morceau de ferraille qui ne ferait pas une bonne fourchette de cantine sans plier sous l'effort ?

Je suis de l'index l'une des branches jusqu'à l'articulation et je la casse en deux d'un coup sec. Je m'appuie contre le mur et me tords le dos, mais je ne vois rien sous mes mains. Mais où est le trou de cette saloperie, bordel de merde ? Je tends les poignets au maximum, tape à l'aveuglette le bout de la branche de lunette sur le bracelet de métal à la recherche de la serrure. Ça serait vraiment trop con de ne même pas avoir pu essayer ! Je m'acharne, la peau me brûle au point que je dois me mordre les lèvres pour ne pas en gémir de découragement.

Et puis soudain, au bout d'une éternité, elle est dedans. Je le sens à une brusque immobilité de mes bras, qui l'ont compris avant même que j'en sois conscient.

Ça ne peut pas marcher. Ça ne peut pas marcher…

Je retiens le juron qui ne demande qu'à faire jaillir ma rage hors de moi. Je fouille, je farfouille. Je sens le métal qui plie, qui se tord à se rompre.

Qui cède.

Clic.

Incrédule, je fais basculer les bracelets et la chaîne tombe sur le sol avec fracas. Je n'ai pas eu le temps de la retenir. Je regarde mes mains comme si je ne les avais jamais vues auparavant.

Rouges, gonflées par les blessures, mais libres.

Je suis libre.

Je me relève, les jambes tremblantes. Il faut que je me tire d'ici. Il faut que…

Je fais un pas mal assuré, puis un deuxième et je m'appuie contre le chambranle de la porte. Je jette un dernier regard à Maialen, ma compagne d'un bref instant. Qui était-elle, au juste ? C'est plus fort que moi. Il faut que je sache.

Je m'accroupis près du corps, écarte doucement le haut de son chemiser. Un collier en or pend à son cou, rouge du sang épais qui coule encore de ce qui reste de son visage dévasté. Une médaille de la Vierge, avec sa date de naissance gravée au dos.

11 avril 1963.

— Pardon, Maialen. Mais j'en ai besoin. Je le rendrai à votre famille.

Je tire d'un coup sec et empoche le bijou.

Il est grand temps de sortir d'ici.

Quand je franchis la porte, le silence est total dans la maison. Le couloir disparaît dans le noir à droite et à gauche. Lorsque je suis parti, la première fois, j'ai pris à droite. C'est là qu'il m'a retrouvé et assommé. Je me souviens qu'il ne s'est pas pressé pour me courir après. Je fonçais tête baissée vers une impasse et il le savait.

Cette fois, je prends à gauche.

Au fond de ma poche, la carte mémoire de la caméra. Au poing, le pied de l'appareil replié en une matraque de fortune.

Je frissonne en pénétrant dans le couloir, ma main longeant le mur de parpaings bruts.

Mes poils hérissés sur ma peau nue me disent que le courant d'air vient de par là.

55

Connecting to iCloud…

Longtemps, très longtemps, je me suis demandé comment j'allais m'y prendre. Mon but, c'était de faire le maximum de victimes. Je voulais devenir l'homme qui avait tué plus de personnes d'un coup que tous les autres auparavant. Et même que tous les précédents réunis, pourquoi pas. J'allais faire passer le tueur d'Utoya pour un rigolo, un apprenti, ceux de Colombine pour des enfants facétieux. Mais cette idée est un truc de MINABLE, de PETIT JOUEUR. Moi, ce que je veux, ce n'est pas choquer les gens, c'est marquer mon époque. Et ça, ça va bien au-delà d'une centaine de morts. Il suffit de suivre les infos à la télé pour s'en convaincre. Des millions de personnes regardent le journal de 20 heures, tous les soirs, plissent le nez devant un tsunami, un tremblement de terre, et observent d'un air distrait le nombre de victimes qui s'affiche à l'écran. Mille. Dix mille. Un million… Quelle différence ? Tout ça, c'est une affaire de zéros. On ne sait même pas combien il y en a derrière le un. Ces gens-là, on ne les connaît pas, ils ne sont pas de chez nous. Et même quand la mer déborde dans le sud de la France, on se ressert du dessert et on regarde le film du soir après avoir ricané sur « ces cons-là » qui n'avaient qu'à pas construire sur des zones inondables. On se moque des drames des familles qui ont tout perdu, tous leurs souvenirs, tout ce qui pouvait les différencier de SDF, de migrants venus d'un pays où l'on vous a laissé le choix entre partir le cul nu vers un autre horizon ou mourir comme un chien sous les balles des hordes de brutes sanguinaires surgies du caniveau.

Alors bon, tout ça, c'est pour dire que j'ai changé mon fusil d'épaule. HA HA ! Je vais frapper très fort là où personne ne m'attendra, une bonne fois pour toutes, et le monde ne pourra plus jamais m'oublier ! On ne pourra plus jamais prononcer mon nom sans avoir envie de vomir de dégoût. Puisque je ne sais pas provoquer autre chose que le mépris ou les quolibets, puisque je ne vaux rien de mieux que ça, je vais leur montrer à tous ce qu'ils ont fait de moi. Parce que tout ça, C'EST LEUR FAUTE. La faute à Lorraine, la première, et puis à toutes les autres, à toutes ces petites salopes qui se sont foutues de ma gueule. La faute à mon frère et à ma mère, à leurs parties de baise contre nature. La faute à mon père, qui a choisi de quitter la scène en se moquant bien de qui trouverait son cadavre accroché à une poutre, la faute à ce putain d'oiseau qui s'était posé sur son crâne noirci et chantait à tue-tête comme si la vie lui appartenait. La faute à Patxi aussi. Patxi qui m'a laissé tomber, Patxi qui a préféré mourir plutôt que de se battre. Patxi qui a mis le feu en moi ET QUI M'A LAISSÉ BRÛLER AVEC !

Ma cible, j'ai mis du temps à la choisir. J'ai mis un temps infini. Parce que je n'aurai pas de deuxième essai. Parce que le premier devra être le bon. Parce que le choc doit être terrible. UNE VAGUE D'HORREUR ! Parce qu'on en parlera dans toutes les maisons de

France pendant des décennies. Parce que je veux que tous les enfants s'endorment chaque nuit avec un cauchemar qui les attend sous l'oreiller, parce que je veux que tous les parents les emmènent désormais à l'école ou à la crèche avec un litre d'acide dans l'estomac et une angoisse sans fond qui leur creuse le cœur chaque jour que Dieu fera.

Pour l'instant, c'est un fichier qui prend de plus en plus de volume sur iCloud. Il n'est qu'à moi. Mais quand le jour J sera là, lorsque le point de non-retour sera franchi, au moment où j'aurai les deux pieds au bord du vide, je l'enverrai d'un clic à tous les journaux du pays. Les plus grands, les plus volubiles, les plus acharnés vont se battre pour le publier le premier. Des milliers, DES MILLIONS de personnes y auront accès le plus facilement possible, parce que je vais aussi le mettre en téléchargement libre sur toutes les plateformes numériques en une seule demi-heure. On le disséquera, on l'étudiera en formation de criminologie. Je veux que l'info traverse la France comme une traînée de poudre. Ha ha ! Je veux que toutes les mères pensent à ce que la mienne m'a fait, à ce qu'elle a brisé en moi, pendant qu'elle se faisait défoncer par mon frère contre le mur de ma chambre. Elles réfléchiront toutes ensuite à deux fois avant de se comporter comme des truies en chaleur sans se soucier des conséquences de leurs actes. Je veux que les bureaux de tous les flics du pays restent allumés toute la nuit, que les téléphones fument en permanence, que l'armée soit sur le pied de guerre, que les rues soient barrées et qu'on ne laisse pas passer la moindre souris qui ne montre pas patte blanche.

Parce que mon dernier but, mon but ultime, c'est que les flics sachent ce que je vais faire, juste quelques heures avant que je passe à l'action.

Et qu'ils essayent de m'en empêcher.

C'est comme ça que j'aurai les meilleures images.

HA HA !

Clic.

Upload completed.

56

Larralde me jauge du regard tandis que j'observe la maisonnette. Le jardinet est isolé des voisins par une haute haie de thuyas qui aurait besoin d'un sérieux coup de sécateur. Côté sud, un potager à l'abandon a laissé les mauvaises herbes proliférer jusqu'à la clôture. Si des salades ont poussé ici autrefois, il y a longtemps que la terre ne s'en souvient plus. Un paquet de pots de fleurs cassés est stocké dans un coin où traînent un ballon d'eau chaude éventré, un empilement instable de tuiles noircies par les années et des chutes de bois à moitié pourries, en attente d'un hypothétique nettoyage de printemps. Au fond du terrain, une pile de bûches est rangée à l'abri de la pluie sous un auvent en dur qui a l'air plus récent que la maison. Sur le devant, côté rue, les fenêtres dénuées de volets, sûrement tombés en miettes depuis des décennies, sont voilées de rideaux grisâtres brodés à l'ancienne qui coupent la vue des passants. Un luxe *a priori* inutile, puisque personne ne s'est aventuré dans la ruelle où est située la maison depuis que nous sommes arrivés. Face à l'entrée, la lande court en friche jusqu'à la forêt qui semble attendre son heure, elle aussi, pour reprendre ses droits sur les terres que l'humain a désertées.

— Ce sera parfait, Denis. Je ne sais pas comment vous remercier…

— Vous n'avez pas encore visité l'intérieur, Lisa. C'est petit, je vous préviens. Une chambre, un salon, des toilettes et un lavabo, et c'est à peu près tout. Quant au mobilier, ça doit être devenu le royaume des souris et des araignées. Je n'y suis pas revenu depuis la mort de ma grand-mère, il y a quinze ans.

— C'est une aubaine pour nous. De l'isolement, loin de l'agitation d'une chambre d'hôtel aux murs épais comme du papier, c'est exactement ce qu'il nous fallait. Et de toute façon, nous n'avons pas vraiment le choix. Nous n'avons rien pu trouver de libre jusqu'à Biarritz.

Le beau flic sort de sa poche une clé digne d'un cachot du château d'If et la tourne dans la serrure rouillée en forçant sur le pêne. La porte grince et s'ouvre sur une minuscule entrée qui sent la poussière, l'humidité incrustée dans les murs et l'odeur lourde des meubles qui ont vu la vieillesse s'éteindre chez eux. Sur un portemanteau de bois vermoulu, un K-way qui a dû être orange dans les années soixante-dix est suspendu contre un miroir au tain piqué. L'image que la glace me renvoie est celle d'un visage de femme fatiguée aux yeux cernés. Pas étonnant que Larralde ait fini par avoir pitié de moi et qu'il nous ait proposé une solution à notre problème de logement. J'imagine que de cette façon, il pense qu'il pourra aussi un peu mieux nous avoir à l'œil.

Il appuie sur un interrupteur, tourne le robinet de l'évier et hoche la tête tandis qu'un jet anémique se met à crachoter dans l'émail où court une faucheuse affolée.

— Je n'ai jamais fait couper l'eau, mais il n'y a pas l'électricité. Je vous la fais rebrancher le plus tôt possible.

Avec un peu de chance, vous l'aurez demain. Pour ce soir, il va vous falloir des bougies, j'en ai peur. Attendez, je crois qu'il doit en rester une poignée là-dedans…

Larralde s'accroupit et inspecte le placard de la cuisine. Il en sort un paquet de chandelles entamé et quelques bidons qu'il aligne sur le sol.

— Eau de Javel, produit à carrelage, à vaisselle, savon… Normalement, tout est resté tel quel. Les couverts sont dans ce tiroir, les assiettes et les verres ici, au-dessus de l'évier. Les poêles et les casseroles sont rangées en dessous du four électrique. Mais vous feriez mieux d'aller dîner au restaurant ce soir. Le gaz a été fermé quand ma grand-mère a commencé à perdre un peu la tête. C'était devenu trop dangereux pour elle. Pour vous chauffer avant que les radiateurs ne puissent prendre le relais, n'hésitez pas à vous faire une bonne flambée dans la cheminée du salon, je l'ai fait ramoner l'année dernière pour l'assurance. La hache est dans le cabanon dehors. Il y a aussi une tonne de couvertures dans l'armoire, servez-vous…

Je souris, ne sais pas trop quoi lui répondre. Ce type a enfreint pour nous la règle imposée par son chef, et pourtant il nous connaît à peine. Je me sens soudain tout intimidée de me retrouver ici, dans la maison d'une femme qui y a perdu la raison en s'enfonçant peu à peu dans la sénilité. Le capitaine nous a ouvert la porte de sa vie avec celle de cette bicoque. Aurais-je été capable d'en faire autant avec celle de ma mère, même si on me l'avait demandé pour une raison aussi impérieuse ?

Dans un angle du salon, une comtoise imposante nous observe de son œil de cuivre immobile. Des années plus tôt, le temps s'est arrêté à 16 h 48, un jour où la pièce vide avait cessé d'espérer que quelqu'un revienne y attendre la fin. Un canapé au velours usé jusqu'à la corde fait face à une énorme télévision à tube cathodique désormais symbole du passé. Sur le dessus de l'appareil, une danseuse de flamenco en plastique prend la pose sur un napperon tricoté à la main qui déborde sur l'écran. Sur les meubles aux ornements à volutes d'avant-guerre, de chaque côté de la cheminée, une quantité incroyable de bibelots est entassée pêle-mêle, de la poupée en porcelaine jusqu'à des cubes de photos jaunies, en passant par des canards en résine et des cendriers ébréchés.

Larralde croit utile de m'expliquer l'évidence.

— À la fin, elle ramassait tout ce qu'elle trouvait dans la rue. On en a jeté des sacs entiers, rien que pour pouvoir entrer dans la maison. J'ai juste conservé ceux qu'elle aimait le plus…

Il me guide jusqu'à la chambre, dont la fenêtre donne sur le jardin. Là encore, l'odeur de la mort, figée dans le temps comme celle de l'antimite sur les vêtements qui doivent être encore soigneusement pliés dans l'armoire, nous prend à la gorge. Le lit minuscule, coincé entre la croisée et un fauteuil d'osier, ne permettrait pas à un couple d'amoureux d'y passer la nuit. Pas pour dormir, en tout cas.

Larralde suit mon regard et ses lèvres ébauchent un sourire.

— Le canapé du salon n'en a pas l'air, mais il est confortable. Votre collègue y dormira très bien, vous verrez.

Il se retourne et jette un œil vers le couloir.

— Au fait… où est-il ?

— À l'extérieur, je suppose… Henri est un homme au tempérament discret. Il a dû penser que vous aviez quelques éléments à me communiquer en privé à propos de ce que Daniel a traversé, ces derniers mois, et dont je n'avais pas la moindre idée avant qu'on me fasse sortir de mon bois…

Larralde n'est pas complètement idiot. Il me le prouve une fois de plus.

— C'est vous qui lui avez demandé de nous attendre dehors, n'est-ce pas ?

Je m'assieds dans le fauteuil, ôte mes chaussures et pose les pieds sur le couvre-lit de laine après avoir remonté ma veste sur mon ventre rond. Il fait un froid de canard dans la chambre qui n'a pas été chauffée depuis des années, mais j'ai l'impression d'être plus glacée encore dans ma chair et dans mes os.

— On ne peut rien vous cacher…

Larralde s'approche de la fenêtre, son dos raide accroche la lumière et m'oblige à plisser les paupières tandis qu'il laisse son regard se perdre dans les hautes herbes du jardin. Il laisse passer un moment de silence, pousse un soupir, puis il se décide.

— Autant que vous le sachiez tout de suite…

Je pince les narines, m'attends au pire. Je crains depuis longtemps qu'il ait pu rencontrer quelqu'un, une autre femme qui ait été plus compréhensive, plus disponible. Plus ouverte…

Moins conne…

— Le capitaine Magne a un problème avec l'alcool…

Si je n'étais pas aussi inquiète, j'aurais presque envie de sourire. Daniel n'a jamais craché contre un bon verre de whisky. Ça ne date pas d'hier. Et pour être honnête avec moi-même, nous avons trinqué pas mal de fois ensemble à bon nombre d'occasions. Mais depuis que je sais que je vais être mère, j'ai cessé de boire le moindre verre.

— Un bon quart des flics de France doit en avoir un aussi, Denis. Ce n'est pas un scoop. C'est le métier qui veut ça.

Le beau capitaine tourne vers moi son profil tourmenté. Je ne peux pas voir ses traits, mangés par le contre-jour, mais sa voix est sombre.

— Je veux dire… un *vrai* problème, Lisa.

Je soutiens son regard. Il me dévisage, l'œil grave. La situation est plus sérieuse que je le pensais.

— OK. Expliquez-moi.

Denis Larralde rassemble ses souvenirs, puis il me raconte l'arrivée de Daniel dans le service du commissariat subdivisionnaire d'Hendaye, un matin de décembre, à peine une semaine après les funérailles de l'officier qu'il est venu remplacer, abattu un soir par un type qu'on n'a jamais identifié. Il me décrit l'accueil mitigé des collègues, la frustration liée à l'échec de l'enquête qui n'a toujours pas abouti, le ressentiment qui est retombé sur Daniel, parce que les copains du flic décédé ne pouvaient pas la diriger contre quelqu'un d'autre. Il me fait plonger dans la solitude du père de mon enfant, dans son mutisme, dans sa dérive qui l'a amené de soir en soir à rester plus longtemps que la veille en compagnie d'un verre de scotch, le front appuyé à la fenêtre d'un petit appartement de fortune, quelque part dans cette ville que je ne connais pas.

Et puis il en arrive à la partie qui me donne la nausée. L'haleine chargée de Daniel, le matin, son œil vitreux de ne pas avoir dessaoulé de la veille, de ne pas avoir changé de vêtements, de ne pas être passé sous la douche… Les remontrances du commandant Langeais, les avertissements, la mise à pied…

Deux mois… Tout cela en deux mois à peine. Je mesure la profondeur de l'isolement de Daniel, le choc émotionnel que mon attitude stupide lui a occasionné. Je ne dois pas me voiler la face. Tout cela est ma faute. Rien que ma faute. Si j'avais seulement accepté de regarder les choses en face, j'aurais compris qu'il ne cherchait qu'à me protéger pendant l'enquête sur l'assassinat de mon père. Et au lieu de ça, je lui ai appuyé sur la tête pour le noyer dans ma colère stérile et injuste.

La question suivante me brûle les lèvres, mais elle n'arrive pas à les franchir. Elle reste coincée en moi tel un bourdonnement sourd qui se heurte à mes mâchoires. Larralde voit mon hésitation, mon regard qui devient fuyant. Il s'assied près de moi, pose sa main tiède sur les miennes.

— Il n'a rencontré personne ici, Lisa, si c'est ce qui vous tourmente. Aucune femme, je vous l'assure. Il en aurait été incapable, même s'il l'avait voulu. Non, je savais que quelque chose le rongeait. Quelque chose dont il ne voulait pas me parler.

Le beau flic me sourit.

— Maintenant, je sais à qui il pensait. Et je comprends pourquoi il tient tant à vous.

Quelque part, tout au fond de mes yeux, une larme refuse de m'obéir et se met à couler sur ma joue. Je baisse le menton. Une autre suit sa trace le long de mon nez. Larralde accentue sa pression sur ma main.

— Je vais faire tout ce qui est en mon pouvoir, Lisa, je vous l'ai dit. Retrouver Daniel est notre priorité principale, aujourd'hui. Vous faites désormais partie de l'équation, que Langeais le veuille ou non. Et je ne vous laisserai pas tomber.

Il se lève, me tend le trousseau de clés de la maison et une feuille de papier pliée en deux.

— Voici mon adresse, mon numéro de téléphone, et le plan exact pour vous rendre à l'endroit où Daniel a été enlevé. Je ne pourrai pas vous y accompagner, le commandant ne le permettra pas. Mais rien ne vous empêche d'y aller vous-même avec votre collègue, et complètement par hasard, bien entendu…

Je hoche la tête, bredouille un remerciement qui peine à traverser ma gorge serrée.

— Je dois retourner au commissariat. Pensez à démarrer le feu avant d'aller dîner, la maison sera plus accueillante quand vous rentrerez.

Puis il passe la porte et me laisse seule avec mes sanglots qui peuvent enfin donner libre cours à leur vengeance contre moi.

57

Le couloir ne fait pas plus de dix mètres de long. Il s'arrête après un angle droit qui me dévoile les portes de trois autres pièces fermées à clé. Le courant d'air vient du plafond, où un trou obscur d'aération de trente centimètres de diamètre s'ouvre dans un coin comme un anus obscène écartelé. Aucune chance de pouvoir m'échapper de ce côté.

Je reviens sur mes pas, la rage au ventre, le pied de la caméra serré dans la main droite à le briser. Une fois devant ma prison, je contemple le corps inanimé de Maialen, dont les cheveux baignent dans une mare noirâtre.

Ce type n'a eu aucun état d'âme à la descendre de sang-froid. Il n'a pas non plus hésité à placer une bombe dans un train bondé de femmes et d'enfants, de familles qui rentraient de vacances. Il ne ressent aucune émotion, aucune pitié. C'est la pire espèce de tueurs que je connaisse. Celle qui est rendue au-delà de toute forme d'empathie pour les victimes de ses crimes, et qui abandonne les cadavres sur sa route sans le moindre regard en arrière, sans le plus petit remords.

Au fond de ma poche, je tripote la carte mémoire du bout des doigts. J'ai ici le visage de ce type et sa voix, aussi. De quoi l'identifier et le serrer en moins d'une demi-journée, une fois dehors. Mais encore faudrait-il que je parvienne à la propulser au travers des barreaux de ma cage…

Autour de moi, le silence est total. Depuis combien de temps est-il parti ? Une demi-heure ? Une heure ? Impossible de le savoir. Je suis seul, dans ce no man's land où flotte l'odeur de la mort, où les minutes s'étirent à l'infini, rendant le temps plus courbe qu'Einstein l'a imaginé.

Je reste planté au milieu du couloir, cherchant une idée lumineuse pour attendre ce type et lui faire payer ses actes. Mais le sort s'acharne contre moi. La porte qui me bouche le passage s'ouvre vers l'extérieur. Pas moyen de se cacher derrière, comme avec celle de la cellule. Et ça, il ne s'y fera pas prendre deux fois. Dans le couloir, à part un balai, un seau et une serpillière à lanières oubliée dessus, aucun objet derrière lequel se dissimuler, aucun recoin d'ombre où disparaître. Je tourne et retourne toutes les options dans ma cervelle, mais aucune ne me satisfait. À l'instant où il me trouvera face à lui, il ne réfléchira pas une seule seconde. Il me balaiera le corps d'une rafale bien sentie à la hauteur du torse avant de me poser la moindre question. Je n'ai aucune chance d'en réchapper si je le prends de front.

J'ai beau chercher, je ne vois vraiment qu'une seule solution.

Et elle ne me plaît pas.

Mais alors pas du tout.

58

— Dis-moi, Henri. Et si Picaud s'était trompé ? Et si c'était tout de même ETA, derrière tout ça ?

Henri me regarde en silence quelques instants. Je vois à son air concentré qu'il a aussi pensé à cette éventualité. Nous sommes au Pays basque. Il n'y a rien d'extravagant à imaginer qu'une bande d'excités en mal d'action ait pu faire sauter une énième bombe quelque part.

— Je me suis pas mal renseigné sur le sujet, Lisa, en attendant que tu arrives de Suisse. Et j'y vois plusieurs objections…

Je le laisse finir sa bouchée, la fourchette en l'air, tandis qu'il rassemble ses pensées. Autour de nous, le restaurant est bondé. Ce n'est pas encore l'heure de pointe, mais on dirait que tout le monde s'est donné le mot pour venir dîner tôt, ce soir. Henri se penche vers moi pour que notre conversation reste privée.

— Premièrement, ETA a cessé toute activité liée à la lutte armée depuis octobre 2011.

— Ça ne serait pas la première trêve qu'ils rompent…

— Par le passé, oui, c'est certain, mais l'organisation a été vraiment décapitée de ses membres dirigeants historiques dans les années quatre-vingt-dix par l'action combinée de l'Espagne et de la France, même si les gouvernements français successifs ont tout d'abord rechigné à s'engager dans la lutte contre les irrédentistes. Les attentats qui ont eu lieu ensuite n'ont été que des coups d'épée dans l'eau pour essayer de montrer que l'idéologie indépendantiste tenait encore debout. Ce qui était loin d'être le reflet de l'opinion d'une bonne partie de la population des deux côtés des Pyrénées.

— Ah oui ? Et pourquoi ?

— Parce que si ETA a été fondée en 1959 pour lutter contre la dictature de Franco, elle a commis l'erreur de ne pas changer de cap après sa mort, en 1975. On peut même dire qu'elle a déclaré une guerre aveugle et sans merci aux différents pouvoirs qui ont succédé au règne de fer du Caudillo. Si les « pistoleros » des commandos etarras ont visé dans les premiers temps des militaires et des policiers du régime franquiste, ils ont fait ensuite sauter des bombes n'importe où pour appuyer des revendications nationalistes qui se regardaient le nombril, même si certains les estimaient légitimes et étaient prêts à risquer leur vie pour ça. Les nombreuses victimes civiles qu'ils ont causées dans ces actes horribles ont fini par liguer la colère de la majorité des Basques contre eux. Depuis 1987, où un attentat a tué vingt et une personnes dans un centre commercial de Barcelone et en a blessé deux fois plus, ETA n'avait plus la sympathie du peuple, qu'elle défendait à l'origine et qu'elle avait fini par perdre de vue. Elle s'est attiré sa colère et son mépris. Elle a été rejetée, et elle en a crevé. Deuxièmement…

— Deuxièmement ?

Henri ingurgite la moitié de son verre de blanc d'un mouvement du poignet. Lui, le lieutenant si discret, qui déteste plus que tout se mettre en avant, n'a pas l'habitude de parler autant en une seule fois. Pendue à ses lèvres, je le lui remplis à nouveau. Il me remercie d'un signe de tête en regardant osciller le vin à la lumière du grand lustre du restaurant.

— Deuxièmement, ETA n'a pratiquement jamais commis d'attentat sur le sol français. C'était sa base arrière. Les etarras, une fois leurs forfaits perpétrés en Espagne, traversaient la frontière et venaient s'y réfugier pour échapper aux recherches de la *Guardia Civil*. On ne tue pas dans une réserve, n'importe quel chasseur digne de ce nom te le dira.

— OK. Troisièmement ? Il n'y a pas des Basques français qui aiment aussi jouer avec des explosifs, dans le secteur ?

Henri hoche la tête et me sourit.

— Si, bien sûr. Écoute, je vais te la faire la plus courte possible. Voici l'essentiel de ce que j'ai compris. Le Pays basque, ou *Euskadi*, est divisé en deux par la frontière franco-espagnole depuis le XVIe siècle, et c'est ce qui constitue une part du problème. Le roi Ferdinand, en 1512, a le premier annexé la Navarre à son royaume. Mais l'entité basque existait avant la scission féodale. Son identité, sa culture, sa langue, *son ADN*, sont niés depuis des décennies par les deux pays qui se le sont partagé. Il est constitué de trois provinces françaises situées dans l'ouest des Pyrénées-Atlantiques et de quatre autres espagnoles, avec la montagne comme arête dorsale pour lier le tout en un seul organisme. Ici, nous sommes en *Iparralde*, « Ceux du Nord ». Parmi les Basques français, il y a eu plusieurs organisations qui ont suivi le chemin des etarras sur la voie du conflit armé, mais la seule qui a vraiment fait parler d'elle avec la poudre, c'est Iparretarrak, la petite sœur née en 1973, dite IK pour les intimes. Mais elle s'est éteinte de sa belle mort dix ans avant son aînée, au début des années deux mille, après des années de violence qui n'ont mené qu'à durcir le rejet des séparatistes par les autorités de notre pays. À noter quand même que IK, contrairement à ETA, n'a jamais vraiment visé des personnes physiques. C'est du moins la ligne de défense que ses membres ont suivie au cours des procès qui les ont collés au trou. Ils prétendent que les morts qu'ils ont causées lors des attentats qu'ils ont commis l'ont été de façon accidentelle. Ce n'est pas reluisant comme excuse, mais ça vaut tout de même mieux que des assassins qui revendiquent leurs crimes comme légitimes…

Iparretarrak… Oui, je connais ce nom-là, même si pour moi le problème basque a toujours été très loin de mes préoccupations principales, comme le désir identitaire corse ou breton. Je ne me suis jamais sentie concernée par ces événements, même lorsqu'ils faisaient la une des journaux. C'est une erreur, je le sais aujourd'hui. Les conflits larvés, même les plus lointains, peuvent venir vous éclater à la figure et bouleverser votre vie à jamais avant que vous ayez pu vous rendre compte qu'ils ont franchi la porte de votre foyer.

J'ignore tout à propos du nationalisme du Pays basque. Ce n'était pour moi jusqu'ici qu'une zone en gris tout en bas de la carte de mon pays, une petite province pittoresque coiffée de bérets et colorée d'un jeu de balle typique qui se pratique avec une *chistera*. Les sonorités mêmes me sont étrangères. Alors l'idéal de ces gens-là… Mais ce n'est pas pour ça que j'ai forcément tort. Le fait que mon cher Henri semble balayer ma suggestion en moins d'une minute suffit à me mettre en rogne.

— Donc, si je comprends bien, nous sommes dans un pays d'artificiers, mais ils ont tous pris leur retraite depuis des années !

— C'est à peu près ça, oui. Les indépendantistes, du moins ceux qui ont survécu aux bombes et aux représailles des commandos de la mort, qui ne purgent pas une longue peine de prison pour assassinat, ou qui ont été exilés en Amérique du Sud ou en Afrique, font maintenant de la politique sans tirer dans le tas. Ils se sont rangés des voitures, en quelque sorte…

Je tique.

— *Les commandos de la mort ?* Qu'est-ce que c'est que ce truc ? Ce n'était pas sous Franco, ça ? Ou Pinochet ?

Henri se penche un peu plus au-dessus de mon assiette. Près de notre table, un couple a cessé de discuter et nous observe à la dérobée d'un air désapprobateur. Chatouilleux, les autochtones, ici, hein…

— Franco avait sa milice, Pinochet aussi, et le passé récent de l'Espagne et du Chili regorge de leurs exactions plus sanglantes les unes que les autres. J'ai appris que de nombreux groupes espagnols ont lutté contre les hommes d'ETA. Mais les commandos de la mort, les *GAL*[1], ont de loin été les plus violents et les plus efficaces. C'étaient de vrais tueurs. Ces équipes d'assassins patentés ont été mises en place par des hauts fonctionnaires de la sécurité du gouvernement socialiste de Felipe Gonzalez, en 1983. Leur but était de forcer le pouvoir français à se mouiller dans la lutte contre les terroristes réfugiés chez nous en les exécutant comme du bétail, un par un. Et c'est ce

1. Groupe antiterroriste de libération.

qu'ils ont fait à vingt-quatre reprises sur notre sol national, et en toute impunité.

J'en oublie de fermer la bouche.

— *En toute impunité ?* Mais pourquoi la police de l'époque n'a-t-elle rien fait pour les en empêcher ?

Henri hausse les épaules.

— Ça, ça restera comme une épine noire dans le pied de notre Nation, Lisa. Il aura fallu attendre quatre ans de meurtres sauvages pour que le gouvernement français de l'époque, placé devant ses responsabilités par les tueurs espagnols, commence à faire lui-même la chasse aux indépendantistes réfugiés en France. Les GAL ont alors disparu comme par magie. C'est la morale discutable que nous enseigne l'Histoire, parfois... Mettre en scène un groupe de criminels clandestins pour enclencher la marche titubante, mais officielle, de la justice. C'est à pleurer, mais en tout cas ça a fonctionné comme les Espagnols l'avaient prévu. C'est à ce moment-là que les extraditions des prisonniers indépendantistes ont commencé. Et c'est tout ce que la postérité retiendra...

— Et quatrièmement ?

Henri soupire.

— Ce point-là ne va pas te plaire, Lisa.

Je me penche, moi aussi. Nos fronts se touchent presque. Dans la salle, notre manège n'est pas passé inaperçu. J'entends des chuchotements et des couverts qui cognent dans des assiettes.

— Je t'écoute, Henri. Qu'est-ce que tu as trouvé ?

Il cligne des yeux, comme à chaque fois qu'il n'ose pas aborder un sujet en face de peur de blesser la personne à laquelle il s'adresse. Je commence à le connaître. Mais mon regard est impératif. Il ne résiste pas bien longtemps.

— Le Semtex, ce n'est pas un matériel utilisé en général par les nationalistes basques. C'est arrivé, de temps en temps, mais il s'agit principalement d'une arme des terroristes de l'IRA, des pays de l'Est et du Moyen-Orient. Ça ne se trouve pas tous les jours sous les sabots d'une brebis, dans le coin. Même si les liens entre ETA et l'IRA ont été prouvés à de multiples reprises, comme avec les indépendantistes bretons du FLB, les Basques espagnols avaient leurs propres préférences avec les explosifs. Eux, leur truc, c'était plutôt de la dynamite volée sur des sites sensibles ou des composés artisanaux élaborés à partir de nitrate d'ammonium. Ce dernier permet de bricoler des bombinettes très efficaces dans son salon en toute discrétion entre copains. Il faut juste y rajouter quelques éléments sympas comme de l'acide sulfurique, de la pentrite et de la poudre d'aluminium. Et avec une tonne de ce mélange, on a de quoi mettre la moitié de la ville sur orbite…

Je sens l'inquiétude qui me descend dans les veines et me glace les os comme un grand froid boréal.

— Qu'est-ce que tu cherches à me dire, exactement, là, Henri ? Les djihadistes ? Ce seraient eux ? *Encore ?*

Mon vieux camarade me prend la main et me la serre avec douceur tout en essayant en vain de me communiquer la chaleur qui a déjà quitté les siennes.

— Je ne sais pas, Lisa. Je ne sais pas…

59

Connecting to iCloud…

J'en suis à huit cent cinquante kilos de mélange. Je m'étais fixé un objectif d'une tonne, mais je ne sais pas si je pourrai le tenir. Avec le meurtre des facteurs, j'ai fait une grosse connerie. Mais c'est la faute de ce type qui tournait autour de ma camionnette. J'ai eu peur qu'il ait vu quelque chose. On ne sait jamais ce que ça peut repérer, un sale petit curieux comme ça.

J'ai enfilé l'un des uniformes et j'ai continué la tournée, comme si j'étais l'un des deux. De loin, avec la casquette et mon écharpe sur le nez, j'ai peut-être fait illusion. L'important, c'était que la livraison du courrier ne s'arrête pas chez moi, qu'on voie le postier passer avec son véhicule dans les fermes du secteur. J'ai même fait un signe de la main à un type que je ne connaissais pas et qui me saluait de loin. NE PAS ATTIRER L'ATTENTION. C'est vital, quand vous avez un projet comme le mien.

Ensuite, j'ai pris la nationale, sur une vingtaine de kilomètres, puis je me suis enfoncé dans un chemin forestier qui s'éloignait de la route. J'ai garé la voiture des postiers près d'une rivière, et je suis reparti à pied à travers champs après avoir changé de vêtements et enfouis ceux qui étaient souillés de sang sous un tas de pierres au milieu de nulle part. Je connais bien le secteur, mais il m'a fallu cinq bonnes heures pour rentrer en évitant les bords des routes. Je n'en pouvais plus, mais j'avais éloigné le danger. Cependant, je sais que ce n'est que partie remise. Il y avait d'autres paquets et lettres recommandées dans la voiture des deux guignols. Le mien, c'est le dernier qui a été livré. Avec les terminaux numériques, l'enregistrement est instantané. Pas moyen de cacher ce fait-là. Les flics vont bientôt comprendre que je suis l'un des ultimes témoins à les avoir vus vivants. Tu m'étonnes ! HA HA ! Et ça, ça va me retomber dessus. Alors autant que je le prévoie et que je m'y prépare soigneusement.

Cela dit, ça ne me déplaît pas, cette idée de commencer à jouer avec eux. Surtout avec leur collègue qu'ils cherchent partout enfermé dans la cave de la porcherie.

Tiens, au fait, il faut que je retourne m'en occuper, de celui-là. Je l'ai assez vu, finalement.

Et puis ça va me faire du bien, ça va me détendre avant que j'aille me trouver une nouvelle petite chérie quelque part...

Clic.

Upload completed.

60

Je ne bouge pas un cil. Pas un orteil. Je deviens aussi immobile que les murs, aussi mort que le cadavre de Maialen.

Au bout d'un très long moment, j'entends la clé qui ouvre enfin la porte de fer avec un bruit de geôle. Il y a une seconde de silence, comme si le type jaugeait l'air du nez avant d'entrer dans la cave. Puis ses pas pressés approchent, accompagnés d'un son métallique que je reconnais entre tous. C'est celui d'une culasse qu'on arme à la volée au moment de partir au combat, lorsque la seule discussion qui reste est la voix hurlante des balles.

À travers mon œil droit à moitié fermé, j'aperçois la silhouette du cinglé qui se fige, incrédule, sur le pas de la porte de ma cellule. Il a le regard braqué sur mes menottes ouvertes. La branche de lunette tordue est restée à côté, bien en évidence.

— *Ah le putain d'enculé de flic !*

Il me jette à peine un coup d'œil et se précipite vers le fond du couloir.

C'est maintenant !

Pardon, Maialen. Pardon…

Je me lève d'un bond en arrachant de mon visage la chevelure de serpillière dont les rubans sont poisseux du sang de la morte, et je me mets à courir comme un dératé, mes pieds nus effleurant à peine le sol. Une vraie chance qu'elle ait été du genre costaud. Son pantalon est même un peu large pour moi. Quant au chemisier, n'en parlons pas…

Je me jette sur la droite et je sprinte vers la porte de fer que le salopard a laissée ouverte derrière lui. C'était la deuxième erreur qu'il ne devait pas commettre. La première, c'était de focaliser sur les menottes déverrouillées et de ne pas regarder de plus près le corps allongé dans la cellule, la tête enfouie sous le coude. Lorsque j'ai porté l'enseignante dans mes bras jusque derrière l'angle du couloir de gauche, je lui ai remonté le chemisier au-dessus de la tête pour empêcher son sang de couler par terre. Il aurait tout de suite éventé la supercherie. Je l'ai allongée tout au bout, contre le mur, et je l'ai déshabillée en lui demandant de ne pas m'en vouloir. Je me suis alors glissé dans ses vêtements poisseux de sang et j'ai abandonné ce qui me restait des miens à côté d'elle. J'en suis bien désolé, mais je n'avais pas le temps de la rendre plus présentable. J'espère que, de là où elle me regarde à présent, elle comprend que je n'avais pas le choix et ne me tient pas rigueur de l'indécence de mon geste. J'ai ensuite trempé la serpillière dans la flaque qui commençait à figer et l'ai collée sur mon crâne avec un haut-le-cœur, dans la position qui me semblait la plus proche de celle qu'avaient ses cheveux quand elle s'est écroulée. Avec le reste du visage caché sous mon bras, j'avais une mince, une très mince chance de parvenir à le tromper.

Et bon sang, ça a marché !

Derrière moi, un cri de rage déchire le silence. Il a trouvé le corps de Maialen.

La porte est encore à trois mètres. Mes jambes frappent le béton comme des pistons de foreuse. Deux... Un...

La rafale cisaille le couloir tandis que je plonge en avant pour saisir la poignée. Je franchis l'ouverture à la seconde où un trait de feu me frôle l'aine. Une seconde douleur intolérable me brûle le biceps gauche. Je me jette derrière le lourd battant de métal et le propulse en arrière avec mon dos avec toute l'énergie du désespoir qu'il me reste. Au moment où elle se referme, il y a un grand boum qui me résonne dans le corps tout entier. Mes yeux se brouillent. Je tombe à genoux, baisse le nez sur mes mains pleines de sang. La chaleur envahit ma colonne vertébrale, remonte le long de mes nerfs jusqu'à ma cervelle.

Je tourne la tête dans un éblouissement d'étincelles.

La serrure... où est cette foutue serrure ?

Derrière la porte, un gémissement. Puis un juron. Un raclement sur le béton. Le dingue a pris le battant en pleine gueule. Il se relève avec son fusil-mitrailleur à la main. *Là, maintenant !*

Je n'ai plus que quelques secondes. Plus que...

La rafale me coupe le souffle. Les balles ont traversé la ferraille à hauteur de mes hanches.

Si je m'étais tenu debout, j'étais mort.

Mes doigts tombent enfin sur la clé. Je la tourne au moment précis où la poignée bascule.

— *Baisé ! Je t'ai baisé, Ducon !*

Et puis je roule hors de portée tandis qu'une nouvelle salve mortelle traverse la porte au ras du sol.

Je me relève en titubant. La tôle éclate tout autour de la serrure, projetant de petits morceaux de ferraille brûlants partout sur le carrelage. S'il a assez de balles, le cinglé sera dehors dans moins d'une minute.

La main serrée sur mon flanc pour essayer de maintenir le sang à l'intérieur, je me mets à trottiner en direction d'un rectangle de lumière pâle qui doit être la sortie. Je n'ai pas le temps d'évaluer les dégâts, pas le temps de me dire que je suis peut-être touché à un endroit qui va bientôt rendre ma fuite aussi dérisoire que de courir en rond dans une arène pleine de lions en furie.

Le bâtiment est moins grand que ce que j'avais craint. Je me retrouve très vite dehors, sous une pluie dense qui trempe le chemisier en un instant et me fait frissonner jusqu'aux os. La nuit est tombée, mais depuis combien de temps ? La lumière qui baigne la cour provient d'un immense projecteur monté sur un mât, au centre de l'espace vide. Prévu pour ne pas laisser un coin d'ombre sur tout le périmètre, il révèle d'un éclairage cru la solitude qui m'entoure. Je suis au milieu de nulle part, ceinturé d'une frontière de silhouettes d'arbres crochus qui se dressent tout autour de l'enclos de bois fendu qui les coupe à hauteur d'homme d'une hachure plus claire. Plus loin sur la droite, la forme noire d'une bâtisse aux fenêtres obscures se découpe dans la nuit.

Et maintenant ?

Je plisse les yeux, essuie l'eau qui ruisselle sur mon visage. Je ne vais pas pouvoir courir longtemps. Imaginer que je puisse disparaître dans les bois est pure folie. Idem dans la maison. Je ne parcourrai pas plus de quelques dizaines de mètres sans m'écrouler dans un buisson.

J'aperçois alors la voiture dans l'ombre d'un pin aux branches basses. Garée sous les vitres brisées de ce qui doit être un ancien bureau, elle a le nez tourné vers l'allée qui descend vers la route.

Dans le bâtiment, les rafales se sont tues. Plus de balles. À la place, des coups sauvages font résonner la ferraille qui émet un son de plus en plus clair. *Le pêne est en train de céder !*

J'avance en réprimant un cri de douleur. La brûlure de ma hanche devient plus mordante de minute en minute. La berline est une vieille Renault 25 décrépie qui n'a pas dû voir de mécano depuis des lustres. Mais pour moi, elle représente le mince espoir restant entre la survie et la mort.

Je tire le levier de la portière avec la certitude qu'il ne va pas fonctionner. Mais elle s'ouvre sans résistance, exhalant une fragrance sucrée et doucement écœurante d'un désodorisant à base de vanille, peut-être destinée à masquer celle plus acide de la folie pure…

Un coup d'œil à l'intérieur. La voiture est vide. Je vois juste la barre de fer appuyée contre la portière passager et un blouson sur le siège arrière. Grelottant, je l'attrape et l'enfile à la va-vite avant de me jeter devant le volant. Ma main tombe sur le contact.

Pas de clé.

Et merde ! Je frappe le tableau de bord de toute la force de ma frustration. J'ai envie de hurler de rage, de défoncer cette foutue caisse à coups de poing, de la…

Je regarde le volant, l'allée qui descend vers la liberté. Le volant, l'allée, la barre de fer. Je sors de la voiture, l'outil à la main, et je l'enfonce dans les ouïes du volant après l'avoir tourné jusqu'à ce que la direction se bloque sur le Neiman. Ensuite je me laisse tomber sur le morceau d'acier comme si je pesais aussi lourd qu'un bison. Ça craque d'un coup.

Je jette la barre sur le plancher et m'affale à nouveau sur le siège conducteur, puis je desserre le frein à main.

Ma respiration s'arrête.

Tout d'abord, la voiture ne bouge pas d'un poil. Et puis un léger mouvement s'amorce tandis que je tourne la direction dans tous les sens pour essayer de la déloger de l'endroit où elle a l'air d'avoir pris racine. Une saloperie de faux plat.

Au moment où elle se décide enfin à s'engager dans la pente, j'aperçois un mouvement dans la cour. Mon cœur se contracte comme s'il était broyé dans la poigne d'un géant maléfique. Puissamment éclairé par le spot halogène, le dingue court dans ma direction en brandissant son arme désormais inutile. J'appuie sur le verrouillage automatique des portières juste avant qu'il pose la main sur la poignée. Le rictus qui déforme sa bouche dans l'expression de la rage la plus noire me comble de jubilation. Je ne peux pas m'empêcher de lui tendre mon majeur bien droit de l'autre côté de la vitre qu'il frappe à grands coups de crosse.

La pente qui mène à la route est plutôt raide. La voiture prend rapidement de la vitesse. Le cinglé finit par s'arrêter au milieu de la chaussée, les bras ballants, hors d'haleine, son fusil vide au bout du bras. Tandis qu'il rapetisse dans mon rétroviseur, je le vois faire demi-tour et partir en courant dans le sens opposé.

Au-delà de l'éclairage du spot de la cour, la nuit est noire et sans lune. Je tourne le levier des feux de croisement, mais seules les lanternes de position s'allument. Ça ne me donne qu'une lumière chiche qui n'éclaire que quelques mètres devant moi. Le compteur passe les quarante kilomètres-heure, puis les soixante, soixante-dix, et la machine s'emballe. Les virages se succèdent à une vitesse folle. J'essaie d'anticiper au maximum avec le peu que je vois, mais la direction non assistée par le moteur éteint est dure comme celle d'une bagnole des années cinquante. Le frein, lui aussi, résiste à la pression de mon pied et je dois m'arc-bouter pour qu'il réagisse un peu. La douleur qui monte depuis mon flanc blessé m'arrache des larmes d'impuissance. Combien de temps vais-je pouvoir tenir à ce rythme-là ?

La route est surplombée par une forêt dense de feuillus déshabillés par l'hiver et de résineux qui les ponctuent de leurs chevelures hérissées d'aiguilles. Je n'aperçois aucun signe de vie, aucune lumière, aucun carrefour. Je discerne juste dans la pauvre lueur des lanternes que la chaussée longe une corniche derrière laquelle une paroi abrupte a l'air de plonger dans le vide.

Et puis soudain, un phare éclaire ma nuque et le tableau de bord. Impossible de voir quoi que ce soit dans le rétroviseur. Ça tourne beaucoup trop, et je n'ose pas quitter la route des yeux. Le compteur a franchi les quatre-vingt-dix kilomètres-heure. La direction est devenue dure comme de la pierre.

Le phare s'approche rapidement, moteur hurlant comme un fauve en colère.

La moto...

La première balle fracasse alors le pare-brise à moins de dix centimètres de ma tête.

Le Beretta...

61

Grâce au feu qu'Henri a allumé avant que nous allions dîner, la maison est plus accueillante qu'à notre première visite, cet après-midi. Il reste encore quelques braises rougeoyantes. Il remet quelques branchettes dans le foyer, puis il se laisse tomber dans le canapé en poussant un soupir.

Henri a les yeux qui brillent un peu plus que les autres jours. C'est le vin. Il n'en boit jamais, d'habitude. Ce soir, il s'est laissé aller. À la lueur des flammes qui s'élèvent bientôt avec ce crépitement du bois si évocateur d'une soirée de vacances, les rides accentuées autour de ses yeux lui donnent l'air d'un vieillard. Il croise une jambe sur son genou et pose négligemment un bras sur mon épaule, comme un père qui veut rassurer sa fille.

— Je pense que le commandant Picaud a raison sur ce point, Lisa. Pour moi non plus, cette fois, ce n'est pas un coup des extrémistes islamistes.

— L'absence de revendication, hein ?

— Oui. Des types qui veulent te foutre la trouille marquent le territoire de leurs crimes. Sinon, ils ont fait ça pour rien. Nous vivons à l'heure de la publicité. Si tu n'as pas de vitrine dans la rue, tu ne vends rien. Pas même la terreur.

Je réfléchis, essaye de ne pas me braquer sur une vision de Daniel en combinaison orange, une lame de sabre posée sur la nuque. Moi non plus, au fond de moi, je n'y crois pas. L'explosion au Semtex pouvait leur être imputée. Pas l'enlèvement. À ma connaissance, ils n'ont encore jamais kidnappé qui que ce soit sur notre sol.

— Qui, alors ?

Henri a le regard perdu dans les flammes. Son front soucieux se plisse. Il tapote sa poche, sort son paquet de tabac et ses feuilles à rouler, puis il louche sur mon ventre et remballe le tout avec un sourire d'excuses. Comme beaucoup de personnes, quand Henri est inoccupé, il faut qu'il fume. Ce besoin est en soi plus dangereux encore que la cigarette elle-même. La dépendance, l'arme fatale de ceux qui nous tiennent les neurones avec. Dépendance à la clope, à l'alcool, à son boulot, à ses crédits, à la religion… Tout ce qui fait qu'un humain perd la qualité de son libre arbitre. Tout ce qui fait que nous ne sommes tous, finalement, que la résultante de ces besoins inutiles que l'on nous a profondément enfouis dans nos certitudes inébranlables. Pire, que nous nous sommes enfouis *nous-mêmes* dans les neurones.

— Lisa ?

Je sursaute. La grossesse a des effets bizarres sur moi. C'est un peu comme si, soudain, je voyais la vie à travers un prisme qui me la rend particulièrement nette, d'une acuité irréelle qui donne le vertige. Et je ne suis pas sûre d'aimer tout ce que je vois.

— Pardon, tu disais ?

Henri me regarde avec affection. Je pourrais lui arracher la moustache avec une pince à épiler qu'il me trouverait encore adorable.

— Je disais que je vais me coucher, si ça ne t'embête pas. Ce soir, on ne peut rien faire d'autre que de ressasser, et ça ne nous amènera qu'à nous ronger les sangs un peu plus. Demain, on décolle de bonne heure pour aller là-bas. D'accord ?

Je hoche la tête. Oui. Bien sûr. Henri dort sur le canapé. Il faut que je le laisse tranquille.

— OK. Tu as raison. J'y vais aussi.

— Garde la porte de la chambre ouverte, si tu veux, pour que la chaleur puisse y entrer. Je n'ai pas envie que tu attrapes la crève.

Je souris. C'est vraiment un papa poule avec moi.

— Tant que tu ne me rends pas une visite surprise cette nuit, c'est d'accord.

Henri se redresse avec un air indigné.

— Faire ça à mon chef ? Non mais tu me crois suicidaire ou quoi ?

Nous échangeons un regard qui se veut plein de complicité, mais que nous savons tous les deux être empli d'amertume. Demain sera un autre jour, avec son lot d'inquiétude et d'espoir.

— Bonne nuit, Henri.

— Bonne nuit, Lisa. Essaie de ne penser à rien quand tu fermeras les yeux.

Soupir.

— Je vais essayer. Promis.

J'entre dans la chambre, referme les pans de mon gilet sur moi. Il y fait nettement plus frais que dans le salon. J'ôte mes chaussures et je m'assieds sur le lit, puis je me glisse tout habillée entre les draps lorsque la température en chute libre me fait frissonner. Du salon, le chatoiement des flammes illumine les murs et me berce de sa lueur hypnotique. Bientôt, les ronflements discrets d'Henri rajoutent un accompagnement musical à l'ambiance champêtre de la soirée. Ça me rappelle les colonies de vacances, quand j'étais gamine. Les copains rencontrés à peine quelques jours plus tôt dans le car qui nous avait transportés de longues heures à travers la nuit jusqu'à la colo, au pied d'une montagne encore inconnue qu'on allait nous apprendre à aimer. Les soirées où l'on s'endormait en rêvant au coin du feu, à mille années-lumière de la fureur qui nous attendait dans notre future vie d'adulte.

Ne penser à rien. Tu en as de bonnes, Henri. Comment veux-tu que je ne pense à rien, alors que l'homme que j'aime a maintenant disparu depuis deux jours, et qu'il est aux mains d'un inconnu animé d'une telle folie meurtrière ?

Je pense à ce que Denis Larralde sait et qu'il ne nous a pas dit. Je pense à ce que j'apprendrai demain, à cette angoisse sourde qui me ronge toute la journée, sans interruption, du moment où je me lève à celui où les rêves noirs prennent mon âme d'assaut. Je pense à Daniel, à ce qu'il endure, blessé, seul, peut-être à l'agonie. Peut-être déjà mort…

Je pense à notre enfant, qui remue sagement dans mon ventre pour y trouver une position plus confortable tandis que je m'allonge sur le dos et que je ferme les yeux. Je pense à Sham, la chienne que le destin a mise sur mon chemin l'automne dernier, qui m'attend chez la vieille dame à qui je l'ai confiée, couchée dans un panier où je ne viens pas la caresser. Je pense à tout ce que nous avons manqué par ma stupidité et mon aveuglement.

Ne penser à rien…

Oui, Henri. Tu en as de bonnes.

Vraiment…

62

Le virage arrive à une vitesse hallucinante. La nuit semble s'écraser sur un mur immense où se profile l'ombre tremblante de ma voiture projetée par le phare de la moto qui me suit de près. Les freins, non assistés par le moteur, répondent à peine. Il n'y a plus qu'une chose à tenter avant le crash. J'enclenche la première et j'embraye d'un coup sec. Les roues avant se mettent à patiner sur le macadam trempé et la voiture part en dérapage vers le talus. Une chance, il n'y a pas d'arbres. Juste de l'herbe et quelques pierres qui la ponctuent de brun par endroits. Le pneu droit mord la terre, décroche, puis la calandre heurte un obstacle qui arrache quelque chose sous la caisse dans un grand bruit de tôles déchirées. La Renault retombe en crabe et se redresse juste avant d'aller s'aplatir dans le mur de roche. Elle repart dans sa course folle en zigzaguant sur toute la largeur de la route. Dans le choc, la lanterne droite a été brisée. Ce qui me reste de visibilité est presque réduit à néant. Mais je suis passé.

Tandis que la berline prend de la gîte, la vitre conducteur explose soudain et me projette des myriades de morceaux de verre sur les jambes. L'air froid se rue contre mon torse mouillé et je me mets aussitôt à trembler de tous mes membres. Une nouvelle balle perfore le tableau de bord au milieu de l'habitacle et une autre claque dans le siège passager avant de suivre la précédente vers le moteur.

Le cinglé prend son temps pour ajuster son tir. Sa moto doit être en limite d'adhérence à chaque embardée afin d'essayer de me garder dans sa ligne de mire. Je repasse au point mort pour reprendre de la vitesse et je me couche sur le volant pour offrir le moins de surface possible aux balles qui se succèdent à intervalles presque réguliers.

C'est curieux, parfois, lorsqu'une situation dégénère en une urgence extrême, comme la perception du temps peut revêtir une certitude plus que relative. Il s'étire sous nos pas comme un énorme morceau de chewing-gum dans lequel notre corps tout entier serait empêtré, et donnerait aux secondes une durée que l'on ne peut mesurer qu'à l'aune de l'angoisse qui nous étreint. Certains instants filent comme des comètes dans un ciel d'été, d'autres se traînent sur le sol en se décomposant en d'innombrables fragments englués dans le bitume. Une vie entière peut s'écouler ainsi, alors que le monde tournoie dans un maelström duquel nous avons été extraits par la magie d'une espèce d'apesanteur générée par la terreur qui nous broie le cerveau.

Je n'ai pas vraiment décidé de relâcher mon attention sur la route pour saisir la barre de fer posée sur le plancher. Je n'ai pas eu pleinement conscience de l'avoir sortie par la fenêtre et de l'avoir balancée par-dessus le toit de la voiture, du mieux que ma main gauche a pu le faire. Mais en revanche, l'électricité qui me parcourt les nerfs me dit que j'attends quelque chose avec un espoir démesuré, et que ça met des heures avant de se produire.

Le temps ralentit un peu plus, comme si c'était encore possible. Le choc à mon épaule droite ne me surprend pas. Ça devait arriver. Il ne pouvait pas manquer son coup à chaque balle tirée. Je m'écroule sur le volant, la bouche ouverte sur le vide, essayant d'avaler l'air à petites goulées désespérées.

Je ne vois plus rien.

La route est noire.

Je souris.

La route est noire.

Il n'y a plus de phare de moto derrière moi.

Je suis à présent seul, le corps avachi contre le volant d'une voiture qui roule de plus en plus vite dans la nuit impénétrable, sur une route que je ne parviens même plus à discerner.

Il ne me reste presque plus de forces. La blessure de mon épaule m'aboie des choses horribles dans la tête : « Tu vas mourir. Cette fois, tu ne t'en sortiras pas. Le poumon est touché. Tu es *en train d'avaler ton propre sang et tu vas t'étouffer avec. Tu ne reverras jamais Lisa. Jamais ton fils. Ton fils. Ton fils...* »

La boîte proteste par tous les pignons que je maltraite, mais la vitesse finit par passer. Le choc me secoue comme un prunier et me coupe la respiration quand le volant me percute la poitrine. J'ouvre grand la bouche pour prendre de l'air, et la voiture se met à tourner, à tourner, à tourner.

Je redoute la collision finale, celle qui me fermera les yeux pour de bon. Mais la glissade s'intensifie sous le chuintement des pneus qui ne parviennent plus à accrocher le bitume. Ça cogne encore une fois à droite dans un bruit assourdissant, la voiture tangue dans tous les sens et repart d'un coup vers la gauche. Je m'attends à une nouvelle violente secousse contre le parapet.

Mais soudain, il n'y a plus ricn.

Plus rien que le vide et le vent d'hiver qui s'engouffre par la vitre brisée.

Ma chute dure au moins un millénaire.

Lorsque la voiture touche la surface de l'eau, le nez en avant, l'airbag se déclenche et m'écrase contre le siège comme un pantin de chiffon. Je ne peux ni le repousser, ni le crever, ni le désactiver. La douleur dans mon épaule m'envoie des flammes dans le cerveau.

Le cul en l'air, la Renault se remplit très vite par la fenêtre cassée d'une eau glaciale et tourbillonnante. Elle me monte sur les jambes, sur les hanches. Mes dents se mettent à claquer, mon souffle devient terriblement court quand elle arrive à hauteur de mon torse. Les bras emprisonnés par le tissu gonflé qui sera mon linceul, je lève la tête le plus possible pour glaner une dernière goulée d'air près du plafond de l'habitacle tandis que l'eau me grimpe le long du cou.

Gagner une minute.

Juste une seconde.

Et jc sombre.

63

Connecting to iCloud

J'Y CROIS PAS ! CE CONNARD A RÉUSSI À S'ÉCHAPPER !

PUTAIN DE PUTAIN DE PUTAIN DE MERDE !!!

Calme. REste CALme. IL est sÛrement mort dans l'Accident. Il a coulé comme une PUTAIN de pierre avec la voiture. Cette bagnole, je l'ai volée il y a trois mois à la gare. J'ai changé les plaques avec une autre paire que j'ai piquée l'année dernière à la casse auto quand je suis allé chercher des pièces pour la camionnette. Toujours un coup d'avance, TOUJOURS... S'il s'en sort, il ne saura jamais revenir jusqu'ici. On a roulé en pleine obscurité pendant au moins quinze kilomètres avant qu'il fasse le grand plongeon dans l'eau gelée. Et elle était trop froide pour qu'il puisse espérer y survivre plus de quelques minutes. Je n'ai pas pu descendre au bord de la rivière, le ravin était trop abrupt et je n'y voyais rien. J'ai fait demi-tour quand j'ai vu des phares arriver au loin. Je ne voulais pas qu'un abruti puisse témoigner avoir aperçu une moto dans le coin. Mais je vais y retourner au lever du jour. Il faut que j'en aie le cœur net, que je voie la carcasse gonflée et toute bleue de ce connard de mes propres yeux.

Je suis revenu dans sa cellule pour comprendre comment il a pu tromper ma vigilance. Et je dois dire que ce fumier m'a bien baisé. Le coup de la serpillière et des fringues de la prof, ça, c'était bien trouvé. Dommage pour lui, il ne pourra pas aller s'en vanter à sa prochaine promotion.

Si j'écris ces lignes, c'est pour que vous, qui me lirez demain par milliers, par millions, ne commettiez pas cette erreur.

J'ai été imprudent. J'ai péché par excès de confiance en moi. J'ai eu de la chance de le retrouver et de l'arrêter avant qu'il ne soit trop tard. Ça aurait pu être plus grave. Beaucoup plus grave. À l'avenir, je ne ferai plus de cadeau. Plus de sursis. La mort sera mon unique discours. Je ne laisserai aucun témoin, aucun doute.

Et puis je n'en ai rien à foutre, moi, de tuer des gens. Ils ne sont que des ombres insignifiantes, qu'un obstacle agaçant entre mon but et moi.

Mon Œuvre.

Mon Chef-d'Œuvre.

Ouais... Appelons ça comme ça.

En attendant, il faut que j'aille faire le ménage dans la cave. Sinon l'odeur du cadavre de la prof va finir par filtrer dehors.

Et ça, ça chlingue encore plus que les porcs.

Clic.

Upload completed.

64

27 février

— C'est là.

Henri me rejoint sur le trottoir verglacé. La nuit a été vraiment froide, mais j'ai réussi à dormir quelques heures d'un sommeil sans cauchemars. Je suis emmitouflée dans un pull de mohair qui me remonte jusqu'au nez sous mon manteau fermé à double tour, un bonnet de laine acheté à l'ouverture des magasins enfoncé au ras des yeux et des moonboots toutes neuves aux pieds. J'ai passé des gants fourrés et les ai glissés sous mes bras.

Sur le bitume, la tache brune n'a pas encore complètement disparu. J'en mesure le contour d'un œil inquiet. J'essaie de garder mon calme, de ne pas céder à la panique viscérale qui me comprime le cœur.

— Ça fait beaucoup de sang, Henri.

Il s'accroupit et hoche le menton.

— Oui. Étalé comme ça, c'est impressionnant. Mais je pense qu'il n'en a pas perdu plus d'un demi-litre. Il lui en reste encore quatre et demi, Lisa. Il va s'en tirer, sois-en sûre. S'il était mourant, le type ne l'aurait pas embarqué.

Je relève la tête, essuie une larme rebelle du bout de mon gant. Je dois tenir, ne pas flancher. Le vent matinal est sec et agressif comme des aiguilles de sapin sur le peu de peau que j'ai laissée à l'air libre.

Comme Denis me l'a expliqué, les clôtures des habitations proches sont hautes et opacifiées par des haies de thuyas qui maintiennent chacun chez soi sans aucune vue sur la rue ni sur les terrains des voisins, même en plein hiver. Un quartier calme, résidentiel, prévu pour que la vie y déroule un fil tranquille à l'abri de l'agitation inhérente à n'importe quel centre-ville. Ici, on est en paix avec le monde, comme les trois petits singes. On ne voit rien, on n'entend rien, et surtout, on ne dit rien.

Le tueur a bien choisi l'endroit pour venir y garer son véhicule. Il savait qu'il passerait inaperçu en pleine journée. D'après les interrogatoires, personne n'a remarqué quoi que ce soit. Comme les singes.

D'après les indications de Denis, Daniel est arrivé par le bas de la rue. Vu de là où je me tiens, c'est un virage serré vers la droite qui disparaît entre des maisons que l'on discerne à peine, elles aussi. Quelques mètres plus près de moi, j'aperçois la trace qu'a laissée le scooter en raclant le macadam : une profonde entaille qui n'a pas pu être causée par le carénage de plastique, mais plutôt par la béquille en acier de la machine. Je me surprends à me demander de quel côté est replié cet accessoire. Quelle importance, après tout ?

Denis Larralde m'a dit que la douille de 9 mm parabellum ne porte aucune empreinte digitale et qu'elle est au labo pour une analyse de traces génétiques. Le 9 mm parabellum, je sais que c'est une munition faite pour ne laisser aucune chance à la cible en se fragmentant à travers le corps au moment de l'impact. Une vraie saloperie inventée par un autre psychopathe qui ne valait sûrement pas mieux que celui que nous recherchons. Comment Daniel a-t-il pu s'en sortir avec une blessure causée par une arme comme ça ? Je ne vois qu'une solution. La balle était *full metal jacket.* Blindée pour passer au travers des obstacles les plus résistants. Contrairement à l'ogive classique, celle-ci ne se fragmente pas. Elle perfore et laisse un trou net du côté où elle entre. De l'autre, ça dépend de ce qu'elle a touché en passant dans les chairs. Mais du *full metal*, ce n'est pas une munition courante. C'est de la balle de guerre. *Mais où ce type a-t-il pu se procurer ça ?*

Je tourne lentement sur moi-même, inspecte chaque centimètre carré de la rue. En pure perte, je le sais. La Scientifique est passée et a ramassé le moindre cheveu à cent mètres à la ronde.

Soudain, une lumière se met à clignoter sur la colonne d'un portail, juste face à moi. Les battants s'ouvrent lentement et le nez d'une Mercedes pointe sa calandre rutilante sur le bateau. Je fais un pas de côté pour la laisser passer, et c'est à ce moment que j'aperçois le regard en biais de l'homme âgé qui la conduit. Ses yeux sont fixés sur Henri qui l'observe, les mains enfoncées dans les poches, la clope au bec, un filet de fumée lui sortant des narines.

Je la joue à l'instinct. Je glisse sur le trottoir au ras de la voiture et m'affale lourdement sur les fesses, puis, allongée sur le bitume gelé, je me tiens le ventre en gémissant.

Henri, qui n'a rien compris à mon manège, se précipite, les sourcils en accent circonflexe. Il tend les mains vers moi. Il en a perdu son mégot en cours de route.

— Lisa ! Ça va ? Tu t'es fait mal ?

Je gémis de plus belle en me roulant sur le flanc.

— Aïe… Mon bébé…

Je ne vois plus l'intérieur de l'habitacle de l'allemande, mais j'entends une voix de femme se mettre à vociférer. J'ai juste le temps d'adresser un clin d'œil à mon vieux complice avant que la portière de la voiture ne s'ouvre sur une odeur de cuir bien entretenu. Le visage qui se penche alors au-dessus de moi est maigre à faire peur. L'auréole de cheveux blancs qui entoure le crâne rose pâle me donne l'impression que Saint-Pierre est en train d'étudier mon cas avant de se décider à me laisser entrer au paradis. L'homme hésite. Je sens son inquiétude ramper dans sa cervelle.

Les cris de la femme prennent de l'amplitude. Le vieillard tourne une expression excédée vers elle. *Eh bien quoi ?*

Une deuxième portière s'ouvre. Des talons claquent sur le macadam durci par la température négative. L'odeur insoutenable d'un parfum de luxe prend mes narines d'assaut.

— Mais qu'est-ce que tu attends, Gilbert, enfin ? Aide le monsieur à la relever ! Tu vois bien qu'elle est enceinte, non ? Ah, mais pousse-toi donc de là si tu n'es pas fichu de le faire toi-même !

Henri a pigé. Il s'écarte mine de rien et laisse la virago prendre la direction des opérations. La femme qui s'accroupit près de moi doit avoir quinze ans de moins que son compagnon, mais elle en a tout de même au moins soixante-cinq au compteur. Toute en rondeurs et en improbables boucles blondes décolorées, elle est d'une souplesse stupéfiante pour son âge et son embonpoint.

Elle m'agrippe sous les aisselles et me hisse sans effort à la verticale, puis elle se met à me frictionner le dos avec tellement de vigueur que je me dis qu'elle va faire fondre la bretelle de mon soutien-gorge.

— Allez, mon petit, il ne faut pas rester là dans l'état où vous êtes. Gilbert ! Rentre la voiture ! Je vais lui préparer un chocolat bien chaud. Allez !

La couronne de cheveux blancs se redresse dans le ciel aveuglant de neige à venir.

— Mais… le magasin…

La matrone me saisit fermement par le bras et affronte le regard courroucé de son mari d'un air qui ne souffre aucune réplique.

— Ton magasin attendra ! Il ne va pas fermer parce que nous portons assistance à une jeune femme qui est tombée devant chez nous, quand même ! Oh, tu me fais honte ! Mais quel mauvais chrétien tu fais, parfois…

Elle entoure mes épaules d'un bras protecteur de maman poule et me fait franchir le portail avec autorité.

— Pardonnez-lui, chère amie, il est parfois si bougon que je me demande comment j'ai pu en tomber amoureuse ! Remarquez, il y a prescription, c'était dans les années soixante-dix. L'eau a coulé sous les ponts, comme on dit, hein… Il n'était pas comme ça dans le temps, à l'époque où l'on fumait des pétards en écoutant Jimi Hendrix sur son vieux phono, dans notre chambre d'étudiant qu'on payait un mois sur deux en faisant des extras dans les bars du port de Biarritz. C'est si loin tout ça ! On a vécu, depuis… Nous avons eu des hauts, des bas, et des enfants… Nous sommes peu à peu devenus plus aisés. Mais on a beau dire, l'argent, ça n'a pas que du bon. Ça vous crée des tas de problèmes que vous n'aviez pas quand vous en étiez dépourvu. Tenez, le pire, ce sont les enfants, justement. Ils ne comprennent pas qu'il vous a fallu une vie pour en arriver là où vous en êtes. Que vous avez sué sang et eau, vous échinant au travail en vous levant bien avant l'aube chaque matin pendant des années pour rapporter de quoi manger dans le frigo. Ils veulent tout, tout de suite, pour vivre avec le même niveau de vie que vous avez mis des décennies à construire, brique après brique, douleur après douleur, fin de mois difficile après découvert chronique. Et quand vous êtes vieux, que ça va enfin un peu mieux, ils vous cinglent de leur mépris et vous reprochent de ne plus être pauvres, de ne plus peiner à survivre comme avant, d'être un peu moins misérables qu'eux ne le seront jamais. Car c'est bien de ça qu'il s'agit, non ? Ce n'est pas un tout petit peu amoral, ça ? Vous ne trouvez pas ?

Saoulée par le débit de la sexagénaire qui m'a conduite d'un pas de hallebardier jusqu'à l'entrée de la coquette villa, je ne peux qu'acquiescer du menton. Pour être aisés, ils sont aisés, pas de doute. Dissimulé par l'infranchissable barrière de thuyas, un immense terrain disparaît derrière des haies de buissons entretenues avec un soin méticuleux. La maison d'un seul étage, prévue pour des personnes âgées, abrite une piscine couverte, intégrée à la bâtisse, dont la baie s'ouvre face à un petit étang dont la surface est figée par le gel. Il doit faire bon se laisser glisser là-dedans à n'importe quel moment de l'année, mais l'été ça doit être particulièrement paradisiaque sous les branches des bouleaux aux troncs déguenillés de blanc aujourd'hui amaigris par l'hiver. Sur le côté de la maison, la porte d'un garage de taille démesurée bascule et dévoile un local d'une surprenante profondeur où trois autres voitures sont garées en épi. J'aperçois le coffre caractéristique d'une Porsche, mais les deux dernières ne m'évoquent rien d'autre que le désir d'un retraité de se faire plaisir avec de la mécanique hors de prix et de couleur plutôt vive. Quand il est au volant d'un de ces trucs de frimeur, le pépé doit rouler au pas, la Rolex à la portière, une paire de Ray-Ban de star hollywoodienne enfoncée au ras des sourcils. Et il doit se gaver des regards envieux des passants.

De ceux des passantes, aussi, j'imagine…

La vieille femme tourne la clé dans la serrure et me pousse devant elle à travers l'entrée décorée de pseudo-antiquités grecques qui me montrent qu'à l'intérieur de la maison, c'est son mauvais goût à elle qui prévaut.

— Venez, entrez, asseyez-vous ici. Je vous prépare un chocolat chaud tout de suite, à moins que vous ne préfériez un café ou un thé ? Mais, au fait, vous ne m'avez pas dit votre nom, chère amie…

Le vestibule s'ouvre sur un salon orné de couleurs pastel que l'on imaginerait facilement provenir du décor d'un film de Tim Burton. Au centre de la pièce, face à une cheminée aussi large qu'un autobus, un canapé de cuir me tend des bras blancs irrésistibles. Je m'y affale avec délectation en me tenant le ventre à deux mains. Mon bébé n'a pas apprécié la chute et il me le fait sentir à grands coups de pied rageurs.

Je prends une profonde inspiration et réussis à sourire à ma sauveuse.

— Le chocolat, ce sera parfait, merci. Je m'appelle Lisa. Lisa Heslin. Merci pour votre aide. Dites… pour mon ami, dehors…

La femme me fait un clin d'œil complice à peu près semblable à celui que j'ai adressé à Henri quelques instants plus tôt.

— Ne vous en faites pas, ce cher Gilbert ne peut s'empêcher de se pavaner devant son insupportable collection de voitures très onéreuses dès qu'un homme franchit cette porte. Ils ne vont pas tarder à arriver. Quand il aura fini de barber votre ami avec ces carrosseries de luxe, bien sûr…

La vieille dame disparaît prestement vers la cuisine, me laissant seul avec les remugles de son parfum de marque qu'elle doit payer une petite fortune, elle aussi. En moins de temps qu'il n'en faut pour le dire, il a réussi à rendre la pièce à peu près irrespirable.

Je laisse mon regard errer autour de moi, prendre la mesure de ce couple qui avance vers la vieillesse aussi isolé que s'il vivait sur la Lune. Aucune photo de petits-enfants accrochée sur les murs, aucun dessin bariolé suspendu à un angle de la bibliothèque, aucun coffre à jouets à portée de vue. Le sol et les étagères sont briqués jusqu'au moindre grain de poussière, les livres disposés comme à la parade. La table de salon est aussi vide que le jour où ils l'ont choisie sur le catalogue d'un magasin de meubles de luxe. Tout est net, épuré, d'une austérité froide qui en dit long sur l'ambiance du foyer.

Mais l'odeur du chocolat pénètre dans le salon et transmet un milliard d'ondes positives à mon corps encore frigorifié. Au moment où l'aïeule revient dans la pièce avec la tasse fumante qui fait gargouiller mon estomac, la porte d'entrée s'ouvre sur Henri, suivi de près par Gilbert, qui arbore à présent un sourire béat.

Il n'attend pas une seule seconde avant de s'exclamer bien haut et fort pour couper toute réplique qu'il devine d'avance acerbe.

— Eh bien tu sais quoi, Denise ? Notre nouvel ami Henri est un vrai amateur de belles voitures ! Et un spécialiste, en plus !

Je jette à la dérobée un regard en dessous à Henri, qui me renvoie un frémissement de la paupière en toussotant au creux de son poing.

Eh bien, c'est nouveau, ça. Henri en spécialiste éclairé de vieilles bagnoles qui valent un bras chacune. Il m'aura tout fait, celui-là…

— Alors c'est parfait, tu as enfin trouvé quelqu'un qui s'intéresse à tes antiquités poussiéreuses !

Elle se penche vers moi, me tend la tasse de chocolat et me sourit en coin.

— Au moins, nous serons tranquilles pour parler layette toutes les deux, chère Lisa. Vous voulez un café, les hommes ? Ou une fine, peut-être ?

L'air coupable de Gilbert et ses yeux soudain fuyants me prouvent que la question n'est pas posée innocemment.

Henri met tout le monde à l'aise.

— Un café, c'est tout. Merci, chère madame.

Denise se redresse d'un air satisfait tandis que je trempe les lèvres dans la mousse onctueuse de mon délicieux breuvage.

— Je vous prépare ça tout de suite. Mais au fait, qu'est-ce qui vous a amenés à vous promener dans ce coin de la ville ? D'habitude, c'est plutôt calme. On ne voit pas beaucoup de touristes, par ici…

Je finis ma tasse et la repose sur la table au milieu du silence soudain. Tout le monde s'est tu et les regards ont d'instinct convergé vers moi. Henri, comme les deux autres, attend ma réponse, car il me connaît bien.

Il sait que l'heure est venue d'abattre mes cartes.

65

Denise me regarde avec des yeux ronds, son gâteau sec en suspens entre sa tasse et ses lèvres molles.

— *Votre mari ?*

Gilbert a cessé de respirer. Il se tient droit comme un I dans son fauteuil, les pupilles mobiles comme celles d'un chevreuil au milieu d'une battue. Henri inspecte ses ongles en prenant un air détaché. *Vas-y, ma grande, c'est à toi de faire ton numéro...*

— Enfin… pas encore tout à fait. Daniel est plutôt le père de mon bébé, pour l'instant…

Mes mains viennent entourer mon ventre, je baisse la tête en espérant que je vais réussir à faire couler cette larme qui n'arrive pas. Je me mets soudain à penser à des choses horribles, à la mort, à la séparation, à l'angoisse. Tout ce qui peut m'aider à générer cette foutue larme qui la plongera à pieds joints dans mon histoire. Tout à coup, j'imagine Daniel prisonnier, allongé nu dans une cave remplie de rats affamés qui lui rongent les chairs mortes et déjà putréfiées. Et là les sanglots finissent par m'obéir en me donnant la nausée.

— Ma pauvre petite…

Denise s'est levée. Elle a reposé sa tasse et son gâteau et elle me prend par les épaules, me redresse le menton humide avec douceur.

— Écoutez… j'aimerais vous confier que nous en savons plus que ce que nous avons dit à la police, mais ce jour-là, nous avions des amis espagnols à la maison. Lorsque la bombe a explosé, tous les quatre, nous avons tout de suite pensé aux attentats de Madrid. Avec les séparatistes réfugiés dans la région, croyez-moi, nous en avons entendu péter un bon paquet, depuis les années soixante-dix. Mais une bombe, ça peut en cacher une autre. Ces salauds en dissimulent souvent une deuxième qui explose un peu après pour tuer encore plus de monde quand les secours viennent aider les blessés à sortir des décombres. Alors nous, nous sommes restés bien sagement à l'intérieur. Nous n'avons rien vu. Rien du tout. Toute cette fureur qui déferle dans la rue, elle doit s'arrêter derrière notre porte. Si nous ne l'ouvrons pas, si nous ne mettons pas le nez dehors, nous savons qu'elle passera son chemin et qu'elle ira frapper chez quelqu'un d'autre. C'est ce que nous, nous croyons. Ce à quoi nous nous accrochons. N'est-ce pas, Gilbert ?

Je suis le regard de Denise qui est resté collé au visage écarlate de son mari.

— *N'est-ce pas, Gilbert ?*

Le vieil homme semble au bord du malaise. Il se glisse un doigt nerveux dans le col de sa chemise fermée jusqu'au dernier bouton.

— Heu… eh bien… à vrai dire… je…

Denise lui fait face avec la rapidité d'un naja.

— Eh bien quoi ? Qu'est-ce que tu as vu, toi, depuis le tapis de sous la table ? Tu ne t'es pas jeté par terre en hurlant, juste après l'explosion ? Tu as peut-être aperçu quelque chose à travers le mur et la haie ? C'est ça que tu veux nous faire croire ?

— *Je n'ai pas dit que c'était moi !*

Le silence tombe sur la maison comme après un coup de gong. Les instants de calme qui suivent l'éclat de Gilbert ont l'intensité d'un éclair dans un ciel d'encre. Le vieil homme se lève, s'époussette les manches comme si des gravats lui étaient brusquement tombés dessus depuis le plafond. Il parle en regardant droit devant lui, les yeux perdus quelque part entre la bibliothèque et une télévision d'un mètre cinquante de diagonale qui a dû coûter au moins un mois de salaire de flic.

— Denise ne comprendra jamais ce que les bruits des bombes qui s'écrasent sur la ville ont fait de mon enfance ! Elle est née après la guerre, elle… Elle n'a jamais eu à dormir avec cette menace de mort au-dessus de la tête ! Elle n'a jamais pissé de trouille dans son lit, n'a jamais vu des monceaux de cadavres gonflés abandonnés sur le bord d'une route ! Elle n'a jamais prié Dieu en essayant d'éviter la mitraille d'un chasseur de la Wehrmacht, blottie au fond de la nacelle d'un side-car lancé à toute allure sur la chaussée défoncée par des trous d'obus ! Elle n'a jamais entendu son père se mettre à pleurer comme un enfant, se lamenter la nuit qu'il allait mourir, *que tout le monde allait mourir*… Elle n'a jamais déféqué dans sa culotte en écoutant le bruit des bottes monter l'escalier d'un immeuble, se demandant si cette fois, *cette fois,* ç'allait être la bonne ! Elle n'a jamais été obligée de poignarder qui que ce soit pour défendre sa vie ! Jamais ! Vous m'entendez ? *Jamais !*

L'index de Gilbert vibre au bout de son bras comme une antenne en pleine tempête. Les pupilles hallucinées, il s'est arrêté au beau milieu de la pièce, le souffle court, la sueur au front. Denise, sidérée par la violence de son propos, a posé une main affolée sur son cou exsangue.

— Je… *Oh, mon Dieu !*

Gilbert tourne vers elle un visage bouleversé par les images qui se bousculent toujours en lui, et qui ne quitteront sa mémoire que lorsque la terre recouvrira son corps pour de bon.

— J'étais couché sur le tapis, c'est vrai. J'ai aperçu Elixabete sortir par la porte du jardin. Alexandro ne s'en est pas rendu compte. Il était tourné vers moi, les bras repliés par-dessus la tête. Elle est revenue moins de cinq minutes plus tard et j'ai vu qu'elle était terrorisée. J'ai cru que c'était à cause de la bombe, mais je pense qu'elle est allée jusqu'au portail et qu'elle a essayé de regarder à travers la haie. Il y a un endroit, contre l'un des piliers, où la végétation est moins dense. Le chat des voisins y circule tout le temps. De là, elle a dû voir ce qui s'est passé dehors devant chez nous. *Juste devant chez nous.*

Et là, il réalise la portée de ses paroles. Il se tait soudain, la bouche ouverte, comme si un marionnettiste venait juste de lui couper les fils au-dessus de la tête. Je me lève péniblement, imitée par Henri qui se hâte de terminer son café.

J'enfile ma veste, referme les pans sur mon ventre et glisse mes doigts dans mes gants.

Fini de jouer.

— Et vos amis Elixabete et Alexandro, on peut les trouver où ?

66

Sur le lit, le blessé gémit dans son sommeil.

— *... isa... isa...*

Loley s'approcha avec précaution. L'inconnu avait les yeux fermés. Seules ses lèvres remuaient sur ce mot tronqué qu'elles répétaient à l'infini, sèches comme s'il avait passé une semaine en mer sur un radeau avant d'être recueilli par des sauveteurs. Elle se pencha sur lui et lui humecta les muqueuses avec un linge mouillé. L'homme se raidit d'abord, puis il se laissa faire sans résister. Elle changea sa perfusion, soigna sa blessure et lui refit un bandage propre. L'inconnu s'était tu. Loley considéra le corps meurtri couturé de diverses cicatrices, dont certaines paraissaient assez anciennes. Cet homme-là n'avait pas eu la vie de Monsieur Tout-le-monde. Quel âge pouvait-il avoir ? Le cheveu encore dru, mais grisonnant sur les tempes, la peau du visage un peu fripée... Au moins cinquante ans. Peut-être plus. Curieusement, il n'avait pas de ventre, contrairement à une bonne majorité des quinquagénaires. Les radios avaient révélé un estomac vide depuis plusieurs jours. Quel qu'ait pu être le parcours qui l'avait amené jusque-là, ce n'avait pas toujours été une partie de plaisir.

Loley entreprit de lui faire sa toilette. Il fallait qu'elle le lave des pieds à la tête. Il sentait aussi mauvais qu'un putois.

Tandis qu'elle lui ôtait le reste de ses vêtements, *des vêtements de femme,* la jeune infirmière réfléchit à la situation. Elle savait ce qu'elle avait vu, quand elle avait fait le pansement. Les lésions que l'inconnu avait sur le corps n'avaient pas été provoquées par son séjour dans l'eau, même s'il avait pu être heurté par des branches pointues dans le courant.

Elle en avait assez vu dans sa vie, depuis qu'elle travaillait aux urgences de nuit, pour pouvoir les identifier sans peine. *Blessures par balle*... C'était incroyable que le médecin ait pu passer à côté de ce détail. L'urgence d'hypothermie dans laquelle le blessé était arrivé ici, certainement, suivie par celle du bus scolaire percuté par un semi-remorque dans la vallée le matin même. Dix-neuf blessés, dont six graves. Débordés. Ils étaient tous débordés. Sur les nerfs.

Le type était vraiment passé à deux doigts de la mort. À quelques minutes près, la température de l'eau l'aurait tué à coup sûr. Une sacrée chance que ces deux braconniers aient décidé de venir taquiner la truite cette nuit-là dans ce coin perdu, et que l'un des deux ait eu l'incroyable courage de se déshabiller sur la rive avant de plonger dans la rivière à la suite de la voiture, sa frontale allumée, et qu'il ait pu se guider sur la dernière lanterne qui tournoyait dans les remous. C'était à lui que cet homme devait sa survie, plus encore qu'au médecin qui était intervenu dès son arrivée à l'hôpital. Les pêcheurs avaient demandé que leurs noms ne soient pas mentionnés dans le rapport des urgences, ce qui pouvait se comprendre vu le côté répréhensible de leur activité nocturne illégale, mais c'était vraiment dommage pour ce pauvre type. Une fois complètement remis, il ne saurait même pas qui remercier d'être encore de ce monde.

Loley n'ignorait pas qu'une blessure de ce genre doit immédiatement être signalée à la police par le chef de service. Les enquêteurs rappliquent très vite, en général. Ils ont là un citoyen qui ne peut s'enfuir et qui est souvent plutôt mal en point, pas dans les meilleures conditions pour subir un interrogatoire. C'est une proie facile, qui sait que le procureur et le juge ne sont pas loin derrière les policiers. Quant à ceux qui ont déjà un passé chargé de criminel aguerri et ne sont pas tombés de la dernière pluie, ils se contentent de faire les marioles une fois de plus, quitte à ressortir libres au bout de quelques heures pour prendre un peu plus tard une nouvelle balle mieux ajustée que la précédente.

Ce type-là revenait de loin. À quelques centimètres près, le projectile qu'il avait reçu à l'aine aurait pu lui perforer la rate ou l'estomac. L'autre blessure à l'épaule, même impressionnante, était moins grave qu'elle le paraissait. Il avait eu de la chance que la balle ne traverse que de la chair, juste au-dessus du poumon gauche. Une veine du diable, à vrai dire. Même pas un os touché. Celles au bras et à l'épaule droite étaient insignifiantes, en comparaison. Presque des égratignures…

Sous le savon et l'eau tiède, l'homme frissonna. Le réveil était proche. Loley lui lava les fesses et les parties génitales avec délicatesse après avoir enfilé des gants en latex. Elle n'avait jamais pu toucher un patient autrement qu'en s'isolant de lui avec cette barrière qui lui garantissait une immunité professionnelle infranchissable.

— *Lisa... Lisa...*

Loley leva les yeux sur le visage qui s'enfonçait dans l'oreiller en gémissant de plus belle, puis elle baissa le nez vers le membre qu'elle tenait encore à pleine main et qui durcissait à vue d'œil.

Cette fois, c'était sûr, l'inconnu était en train de se réveiller.

67

— Barcelone ? Mais c'est à l'autre bout des Pyrénées !

J'ouvre la porte de la voiture à la volée et me laisse tomber devant le volant.

— Je m'en fous. J'y vais ! Tu viens ?

Henri secoue la tête pour me signifier son désaccord.

— Ça fait beaucoup trop de route. Dans ton état, ce n'est pas raisonnable.

Je lève un regard courroucé vers lui.

— Tu ne…

— Je te dis que ce n'est pas une bonne idée, et je le maintiens. C'est moi qui vais y aller. Toi, tu restes là. Et sauf erreur, tu ne parles pas un foutu mot d'espagnol…

Les mains sur le volant, je fulmine en silence. Henri a raison, bien sûr. Si je veux garder ce bébé, il faut que j'évite de plonger à pieds joints dans ce genre de connerie. Mais j'enrage à l'idée de ne pas pouvoir interroger moi-même ces deux Espagnols. Ce sont quand même les dernières personnes à avoir vu Daniel en vie.

— Tu me déposes à la première station de taxis et je file jusqu'à l'aéroport de Biarritz. C'est à moins d'une demi-heure d'ici. Je serai plus vite à Barcelone et tu ne seras pas bloquée à la maison de Larralde sans véhicule. D'accord ?

Je démarre la Scénic d'un coup de clé rageur.

— Tu me tiendras au courant, hein ?

— Oui, je t'appellerai toutes les heures, maman.

Malgré mon énervement, Henri parvient à m'arracher un sourire. C'est vrai que je me conduis comme une sale gosse capricieuse.

— Désolée, Henri, je…

— Tu n'as pas à t'excuser, Lisa. Moi aussi je suis inquiet pour lui…

Sa main rêche sur mon bras me réconforte. Je lui souris gauchement en prenant la mesure de son affection, une fois de plus.

— Ils ne parlent pas le catalan, à Barcelone ?

Henri sort son paquet de tabac et se met à rouler une cigarette improbable que personne d'autre que lui ne voudrait fumer.

— Si, mais nos deux tourtereaux ont habité Madrid jusqu'en 2004, qu'ils ont fuie après les attentats. Barcelone n'est qu'un point de chute qu'ils ont sûrement estimé plus calme que la capitale. À mon avis, nous n'aurons aucun souci à discuter en castillan.

Nous approchons du centre-ville. La circulation se densifie. Je redirige mon attention sur la route.

— Et depuis quand tu parles la langue de Cervantès, toi ?

— Depuis que ma grand-mère Isabella me l'a apprise, quand je passais les vacances d'été avec elle, tout gamin.

— Ta grand-mère ? Elle n'était pas polonaise, comme tes parents ?

— Non. Elle a fui la montée du franquisme et émigré en Pologne en 1935. Une très mauvaise idée, à quelques mois de l'invasion du pays par l'armée allemande et la déclaration de la guerre, mais qui lui a tout de même permis de rencontrer mon grand-père avant qu'il s'enfuie, lui aussi…

— Français, polonais, espagnol… mais qu'est-ce que tu es venu faire dans la police ? Tu aurais pu trouver un sacré job d'interprète, non ?

— Isabella a été tuée en 1973, à Paris, trois ans après la mort de mon grand-père. Elle vivait seule dans son appartement. Elle était à moitié aveugle, vulnérable comme un enfant. Le type l'a assommée pour lui voler ses économies. Seulement il a frappé un peu trop fort. On n'a jamais retrouvé son meurtrier. J'avais vingt ans. Je suppose que ça s'est imposé à ce moment-là…

Je ne connaissais pas ce détail du passé d'Henri. Cette fois, c'est moi qui lui pose la main sur le bras. Nous avons tous nos démons enfouis dans notre mémoire. Moins nous leur donnons de prise, moins ils peuvent resurgir à l'improviste pour nous détruire. Je passe à autre chose.

Je mets mon clignotant et change de file au dernier moment sous le coup de klaxon vengeur de la voiture qui me suit et qui vient de freiner à mort pour ne pas me rentrer dedans.

— Laisse tomber le taxi, je t'emmène à l'aéroport. Tu y seras beaucoup plus vite pour attraper le premier avion.

68

— Amène-toi par là, fils de pute !

Damian prit l'homme par l'épaule et le propulsa dans la cellule d'un seul coup de poignet. Au cri d'agonie que le blessé poussa en se cognant le front sur le sol, il sut que quelque chose venait de céder sous l'impact. Son nez, peut-être. Il l'attrapa par ses cheveux gris et inspecta son visage défiguré par les chairs meurtries et par le sang qui lui dégoulinait déjà jusqu'au menton.

C'était parfait.

Parfait.

Celui-ci, il était né pour en chier jusqu'à la moelle.

Pour payer.

Il tourna des yeux d'un vert étincelant vers la forme blanche qui s'était figée dans un angle de la pièce.

— Qu'est-ce que t'as, à me regarder comme ça, toi ?

Tétanisée, la femme s'était appuyée contre le mur comme pour s'y incruster hors de sa portée. Elle secouait la tête avec véhémence, comme si le fait de refuser à tout prix ce qu'elle était en train de voir pouvait lui donner moins de réalité tangible.

— S'il vous plaît… *S'il vous plaît !…*

Damian lâcha la chevelure de l'homme et s'avança vers elle, une grimace acide accrochée sur les lèvres, la seule autre partie de son visage que le masque de latex blanc ne dissimulait pas. Il ferma le poing devant ses yeux tétanisés de frayeur.

— Tu croyais quoi, pauvre conne ? Que tu venais ici pour passer des vacances ? Que j'avais besoin d'une salope dans ton genre pour me faire des pipes et du café ?

Le coup partit sans prévenir. La mâchoire de la femme craqua et elle s'écroula comme une chiffe molle, les yeux révulsés.

— Debout, connasse ! *Debout !*

Il s'accroupit près d'elle, la gifla à toute volée et posa le bout du canon de son Beretta sur son front. Sa voix se fit soudain caressante comme s'il s'apprêtait à lui demander sa main.

— Tu as cinq secondes. Ou tu te lèves, ou je te bute tout de suite. Un…

Clignement de paupières.

— Deux…

Gémissement.

— Trois…

Mouvement convulsif du poignet.

— Quatre…

Main qui se dresse…

Qui demande pardon…

Qui dit oui.

La jeune femme releva le cou au prix d'un énorme effort de volonté. Une vilaine couleur rougeâtre avait pris possession de ses traits gonflés par l'impact. Le bas de son visage était bizarrement en biais, comme reflété par un miroir brisé. Elle parvint à se redresser sur les coudes, puis sur les genoux, et se mit à quatre pattes, le souffle court. Ses yeux rougis de larmes ne voyaient plus rien d'autre que le trou du canon qui la regardait au fond de la cervelle.

Damian sourit. Elle était à point, elle aussi.

— Viens par ici, ma jolie, viens... Il faut que tout le monde voie ça de près.

La femme avança, toujours à quatre pattes, les yeux rivés sur la main floue qui lui intimait l'ordre de la suivre. Si elle obéissait à toutes les demandes de ce fou, peut-être retrouverait-elle son petit garçon, plus tard, quand tout cela serait terminé. Peut-être verrait-elle le soleil se lever, le lendemain matin. Peut-être sa mâchoire se remettrait-elle du coup de poing qui l'avait cassée en deux. Peut-être parviendrait-elle un jour à oublier la terreur qui était en train de lui broyer les intestins.

C'est à ce moment-là qu'elle le vit. Un point rouge clignotait dans la brume qui lui envahissait l'esprit. Elle plissa les yeux pour essayer d'y voir plus net. Elle n'y parvint pas, mais elle avait compris de quoi il s'agissait.

Une caméra.

La voix de l'homme au pistolet fit exploser le silence.

— Vous êtes bien là, mes petits amis ? Bien attentifs ? Alors écoutez bien ce que je vais vous dire maintenant, parce que je ne le répéterai pas. Cette vidéo est ma dernière apparition avant ma délivrance. Car elle est proche, désormais ! Et vous ne pourrez rien tenter pour m'en empêcher ! *Rien !* Je suis le Maître, mes chers et impuissants spectateurs. *Le Maître ! Vous entendez ?* Tenez, regardez, rien que pour vous, je vais vous le prouver en direct « live » ! Regardez bien ce que je fais de ces deux-là !

Puis il pivota à angle droit, afin de présenter son meilleur profil à l'objectif. Il avait répété ce moment-là pendant des semaines devant sa glace, songeant à la trace indélébile qu'il allait laisser dans la mémoire de ceux qui lui survivraient, plus tard. Le pistolet pesait lourd dans sa main, aussi lourd que la sensation de puissance totale qui l'habitait depuis des mois.

— Lève la tête, enfoiré ! Montre à mes potes si tu sais regarder la mort en face !

L'homme avachi contre le mur eut un bref instant d'incertitude. Il leva le nez comme s'il cherchait à donner un sens aux sons qui ne parvenaient pas à franchir la porte de son intellect. La balle lui perfora le crâne juste au milieu du visage et lui projeta la tête en arrière contre le mur de placoplâtre dans un geyser écarlate. Son corps parut se ratatiner en un instant, tel un morceau de viande jeté sur un grill. Il glissa contre la paroi éclaboussée de milliers de gouttes carmin et se figea sur le sol, les bras en croix sur le carrelage souillé de son propre sang.

Il y eut un cri sauvage, un hurlement de folie pure que seule la gorge d'une femme en train de plonger dans une terreur absolue peut émettre. Et puis le Beretta aboya une seconde fois et le silence se fit, seulement troublé par la respiration oppressée de Damian qui ouvrait avec maladresse sa braguette de sa main gauche.

Il sortit son sexe durci et le tourna vers la caméra, puis il se mit à se masturber furieusement face à ceux qui ne le voyaient pas encore, mais qui allaient bientôt découvrir l'étendue de sa puissance et de sa détermination.

— Je vous le dis, mes petits amis : vous n'avez pas fini de me rejoindre chaque nuit au plus profond de vos cauchemars ! Je vais vous baiser jusqu'à l'os ! *Jusqu'à l'os !*

Sa main accéléra encore, son souffle se fit plus rauque et sa respiration enfla dans les aigus.

— Vous ne savez pas pourquoi je les ai choisis, ces deux-là, mais vous allez bientôt l'apprendre, croyez-moi !

Damian était à présent tout contre l'objectif. Son halètement était à son paroxysme. Sa jouissance était proche, plus lumineuse et intense qu'elle ne l'avait jamais été auparavant. La vague de feu arrivait dans ses reins, pulsée par une force qui allait l'engloutir et le propulser vers les cieux. Il ne pouvait plus parler, ses yeux se brouillaient, la sève montait en lui à l'assaut du monde entier et de la horde de cloportes qui le peuplaient. Il allait les noyer sous son jet de lumière.

Il ouvrit la bouche sur le cri le plus assourdissant qui lui soit jamais monté des entrailles…

… et puis le bruit strident de la sonnette déchira le silence au-dessus des cadavres.

69

Le médecin hocha la tête et désigna l'homme allongé dans le lit.

— Oui, c'est lui. Arrivé cette nuit vers 3 heures du matin, en état d'hypothermie très avancé. Son pronostic vital n'a pas été engagé, mais il s'en est fallu de peu. Si ces deux types n'avaient pas réagi à temps…

Le flic en uniforme leva le nez de son carnet.

— Les types ? Quels types ?

Le praticien se mordit les lèvres. Il avait parlé trop vite.

— Les deux hommes qui l'ont amené ici dans leur voiture. Des pêcheurs. Ils étaient en poste au bord de la rivière quand ils l'ont entendu tomber dans l'eau.

Le deuxième policier, plus jeune d'au moins dix ans que son collègue, lui jeta un coup d'œil interrogatif.

— Dis donc, c'est pas interdit, la pêche, en pleine nuit ?

Puis, se tournant à nouveau vers le médecin :

— Vous auriez leurs identités, à ces deux-là, s'il vous plaît ?

Mais le docteur s'était ressaisi. Dans le cadre d'une affaire criminelle, il valait mieux être prudent, au-delà même du secret médical que la loi l'autorisait à faire respecter. Il avait promis son silence pour protéger les deux hommes qui lui avaient amené le blessé, dont un au péril de sa vie. Il avait évité à la victime de mourir coincée dans son cercueil d'acier, le reste ne le regardait pas, et certainement pas la violation de la législation sur la pêche.

— Hélas non. Ils l'ont déposé aux urgences alors que nous avions une arrivée massive de blessés, à la suite d'un grave accident de la route entre un autocar et un camion, et nous avons paré au plus pressé. Il fallait sauver la vie de cet homme-là. Nous n'avons pas eu le temps de nous occuper de ses sauveteurs.

Le flic lui adressa un regard soupçonneux, mais le médecin resta stoïque. On n'allait pas l'avoir avec ce truc d'acteur de films de série B. Le policier soupira et désigna l'homme inanimé de la pointe de son stylo.

— Et lui, des papiers ?

Le médecin secoua la tête.

— Non, rien.

Le premier des deux fonctionnaires tourna la page de son carnet.

— Je récapitule. Victime de sexe masculin, hypothermie sévère due à une chute en pleine nuit dans la rivière. Arrivé vers 3 heures du matin. Trois blessures par balle sur le corps, dont deux remontent à moins de vingt-quatre heures. Identité inconnue. Identité des sauveteurs inconnue.

Il leva le nez.

— Au fait, c'était *où,* dans la rivière ?

Le médecin fronça les sourcils. Dans le feu de l'action, il n'avait pas pensé à le demander aux deux pêcheurs.

— Aucune idée.

Le flic tiqua.

— Vous n'êtes pas curieux, vous, quand même !

— Je suis là pour soigner les gens, pas pour les interroger. Chacun son boulot.

Le policier allait répliquer lorsque l'inconnu gémit du fond de son sommeil forcé.

— … *isa… isa…*

Le jeune flic se pencha au-dessus du lit, le regard pointu.

— Qu'est-ce qu'il dit, là ?

— On ne sait pas. C'est complètement inintelligible. Un prénom, peut-être… *Isabelle ?* C'est le seul son qui franchit ses lèvres de temps en temps.

Le plus vieux des deux policiers consigna l'information sur la page de son carnet sous l'œil dubitatif de son jeune collègue.

— Les blessures par balle, quel calibre à votre avis ?

— Je ne suis pas spécialiste des armes à feu, mais je dirais plutôt du gros. Ce type a eu une chance insensée que ces quatre impacts n'aient été que mineurs. Il a perdu beaucoup de sang à cause de celle de l'épaule, qui a touché une veine assez conséquente, mais aucune artère principale. Un caillot s'est même rapidement formé et a un peu servi de garrot naturel. Les balles n'ont pas explosé à l'intérieur du corps, ça c'est certain. Elles ont fait un trou propre de chaque côté, comme si elles avaient été prévues pour percer quelque chose de beaucoup plus dur que de la peau humaine.

— Des balles de guerre, vous voulez dire ?

Le médecin sourit.

— Non, ça, c'est vous qui le dites.

Le policier se ferma.

— Ses vêtements, on peut les voir ?

— Oui, bien sûr…

Le médecin se tourna vers l'infirmière qui attendait de l'autre côté du lit.

— Loley, vous voulez bien apporter les habits de ce patient, s'il vous plaît ?

Tandis que la femme quittait la pièce, les yeux du jeune flic soudés à ses jambes fines, son collègue se tapotait les dents avec son stylo avec un bruit un peu agaçant.

— Quel âge a-t-il, d'après vous ?

Le toubib jeta un œil au visage émacié de son pensionnaire. Cette question, il se l'était déjà posée plusieurs fois depuis la veille et n'était pas parvenu à une conclusion définitive.

— Je dirais la cinquantaine. Mais il en a peut-être cinq de plus ou de moins. Pas facile à savoir. Il est assez musclé, mais sa peau est flétrie par endroits, comme s'il avait perdu du poids dernièrement. Peut-être un effet de la consommation d'alcool, aussi.

— Des marques distinctives ? Tatouages, cicatrices, dents cassées…

— À part les traces laissées par tous les coups qu'il a pu recevoir par le passé, rien de remarquable, non. D'après l'examen de l'ensemble de son épiderme, il n'a jamais eu de membre brisé, n'a jamais eu aucune broche. Sa dentition est normale, vous ne trouverez rien de caractéristique de ce côté non plus.

La porte s'ouvrit sur la jeune infirmière qui apporta le sac de linge jusqu'au lit.

Les deux flics y plongèrent le nez et relevèrent le menton de concert, sidérés. Le plus vieux laissa tomber sa main dedans et en exhuma un chemisier parme taché de sang avant de tourner la tête vers l'homme toujours inanimé dans son lit.

— Des vêtements de femme ? Mais t'es qui, toi, bon sang ?

70

L'avion disparaît au loin dans un scintillement argenté. Henri m'a fait la leçon. Je dois rester bien sagement à la maison de Denis et attendre de ses nouvelles. Ben voyons. C'est tout moi, ça, c'est sûr.

Biarritz-Barcelone, une heure de vol. Le temps de se rendre de l'aéroport jusque sur le *Passeig de Gracia*, où habitent les amis de Denise et Gilbert. Il lui faudra au moins une bonne heure de plus. Encore une heure avec eux, plus le trajet inverse avec l'attente à l'aéroport là-bas, il en a facile pour cinq ou six heures. Il ne sera pas de retour avant ce soir, dans le meilleur des cas.

Je n'ai aucune envie d'aller m'asseoir sur le canapé de la maisonnette et d'attendre sagement son retour comme une bonne fille qui écoute son papa. Je vais devenir folle.

Je sors de l'aéroport et me dirige vers la voiture. J'ai maintenant les mains complètement libres.

J'ai une petite idée de ce que je vais faire, là, tout de suite.

Et ça, c'est le style de truc qui ne plairait pas du tout à Henri.

Et encore moins à Denis, j'imagine…

La montagne me le dévoile enfin après une demi-heure de route en virages serrés et abrupts. Le village est méchamment escarpé. Il n'y a qu'une seule route pour y monter depuis Saint-Étienne-de-Baïgorry. Le bout du monde. Le genre d'endroit où seuls des gens rudes peuvent survivre à longueur d'année. Lorsque je sors de ma voiture, le froid me saisit d'emblée et me fait claquer des dents. J'enfile mon manteau d'hiver et me couvre le visage de mon écharpe et la tête de mon bonnet de laine. Ce n'est pas le moment d'attraper la grippe.

À sa fenêtre, une vieille femme habillée en noir écarte les rideaux et me dévisage sans se gêner. Je suis une intruse dans la tranquillité du lieu et elle me le fait savoir en suivant sans vergogne ma silhouette emmitouflée jusqu'à l'entrée du bar Ponetbeltxenea, situé sur la grande place, entre deux platanes qui ont l'air aussi frigorifiés que moi.

Lorsque je pousse la porte de l'établissement, le silence tombe sur la salle en un instant. Ils sont six ou sept, tous des hommes, tous l'expression hostile accrochée au visage. Leurs yeux me dissèquent comme si j'étais une souris écartelée sur une table de laboratoire. Quand ils réalisent à quoi est dû mon embonpoint, le plus jeune se lève et approche une chaise en lui laissant traîner les pieds sur le carrelage.

Je le remercie d'un bref mouvement du menton et je m'assieds. Les hommes se sont tous tournés vers moi pour pouvoir me jauger plus à leur aise. Parce qu'ils savent que je ne suis pas là pour rien. Et qu'ils se demandent comment je vais m'y prendre pour le leur expliquer.

Les bérets des anciens plient sur leurs sourcils et leur donnent le regard enfoncé de vieux guerriers revenus du front avec la mort pour seul compagnon. Les traits sont durs, fourbus. Ils ont combattu un ennemi mille fois supérieur en nombre, et même s'ils l'ont inquiété, parfois, la lutte était par trop inégale. Aujourd'hui, les vieux lions sont rentrés chez eux et essaient d'y vivre en paix.

Au fond de la salle, un poêle à bois ronronne et répand une chaleur infernale qui rayonne dans toute la pièce.

— Je m'appelle Lisa Heslin.

Ça, c'était pour tester si ma voix allait tenir le coup ou se mettre à trembler comme une feuille.

— Je suis flic.

J'attends, mais rien ne vient. Pas une parole, pas un geste, pas un échange de regards surpris.

— Mon homme, un policier lui aussi, a disparu peu après l'attentat de la gare. Je…

Mes yeux se brouillent soudain. Les larmes, ces foutues larmes qui ne font que ce qu'elles veulent, quand elles le veulent, me coulent sur les joues sans prévenir. Je passe outre et ravale mes sanglots.

— J'ai besoin de savoir… Je veux le retrouver…

Le plus vieux des hommes aboie en basque un ordre que je ne comprends pas. Celui qui se tient derrière le bar sort illico une tasse d'une étagère et verse de l'eau chaude dedans, puis il me l'apporte et la pose sur une table, près de moi, juste après y avoir laissé tomber un sachet d'infusion. L'odeur des herbes monte instantanément à l'assaut de mes narines.

— Pourquoi es-tu venue ici ?

La question émane des lèvres minces d'un autre ancien, dont l'air farouche montre qu'il n'est pas sensible à ma détresse.

— Je vous l'ai dit… je cherche à savoir…

— Pourquoi *ici* ?

L'homme s'est levé. Ses yeux sont devenus deux puits de colère. Il est soudain plus agressif qu'une ourse qui protège son petit. Son index pointe le sol du bar comme le canon d'une arme.

Allez, ma fille, il est temps de leur montrer que tu n'es pas complètement idiote. Mais pour répondre, je m'adresse au plus vieux, celui qui a l'air d'être le chef de la bande.

— Je suis venue *ici* parce que ce bar est le seul qui a changé de nom en mai 2007 dans le département des Pyrénées-Atlantiques, d'après ce que j'ai lu sur le relevé du Registre du commerce, consultable sur Internet. Arrêtez-moi si je me trompe, mais l'ancien nom était *Ehiztariek,* ou « les chasseurs ». Et sauf erreur de ma part, c'est à cette date-là que l'un des principaux dirigeants d'Iparretarrak a été autorisé à rentrer chez lui, au Pays basque, après avoir purgé vingt ans de prison pour le meurtre d'un gendarme auquel personne n'a jamais pu prouver qu'il avait effectivement pris part[1]. Alors de là à penser que le fait de rebaptiser à ce moment précis un bar du nom de *Ponetbeltxenea,* ou « la maison de Béret Noir », n'est pas totalement dû au fruit du hasard, il n'y avait qu'un petit pas à franchir, et une petite centaine de kilomètres depuis Hendaye pour m'en assurer…

Ma voix s'éteint dans un silence plus palpable encore que celui qui a marqué mon arrivée dans le bar. Et puis soudain, un rire sans joie le coupe en deux tandis qu'un autre homme se lève au fond de la salle et déplie sa maigre

1. D'après une affaire historique.

carcasse en s'appuyant sur une canne noueuse. Celui-ci, caché par les corps plus massifs des premiers, je l'ai à peine aperçu en entrant. Mais maintenant, il s'avance dans la lumière blafarde et je le reconnais sans hésiter. Mon cœur se met à cogner dans ma poitrine. Ce visage émacié, ce regard d'un bleu aussi clair que de la glace et qui transperce les âmes qu'il scrute bien en face, je l'ai trouvé dans une centaine de pages web pendant qu'Henri dormait sur le canapé de Denis. L'homme a vieilli, la moustache a disparu en dévoilant des lèvres aussi minces que des lames de couteaux, mais c'est bien lui.

Béret Noir.

Je ne suis pas certaine qu'il veuille que je prononce son nom, alors je garde le silence tandis qu'il se dresse devant moi, un petit sourire au coin des lèvres.

— Et tu es venue toute seule, comme ça…

La voix est profonde, grave comme celle d'un homme qui a lutté de toutes ses forces pour essayer de promouvoir le combat pour lequel il a engagé sa vie entière. Chaque syllabe pourrait chanter à mes oreilles, tant le Sud y est présent, mais elles ne font que rendre ses mots plus sonores, plus empreints de solennité.

— Oui. J'espérais vous rencontrer.

Béret Noir prend une chaise et s'assied face à moi. J'ôte mon bonnet, mon écharpe. Je commence à avoir très chaud à cause du poêle. Au moment où je vais retirer mon manteau, l'un des hommes porte la main à la poche intérieure de sa veste. Il s'interrompt sous le regard impératif de *Béret Noir.*

— Pourquoi ? Je n'ai rien à voir avec ça. Ni aucun de ceux qui me sont fidèles. Si tu es si bien renseignée, tu sais que nous avons abandonné la lutte armée depuis bien longtemps. Notre combat est ailleurs, aujourd'hui. Dans l'éducation, dans la culture, dans les revendications qui s'adressent en pleine lumière aux politiques de tout poil, français ou espagnols. Nous avons rangé nos armes. Définitivement.

Je croise les yeux translucides de mon vis-à-vis qui ne cillent pas.

— Je ne connais rien aux bombes. Je n'ai personne pour m'aider à comprendre, pour élaguer mon chemin. La police ne croit pas qu'Iparretarrak est impliquée dans l'attentat. D'autant qu'il y a un maximum de victimes civiles, et qu'il semble que ça n'a jamais été votre but de tuer des gens.

Béret Noir incline la tête.

— Non, jamais. Il y a eu des morts, c'est vrai, mais nous ne l'avons pas voulu. Et toutes étaient des policiers. Comme toi. Et ton homme…

J'avale ma salive.

— Je ne connaissais rien à votre histoire il y a quelques jours. Daniel et moi ne sommes pas responsables de…

Béret Noir fronce ses sourcils gris.

— Quelle que soit la raison, quand une bombe explose quelque part, nous avons tous une part de responsabilité. Ceux qui la posent, bien sûr, mais aussi ceux qui ne dénoncent pas les faits, cette violence, ceux qui tournent leur visage de l'autre côté, ceux qui passent leur chemin comme si cela ne les regardait pas. Parce qu'ils sont nés ailleurs, parce que le hasard ne les a pas placés dans la peau d'un peuple qui meurt de l'indifférence générale, de la mainmise des grandes puissances sur leur territoire et leur population.

— Vous en avez fait sauter, des bombes, vous aussi.

Les yeux de glace étincellent.

— Oui, mais c'était pour La Cause. Parce que nous croyions que cela allait faire bouger les choses, que nous avions une chance de vaincre par les armes.

— Et aujourd'hui ?

— Aujourd'hui, le temps a fait son œuvre. La prison aussi. J'ai compris que je suis plus utile dehors les mains nues que derrière les barreaux avec la nostalgie du combat. Mais je ne renie rien. Je ne serai pas devenu ce que je suis, le Pays basque ne serait pas devenu ce qu'il est aujourd'hui si je m'étais contenté de défiler dans la rue avec une pancarte accrochée au cou. C'est malheureux pour les gens qui y ont perdu la vie, mais cette lutte a remis les valeurs basques au centre de la balance, et c'est tout ce qui compte pour moi.

— Vous êtes cynique. Vous justifiez les assassinats de ces policiers ?

— Ce n'étaient pas des assassinats. Des meurtres, oui, c'est indiscutable. Mais aucune de ces victimes n'a été tuée avec préméditation.

Les regards des sept hommes sont lourds de ce passé qu'ils portent tous en eux comme un fardeau. Mais comme un fardeau qui leur a redonné leur dignité. Je ne vais pas argumenter plus avant là-dessus. Je n'en ai ni le temps, ni l'envie, ni le courage. Je reporte mon attention sur le visage hermétique de Béret Noir.

— Parlez-moi du Semtex.

L'homme ouvre des yeux, surpris.

— Du Semtex ? Mais…

Et puis soudain il comprend.

— C'est ça qu'ils ont utilisé dans le train ?

— Oui, j'ai tout lieu de le croire. Du Semtex d'avant 1990. Une histoire de marquage olfactif obligatoire depuis cette date-là, d'après ce que j'ai pu trouver sur Internet.

— Pour nous, le Semtex, c'était un peu comme si des types sans le sou avaient regardé par la fenêtre d'un restaurant de luxe d'autres hommes en apparence comme eux se goinfrer de mets raffinés. Nous n'y avons jamais eu accès. Nos bombes, à côté, c'était de l'artisanal, fabriquées de bric et de broc dans les sous-sols de nos maisons…

Je me penche vers lui.

— Et votre artisanat, il était à base de quoi ?

— Bonbonnes de gaz, essence, produits agricoles divers, et des réveils comme détonateurs. Du bricolage. Des trucs qu'on trouvait partout. Qui explosaient le plus souvent à la gueule des apprentis artificiers qui n'avaient aucune compétence réelle dans ce domaine. Mais du Semtex, non. Ça, c'était plutôt du matériel utilisé par l'IRA, à l'époque, dans les années soixante-dix et quatre-vingt.

— L'IRA ? Mais qui les fournissait, eux, alors ?

— La Libye, notamment, qui voulait semer le bazar en Angleterre en se servant d'eux. Les liens qui unissaient les Irlandais aux Libyens sont avérés. Ce n'est pas par hasard s'il y avait des camps d'entraînement de l'IRA du côté de Tripoli. L'armée révolutionnaire irlandaise, grâce aux livraisons de Kadhafi, disposait de tonnes de Semtex. Elle en a revendu à tous les groupes armés qui en avaient les moyens, comme ETA, par exemple. En septembre 2003, l'ONU a levé les sanctions qui pesaient sur la Libye. En 2004, l'Union européenne, bonne fille, y autorisait à nouveau les ventes d'armes. À bout de souffle, l'IRA a déposé les siennes en 2005. La même année, le géant américain ExxonMobil est revenu planter ses pompes dans le sable libyen. Kadhafi était soudain redevenu un interlocuteur privilégié. Il avait payé pour l'attentat de Lockerbie. Il ne sentait plus le soufre, mais le pétrole. Et ça, c'est une odeur qui n'a jamais effrayé un État.

— Mais les armes de l'IRA, que sont-elles devenues ?

— Leurs stocks de Semtex ont été rendus il y a dix ans, comme le reste, et confisqués par les autorités anglaises. Mais le compte n'y était pas. Des tonnes s'étaient auparavant évaporées dans la nature. C'est de notoriété publique. Les Irlandais n'ont jamais balancé ceux qui le leur avaient acheté. Mais nous, nous le savons.

— *ETA*... Alors, ce seraient eux ?

Béret Noir se recule dans sa chaise.

— Attention, je n'ai pas dit ça, jeune fille.

Je souris malgré moi. Jeune fille... Toute à notre discussion, j'ai oublié notre différence d'âge, les autres hommes qui nous écoutent en silence, l'endroit où je suis. Je ne peux plus résister à l'arôme de la tisane. J'enroule mes deux mains autour de la tasse et je goûte le breuvage du bout des lèvres. C'est délicieux. Si je fermais les yeux, je pourrais croire que je suis en train de fouler ces herbes dans la montagne tant leur parfum est frais et subtil. Mais si je fermais les yeux, ce sont aussi des visages masqués de cagoules sombres que je verrais se dresser devant moi, les armes à la main.

Béret Noir pose avec douceur ses longs doigts fins à plat sur la table.

— Ici, c'est Iparralde. Le Pays basque français. En Espagne, le Pays basque, c'est Hegoalde. Notre terre a été scindée en deux et annexée par ces pays qui nous écrasent depuis des siècles. ETA a été la première organisation à se lever en Hegoalde et à se battre contre l'oppresseur. Ce sont les grands frères. Nos grands frères.

— Vos grands frères qui se sont à l'époque battus contre le franquisme, je sais. Il y a une grande différence entre lutter contre un dictateur et poser des bombes dans un train de voyageurs, je vous l'accorde. Mais ETA a tué des civils, aussi. Beaucoup de civils. Plus de huit cents personnes en presque cinquante ans. C'est d'ailleurs ça qui lui a coûté la sympathie de la population basque, il me semble, non ?

Béret Noir hoche la tête et soupire.

— Oui. Nous avons eu des dissensions à ce sujet. Nous n'avons jamais réussi à parfaitement accorder nos violons. Mais tous les abertzale sont des frères. Et tous les frères ne sont pas forcément des amis, mais ils se respectent.

Je sonde les yeux de Béret Noir avec l'énergie du désespoir. J'ai l'impression de n'être venue pour rien, que cette entrevue n'aura servi qu'à perdre du temps, une fois de plus.

L'homme me retourne mon regard. Je sens en lui de la compassion, mais aussi une fermeté qui ne cédera pas d'un pouce.

— Il y a une autre possibilité, mais c'est tellement improbable…

Je m'accroche à ma tasse, le souffle court. Béret Noir a plissé les yeux, comme si l'idée avait tourné un moment autour de lui avant de se décider à lui sauter à la cervelle.

Il pose la main sur son couvre-chef, le rajuste sur son crâne, et fait signe à l'un de ses hommes de se lever. Il baisse alors les yeux vers moi.

— Laisse-moi un numéro de téléphone. Mais ne reviens pas ici, je n'y serai plus.

Puis il disparaît dehors dans une bouffée d'air gelé.

71

Henri Walczak descendit du bus à l'angle du *Passeig de Gracia* et de la *Carrer de Valencia.* D'après un plan récupéré à l'aéroport, il n'y avait que quelques dizaines de mètres à marcher avant d'arriver à la *carrer d'Arago,* à l'angle de laquelle s'élevait un immeuble de quatre étages au ravalement flambant neuf, à l'opposé de la *Casa Batlló,* œuvre majeure du célèbre Gaudi, qui illuminait le boulevard principal de Barcelone de son architecture flamboyante.

Une fois parvenu devant l'entrée du bâtiment, il leva le nez et chercha les fenêtres du troisième étage derrière lesquelles vivaient Elixabete et Alexandro Bàrcenas, les amis de Denise et Gilbert, qui devaient avoir payé cet appartement aussi cher que s'il avait été situé près des Champs-Élysées.

Accoudé à son balcon, un homme d'une soixantaine d'années l'observa un instant d'un œil inquiet avant de rentrer en fermant la fenêtre derrière lui. Henri sut tout de suite qu'il s'agissait d'Alexandro, et qu'il l'attendait. Gilbert avait dû lui passer un coup de téléphone le matin même dès que Lisa et lui étaient sortis de leur maison.

Lorsqu'il pénétra dans le hall recouvert de marbre, Henri aperçut tout au bout du couloir une concierge qui le regardait avancer d'un air rogue. Elle ne répondit pas à son salut en castillan et consulta ostensiblement son téléphone à son passage.

Débrouille-toi tout seul, semblait dire en catalan son front buté penché sur l'appareil. Henri Walczak haussa les épaules et inspecta les boîtes aux lettres pour connaître le numéro du logement. C'était le 304.

Il appuya sur le bouton de l'ascenseur tout en se demandant si ce voyage servait vraiment à quelque chose. Il pensa à Lisa, seule dans la maison froide, qui devait regarder sa montre en pestant d'impatience.

La cabine s'arrêta au troisième dans un grincement de fer rouillé. Lorsque le policier mit le pied sur le palier, il vit la porte ouverte et la silhouette d'une femme qui se tenait dans l'embrasure, les pans de sa veste d'intérieur repliés sur son corps rebondi. Derrière elle, le visage tendu du vieil homme l'observait par-dessus son épaule.

— *Buenas tardes. Señora y señor Bàrcenas ?*

— *Si.* Mais nous parlons français aussi. Entrez. Denise nous a prévenus que quelqu'un allait venir.

Henri franchit la porte et Elixabete la referma aussitôt après avoir jeté un coup d'œil dans le couloir. Alexandro le précéda dans le salon où le chauffage était poussé au maximum. Henri pensa que s'il avait été le mari d'Elixabete, il aurait même passé ses nuits sur le balcon pour éviter de fondre.

— Du café ? Un brandy ?

Le policier secoua la tête.

— Non, merci. Je ne resterai pas longtemps. Vous le savez déjà, je suppose, je suis venu à propos de ce que vous avez aperçu dans la rue, le matin de l'explosion, juste devant la maison de vos amis.

Elixabete joignit ses mains devant son imposante poitrine.

— Eh bien, je n'ai pas vu grand-chose, vous savez… Je…

La pauvre femme jeta un regard éperdu à son mari. Henri Walczak sourit.

— Ne vous méprenez pas, chère madame. Je ne suis pas en train de mener une enquête officielle. Je ne suis pas ici dans mon pays, et je n'en ai pas le droit. Votre nom n'apparaîtra sur aucun document. Rien ne vous oblige à me dire ce que vous avez vu, même si c'est grave. Même si la vie de quelqu'un en dépend.

Walczak vit la pomme d'Adam d'Alexandro faire un aller-retour dans sa gorge tandis que sa femme se laissait tomber dans un fauteuil de cuir blanc. Elle se cacha le visage entre ses doigts.

— J'ai eu tellement peur, monsieur… Si vous saviez comme j'ai eu peur. C'était comme… *comme si ça recommençait…*

Walczak hocha la tête.

— Madrid, n'est-ce pas ?

Elixabete acquiesça d'un bref mouvement du menton.

— Il était 7 h 30 environ. J'arrivais à la gare d'Atocha. J'étais en retard pour me rendre à mon travail. Je venais juste de sortir du wagon. La première bombe a explosé alors que je me dépêchai de quitter le quai par l'escalator. C'est comme si la guerre avait brusquement éclaté autour de moi. Le bruit assourdissant, le souffle, les flammes, la fumée qui roulait comme un raz-de-marée… Les gens se sont mis à pousser ceux qui se trouvaient devant eux, à les bousculer, à leur marcher dessus… Ils étaient prêts à tout pour ne pas mourir avec les autres, en bas. *Tous ces cris, ces hurlements...*

Henri Walczak laissa passer un instant chargé de cendres.

— Et puis il y a eu la deuxième explosion... et ensuite la troisième...

Les mains d'Elixabete tombèrent sur le canapé. Ses yeux regardaient dans le vide, de retour dans l'horreur de ce jour du 11 mars 2004. Plus de dix ans avaient passé, mais le policier comprit que les images de mort hantaient toujours la mémoire de la vieille femme.

— Je les ai vus disparaître en morceaux, désintégrés par l'explosion... J'ai vu ce monstre de feu les engloutir. Ils étaient à moins de cinquante mètres de moi. Il y avait du sang partout. Nous en étions recouverts de la tête aux pieds, quand nous sommes enfin sortis dans la rue. Le sang de tous ces gens... Il y a eu trente-quatre morts à Atocha, ce matin-là. Cent quatre-vingt-onze au total à Madrid. Et je ne sais toujours pas pourquoi, moi, je suis encore vivante, monsieur. *Je ne sais pas...*

Alexandro s'assit en silence auprès de sa femme et entoura ses épaules de ses bras. Il tourna la tête vers Henri avec une expression de reproche gravée sur ses traits.

Le policier s'accroupit et prit la main d'Elixabete entre les siennes.

— Et pourtant, quand la bombe a explosé, dans la gare d'Hendaye, vous n'avez pas pu vous empêcher de sortir, d'aller voir. *Vous n'avez pas hésité...*

Elixabete Bàrcenas secoua la tête.

— Ce n'est pas ça. À Madrid, je n'ai rien fait. Je n'ai aidé personne. J'ai marché sur des bras, sur des jambes, comme les autres. *Comme tous les autres*. Il y avait peut-être des femmes, des enfants. Je n'en sais rien. Je ne le saurai jamais. Mais là, j'ai soudain pensé que…

— Que vous pouviez faire quelque chose pour eux…

Elixabete leva des yeux pleins de larmes vers lui.

— Oui. Mais quand je suis arrivée dehors, près du portail, j'ai vu que la fumée venait de loin, de beaucoup trop loin.

— Et c'est là que vous avez entendu du bruit dans la rue.

Les larmes d'Elixabete coulèrent enfin sur ses joues.

— Il y a d'abord eu celui de la moto qui s'arrêtait. Et un deuxième rugissement de moteur, juste derrière. Je suis tombée à genoux quand le coup de feu a claqué. J'ai cru que cette fois, ça y était. Que la Mort m'avait retrouvée, qu'elle me faisait payer le fait de lui avoir échappé à Atocha. Et puis il y a eu le bruit d'un autre deux-roues qui tombait sur la chaussée. Et là j'ai compris que la balle ne m'était pas destinée…

Henri pencha le front vers celui, ridé et pâle, de la vieille femme.

— Vous vous êtes couchée par terre, malgré le froid, malgré la glace.

— Je ne pouvais plus bouger. J'étais tétanisée. Il y avait un trou, dans les thuyas. Juste un petit trou, gros comme le corps d'un chat…

— Et là vous avez vu des hommes…

— Un homme. Un seul.

— Jeune ? Vieux ?

— Ni l'un ni l'autre. Il a couru vers celui qui était couché sur la route. Il… il a pointé son arme sur sa tête, et j'ai cru qu'il allait l'achever comme ça, d'un seul coup, en pleine rue.

— Et puis…

— Et puis il a paru réfléchir. Il a regardé autour de lui, vers les maisons, pour vérifier si quelqu'un l'avait vu.

— Mais il ne vous a pas repérée.

— Non, sinon j'étais morte.

— Qu'a-t-il fait ensuite ?

Le bras d'Alexandro se posa rudement sur celui d'Henri. Sa voix enfla pour la première fois dans la pièce, gonflée de colère.

— Ça suffit ! Assez avec vos questions ! Vous allez la rendre malade à la fin ! Vous ne voyez pas qu'elle est bouleversée, non ?

La main d'Elixabete écarta celle de son mari avec douceur.

— Non, Alexandro. Laisse-moi finir. Il doit savoir.

La vieille femme sécha ses larmes d'un revers de son peignoir.

— Je dois savoir quoi ?

Elixabete regarda Henri droit dans les yeux.

— L'homme, celui qui avait été abattu. Il était toujours vivant quand l'autre type l'a pris sous les bras et l'a embarqué dans son fourgon.

Le cœur d'Henri manqua un battement.

— Vous en êtes sûre ?

— Certaine. Il a gémi quand son crâne a heurté le plancher de tôle. Juste avant que celui qui l'avait blessé ne monte la moto à côté de lui.

Henri tiqua.

— Et pourquoi n'a-t-il pas laissé cette moto sur place ? Elle devait être volée, non ?

— C'est ce que j'ai pensé, au début. Mais en fait, je ne crois pas.

Le policier sentit soudain que, quelque part, la lumière allait enfin poindre dans les ténèbres.

— Et qu'est-ce qui vous fait dire ça, madame Bàrcenas ?

— La peinture de son casque, monsieur.

— *La peinture ?*

— Oui. Claire, avec des raies vertes et rouges. C'était la même que celle du réservoir. Cette moto, c'est la sienne…

72

— Vous êtes sûr que c'est lui ?

L'infirmier lui sourit gentiment, comme un professeur s'adresse à un élève un peu obtus. Il lui rendit la photo en la faisant glisser sur le comptoir de formica.

— Aucun doute. C'est bien lui. Mais je vous l'ai dit, vous allez devoir attendre un bon moment avant d'espérer pouvoir lui parler.

Le capitaine Larralde ferma les yeux un instant, submergé par le soulagement. La vidéo du double meurtre qu'ils avaient reçue en début d'après-midi avait plongé le commissariat dans une mortelle inquiétude, mais l'appel des urgences de l'hôpital de Saint-Jean-de-Luz, vers 18 heures, avait mis fin à trois jours d'angoisse. Le capitaine Magne avait enfin été retrouvé. *Vivant*. Larralde avait immédiatement abandonné ses affaires en cours et avait foncé jusqu'au service de réanimation où son collègue avait été transféré. On l'avait accueilli et rassuré, même si Magne était toujours inconscient, et on lui avait promis qu'il pourrait lui poser quelques questions le lendemain matin, si tout allait bien. Le capitaine Magne avait été fortement secoué par ses blessures et son bref séjour dans l'eau glacée, on l'avait placé sous sédatifs, et ni le capitaine Larralde ni même la reine d'Angleterre ne seraient autorisés à se rendre à son chevet jusque-là.

Denis Larralde sortit de l'établissement et ouvrit son téléphone portable. Il mit la main dans sa poche pour chercher le numéro que Lisa lui avait donné, mais il réalisa qu'il avait laissé la feuille de papier dans le tiroir de son bureau. Maudissant sa précipitation qui l'empêchait de lui annoncer tout de suite la bonne nouvelle, il se rua jusqu'à sa voiture et démarra sur les chapeaux de roue.

Lorsqu'il parvint à la petite maison, il sut tout de suite qu'elle était vide. Non seulement la Scénic que les deux policiers avaient louée était absente, mais aucune fumée ne sortait de la cheminée. Larralde consulta sa montre. Il était presque 19 heures. La nuit était tombée depuis un bon moment déjà. Il tourna sur lui-même, indécis, puis il entra dans la maison avec la seconde clé qu'il avait gardée pour lui.

Il vérifia les vêtements de Lisa et d'Henri. Ils portaient leurs vestes, leurs bottes chaudes. Pas d'inquiétude à avoir de ce côté-là. Il enclencha le disjoncteur principal et la lumière inonda l'entrée. Pour une fois, EDF avait fait vite, le courant avait été rétabli dans la journée. Denis Larralde força les radiateurs des deux pièces. Ils auraient moins froid en rentrant ce soir.

Il s'assit ensuite à la table du salon et écrivit une courte lettre sur le dos d'une vieille enveloppe jaunie par le temps et l'humidité. Il n'avait pas beaucoup de place, il alla à l'essentiel.

Daniel retrouvé sain et sauf. Il est en réanimation, mais pas d'inquiétude, il va bien.

Appelez-moi dès que vous rentrez,
Denis.

Puis il rajouta son numéro de téléphone en dessous. Il était pour le moment inutile de préciser à Lisa où se trouvait le capitaine Magne. Elle se ferait éconduire de la même manière que lui, mais elle risquait de causer un véritable esclandre si on ne lui permettait pas d'aller le voir.

Denis sortit dans l'air froid qui descendait sur la ville et qui annonçait la neige. Demain, c'en serait fini des après-midi où l'on pouvait déjà se croire au printemps. Il verrouilla la porte derrière lui et reprit le chemin du commissariat. Ce soir, une équipe de la Scientifique venait leur faire un compte-rendu complet des traces biologiques qu'ils avaient trouvées dans les wagons éventrés.

Et ils avaient du nouveau.

73

Henri Walczak poussa la porte du hall de débarquement et chercha Lisa des yeux. Mais il eut beau plisser les paupières, il ne distingua pas son visage dans la foule des inconnus qui attendaient un proche à la sortie du terminal.

Il rongea son frein pendant une demi-heure, en se disant qu'elle n'avait peut-être pas entendu son message depuis Barcelone qui lui indiquait son vol de retour. Puis il rappela, tomba plusieurs fois sur son répondeur, attendit encore une heure puis, à bout de patience, il décida de rentrer à la maison de Larralde avec un taxi.

Mais au moment de franchir la porte, la main sur la poignée, il se souvint que Lisa en avait gardé la clé dans son sac. Il courut vers la rue, mais il était déjà trop tard. Les feux arrière du taxi disparaissaient à l'angle de l'impasse.

— Messieurs, voici le résumé des informations que nous a envoyé notre service. Pour l'essentiel, vous en connaissez déjà la teneur.

Le commandant Waill scruta la salle d'un œil d'aigle, mais tout le monde était pendu à ses lèvres.

— Jessica, voulez-vous bien vérifier que cette porte est convenablement fermée, je vous prie ?

La jeune femme blonde acquiesça d'un signe de tête et se leva sous le regard intéressé de l'assemblée essentiellement masculine. Denis Larralde fut le seul qui ne suivit des yeux que le balancement gracieux de ses épaules. Une fois qu'elle se fut acquittée de sa tâche, elle revint s'asseoir en silence, mais cette fois juste à côté du capitaine. Il y eut quelques sourires entendus, et un ou deux coups de coude pour appuyer la performance de Larralde.

— Bien. Vous savez donc que je dirige la section E de la SDAT au ministère de l'Intérieur, et que j'ai sous mes ordres l'ensemble des officiers qui enquêtent sur cette affaire. Néanmoins, le caractère très excentré de ce crime majeur nécessite une étroite collaboration entre mes services et les forces de l'ordre de la région, d'où votre présence à cette réunion. Les policiers d'Hendaye sont des membres à part entière de la communauté basque, et c'est à ce titre que je vous invite à prendre connaissance de ce que Jessica va vous révéler avec la plus grande attention et, ai-je besoin de le souligner, la discrétion la plus totale, d'où certaines précautions élémentaires…

Les officiers du commissariat échangèrent des regards surpris. La solennité de l'intervention du commandant Waill était bien inhabituelle. Jessica se leva de nouveau, mais cette fois les policiers ne quittèrent pas son visage grave des yeux.

La jeune femme fit face au groupe d'hommes, et soudain le silence se fit total, plus intense encore que devant les sourcils froncés du commandant.

— Le capitaine Larralde vous a transmis l'info que l'explosif utilisé par le ou les criminels est du Semtex. Ce composé très stable, proche du C4, nécessite peu de moyens pour le mettre en œuvre – un détonateur électromagnétique, par exemple – et une quantité d'un demi-kilo suffit à briser un avion en plein vol ou à transformer un wagon de TGV en enfer sur terre. Les démineurs ont pris le temps de sonder l'intégralité du train, ils n'ont trouvé aucune autre trace d'explosif dans les rames. Cela nous amène à penser qu'il ne s'agit pas d'un acte terroriste classique, comme nous l'avions envisagé dès le début. Car dans ce genre de cas, comme à Madrid, les criminels déposent d'autres engins destinés à tuer encore plus de gens lorsque la panique est totale ou quand les secours arrivent sur les lieux.

La jeune femme attendit une seconde, mais aucune question ne vint. Elle poursuivit :

— Ce que nous savons également, c'est que ce Semtex date. Il provient d'un stock qui a été constitué au plus tard dans les années quatre-vingt. Nous avons obtenu ce renseignement grâce au marquage olfactif rendu obligatoire par la Tchécoslovaquie en 1990, dont il est exempt. Jusqu'à présent, nous ignorions si le Semtex conservait ses propriétés de destruction plus de vingt ans après sa fabrication. À présent, il ne subsiste plus aucun doute sur la question. Pour votre information, il y a dans le monde en ce moment plus de quarante mille tonnes de ce produit qui dorment quelque part en attendant leur heure.

— Quoi ? Mais c'est dingue !

Le commandant Waill fronça encore un peu plus ses sourcils qui formèrent une barre noire au-dessus de ses orbites proéminentes. L'homme qui s'était exclamé, un jeune lieutenant assis au milieu de la salle, se le tint pour dit et regarda autour de lui fleurir quelques sourires narquois.

— Oui, c'est dingue, confirma Jessica Lacour. Dingue comme le sont toutes ces organisations qui s'arment pour détruire le monde dans lequel nous vivons. Le Semtex est à présent contrôlé dès sa fabrication, son traçage est total. Mais en ce qui concerne la matière produite entre 1966 et 1990, nous sommes dans le flou artistique. Et le flou, c'est un truc qui convient très bien aux organisations terroristes, comme ETA ou Iparretarrak, par exemple.

Une main se leva.

Waill opina du menton pour autoriser la question.

— Pourquoi eux ? Pourquoi pas Al-Qaïda, l'IRA, les indépendantistes corses ou les Bretons du FLB ? Si le Semtex est si répandu que ça, cela peut être n'importe lequel d'entre eux ?

Jessica Lacour sourit.

— Oui, ça pourrait l'être. Seulement les échantillons ADN prélevés dans le TGV ont fini par parler. La bombe de dimanche soir a explosé juste sous le siège de l'un des membres fondateurs d'ETA, Eneko Arramberra, soixante-dix ans, artificier recherché depuis des années par la *Guardia Civil* et la police française pour sa participation à de nombreux attentats en Espagne dans les années soixante-dix. On soupçonne même qu'il ait pu prendre part à celui commis contre Carrero Blanco, le bras droit de Franco, en 1974. Ce type au passé sulfureux avait officiellement quitté la branche armée de l'organisation en 1975, au moment où elle s'est divisée en deux. Certains membres de la faction promilitaire lui en ont voulu à mort, et il s'est retrouvé pendant plus de trente ans dans une position très inconfortable au sein de la branche ETA-politique, comme nombre d'autres repentis qui ont été considérés comme des traîtres par leurs anciens compagnons d'armes, et même parfois exécutés de sang-froid. De lui, on n'a ramassé qu'une seule main. Tout le reste a été pulvérisé.

Une voix s'éleva du premier rang.

— Excusez-moi, mais pourquoi était-il encore poursuivi ? Il n'y a pas prescription, depuis les années soixante-dix ?

— Pour la justice, oui. Pas pour la mémoire. Vous n'ignorez pas que certains commandos espagnols ont agi pendant des années sous les jupes de la loi, et avec la bénédiction de ceux qui étaient impuissants à le faire au grand jour, policiers ou politiciens.

— Oui, en Espagne. Mais les GAL n'ont jamais été autorisés à perpétrer leurs crimes chez nous.

Jessica Lacour sourit de nouveau, et l'homme rougit soudain comme une pivoine, conscient qu'il venait de proférer une ânerie devant tout le monde.

— Autorisés, non. Tolérés, ça, c'est une autre histoire… Lorsque, entre 1983 et 1987, les tueurs des GAL pénétraient clandestinement sur notre territoire pour éliminer un activiste espagnol qui s'était réfugié au Pays basque français, de nombreux regards, jusqu'au ministère de l'Intérieur, se tournaient vers la ligne bleue des Vosges pour éviter de scruter de trop près celle des Pyrénées. On ne pouvait pas applaudir officiellement, bien sûr, mais personne ne peut nier aujourd'hui que ça arrangeait pas mal de monde à l'époque. Quand ça a commencé à devenir trop voyant, trop médiatique, le pouvoir français, par l'intermédiaire de Charles Pasqua, alors aux commandes de la Police nationale, a décidé de collaborer avec l'État espagnol. Et comme par hasard, les GAL ont immédiatement été dissous par le président Felipe Gonzalez[1]. Étonnant, non ?

Cette fois, aucune interruption ne vint couper le fil des explications de la jolie blonde. Le capitaine Larralde, amusé, avait caché son sourire sous sa main en se frottant le menton d'un air pensif bien imité.

Jessica Lacour continuait.

— Ce qui est curieux, dans le cas d'Arramberra, c'est qu'il n'avait pas réservé le billet à son nom. Nous avons eu de la chance, il n'a pas brûlé dans l'incendie. L'homme devait le tenir à la main au moment de l'explosion, il a été soufflé hors des flammes. Nous l'avons retrouvé plus loin dans les débris. Tous les autres corps ayant été identifiés auparavant, ce ne pouvait être que le billet d'Arramberra.

Jessica se tourna à demi vers le commandant Waill, qui l'invita à poursuivre d'un hochement de tête. L'assemblée masculine était toujours silencieuse.

— Nous possédons désormais, grâce à ce billet, un élément déterminant qui va pouvoir orienter l'enquête dans une autre direction.

— *Le nom de la réservation n'est pas le sien, mais celui de quelqu'un qu'il connaissait*...

Les yeux de Jessica Lacour se posèrent sur le visage de Denis Larralde. Ils pétillaient d'anticipation.

— Exact, capitaine. Ce qui nous conduit à penser...

Larralde continua à réfléchir à voix haute.

— ... qu'Arramberra est monté dans ce train de son plein gré, mais sous une menace précise qu'il ne pouvait maîtriser, *parce que personne d'autre qu'un proche*

1. Authentique.

n'était supposé connaître ce nom-là, ni même savoir qu'il y était rattaché.

Larralde claqua des doigts et se leva d'un bond. Tous les visages s'étaient braqués sur lui.

— *Sa fille. C'était le nom de femme mariée de sa fille, ou quelque chose dans ce genre-là...*

Jessica Lacour sourit et inclina la tête dans un geste charmant qui dénuda ses épaules.

— Vingt sur vingt, capitaine Larralde. Très impressionnant... Oui, celui qui a commandé ce billet connaissait sa victime. Et il savait sur quel levier appuyer pour l'amener à monter dans ce train. Nous avons retrouvé les papiers d'Arramberra dans sa sacoche de cuir qui a en partie résisté au feu. Des faux, bien sûr. Mais l'adresse, elle, était bonne. C'est chez lui que nous avons récupéré la lettre qui accompagnait le billet. La victime l'avait déchirée et jetée à la poubelle. La colère, l'impuissance...

— Et la peur...

Jessica sourit à Denis, et celui-ci sentit son sang accélérer dans ses veines.

— Tout à fait. Il nous a été facile de prélever des cheveux dans la salle de bains et de comparer avec l'ADN de la main solitaire. Nous n'avions pas le séquençage d'Arramberra dans la base de données de la FNAEG, mais des documents trouvés chez lui nous ont permis de l'identifier sans aucun doute possible. Il résidait là depuis si longtemps qu'il avait perdu l'habitude de les cacher correctement.

Le commandant Waill avança d'un pas. Il se campa au milieu de la salle dans une posture d'une rigueur toute martiale. Un chuchotement flotta un instant dans les rangs des policiers. L'officier l'écrasa dans l'œuf d'un regard sans concession.

— Messieurs, votre attention, s'il vous plaît. Merci. L'état-major du SDAT a un moment hésité avant de vous livrer ces détails. Ils font partie du cœur névralgique de l'enquête, et le moins de monde est au courant, le mieux cela vaut, en général. Mais ici, au Pays basque, mes hommes se heurtent à un mur culturel plus grand qu'eux. Sans vous, nous ne pourrons pas aller interroger les bonnes personnes, tirer sur les bonnes ficelles. Et même si nous finissons par y parvenir, nous allons perdre un temps fou. Nous avons besoin de vous. Vous savez tous, à présent, que le capitaine Magne a été retrouvé cet après-midi, et c'est une excellente nouvelle en soi. Mais elle en implique une seconde. Nous allons maintenant pouvoir diriger tous nos efforts en direction de ce tueur. Nous ne savons pas s'il a encore du Semtex en sa possession, il peut agir n'importe où, n'importe quand. Nous avons placé des hommes aux entrées des écoles, des lieux administratifs, dans les gares, dans les aéroports, dans une majorité d'endroits publics, mais nous ne savons pas où il frappera la prochaine fois. Parce que vous l'avez compris depuis sa première vidéo. Ce fils de pute n'en a pas terminé avec la terreur. *Il va remettre ça !*

Il y eut un instant de flottement, puis les hommes commencèrent à parler entre eux à voix basse. Le charme distillé par la belle Jessica avait fait long feu.

Le commandant Waill haussa le volume sonore. Le silence revint dans la salle.

— Voilà pourquoi j'ai besoin d'accéder à toutes vos archives qui concernent ETA, IK, et toutes les organisations indépendantistes qui ont sévi, ou sévissent encore, dans le secteur. Et tout particulièrement, bien sûr, celles relatives au *commando Bilbao,* dont était issu Arramberra. Nous allons tout d'abord fouiller la vie de la victime jusqu'à ce qu'elle soit transparente, que nous en connaissions chaque recoin, chaque étape. Car l'identité de notre tueur est liée à cet ancien membre d'ETA, nous en avons l'intime conviction. D'autre part…

Des coups frappés à la porte interrompirent soudain le commandant. L'officier le plus proche se leva et entrebâilla l'huis avant de s'écarter, perplexe. Le nouvel arrivant, un policier affecté à l'accueil, entra sans attendre d'autorisation. Derrière lui, la silhouette voûtée d'Henri Walczak pénétra dans la pièce, les traits défaits.

Il s'avança directement vers le capitaine Larralde.

Son visage était ravagé par l'inquiétude. Avant même qu'Henri ne parle, l'officier ressentit un violent pincement au cœur, comme celui qui vous arrive lorsque vous pressentez une terrible et imminente catastrophe.

Les mots tombèrent des lèvres exsangues de Walczak dans un silence glacial.

— C'est Lisa. Elle a disparu…

74

— Fait chier !

De rage, je donne un méchant coup de pied dans la portière. Deux heures que je m'escrime avec cette roue crevée ! Mais le type qui a serré cette vis y est allé de bon cœur. Ah, elle ne risquait pas de se barrer toute seule, ça c'est sûr !

Et moi, comme une inconsciente, j'ai laissé le GPS de mon téléphone activé en arrivant à Urepel. Ce foutu truc s'est complètement déchargé pendant que j'étais là-bas, je ne peux prévenir absolument personne.

Autour de moi, la forêt est d'une noirceur totale. J'ai gardé les feux de position de la voiture allumés, et les warnings donnent un air de fête surréaliste aux arbres les plus proches. La route disparaît de chaque côté dans une obscurité nimbée d'un brouillard épais qui descend de la montagne. J'ai pu me garer un peu sur le bas-côté, mais j'ai laissé les roues de gauche de la voiture sur la chaussée pour que le cric ne s'enfonce pas dans la terre humide.

Et, bien sûr, il n'y a pas âme qui vive dans ce coin. À croire que tous les habitants de la région sont déjà rentrés chez eux, alors que cette route est la seule qui monte vers les villages enfouis dans la montagne. Je n'ai pas vu circuler une seule voiture depuis que je me suis arrêtée. Juste un type qui est passé à moto et qui m'a à peine jeté un regard. Sous sa visière fumée, il a ignoré mon signe de la main, et son casque clair strié de couleurs criardes a disparu de ma vue aussi vite qu'il y était apparu. J'aurais pu être à moitié morte sur le bord de la route que ça n'aurait rien changé. Une femme enceinte en panne en pleine nuit au milieu de nulle part, ça n'émeut plus personne, de nos jours. Les mecs sont devenus de vrais salopards.

Sans lampe torche, sans l'écran de mon portable pour m'éclairer, je m'éloigne de la voiture, penchée en deux au-dessus du fossé rempli de végétation. Je cherche à la lumière des phares quelque chose d'assez costaud, mais pas trop lourd à porter. Je n'ai pas assez de puissance dans les bras pour débloquer les vis de la roue de façon conventionnelle. Il faut que j'utilise la manière forte.

Au bout de quelques minutes, je m'aperçois que le barbelé qui longe la route prend fin dans un mur de pierres. J'en ramasse une assez grosse sur le dessus et la porte jusqu'à la voiture. Il me faut un morceau de bois, aussi. Assez dur, pas trop long... J'en trouve un au pied d'un arbre, reste d'un abattage qui date, vu la mousse sur l'écorce, mais il m'a l'air d'avoir les bonnes dimensions et d'être suffisamment raide pour ce que je veux en faire.

Je me mets ensuite lentement à genoux en faisant attention à mon ventre, puis je replace la manivelle sur la vis récalcitrante. Elle est complètement rouillée. J'ai soudain une idée. J'ôte l'outil, me relève avec difficulté, ouvre le capot, puis je sors la jauge à huile de son logement en haut du moteur. Une chance, le niveau est au maximum.

Une grosse goutte bien claire pendouille au bout de la baguette. J'arrondis ma main en conque en dessous pour ne pas la perdre et je viens la déposer à la base de la vis. Je remets alors la jauge en place et j'attends, adossée à la carrosserie, que la viscosité fasse son ouvrage et que le liquide s'infiltre un peu dans le filetage.

Il y a des bruits d'ailes, dans les branches au-dessus de moi. Des oiseaux dérangés par le raffut, ou bien attirés par le spectacle de cette bonne femme incapable de changer une roue et qui se frottent les plumes pour se moquer de moi, allez savoir…

Au bout d'un moment, n'y tenant plus, je m'accroupis et renquille la manivelle sur les six pans. L'huile a poissé tout le métal. J'espère qu'elle ne va pas me rendre la tâche plus difficile encore. Je cale le morceau de bois sous l'extrémité de l'outil qui pend dans le vide pour la soutenir, et puis j'attrape la pierre, la lève bien haut et l'abats de toutes mes forces sur le côté de la manivelle. Le choc me résonne jusque dans les dents, mais ça grince sur la roue. Au troisième coup, j'entends un craquement dans la ferraille. Je me redresse, fébrile, et appuie avec le pied sur la manivelle. Elle résiste un peu, mais finit par tourner enfin. Quelques minutes plus tard, j'ai changé la roue et je me retrouve derrière le volant, fière comme si j'avais vaincu l'Everest en solo.

Au moment où je démarre et m'engage sur la route, j'entends un bruit de moteur, derrière moi. Je lève le nez vers le rétroviseur. Un seul phare. Ça doit être le type à moto. On dirait qu'il a eu des remords et qu'il a fait demi-tour pour venir me filer un coup de main. Eh bien, c'est trop tard, mon garçon, je me suis débrouillée comme une grande, tu vois ? Mais merci quand même…

Il me double dans un rugissement de moteur, et cette fois il tourne la tête vers moi juste avant de se rabattre devant le capot. Il a relevé sa visière. J'ai une sensation bizarre, soudain. Comme si une araignée était en train de monter sur mon bras à rebrousse-poil. C'est son regard. Ça n'a duré qu'une fraction de seconde, mais il m'a transpercée comme la pointe d'un couteau. Ça a été une sorte de décharge électrique, de malaise instantané qui m'a soudain hérissé les cheveux sur la nuque.

Et tout à coup, mon cœur fait un grand bond dans ma poitrine.

Je viens de comprendre où je l'ai déjà aperçu, ce regard froid comme la Mort.

Sur le portrait-robot.

Devant moi, la moto ralentit.

Le pilote me fait signe de m'arrêter.

Il stoppe son engin en plein milieu de la chaussée.

Il se tourne alors vers moi, reste un instant immobile, puis il me sourit.

75

Je suis où ?

Je sais que j'ai ouvert les yeux, mais je suis encore dans le noir complet. Non, pas vraiment total. Quelque part, une petite lumière palpite dans l'obscurité. Un voyant. Une machine qui ronronne doucement. Bip. Bip. Je ne sens pas mes bras. Mes jambes pèsent une vache chacune. *Mes jambes. Elles sont revenues*... J'essaie de bouger une main. La douleur se réveille. L'épicentre se trouve à hauteur de ma poitrine. Ça me coupe le souffle, mais l'un de mes doigts a répondu. Je serre les dents et je recommence. Un deuxième parvient à frémir. Puis deux, trois, cinq… Ça doit me prendre des heures, phalange après phalange, pour arriver jusqu'à dix. Quand j'en ai terminé, j'ai le front couvert de sueur.

Chaud.

J'ai chaud.

Les lèvres sèches.

Je ne suis pas mort, finalement. Sinon, je ne crèverais pas de soif comme ça.

Un hôpital.

Ça ne peut être que ça.

On m'a récupéré.

Repêché.

Je suis vivant.

Vivant...

Les souvenirs affluent en désordre. Le scooter... le type en travers de la chaussée... le flingue pointé vers moi... la course-poursuite... l'explosion... la prof exécutée de sang-froid... ma fuite... la chute dans la rivière...

J'essaie de me redresser, mais je pousse un cri et ma tête retombe sur l'oreiller. Elle n'a pas dû en décoller de plus d'un centimètre.

Les paupières à peine entrouvertes, j'inspecte mon nouvel univers. Peu à peu, je m'habitue à la pénombre. Je suis allongé dans un lit aux montants métalliques. Une perfusion est reliée à mon bras droit et une batterie de détecteurs scotchés sur ma poitrine tend ses fils vers l'appareil au voyant qui sautille en apesanteur.

Bip. Bip.

Qui m'a sorti de l'eau ? Je sais que je reviens de loin. De très loin. Il va falloir qu'on m'explique.

La porte s'ouvre doucement. Je ne tourne pas la tête, épuisé par mes réflexions. Le parfum me parvient avant même que je la voie.

Une femme.

— Heureuse de vous voir revenu parmi nous. Comment vous sentez-vous ?

Je cligne des yeux avec difficulté. Cette voix douce ne m'est pas complètement inconnue.

Je l'ai déjà entendue quelque part.

Dans mon rêve.

C'était ça.

Elle m'a parlé dans mon rêve.

Je n'ai pas la force de répondre. Je hoche imperceptiblement la tête pour lui indiquer que je me sens vraiment super bien, prêt à courir un marathon quand elle le voudra.

La main repousse mes cheveux en arrière, examine un instant mon blanc de l'œil, puis elle soulève un peu mon bras et enfonce un thermomètre sous mon aisselle à la peau emperlée de sueur.

La pièce tourne, tourne.

Il y a un grand éclair blanc au fond de mon cerveau.

Je ferme les yeux.

— Dites-moi... Isa, c'est votre femme, c'est ça ? Vous avez un numéro, pour qu'on la prévienne ?

Je n'ai plus la force de dire quoi que ce soit. Les mots restent collés à ma langue.

La spirale s'amorce.

Je m'enfonce.

Je coule.

Noir.

76

— Et elle n'a laissé aucun message ?

Le ton du commandant Langeais était cassant. Bien qu'il sût que cela ne servait à rien, Henri Walczak rouvrit son portable et tripota les touches pour la millième fois. Non, Lisa n'avait pas laissé la moindre indication de l'endroit où elle était partie. L'écran resta vide. Il y avait du réseau, de la batterie. C'était à se demander si elle ne s'était pas évaporée.

C'était à se demander s'il ne lui était pas arrivé quelque chose...

— Non. Rien. Écoutez, commandant, je suis très inquiet. Elle… elle est assez…

— Oui, j'ai cru le remarquer. Vous avez prévenu votre supérieur, le commandant Picaud ?

— Non, pas encore, je voulais d'abord vérifier si elle était avec vous. Votre ligne ne répondait pas, je me suis douté que vous étiez en réunion. Je n'avais pas d'autre choix que de venir ici.

— Depuis combien de temps a-t-elle disparu ?

Henri jeta un bref coup d'œil à sa montre.

— Je n'ai eu aucune nouvelle depuis 11 heures, ce matin. Ça va faire huit heures de ça…

Les deux officiers échangèrent un regard. Denis Larralde saisit le combiné de son téléphone. Il n'était plus temps de traîner.

— Je lance une alerte nationale. Vous avez une photo d'elle ?

Walczak secoua la tête. Non, il n'avait jamais mis une photo de Lisa dans son portefeuille. Pour quoi faire ? Et puis il claqua des doigts.

— Dans le bureau de Daniel. Je suis sûr qu'il en a une dans un tiroir…

Larralde lâcha le téléphone et bondit de sa chaise. Il se rua vers la pièce qui jouxtait la sienne. Il y eut un grand « crac », puis il revint au bout de quelques instants avec un cliché de format A5 sur lequel Lisa souriait d'un air un peu absent. Henri ne savait pas où la photo avait été prise, mais on sentait que la jeune femme était ailleurs.

— Je n'ai pas trouvé la clé, mais avec un tournevis, en général, ça fonctionne bien…

Il se jeta dans son fauteuil, glissa l'épreuve dans son scanner et rappuya sur la tonalité. La communication fut brève. L'avis de recherche fut enregistré dans la minute. Bientôt, il ferait les gros titres des journaux, des informations télévisées. La machine de guerre était lancée.

Langeais sortit, le visage renfrogné. S'il s'avérait que la jeune femme avait simplement voulu aller se détendre dans un cinéma ou au café, elle allait entendre parler du pays. Il ne la lâcherait pas.

Henri Walczak pensa au commandant Picaud. Lui qui leur avait ordonné d'être discrets, il allait être vert de rage. Le policier soupira, puis il se décida à composer son numéro. Autant lui annoncer les faits avant qu'il ne les apprenne par la presse, ou bien il risquait d'avoir une attaque.

L'explosion de colère de l'officier fut encore plus violente qu'il ne l'avait craint. Henri se confondit en excuses, il tenta d'expliquer la succession des faits, mais en même temps qu'il avançait ses arguments, il savait qu'ils ne valaient rien. Il n'aurait pas dû laisser Lisa toute seule, et c'était tout.

Et ça c'était impardonnable.

Impardonnable !

Picaud raccrocha dans un déferlement d'injures que Walczak ne lui avait jamais entendu prononcer. Le policier sentit tout le poids de son erreur de jugement lui faire plier l'échine. Il se prit la tête dans les paumes, submergé par une vague soudaine de désespoir.

Le capitaine Larralde vint lui poser la main sur l'épaule.

— Ne vous en faites pas. Elle ne doit pas être bien loin. On va la retrouver, elle aussi.

Walczak leva des yeux brouillés.

— Comment ça, *elle aussi ?*

Larralde se frappa le front.

— Oh pardon ! Avec cette histoire, j'ai complètement oublié de vous le dire !

Le policier polonais se redressa, incrédule.

— *Daniel ? Vous avez retrouvé le capitaine Magne ?* Où est-il ?

Larralde lui expliqua rapidement les circonstances du retour de son collègue. Il n'avait pas terminé qu'Henri était déjà debout en train d'enfiler sa veste.

— Je veux le voir.

Larralde fit la grimace.

— C'est impossible, hélas. Il est en réanimation depuis qu'on l'a retrouvé. On ne vous laissera pas entrer dans sa chambre.

— L'hôpital de Saint-Jean-de-Luz, c'est bien ça ?

Le capitaine soupira devant le visage fermé d'Henri Walczak. Il ne savait lequel des deux était le plus têtu, finalement, entre Lisa et lui.

— Laissez tomber, ils vont vous foutre dehors si vous insistez.

Henri le considéra avec dédain.

— Il va falloir qu'ils s'y mettent à plusieurs pour m'en empêcher !

Le policier basque leva les mains.

— OK. Alors je vous accompagne.

— Merci.

Le visage d'Henri ne reflétait pas la moindre reconnaissance. Juste une hâte irrépressible. Larralde lui montra la sortie, puis il le suivit dans le couloir.

— De rien. Disons que ça m'évitera de venir vous chercher avec les menottes d'ici une heure…

77

L'homme est descendu de son engin, qu'il a stoppé au beau milieu de la chaussée. Il s'avance vers ma voiture à pas lents, comme s'il était en train de prendre une décision difficile. Dans la lueur crue de mes phares, je distingue bien mieux la couleur de son casque. Blanc rayé de vert et de rouge. Sa visière est toujours relevée. Je ne vois pas ses yeux, mais je devine qu'ils cherchent le piège. Suis-je vraiment seule, dans cette voiture ? N'y a-t-il pas un homme avec moi, caché sous le siège avec un flingue à la main ?

Sa démarche est celle d'un loup craintif, les plus dangereux…

Tout à coup, il est là. À côté de moi. Il place ses doigts en visière au-dessus de son casque. Je vois les rides autour de ses yeux qui se plissent d'excitation. Maintenant, il sait que je suis vraiment seule. Il appuie sur le bouton de ma portière, mais je l'ai déjà verrouillée au tableau de bord. De colère, il frappe de son autre gant sur la vitre.

Nos regards se croisent un instant. Je me fige, tétanisée de trouille. Et soudain, il sait que je sais. Que je l'ai identifié, aussi sûrement que s'il portait un panneau autour du cou.

Je suis le putain d'enfoiré que tous les flics de France recherchent en ce moment.

Au moment où il plonge son autre main dans la poche de son blouson de cuir, j'enfonce la pédale de l'accélérateur jusqu'au plancher.

Le choc très violent projette la moto dans le bas-côté tandis que la lunette arrière de la voiture explose en mille morceaux. L'écho de la détonation me parvient juste après. Je donne des coups de volant désespérés pour essayer d'être une cible moins facile. S'il touche l'un de mes pneus, je suis morte. Je n'ai même pas un canif sur moi pour me défendre. Alors face à un pistolet…

Le virage suivant m'avale sans qu'une autre balle m'ait atteinte.

Je n'ai que quelques secondes d'avance. Une ou deux minutes, tout au plus, le temps qu'il tire sa moto hors du fossé. Elle n'avait pas l'air très lourde. Il va y arriver vite fait. Et ensuite…

Le problème, c'est que je me suis perdue. Je n'ai pas fait attention à l'itinéraire, en venant. J'avais le nez collé sur le GPS. Saloperie de technologie dont on finit par devenir complètement dépendant. De nuit, la route ne me rappelle rien qui éveille le moindre écho dans ma mémoire. Je pourrais tout aussi bien n'être jamais passée par ici. Les virages se ressemblent tous, comme autant de gouffres impénétrables.

Un carrefour.

Sans panneau, bien sûr.

Je dois choisir.

Vite.

À l'instinct.

À droite, ça descend.

À gauche, ça remonte vers la montagne.

Je prends à droite sans ralentir, puis j'éteins le feu qui me reste, celui qui n'a pas explosé sous l'impact avec la moto. Derrière moi, les deux catadioptres rouges doivent étinceler dans la nuit comme des étendards.

Plus haut dans la forêt, le phare de la moto troue l'obscurité de son pinceau d'adrénaline. J'en aperçois le reflet dans le rétroviseur.

La lumière de la lune est un peu voilée par la brume, mais j'y vois assez clair pour distinguer le ruban de graviers de l'herbe noire du talus. Sous mes roues, une gravelle a remplacé le goudron. Ce n'est pas bon signe. Je n'ai pas roulé là-dessus en venant.

Un frisson me descend sur les reins.

Je me suis trompée. Si le bitume s'est arrêté, je file droit vers une impasse. La forêt, ou une propriété privée.

La sienne, peut-être...

Le cœur au bord des lèvres, je ralentis.

La panique, cette vieille fille aux ongles acérés me plante ses griffes mortelles dans la cervelle.

S'il m'attrape, il va me tuer !

Il va NOUS tuer !

Sur la droite, un chemin de cailloux s'enfonce dans le bois.

Je me jette dedans en apnée.

Un peu plus loin, encore un croisement au milieu de nulle part. Le revêtement de calcaire tranche dans la nuit. Je prends à gauche.

L'allée se resserre. Au-dessus de moi, l'espace libre vers le ciel se réduit de seconde en seconde. Des arbres filent, qui tendent leurs branches noires et nues vers les ténèbres comme un cri muet.

Soudain, un bois de sapins aux épines denses et basses se dresse au bord du chemin. Je braque d'un coup et plonge entre les troncs. D'un seul coup, je n'y vois plus rien. La voiture s'engouffre dans un bruit de tôle froissée. J'attends le choc, inévitable, qui va mettre fin à ma fuite. Le bois brisé racle la carrosserie dans un vacarme assourdissant.

Je crispe les mains sur le volant, le pied enfoncé sur le frein comme si je voulais transpercer le plancher avec le talon.

Et l'incroyable se produit.

Je m'arrête sans frapper d'arbre de plein fouet.

Les vitres, opacifiées par les épines, ne laissent plus passer le moindre rai de lumière. Je suis dans le ventre de la forêt.

Je coupe le contact.

Le silence tombe sur la montagne.

La moto a disparu. Je n'entends plus son moteur rugir derrière moi.

Au loin, un chien aboie quelque part.

Je prends alors la mesure de ma situation.

La voiture est coincée, les roues dans la terre, inutilisable. Si je la quitte maintenant, et si je me perds dans les bois, je ne pourrai pas marcher très longtemps. Et si, épuisée, je m'arrête, je ne pourrai pas résister au froid plus de quelques dizaines de minutes.

Et pourtant, si je reste à l'intérieur, et s'il me trouve, cet endroit sera ma tombe.

Notre tombe.

Je ne peux pas attendre ici de savoir s'il va me retrouver ou non.

Je ne peux pas.

Je tâtonne sur le siège arrière. Je me souviens que l'agence de location nous a laissé un plaid. Je m'en suis servie pour dormir, quand Henri nous a conduits au monastère. À part mon manteau, mes gants, mes bottes et mon bonnet, ce sera mon seul rempart contre le froid.

Je le prends et le roule en cylindre, puis j'essaie d'ouvrir ma portière, mais elle ne bouge pas d'un pouce, complètement bloquée par les branches. Je remets alors le contact et fais coulisser toutes les vitres. Il y en a bien une qui me permettra de me faufiler dehors.

Il y a un trou dans la végétation face à la portière arrière droite. Je me hisse à travers le vide et me laisse tomber dans le tapis d'aiguilles qui recouvre l'humus.

Quelques instants plus tard, après avoir rampé sur le sol humide pour éviter de m'arracher la peau du visage contre les branches des sapins, je sors enfin à quatre pattes de ma prison végétale dans les traces de la voiture.

Et c'est là que je prends la lumière en pleine figure.

Juste au bout de la lampe, je vois dépasser le double canon d'un fusil de chasse.

— Lève-toi, et laisse tes mains bien éloignées de ton corps. On va être de bons amis, tous les deux, si tu es bien sage…

78

L'infirmier de garde secoua la tête.

— Je ne peux pas vous laisser entrer, messieurs. L'heure des visites est passée depuis plus d'une heure.

Larralde soupira et sortit sa carte tricolore.

— Nous sommes de la police. C'est pour une urgence.

— Dans ce cas… Qui venez-vous voir ?

Henri coupa la parole de Larralde.

— Le capitaine Magne. C'est mon gendre. Je viens d'apprendre qu'il est en réanimation chez vous. Il faut absolument que je le voie.

L'infirmier de garde se referma comme une huître.

— Impossible, messieurs, j'ai des ordres stricts en ce qui concerne la chambre 608. Revenez demain matin, le médecin sera là. Il…

Walczak frappa du poing sur le comptoir immaculé.

— Écoutez… ma fille est enceinte. Il *faut* que je puisse la rassurer.

— Non, je vous l'ai dit. Désolé, messieurs, personne ne peut entrer dans cette chambre. Même la police. On nous l'a formellement interdit.

Du coin de l'œil, Larralde aperçut deux vigiles grands comme des armoires qui s'approchaient de chaque côté du comptoir.

— Un problème, Fabien ?

L'infirmier répondit en regardant Walczak dans les yeux.

— Non, Saïd. Merci, ces messieurs allaient partir.

Denis Larralde prit Henri par le coude et le conduisit jusqu'à l'extérieur.

— Vous cherchez les ennuis, vous, décidément. J'ai bien fait de venir avec vous. *Votre gendre ?* C'est quoi cette nouvelle connerie ?

Henri sourit sous sa moustache jaunie par le tabac.

— Ma connerie, c'est que maintenant on a le numéro de la chambre de Daniel.

Larralde lui bloqua le bras d'un coup sec, le forçant à pivoter pour lui faire face.

— *Et ?*

— À votre avis ?

L'officier blêmit.

— Vous n'allez pas faire ça, quand même ?

— Je vais me gêner…

— Vous serez radié !

— Je m'en fous !

Larralde explosa.

— Mais qu'est-ce que vous avez, enfin, tous les deux, à venir me pourrir la vie ici ? Vous trouvez que ce n'est pas assez compliqué comme ça, cette affaire ?

Henri dégagea son bras d'un mouvement sec du poignet.

— *Vous pourrir la vie ?* Mais vous êtes idiot ou quoi ? Vous avez déjà oublié que Daniel a été enlevé alors qu'il se précipitait vers le lieu de l'attentat pour essayer de sauver des vies ?

Le capitaine se tut, le rouge aux joues. Les deux hommes s'affrontèrent du regard, puis le plus jeune baissa les yeux.

— OK. Désolé. Vous avez raison.

— Nous sommes tous sur les nerfs, Denis. Ne vous excusez pas. Votre aide nous est précieuse. Je ne veux pas la gâcher. Vous devriez partir. Je vais entrer seul. Si je me fais attraper, on ne pourra pas vous accuser d'avoir participé à mon intrusion dans l'hôpital.

— Non, je reste avec vous.

Walczak lui posa la main sur le bras.

— J'insiste. Je ne crains rien, ici. Juste de me faire foutre dehors. En revanche, Lisa a besoin de vous à côté du téléphone, si quelqu'un a des infos à vous communiquer pour la retrouver au plus vite.

L'argument était imparable. Larralde hocha la tête et tourna les talons à regret.

— Faites attention à vous, tout de même.

Henri resta seul sur le parking. Venant de la montagne, la brume descendait vers la mer comme de la lave translucide. Elle noyait tout peu à peu, inexorablement. Automobiles, lampadaires, bâtiments…

Le policier sortit de sa poche le dépliant qu'il avait subtilisé à l'accueil de l'établissement hospitalier. Le plan était en page centrale. Il ouvrit le fascicule, l'orienta par rapport au parking, et repéra l'emplacement des cuisines. Juste à côté, normalement, il trouverait les poubelles alimentaires.

Et le local où on les rangeait.

79

J'ouvre les yeux. La chambre est toujours plongée dans l'ombre, mais cette fois je sais où je suis. Le vertige m'a quitté. Je sens des brûlures sur ma poitrine, mes hanches et mon bras gauche. Peut-être des points de suture. En tout cas, j'ai été soigné. Les électrodes ont disparu, l'appareil à bips aussi.

Je cherche la commande électrique et me redresse dans le lit, puis j'ajuste l'oreiller derrière mon dos. L'obscurité s'éclaircit. La lumière de deux phares, découpée en lamelles par les stores, traverse la chambre de part en part en léchant les tubes en inox du mobilier médical. Une voiture qui quitte le parking, j'imagine.

Quelle heure est-il ? Impossible de le savoir. Je n'ai plus ni montre ni téléphone depuis ma séquestration.

Les souvenirs me tombent alors dessus d'un seul coup. Cette femme, exécutée devant moi comme un chien enragé, ma fuite, la chute… Les dernières images que je me rappelle sont les plus terribles, les plus angoissantes. Cette eau glacée qui s'engouffrait à gros bouillons par la vitre brisée, cette sensation de poids immense sur la poitrine. Et puis le noir. Le noir total, le tourbillon, les déchirements de la tôle sur les rochers, et ce liquide d'un froid mortel qui pénétrait dans ma bouche, dans mon nez, dans mes poumons…

Par quel miracle suis-je sorti de cette rivière ? Qui que ce soit, je dois une sacrée chandelle à celui qui est venu me chercher. J'ai dû parvenir à m'extraire de la voiture au dernier moment, mais je ne m'en souviens pas. Comment m'a-t-on ramassé, en pleine nuit, dans ce coin perdu ? Mystère. Les toubibs me l'expliqueront. Demain, il fera jour.

Soudain, je dresse l'oreille.

Un bruit.

Dans le couloir.

Des pas.

Sous la porte, pas un rai de lumière. Ce n'est pas une infirmière. C'est quelqu'un qui ne veut pas être vu. Qui ne veut pas être entendu. Mais le chuintement de ses semelles sur le lino, ça, il ne l'avait pas prévu.

Les poils de mes bras se hérissent d'un coup. Une onde de sueur me recouvre le corps en quelques secondes.

Il est revenu.

Il est là.

Il sait qu'on m'a retrouvé. Il vient m'achever. Il ne doit laisser aucun témoin sur son chemin.

Le souffle court, je bascule les jambes hors du lit. Je pousse sur mes bras pour me redresser, et ça se met à vaciller à mort tout autour de moi. Je retombe assis sur le matelas, un goût de fer rouillé sur la langue. La rage me submerge avec une violence inouïe. Je ne vais pas me laisser tuer comme un foutu lapin dans sa cage ! *Debout, bon sang !*

Les pas se sont arrêtés devant ma chambre. Plus un bruit. Le type doit s'assurer que le couloir est vide avant d'entrer. Je n'ai plus le temps de trouver une arme, d'aller me cacher derrière la porte. Je pose les doigts sur la table de nuit. Il n'y a qu'un stylo, oublié par un médecin. C'est dérisoire, mais je le serre très fort dans ma main. Il va falloir que je le laisse approcher de très près pour pouvoir me défendre. Et pour ça, il ne faut pas qu'il voie mon visage. Je me rallonge dans le lit, les yeux rivés à la porte de ma chambre. Au moment où la poignée bascule, j'enfouis ma tête sous les draps et je ne bouge plus d'un pouce.

Le pêne grince un tout petit peu. Sur mon bras qui est resté sur la couverture, un courant d'air frais glisse un instant, puis s'évanouit. Les pas s'approchent avec ce petit bruit de caoutchouc mouillé comme des semelles de crêpe.

Je serre les dents, je suis tendu à bloc.

J'attends que le drap se lève, qu'une main apparaisse, un visage, n'importe quoi qui me donne une bonne cible à planter.

Mais les secondes s'écoulent, et rien ne bouge plus dans la chambre.

Que se passe-t-il ? A-t-il hésité au dernier moment ? A-t-il déguerpi en voyant un infirmier se pointer dans le couloir ? Non. J'aurais vu de la lumière, j'aurais entendu le nouvel arrivant. Là, ce n'est pas normal. *Pas normal du tout...*

Et ce type n'est pas du genre à se carapater comme un mulot. C'est un tueur, un sadique de la pire espèce. La vie humaine ne représente rien pour lui. Juste un jeu, un sale jeu morbide.

Le stylo incrusté dans ma main commence à me faire mal. L'énergie inutile que je bloque dans mon corps aussi. Mais si je bouge le premier, c'est lui qui aura l'avantage. Il ne sait pas comment je suis enroulé dans ces draps. C'est ma seule chance de le surprendre.

Je ne me reconnais plus. J'ai la frousse comme un enfant. L'assassinat de cette pauvre femme, juste devant moi, m'a filé un sacré coup. Mon cœur monte dans les tours. Le vertige revient, vicieux, lancinant comme une toupie qui s'emballe et vous capture le regard, qui vous rend malade à force de vouloir la suivre.

Je ferme les yeux. C'est pire. J'ai envie de vomir, de hurler, de me tirer une balle pour que ça s'arrête.

J'étouffe. Les draps m'empêchent de respirer. Non, c'est ce salopard qui m'est tombé dessus. Il appuie mon oreiller sur ma tête, me l'enfonce dans le matelas. Je prends une grande goulée d'un air qui ne vient pas. Je tousse. Je me redresse d'un coup. Je rejette les draps dans un spasme et je frappe droit devant moi, puis sur le côté. Tiens ! Enfoiré ! Tiens !

Un bras m'arrête net. Une odeur me parvient au nez. Tabac froid. Je connais cette odeur… Je connais cette odeur…

— Daniel…

Vertige… Le monde s'enroule dans une spirale de cauchemar. Ils sont tous là, à essayer de me faire sortir du puits d'ombre où je suis en train de m'enliser. Lisa, Picaud, Henri, Rafik…

Non, Rafik est mort. Mort et enterré. Tu es en train de rêver, tu es en train de perdre la boule. Tu es en train de…

— Daniel…

Henri. Cette fois, j'en suis sûr. C'est Henri.

Henri.

— Daniel… tu m'entends ?

Je rouvre les yeux. Les ondes ramollissent, s'évaporent peu à peu dans la chambre. Le vertige s'éloigne, comme la mer se retire, avec la promesse de revenir bientôt prendre possession de mon cerveau. Une ombre est penchée sur moi. Une ombre familière. Une couronne de cheveux qui ont été blonds autrefois. Une haleine chargée au petit gris, le seul tabac qu'Henri fume depuis que je le connais. Et puis aussi, sur la veste qui effleure mon visage, une fragrance soutenue, comme un mélange de poisson pourri, de viande avariée et de fromage hors d'âge.

Et pourtant, je sais que c'est impossible. Henri est au 36, à mille kilomètres d'ici.

— Daniel, c'est moi. Sapristi, ce que je suis content de te voir !

Sapristi ?

Bon sang, mais… Je me frotte les yeux, écarquille les paupières. Henri allume ma lampe de chevet, me montre son visage du doigt, puis la coupe aussitôt. J'ai juste eu le temps d'apercevoir une blouse blanche.

— Tu me reconnais, c'est bon ?

Je hoche la tête et retiens un cri de douleur.

— Tu parles ! Je ne connais qu'un seul type capable de prononcer ce mot. *Sapristi*…

Henri pose un doigt sur mes lèvres.

— Chut. Parle moins fort. On ne voulait pas me laisser entrer, je me suis faufilé par les poubelles. J'ai trouvé une blouse oubliée sur un chariot. Ça m'a aidé à passer inaperçu.

— Je me disais aussi…

— Si on me surprend ici, on me jette dehors direct.

J'acquiesce d'un mouvement du menton. J'ai compris. Il s'approche de moi et pose sa main sur la mienne.

— C'est ce type qui t'a enlevé, c'est bien ça ?

Mes yeux se ferment à nouveau. Je vois distinctement le Beretta qui se lève face à moi, puis qui bascule vers le visage de Maialen. Son visage qui disparaît soudain dans une gerbe ensanglantée. La violence de l'image me coupe la parole. Je baisse le nez, terrassé par la vision de cauchemar.

— OK. C'est ce que nous pensions. Maintenant, il faut absolument que tu te souviennes de quelque chose. Un truc qui nous aiderait à le retrouver. Qu'est-ce que tu as pu identifier, pendant qu'il te tenait là-bas ? Qu'est-ce qui pourrait nous faire avancer ?

— *Nous ? Nous pensions ?* Mais c'est qui, *nous,* Henri ?

— Heu… Tes collègues d'ici et moi, Daniel.

Ce cher vieil Henri est un sacré bon flic, un enquêteur de première, je le sais depuis longtemps. Mais en ce qui concerne les mensonges, il ferait pleurer de rire un enfant de dix ans.

Cette fois, c'est lui qui baisse la tête comme un gamin pris la main dans le paquet de cigarettes de son père.

— Elle… Elle n'a rien voulu savoir. C'était ça où elle venait toute seule.

Mon cœur fait un bond de géant dans ma poitrine.

— *Lisa ? Lisa est ici ?*

Les yeux d'Henri fuient les miens.

— Oui. Elle se repose. Elle en a besoin. Il faut que tu saches qu'elle…

Il se tait, me regarde à nouveau. Je lis la compassion dans ses prunelles, mais aussi l'amitié et une espèce d'amour qu'il ne m'avouera jamais. Une autre image s'impose alors à moi. Celle qui m'est venue quand j'étais dans le couloir de la Mort, en marche vers la Lumière, vers le Puits sans Fond. La silhouette de Lisa. Les deux cœurs qui battent à l'unisson.

— … Elle est enceinte, c'est ça ?

Henri a un sourire mouillé. Sa moustache en tremble d'émotion.

— Oui… elle…

Un serpent d'angoisse se met à circuler dans mes veines. Le vieux flic ne sourit plus du tout. Je lui attrape la main et le force à me regarder.

— Elle *quoi*, Henri ?

Une larme coule sur sa vieille peau tannée par les années. Ses iris sont comme deux morceaux de glace en train de fondre. Sa voix me parvient à peine. Elle n'est plus qu'un souffle sans vie.

— *Elle a disparu depuis ce midi, Daniel…*

80

— Mince ! Une bonne femme ! Mais qu'est-ce que tu fous ici, toi ?

Le canon du fusil s'abaisse. Le faisceau de la lampe aussi. Une trogne s'avance vers moi, me jauge en fronçant le nez. Homme ? Femme ? Impossible de le dire. La voix, éraillée par l'alcool, n'a plus de genre, plus d'âge, plus d'identité.

Mais une chose est certaine, ce n'est pas le motard qui me cavalait après. Je me relève difficilement, un genou après l'autre. La créature ne fait pas un geste pour venir m'aider.

— Je me suis perdue.

Un rire de rocaille éclate dans la nuit.

— *Perdue ?* Alors tu te perds et tu viens planter ta bagnole dans mes sapins, toi ! Non mais t'as pas idée, quand même…

Je me mets soudain à trembler de tous mes membres. Je déplie le plaid et l'enroule autour de moi. Tandis que les gros yeux s'écarquillent et observent mon ventre rond avec incrédulité, je reprends confiance en ma bonne étoile. Cette chose n'a pas l'air dangereuse, quelle qu'elle soit.

— J'ai froid. Il n'y a pas un endroit où on peut s'abriter ?

La montagne se redresse, désigne l'aval du chemin avec la pointe de la torche.

— J'ai ma cabane, là, en bas. Mais je suis pas certaine que ça va te plaire.

OK. C'est une femme. En un sens, je préfère.

— Tout ce que je veux, c'est me retrouver au chaud. Et passer un coup de fil pour qu'on vienne me chercher.

Le rire de l'incroyable bonne femme explose encore une fois.

— Ha ha ! T'en as de bonnes, toi ! T'es vraiment impayable ! Allez, amène-toi ou tu vas geler sur place avec ton pensionnaire.

Mon pensionnaire... Drôle de façon de voir les choses...

Une fois la lampe dirigée sur le chemin, je discerne mieux à qui j'ai affaire. Les vêtements sont en loques, le visage ravagé par les rides et le mauvais vin, la lumière effleure les chaussures en guenilles, les mains tavelées de taches rose clair et de brun foncé.

— D'où tu viens, ma jolie ? Et qu'est-ce qui t'a amenée aussi loin au milieu de nulle part ?

J'hésite l'ombre d'un instant. En bas, l'abri improbable de la cabane de cette clocharde issue tout droit des *Misérables*, en haut le risque de retomber, à pied, sur le dingue à la moto. Je soupire et emboîte le pas de l'inconnue. Entre deux maux, hein...

— C'est un peu long à expliquer, je le crains.

Un simple grognement me répond. Pas si curieuse que ça, finalement, la femme-ourse.

À ma surprise, nous ne marchons que quelques minutes avant que le faisceau de la lampe ne dévoile une bicoque de guingois visiblement assemblée avec les moyens du bord. Au moment où nous arrivons près de la porte, une chaîne se tend brusquement et un aboiement féroce me cloue sur place.

— Couché, César ! On gueule pas comme ça sur les dames.

Dompté, le molosse s'approche la queue basse, les oreilles en arrière. J'ai toujours eu peur des chiens, et je les évitais le plus possible avant que je récupère Sham. Grâce à elle, j'ai appris à maîtriser ma frayeur, à accepter qu'un museau humide se pose sur ma cuisse. J'essaie de ne pas penser aux puces que cette bestiole doit trimbaler, approche mes doigts du pelage de couleur sombre et je les enfouis dedans. Le chien, un bâtard à moustaches plus petit que Sham d'une dizaine de centimètres, se couche immédiatement sur le dos et m'offre son ventre, les pattes en l'air.

— Un bon point pour toi, ma cocotte. César peut pas pifer les connards. Il les reconnaît à dix kilomètres à la ronde. Un vrai radar qu'il a dans la caboche, c't'animal-là ! Allez, viens que je te détache, toi…

Une fois libre, le chien ne me quitte pas d'un pouce. Il me colle aux jambes au risque de me faire tomber.

Au fait, moi, c'est Vénus. Bienvenue dans mon château.

Je lui tends la main.

— Lisa, enchantée.

La face rougeaude se tourne vers moi. Un sourire me laisse percevoir ce qu'a pu être son visage avant. Très longtemps avant.

— C'est mon premier amant qui m'a appelée comme ça. J'avais seize ans. Ça fait un bail. Mais j'étais pas manchote, pourtant !

Le rire me prend au dépourvu. J'éclate d'un coup, comme si toute la tension que j'ai accumulée avait eu besoin de s'échapper comme l'air d'un ballon qu'on relâche brusquement après l'avoir gonflé à bloc.

Vénus entre et me fait signe de la suivre à l'intérieur. Sur le côté droit, au milieu de la pièce, un large poêle de tôle diffuse une chaleur si intense que le plaid me tombe des épaules. Elle me désigne les dix mètres carrés de sa maison d'un geste désabusé.

— Et puis ici, je peux m'appeler comme je veux. César s'en fout, de toute façon.

Je regarde autour de moi. Il n'y a qu'un fauteuil d'osier défoncé et quelques caisses qui servent de meubles précaires. Deux bidons soutiennent une planche qui fait office de banc. Vénus me pousse vers le siège d'une main péremptoire.

— Allez, pas de chichis. C'est pas tous les jours que j'ai une invitée dans mon palace.

Vu l'allure de mon hôte, je m'attendais à un taudis doublé d'un capharnaüm de poubelles et de bouteilles vides, mais la pièce est relativement propre, et rien ne traîne par terre. Les maigres vêtements de la maîtresse des lieux sont suspendus à une planche clouée dans les deux murs opposés. Des cintres dépareillés les soutiennent au-dessus du poêle pour les faire sécher. Elle lave visiblement son linge, même si ça ne doit pas être tous les jours.

Vénus s'assied sur une caisse qui grince sous son poids et se sert un verre de gnôle d'une bouteille opaque de crasse, puis elle pose une casserole sans forme sur le poêle et verse de l'eau dedans. Elle essuie une grande tasse ébréchée et y jette quelques feuilles séchées qu'elle a sorties d'un pot de confiture. La pièce est si petite qu'elle n'a même pas eu besoin de se lever.

Elle surprend mon regard inquiet et désigne les feuilles du menton.

— C'est du tilleul. Je le récolte chaque année dans les bois. Comme les châtaignes, les champignons, les baies, les petits lapins qui veulent bien se pendre dans mes collets, et de temps en temps, un truc avec des plumes ou des poils dans l'un de mes pièges. Je suis pas regardante. Je mange ce que je trouve. Parfois c'est bon, parfois dégueu. Mais c'est comme ça que je vis depuis…

Ses yeux se perdent un moment dans le vague, puis elle hausse les épaules.

— On s'en fout, après tout. C'est comme ça que je vis. Point barre.

La chaleur entre en moi par toutes mes terminaisons nerveuses. Je lève les yeux sur le visage ingrat qui s'est tu. Vénus me regarde, bien en face, et elle attend, son verre à la main.

— Écoutez… je vous suis très reconnaissante de m'avoir recueillie, mais…

— Mais tu as déjà envie de te barrer, pas vrai ?

Je réalise soudain à quel point cette femme est seule, à quel point une visite comme la mienne, aussi incongrue puisse-t-elle être, lui change son ordinaire.

J'acquiesce du menton.

— Il faut que je prévienne. On doit s'inquiéter, là d'où je viens.

Vénus s'enfile la gnôle d'un coup sec du poignet.

— Là d'où tu viens, les hommes sont des cons de t'avoir laissée partir toute seule dans la montagne. Surtout dans ton état.

— Ils n'étaient pas au courant. Je…

Vénus se ressert en silence. Elle ne me regarde pas, comme si ma réponse n'avait pas vraiment d'importance.

— Vénus, je suis flic.

— C'est bien ce que je pensais.

Je la dévisage, brusquement sur le qui-vive.

— Comment ça ?

Elle verse l'eau chaude sur le tilleul et se cale contre le mur de planches, le verre à nouveau plein.

— Je vis peut-être au fond des bois, mais j'écoute la radio, de temps en temps.

Elle me montre un petit poste noir accroché à un clou au-dessus de la porte.

— Trouvé dans une poubelle, il y a deux ou trois ans. Comme le reste. J'ai déniché une pile moins morte que les autres dans un deuxième appareil bousillé. Ça ne consomme pas grand-chose, ces trucs-là…

Elle vide la moitié de son verre et envoie un rot sonore vers le plafond.

— J'ai entendu les infos. L'attentat du train, les morts, tout le tralala. Des dizaines et des dizaines de flics descendus du nord, de Paris… Personne ne vient jamais jusqu'ici. Sauf des bracos, de temps en temps, mais ils ne m'emmerdent pas. Et je les connais tous. C'est trop loin du village et trop accidenté pour que les jeunes du coin se pointent vers chez moi pour faire des galipettes dans les bois. Il y a de la place partout, dans le secteur. Ils ne veulent pas se faire prendre la main dans la culotte par la vieille sorcière des collines. Et ils ont la frousse de mon fusil.

Elle le saisit à pleine main et le brandit au-dessus de la table branlante, puis elle rit de bon cœur.

— Y en a pas un qui croirait que j'ai jamais tiré une cartouche avec… Quelle bande de couillons !

Je respire soudain un peu mieux.

— Vous n'en avez pas ?

— Si, bien sûr. Elles sont cachées sous une latte du parquet, dans une boîte à sucre. J'ai pas envie de me tirer une balle dans le pied, mais il faut être prudente, quand on vit seule comme moi. C'est Marcel, un vieux paysan, qui me l'a donné, il y a bien longtemps, contre une bonne partie de jambes en l'air. Il est mort depuis, paix à son âme de maudit queutard. Mais grâce à ce fusil, on m'a toujours foutu la paix. Et puis il faut dire qu'avec mon physique de rêve, les mecs ne se précipitent pas à la porte de ma cabane avec leur engin à la main, tu vois…

Je ne sais pas quoi répondre. L'amertume exsude de cette malheureuse comme l'eau d'une éponge qu'on écrase. Tandis qu'elle remplit à nouveau son verre, et que l'odeur du mauvais alcool se répand autour d'elle, je prends la tasse à deux mains, approche mes lèvres du breuvage bouillant. Le parfum de la tisane m'enveloppe et me fait du bien. Je risque une question, même si je devine déjà la réponse.

— Et un téléphone ? Je peux trouver ça, par ici ?

Elle chasse une mouche invisible d'un coup de patte.

— Sans blague…

Il fallait m'y attendre. Je bois une gorgée, puis deux. C'est bon, c'est chaud. Mais je dois m'en aller.

Je me lève, reprend le plaid.

— Merci pour votre aide, Vénus, mais je ne peux pas rester.

La pocharde m'adresse un regard trouble. L'alcool a déjà fait son lit dans son cerveau pour la soirée.

— T'iras pas loin.

Je vais pour répondre, mais un bruit soudain me coupe le souffle en me glaçant le sang.

Celui d'un moteur de moto.

81

La porte de ma chambre s'ouvre soudain à la volée. Un homme en blanc entre à grands pas et saisit Henri par le col de son manteau et de la blouse réunis. Il se met à le secouer comme un prunier et l'enguirlande à voix basse.

— Ah j'en étais sûr ! Qu'est-ce que vous foutez là ? Vous êtes sourdingue ou quoi ?

Je me redresse sur le matelas et lui pose une main ferme sur le bras.

— Du calme ! C'est un ami ! Il est de la Maison…

L'infirmier tourne la tête vers moi et ouvre des yeux ronds.

— Ah ben ça, vous êtes réveillé, vous ?

Je trouve la force de lui sourire.

— Oui, et je vais très bien, merci. Écoutez, ne faites pas d'esclandre, s'il vous plaît. Henri va bientôt repartir. Vous ne l'avez pas vu. Nous sommes policiers, nous enquêtons sur l'attentat du train. Chaque minute, chaque seconde compte. C'est très important. Donnez-lui dix minutes et il s'en va, d'accord ?

L'infirmier hésite. Il nous regarde tous les deux, pèse le pour et le contre. S'il appelle la sécurité, on va savoir que l'accueil est un filet percé. Qu'il a merdé dans les grandes largeurs.

Il se décide enfin.

— Dix minutes. Pas une de plus. Et gardez la lumière éteinte.

Puis il disparaît dans le couloir.

— Vite, Henri. Mes fringues !

— Qu… quoi ? Mais… capitaine…

— Laisse tomber les « capitaine », Henri. Daniel me va très bien. Trouve-moi mes frusques, s'il te plaît. Je pars avec toi. Je ne pourrai jamais sortir seul d'ici.

Henri jette un regard inquiet à la porte.

— Il va revenir…

Je me mets debout, lutte contre la nausée qui monte le long de mes neurones.

— Dans dix minutes. Dans moins de cinq, on sera partis. *Pour l'amour du ciel, aide-moi, Henri !*

Je lâche le lit et me rattrape de justesse à la poignée du placard. Première porte. Rien. Deuxième, une couverture. Troisième… C'est là. Henri ne discute plus. Il me rejoint, me soutient tandis que j'ôte ma chemise blanche de malade et emprunte une fois de plus les vêtements de Maialen qu'une bonne âme a lavés. Il me regarde d'un drôle d'air mais ne dit rien. Ses pensées, je le sais, convergent dans la même direction que les miennes.

Tout à coup, je m'immobilise.

La carte mémoire de la caméra !

Je plonge la main dans la poche du jean. *Rien.* Elle a dû disparaître dans la rivière. Je serre les poings de dépit. Avec ça, j'avais de quoi lancer un avis de recherche sur sa sale gueule de dégénéré… et j'avais *une preuve.*

— Merde !

Mes blessures me font mal, mais aucune ne me brûle comme l'inquiétude qui me ronge le cœur. Lisa n'a pas donné de nouvelles depuis plusieurs heures. Je n'ai pas eu le temps d'en savoir plus. Henri me tend la tenue de malade. Je l'enfile par-dessus le reste pour éviter de me faire remarquer.

Nous quittons la chambre bras dessus, bras dessous, comme deux vieux amis qui font quelques pas ensemble pour narguer la maladie. Notre public est absent, le couloir est vide. Sans hésiter, Henri me pousse vers la droite. Trois croisements plus loin, c'est à gauche. Je le suis en essayant d'ignorer la fatigue qui me fait plier le dos. Les numéros de portes défilent devant moi dans un ballet hypnotique. S'il me lâchait là, tout seul, je serais incapable de tenir debout.

Nous descendons un escalier, puis un deuxième. Ensuite deux nouveaux couloirs, un ascenseur, des visages flous d'infirmières qui nous regardent à peine. Ici, la lumière est allumée. On ne va pas tarder à nous reconnaître, c'est sûr.

— J'en peux plus, Henri… c'est encore loin ?

Mon compagnon renforce sa prise sous mon bras.

— J'en sais rien. Je me suis perdu. Nous n'avons plus que quelques instants avant que l'infirmier donne l'alarme, là-haut. Il faut que je trouve. *Il faut que je trouve...*

Soudain, il lève le nez et s'arrête net comme un épagneul.

— Les poubelles… tu les sens, Daniel ?

Je fronce le mien, mais mes sens sont brouillés par l'odeur de désinfectant qui domine à l'étage.

— Non. C'est par où ?

Henri ferme les yeux, hume l'air ambiant comme s'il était imprégné de N° 5 de Chanel.

Sa main se resserre.

— Par là. Au fond et à droite. Ça y est, je me remets. Tu peux encore marcher jusque-là ?

Le visage de Lisa flotte devant moi. Il est pâle, translucide, figé comme celui d'une morte.

— Je peux marcher jusqu'en enfer, s'il le faut.

J'espère qu'il me croit. Parce qu'au fond de moi, je sais que j'en serais incapable. Et l'enfer, s'il devait arriver quelque chose à Lisa, ce serait partout. Partout où elle ne serait pas.

Nous parvenons à proximité des cuisines où un jeune type en habits de cuistot nous suit d'un œil soupçonneux. Mais l'allure assurée d'Henri fait illusion. Il ne nous pose pas de question tandis que nous traversons le réfectoire vide et nous dirigeons vers le local à poubelle. Henri me sidère. On dirait qu'il a travaillé ici la moitié de sa vie. Il s'oriente maintenant avec détermination.

Une dernière porte, enfin, munie d'une barre de sécurité. Elle est entrouverte. Dehors, la nuit n'a jamais été aussi belle. Mais la fumée d'une cigarette se faufile depuis l'extérieur. Un cuisinier qui se tape une clope, histoire de faire une pause avant la plonge.

Henri me regarde. M'interroge en silence. Ah oui, c'est à moi de prendre la décision. C'est comme ça que ça marchait, dans le temps…

La fatigue me prend d'assaut et me scie les jambes. Je tombe sur les marches de l'escalier de service. Je suis out.

La porte s'ouvre. Le cuisinier rentre, marque un temps d'arrêt en nous apercevant. C'est un jeune, lui aussi. Presque encore un adolescent. Henri ne lui laisse pas l'occasion de poser une question.

— Écoutez, mon malade est fumeur, comme vous. Il n'a pas pu allumer une cigarette depuis une semaine. Devant ses menaces de refuser de prendre ses médicaments, je l'ai autorisé à venir en griller une ici avec moi. On en a pour quelques instants à peine. Vous ne nous avez pas vus, d'accord ?

Le jeune s'approche, l'air mauvais.

— On va procéder autrement, doc. Vous me donnez combien pour que je la ferme ?

Henri me regarde, décontenancé. À moi de prendre les choses en main.

— Non, c'est pas comme ça qu'on va faire, mon garçon. Disons que si tu nous dénonces, c'est moi qui te pète les dents. Alors ? Marché conclu ?

Je ne dois pas avoir fière allure, dans mes habits trop grands, mon chemisier parme et ma robe de malade, mais le type ne se trompe pas sur l'expression de mon regard. Il fait un pas en arrière, nous adresse une moue de mépris mêlé d'un peu de crainte.

— Bande de tarés !

Il repart vers les cuisines d'un pas pressé. Au loin, un brouhaha diffus enfle dans les couloirs.

Je me redresse.

La voie est libre.

Mais le sablier a fini de couler.

Henri me propulse sur le parking, puis il observe autour de lui. Je le sens fébrile, à présent. Comme si…

— Ta voiture… Où elle est ?

Il me regarde, penaud.

— Je n'en ai pas. C'est Larralde qui m'a déposé. Je pensais prendre un taxi en repartant. Mais l'arrêt est juste devant l'accueil. Il va falloir qu'on s'en aille à pied, ou qu'on fasse du stop.

Je me retourne vers la porte que nous venons de franchir. Près de l'issue, quelques palettes ont été oubliées.

— Viens. Aide-moi à bloquer le passage. Ça nous fera gagner un peu de temps.

Nous calons quelques bouts de bois en travers de la porte, mais ça ne résistera pas longtemps aux énergumènes qui sont de l'autre côté. Comme s'ils m'avaient entendu, les cuisiniers se mettent alors à pousser, puis à cogner sur le battant métallique.

Brusquement, une voiture démarre sur le parking et fonce vers nous. Je fais volte-face, la peur au ventre. Le souvenir de la poursuite sur la route est encore gravé en moi au fer rouge.

Mais la berline braque et s'arrête près de nous dans un bruit de freins surmenés.

La porte passager s'ouvre, et une voix que je connais bien se met à crier.

— Montez ! Grouillez-vous !

Denis... Denis Larralde...

Plus rapide, Henri se précipite tandis que je vacille sur le bord du trottoir. Il plonge dans l'habitacle, actionne la poignée de la portière arrière et reviens me chercher.

Des lucioles se mettent à tourbillonner autour de moi. Des lumières vives, des cris, des éclairs éblouissants qui me font perdre l'équilibre. Je tombe dans les bras qui sentent le tabac, les poubelles, l'antiseptique et l'amitié.

Je flotte jusqu'à la voiture.

Des cris, encore.

Et puis plus rien.

82

Vénus se lève d'un coup, mais l'alcool lui a coupé les jambes. Elle retombe sur la caisse, perd l'équilibre et s'affale par terre.

— Z'est goi, ze bordel ?

Dehors, le bruit de la moto s'amplifie de seconde en seconde. César se met à hurler comme un damné.

J'attrape le fusil qui est resté sur la table, bascule le canon.

Vide.

— *Les balles ! Où sont les balles, Vénus ?*

Elle fait un violent effort pour réfléchir.

— Mmm... bar là...

Je suis la direction indiquée par son bras à moitié endormi. C'est le coin le plus encombré de la pièce. Des boîtes de métal sur des piles de carton, des sacs de plastique remplis d'objets de récupération. Il y en a sur plus d'un mètre de haut.

Un glaçon d'angoisse me noue les intestins. *Je n'aurai jamais le temps de dégager tout ça !*

— Ah... y en a deux auzi, là...

L'index qui émerge de sous la table me désigne une boîte de conserve posée sur une espèce de liteau cloué juste au-dessus de la porte.

Un goût de cendres sur la langue, je me précipite, renverse la boîte qui tombe à mes pieds. Les cartouches roulent sur le sol et l'une d'elles disparaît dans une fente du plancher disjoint.

La moto s'est arrêtée. Pas le moteur. Le phare est braqué vers l'unique fenêtre de la bicoque.

Mes doigts tremblent comme ceux d'un vieillard. Je casse le fusil, pousse la cartouche dans la chambre. Au moment où je le referme dans un claquement, la porte s'ouvre d'un coup avec un bruit de bois brisé.

Je vois la botte de cuir qui vient de fracasser la clenche pénétrer dans mon champ visuel et le coup part tout seul. La crosse me rentre dans l'épaule et m'arrache un cri de douleur tandis que je bascule en arrière.

Je n'entends plus rien. Le bruit de la détonation m'a bouché les oreilles. Des millions de guêpes me vrillent les tympans en vrombissant en un essaim dense.

Vénus se redresse tant bien que mal, se passe une main boudinée sur les lèvres, et me regarde avec un air ahuri. Elle pose une question que je ne comprends pas.

Le phare de la moto n'éclaire plus l'intérieur de la masure. Seule, la lumière du poêle nous baigne dans un halo rougeâtre. Les ombres dansent dans la pièce où la fumée produite par la poudre s'évanouit lentement. Le chien a disparu à l'extérieur. Il y a un aboiement furieux, puis un second. Celui d'une arme à feu, cette fois.

Je me relève péniblement en m'aidant du fusil. Arrivée à la porte, je me baisse et jette un coup d'œil dehors à hauteur de mes genoux. Le chemin est noyé dans l'obscurité. Soit le type est parti, soit il est allé se mettre provisoirement hors de portée de tir. Sur le seuil, quelques taches de sang m'indiquent que je ne l'ai pas manqué.

Plus loin, à la lisière de la nuit, une forme allongée et immobile m'apprend que Vénus ne caressera plus jamais César.

Je bascule le fusil, éjecte la cartouche vide. C'est du calibre 20, des plombs de 7, une munition légère pour le petit gibier. Je n'ai pas dû le blesser gravement, si sa botte de cuir était épaisse.

Derrière moi, Vénus s'affaire. J'entends les boîtes et des planches voler à travers la pièce tandis qu'elle grogne de colère en démontant son empilage précaire à pleine main.

— Ah le vumier ! Ah l'ordure ! Il va me le bayer, cette fois-ci !

Je me retourne, le visage livide. Vénus tient une boîte à sucre cabossée et tend la main pour récupérer son arme.

— *Cette fois-ci ?* Pourquoi ? Vous le connaissez ?

Elle m'arrache le fusil des mains et le charge en un clin d'œil.

— Un beu, oui, que je le gonnais ! Tous des darés, dans cette voutue vamille !

Puis elle me pousse sans ménagement hors de son chemin et sort en furie.

Elle n'a pas le temps de faire un pas de plus. Sa tête part en arrière dans une gerbe de sang et elle s'écroule à mes pieds, le fusil en travers de la poitrine.

Le bruit de la détonation m'arrive ensuite, sauvage et terrifiant.

Je tends la main, attrape l'arme sur le cadavre de Vénus au moment où un souffle d'air brûlant frôle mon bras, puis je me jette en arrière.

Je bouscule la boîte et les cartouches s'éparpillent. Mais je parviens à en glisser une dizaine dans ma poche.

J'ai juste le temps de rejoindre à quatre pattes l'arrière du poêle avant que le déluge de feu éclate. Dehors, c'est le Vietnam. Le type arrose la cabane comme un dingue, mais consciencieusement, de haut jusqu'en bas. Les balles frappent au hasard, font exploser des bocaux de verre, percent le bois en pointillé avec une densité hallucinante. Celles qui touchent le poêle se perdent dans la structure interne, sûrement doublée en briques réfractaires, parce que je ne suis pas en train de me transformer en torche humaine alors que je suis accroupie juste à côté.

Au fond, derrière moi, j'aperçois une trappe verticale fixée au mur. Je ne sais pas à quoi elle peut servir, mais c'est la seule issue en dehors de la porte et de la fenêtre de la façade. Je m'en approche en rampant, bascule le loquet. L'odeur me renseigne aussitôt. C'est ici que Vénus vidait ses intestins ou son pot de chambre, et ça depuis pas mal de temps, vu la densité de la puanteur. Impossible de passer par là. Il doit y avoir un trou, juste après. Une fosse pleine d'excréments où je pourrais me noyer d'un seul coup si je tombais dedans.

Je m'appuie à la cloison, contre la trappe, et je tiens le fusil braqué vers la porte. Quand ce malade va se décider à venir voir s'il reste quelqu'un en vie dans la cabane, je vais le recevoir.

J'ai une frousse bleue, une conscience aiguë des battements des pieds de mon bébé dans mon ventre. Il a été secoué, il proteste avec la plus vive énergie. Je serre la crosse du fusil à la briser. La chaleur d'étuve et la peur m'ont recouvert le corps de transpiration. Mon souffle résonne à mes oreilles comme un cor de chasse. On doit l'entendre jusque de l'autre côté de la vallée.

Le silence s'installe. Le type ne se manifeste pas. J'ai peur de le voir surgir à tout moment, mais son absence de réaction me tétanise. S'il est venu jusqu'ici, c'est qu'il a trouvé la voiture, qu'il sait que Vénus m'a recueillie. Et s'il l'a tuée sans hésiter, c'est qu'il a cru que je lui avais parlé de lui.

Elle est morte pour rien.

Pour rien...

À travers la vitre brisée, j'aperçois soudain une ombre mouvante en surimpression sur la nuit. Je lève le fusil, mais un objet file dans l'obscurité à travers l'ouverture. Il rebondit au-dessus de moi et s'écrase sur le plancher de la cabane avec un bruit sourd en répandant un liquide sombre sur le bois juste à côté du poêle. Une boîte de conserve, sûrement récupérée dans le tas qui traîne à l'extérieur.

Au moment où l'odeur âcre de l'essence explose dans la pièce, je rouvre la trappe, attrape la planche du banc qui est tombée près du poêle et la jette dehors, puis je m'allonge dessus, agrippe le fusil et me laisse embarquer dans la pente comme sur un toboggan. Je crispe tous les muscles de mon corps en attendant la décharge de plomb qui va me couper en deux, mais je glisse sur le bois lisse et me retrouve dans les taillis denses, de l'autre côté des toilettes de Vénus. À la lumière de l'incendie qui éclate dans la cabane, je vois que la planche a enjambé la fosse, large d'à peine plus de cinquante centimètres. La trappe est retombée derrière moi, masquant ma fuite.

La masure s'embrase en quelques secondes. Les cartouches que j'ai laissées sur le sol éclatent les unes après les autres, et provoquent une réaction immédiate du tueur. Il décharge à nouveau son arme sur le bois en flammes. Je ne peux pas le voir, de là où je suis, mais les balles sifflent au-dessus de moi jusque dans la montagne. Elles ricochent sur les arbres et se perdent dans la nuit.

Il faut que je m'éloigne au plus vite, que je profite de la fumée et des flammes pour me volatiliser avant qu'il ne me voie à la lueur de l'incendie, quand il fera le tour de la bicoque pour être sûr que j'ai brûlé vive dedans. Pour cela, il faut que je fasse disparaître la planche. Je l'attrape par un bout, me penche au-dessus de la fosse à excréments et la propulse au ras de la maisonnette. Elle s'enflammera avec le reste.

Je fais ensuite demi-tour, le dos courbé, et je m'enfonce dans les bois le plus vite possible, sans regarder derrière moi.

Je n'ai plus le plaid, plus mon manteau, et le froid me tombe dessus dès que la lueur du feu décroît.

J'avance à l'aveuglette, les avant-bras à l'équerre et le fusil à l'horizontale devant mon visage pour qu'une brindille traîtresse ne me crève pas un œil. Je sens que je laisse des traces visibles derrière moi. Des feuilles dérangées, des branches brisées, des ronces écrasées. Au jour, le tueur lira ma fuite dans la végétation comme dans un livre. Pas besoin d'être un Sioux pour ça.

Je dois parcourir le plus de chemin possible pendant la nuit. Ne pas cesser de marcher pour conserver ma chaleur. Si je m'arrête, je vais geler en moins de dix minutes.

Bientôt, je n'y vois presque plus rien. La lumière a été avalée par les arbres. J'avance au jugé, me guidant à la résistance des végétaux pour changer de direction ou pas.

La douleur dans mon ventre ne vient pas tout de suite. Elle s'installe peu à peu, insidieusement, minute après minute. Lorsqu'elle devient insupportable, je m'arrête, hors d'haleine, la sueur au front. J'ai l'impression que je vais me déchirer en deux.

Je me laisse tomber sur l'humus humide, appuie mon dos rompu par la marche sur un tronc rugueux.

Je suis seule, complètement perdue, à quelques centaines de mètres à peine d'un homme fou furieux qui a abattu Vénus sans hésiter et qui vient de tenter de me tuer.

Le froid me tombe dessus d'un coup. Je me mets à grelotter, à claquer des dents.

Je serre compulsivement le fusil contre moi.

L'évidence me gifle à toute volée.

Je ne peux pas rester ici.

Si je vais plus loin, je meurs de froid, et mon bébé avec moi.

Je n'ai qu'une seule autre solution pour survivre à cette horrible nuit.

Mais dix cartouches… est-ce que ce sera suffisant ?

83

Je me réveille avec la chaleur d'un bon feu. Henri est assis à côté de moi, une tasse de café à la main, Denis est debout devant la fenêtre, les yeux perdus dans la nuit.

Je regarde autour de moi, ne reconnais pas les lieux.

— Henri… on est où ?

— Chez Denis, Daniel. On vient juste d'arriver. Tu n'es pas resté évanoui plus de dix minutes.

Je me redresse sur mon séant et fais la grimace. Ce n'est pas encore la forme olympique. L'idée qui m'obsède me saute à la cervelle.

— Raconte-moi. Lisa…

Henri vide sa tasse et me résume la succession des événements de la journée depuis leur visite du matin aux riverains de mon enlèvement. Son voyage éclair à Barcelone, son retour sans Lisa à l'arrivée. Denis se rapproche et pose une fesse au bout du canapé. Il est visiblement tout ouïe.

— Et elle n'a laissé aucun mot ? Aucune trace ?

Henri secoue la tête d'un air désolé.

— Non, j'ai fouillé dans toute la maison. Et je n'ai aucun message sur mon portable. J'ai appelé les urgences de toute la région, les pompiers, le SAMU. Rien…

Je fronce les sourcils. Ça ressemble bien à ma Lisa, ça, de partir sur un coup de tête sans prévenir qui que ce soit. Mais le flic en elle n'a pas pu complètement négliger ce point. Son départ précipité me pousse à penser qu'elle avait peur qu'Henri se mette en travers de son projet s'il en avait eu connaissance.

— Et son sac de voyage ? Tu as regardé dedans ?

Henri me dévisage avec un air coupable.

— Heu… eh bien…

Il baisse le nez.

— Quand je l'ai ouvert, j'ai vu des sous-vêtements, une nuisette…

— Et tu n'es pas allé plus loin…

— Non.

Denis n'a pas attendu la fin de notre échange. Il revient d'une pièce adjacente avec un sac en camaïeu que je connais bien et il me le tend. Je retiens ma respiration en écartant la lingerie de ma Lisa. Elle a la douceur de sa peau, évoque des nuits où nous avons oublié jusqu'à nos prénoms en ne faisant plus qu'un seul corps, unis en une seule âme.

Je referme les doigts sur un objet rectangulaire rangé dans une housse de cuir. Sa tablette Apple. Le nec plus ultra de la marque, que je lui ai offerte pour son anniversaire. Une connexion 3G incluse. Pas besoin de Wi-Fi pour se rendre sur Internet. On peut se connecter partout, tant qu'il y a du réseau disponible. Un vrai joujou d'adulte. Un caprice.

Je bascule la protection. Le tableau *Guernica* m'apparaît en fond d'écran. Celui que nous avions dans notre salon, avant qu'elle disparaisse de ma vie.

Code d'accès. Je ferme les yeux. Je l'ai vue le taper, je m'en souviens. Mais qu'est-ce que c'était, déjà ? Un mot que je connaissais, j'en suis sûr.

Et puis ça me saute à la mémoire. Comment ai-je pu l'oublier ?

Anihi[1].

Je tape le code, l'écran s'éclaire. J'entre dans le monde privé de Lisa.

Je consulte tout de suite ses notes. Aucune n'est récente. J'ouvre alors sa messagerie. Rien, depuis des semaines, à part trois mails de Picaud qu'elle n'a même pas ouverts. Un en novembre, un en décembre, un en janvier. Il ne perd pas le nord, le commandant. N'a pas abandonné l'idée de lui faire réintégrer l'équipe. Je souris malgré moi. Il donne l'impression de ne pas la connaître, mais au contraire il attise sa dépendance à la Crime. Le fait même qu'elle n'ait pas cherché à savoir ce que contiennent les messages me le prouve. Elle n'est pas à l'aise avec l'idée de ne jamais y revenir.

Je vais pour refermer la tablette, mais saisi d'une brusque intuition, je déclenche son navigateur web.

Et là, lorsque le dernier onglet s'ouvre, Larralde pousse un juron étouffé. Je réalise alors qu'il m'observait par-dessus mon épaule. Je le regarde, ne comprends pas.

— Quoi ? Qu'est-ce qu'il y a ?

Il me montre l'image sans légende qui s'est affichée sur l'écran.

— Ce village… C'est Urepel.

Je ne comprends toujours pas. La page est anodine. Un site web dédié au tourisme au Pays basque, rien de

1. Lire *Quatre racines blanches.*

plus. On y voit une église, un café avec une terrasse vide, quelques arbres rabougris, une femme habillée en noir qui détourne le regard facc à l'objectif.

— Explique-moi, Denis.

Le capitaine Larralde soupire et se glisse les doigts dans les cheveux.

— Mais comment a-t-elle pu avoir ce renseignement, bon sang ?

Le sang me monte aux joues.

— Bon, il se passe quoi, exactement ?

Surpris par mon ton brutal, Denis nous dévisage tous les deux, Henri et moi, comme s'il revenait soudain sur terre.

— Elle est partie là-bas. J'en suis sûr.

Il bondit sur ses pieds, ramasse sa veste à la volée et fonce vers la porte.

— Vite ! Venez ! J'appelle des renforts et je vous explique en chemin !

84

Je claque des dents sans discontinuer. Je me suis perdue pour de bon, cette fois. Je n'ai pas réussi à revenir vers l'incendie. La chaleur n'est plus qu'un vague souvenir dans ma mémoire. Je marche, pas après pas, malgré la douleur dans mon ventre qui s'est métamorphosée en vraie souffrance. Je marche parce que si je ne le fais pas, je vais mourir dans ce bois. *Nous* allons mourir.

Le fusil pèse une tonne entre mes mains. Mes doigts gèlent sur le métal. J'ai eu envie de l'abandonner pour pouvoir les enfouir dans mes poches, mais j'y ai renoncé. Je n'ai plus que lui pour me protéger. Alors je le tiens alternativement à droite et à gauche, me réchauffe les mains une par une, en évitant de penser à celle que le froid mord à belles dents.

Les craquements qui explosent sous mes pieds me paraissent résonner très loin, mais je sais qu'ils ne franchissent que quelques mètres, vite avalés par la végétation.

Soudain, je glisse dans une pente que je n'ai pas sentie venir. Instinctivement, je me sers du fusil comme d'une canne d'aveugle. Au dernier moment, j'ai un instant de frayeur. Il ne manquerait plus que je me tire une cartouche dans le pied ! Mais je me récupère et la glissade s'arrête net.

La nuit est un peu plus claire. La voûte nuageuse s'est levée. La lumière des étoiles qui s'infiltre à travers les branches dénudées me permet tout juste de distinguer les troncs des arbres à quelques pas. Mon souffle se disperse en une buée dense qui s'échappe de ma bouche à chaque respiration. J'ai l'impression de ne plus avoir de chair sur les os, que mes organes sont en prise directe avec l'air extérieur.

Jusqu'où vais-je pouvoir aller comme ça ? Combien de temps encore vais-je tenir avant de m'écrouler une dernière fois ?

Je ne veux pas gémir. Je ne veux pas pleurer. Je ne veux pas imaginer que tout va s'arrêter, là, parce qu'un connard que je ne connais pas l'a décidé.

Mon ventre est froid, immobile. Mon bébé ne bouge plus. Je dois marcher plus vite pour le réchauffer. Je ne dois pas flancher. Je ne dois pas renoncer. Une phrase tourne à l'infini dans mon cerveau.

« Si tu t'arrêtes, vous êtes morts tous les deux. Mais lui sera le premier… »

Quelle température fait-il dans ces bois ? Je ne peux plus décrisper la main du fusil. Mes doigts sont soudés par la raideur. L'autre cherche à récupérer, enfouie au plus loin de ma poche de jean. Mon pull a l'épaisseur d'une brise d'été.

J'imagine le soleil, la chaleur sur ma peau, le regard de Daniel qui me fait frissonner l'épiderme. Sa main dans la mienne, nos yeux qui se touchent, nos bras qui se tendent.

Je bute contre une souche et m'étale de tout mon long dans les feuilles. Le fusil m'a échappé des doigts. Je ne sais pas où il est. À plat ventre, le nez dans l'humus, je craque soudain. Les larmes se ruent hors de mes yeux comme un torrent furieux.

Je pleure sur Daniel, sur mon enfant qui est en train de mourir de froid, sur la folie universelle qui arrache à nos cœurs une once d'humanité à chaque fois qu'elle frappe. Je pleure sur mon impuissance à faire face à la situation, à sauver nos vies dans une simple forêt française, comme si j'étais isolée au fin fond de la Guyane ou dans une crevasse inconnue dans les Alpes.

La rage me prend alors. Je me mords les lèvres jusqu'au sang. Je ne céderai pas. Je n'abandonnerai pas. Les mains dans les feuilles, je me mets à genoux, et je réalise que celles qui sont sous la couche de surface sont moins humides que les autres. Je dégrafe mon pantalon, enfile le bas de mon pull dedans, puis j'en ramasse de pleines poignées et les amasse dans les manches et contre mon corps par l'encolure. Je comble l'espace vide jusqu'à ce que je ne puisse plus en insérer une seule.

L'effet est immédiat. D'un seul coup, la sensation de gel absolu s'éloigne, même si celle de froid ne disparaît pas. J'ai les jambes toujours glacées, mais je m'en moque. Un petit coup de pied vient de faire vibrer la paroi de mon abdomen. Juste au moment où j'ai posé la main sur le canon du fusil enfoui dans les feuilles mortes.

Je me relève en m'appuyant sur un tronc d'arbre, l'arme serrée sous le bras. À présent, je peux continuer.

C'est alors que je comprends que le vent a tourné pendant que j'étais à terre.

Je ne la sentais pas il y a dix minutes, mais là, aucun doute.

Cette odeur, c'est celle du feu.

85

— Urepel, c'est un petit village frontalier entre la France et l'Espagne. À peine plus de trois cents habitants. Il y a eu des morts, par ici. Deux policiers assassinés, notamment, à Saint-Étienne-de-Baïgorry, il y a quelques années[1]. Iparretarrak y comptait quelques combattants, et ETA de nombreux sympathisants. Ces montagnes ont toujours été un refuge pour les fugitifs des deux pays. Je ne dirais pas un havre de villégiature, mais un abri certain tout de même, où ils pouvaient se fondre dans « la masse » ou dans la nature, selon les circonstances.

Je l'interromps.

— Ces policiers, ce sont des victimes des autonomistes d'IK ?

Denis secoue la tête.

— Les indépendantistes l'ont toujours nié. On n'a jamais vraiment su qui les a abattus. Mais des hommes ont purgé une lourde peine de prison pour meurtre.

— Tu veux dire qu'ils sont libres, à présent ?

— C'est arrivé il y a longtemps. Ils ont payé leur dette à la société, comme on dit. S'ils étaient coupables, en tout cas. Ce qui n'a jamais été prouvé de façon irréfutable.

1. Authentique.

Le capitaine Larralde ne quitte pas la route des yeux. Il continue.

— Certains ont été interdits de séjour dans la région pendant de nombreuses années après les faits. Peu sont revenus. Mais parmi eux, encore moins l'ont fait avec une conférence de presse à la clé.

J'échange un regard avec Henri.

— Et qui est ce type ?

— Pierre Midart, alias « Béret Noir ». Il a longtemps été l'un des principaux acteurs du groupe, l'un de ses penseurs. L'un de ses chefs les plus respectés, aussi. Lui a toujours prôné la non-violence envers les personnes. Mais contre l'impérialisme et l'hégémonie des pouvoirs français et espagnols en Iparralde, il était d'une virulence sans limites. Si un type dans le secteur a fait sauter la nuit des bombes contre des bâtiments publics, c'est bien lui. Mais si aujourd'hui les panneaux routiers de la région sont écrits en français et en basque, et si un certain nombre d'écoles enseignent l'euskara[1] aux enfants du pays, c'est aussi un peu grâce à lui.

— Si je comprends bien, il habite à Urepel ?

Denis jette un bref coup d'œil à Henri.

— Oui. Ce renseignement était classé confidentiel. Je ne pige pas comment Lisa a pu l'avoir. Parce que rien d'autre ne peut l'avoir attirée aussi vite ici.

Il a raison. Je connais Lisa. Elle a levé la piste et n'a pas pu attendre le retour d'Henri. Elle l'avait même peut-être décelée avant qu'il s'en aille.

— Et toi, tu savais qu'il réside dans ce bled ?

1. Langue basque.

— Bien sûr. Depuis qu'il est rentré au pays, Midart s'est tenu tranquille. La prison l'a vieilli, même si elle ne l'a pas usé. Il avait un besoin mortel de revenir chez lui. Aujourd'hui, il aspire à une solution politique au conflit. Mais nous n'avons jamais cessé de l'avoir à l'œil depuis lors. Il a l'obligation de rester discret sur son lieu de vie. Ne pas le révéler aux médias, notamment. Mais vous connaissez un certain nombre de ces charognards. Ils iraient parfois déterrer leur mère pour obtenir un renseignement de cet ordre-là. Alors je ne sais pas où Lisa l'a trouvé, mais elle l'a trouvé.

— Elle est flic.

Denis m'observe un instant dans le rétroviseur, comme si mon explication était absurde.

— Elle ne connaît personne, ici. Elle n'a pas de contacts, pas de réseau. Comment s'y est-elle prise ?

Je ne réponds pas. Je fais défiler les pages de la tablette. Rien. Mais Lisa était pressée. Elle n'a peut-être pas effacé tout son historique de navigation. J'inspecte les onglets qu'elle a consultés la veille. Je trouve au bout de quelques instants.

— Une journaliste. De *Sud-Ouest*. Véronique Lamand. Elle a fait un papier sur Midart il y a six mois à peine. Son nom est en bas de l'article. Lisa a dû la contacter au canard.

Henri sort son téléphone de sa poche.

— Tu as le numéro du journal ?

Je fouille dans la page « Contacts » et le lui donne. Henri compose les quelques chiffres et attend, le front baissé. Denis Larralde roule à tombeau ouvert dans l'obscurité dense. Dès que nous avons quitté la ville, elle est tombée autour de nous comme un suaire. Nous croisons une voiture de temps en temps, mais à cette heure les gens sont rentrés chez eux. Ils sont au chaud, en famille, inconscients de ce nouveau drame qui se joue juste à leurs portes.

Henri tourne un visage sombre vers moi.

— Un répondeur. Il faut les contacter demain.

Denis lâche le levier de vitesse et attrape la radio de bord. Il appelle le commissariat. En quelques secondes, il a lancé une équipe en direction du journal. Peu importe l'heure, peu importe la confidentialité de l'info, nous saurons bientôt ce que cette Lamand a raconté à Lisa. Depuis l'attentat, la région est en état d'urgence. La cavalerie peut débarquer à n'importe quelle heure. C'est toujours ça de gagné.

— Et ce Midart, tu connais son adresse exacte ?

Larralde secoue la tête.

— Non, hélas. Mais je sais qu'il est là-bas. À nous de faire cracher le premier type sur lequel nous allons mettre la main.

Je me rencogne dans mon siège. Il est bientôt minuit. Lisa ne serait jamais restée sans donner de nouvelles à Henri de sa propre volonté. Il s'est forcément produit quelque chose. Quelque chose de grave.

Je serre les poings de toute la rage qui m'habite.

C'est décidé. Dès que cette sale histoire sera terminée, je jette l'éponge. J'ai cinquante-cinq ans. Lisa vingt de moins. Je suis fatigué de la mort, fatigué de l'angoisse, fatigué de porter toute cette poisse sur les épaules, de tremper les mains dans le sang à chaque crime, à chaque cadavre que je trouve sur mon chemin. Je vais me mettre en dispo, lâcher l'affaire, me tirer au vert avec elle. Nous allons nous reconstruire, reprendre un nouveau départ. Je ne suis pas fainéant. Je peux bosser n'importe où, faire n'importe quoi. Tant que ça se situe loin du goût acide de l'adrénaline, ce sera très bien pour nous.

Pour nous trois…

— Dix kilomètres…

La voix froide de Denis me ramène à la réalité.

— Tu as un autre flingue ?

Il garde le silence un instant, puis me jette un rapide coup d'œil dans le rétroviseur.

— Sous tes pieds. La dalle amovible.

Je ne réponds rien. J'ai compris. Cette arme, il la conserve en dehors du service. *Au cas où.* Nous savons désormais, depuis les attentats de *Charlie*, que ça peut arriver n'importe où, n'importe quand. Combien sommes-nous dans ce cas, complètement hors la loi, à nous préparer au pire ? Le plus grand nombre possible, j'espère. *Le plus grand nombre possible…*

Le pistolet tombe parfaitement dans ma main. À vue de nez, c'est un Sig Sauer. Quel modèle, je n'en sais rien. Dans la pénombre de l'habitacle, je peux à peine le distinguer. J'éjecte le chargeur, le vérifie du pouce. Il est plein jusqu'à la gueule. Le numéro de série doit être effacé. Je ne cherche pas à le savoir. Moi aussi, à la maison, j'ai un calibre caché au fond d'une armoire fermée à clé. Une arme invisible, sans passé, récupérée dans une affaire, il y a bien longtemps. J'étais jeune, je me suis laissé bercer par les voix des sirènes de la tentation qui me sifflaient dans les oreilles tandis que j'étais penché au-dessus du corps sans vie d'un criminel qui venait d'essayer de me descendre. L'arme qu'il tenait à la main avait balancé des pruneaux dans les murs. Une autre était encore dans sa veste. Froide. Inutilisée. Crosse en nacre, polie comme s'il avait voulu l'exposer dans une vitrine de chez Cartier.

Personne ne l'a jamais su. Même Lisa. C'est mon péché de jeunesse, l'unique écart que je me suis jamais autorisé. Depuis que je suis seul, je le sors de temps en temps. Pour me souvenir des limites à ne pas franchir.

Et pour le nettoyer.

Au cas où.

Je ne l'ai pas apporté dans le Sud. L'appartement de Lisa est toujours vide. Je sais qu'elle n'y est pas revenue. J'en ai payé les charges depuis Hendaye pour que personne d'autre qu'elle ne vienne y fourrer son nez.

Je glisse le Sig dans ma ceinture et ferme les yeux.

Tandis que la voiture continue de rugir en se précipitant vers la montagne noire, je me blinde mentalement face à ce que nous allons trouver là-bas, à Urepel. Je pense au train d'Hendaye, au métro Saint-Michel, à Madrid, à Londres, à Beyrouth, à *Charlie*.

Je pense à Lisa et à notre enfant.

Nous sommes en guerre.

Et ça ne fait que commencer…

86

28 février, 0 h 04

La maison paraît immense, vue de ma cachette. Je suis blottie derrière une camionnette, recroquevillée sous un abri de béton recouvert d'onduline translucide. La fumée provient de la cheminée qui se dresse au-dessus de la troisième rangée de fenêtres sombres. Sur la façade, une seule est allumée, tout en haut. Rien ne bouge. Pas de chien, le silence.

Ah non. Pas tout à fait. Du fond de la bâtisse, une vibration transperce à peine les murs. C'est un son ténu, mais régulier.

Un appel.

Le téléphone.

Personne ne décroche. La maison est vide, ou l'habitant ne veut pas être dérangé.

J'ai froid, mais moins que dans les bois. Le mur de parpaings me protège du vent. Les feuilles ont rempli leur office, même si l'humidité a fini par tremper ma chemise. J'hésite. Et si j'allais me jeter dans la gueule du loup ? Et si c'était chez lui, cette baraque perdue sur ce promontoire, face aux falaises ? Il n'habite pas loin d'ici, c'est une évidence. La moto n'était pas taillée pour la route. Il n'avait pas de bagages non plus. Combien y a-t-il de maisons isolées comme celle-ci, dans ce coin ? Une trentaine ? Cent ? Pas beaucoup plus à dix kilomètres à la ronde, d'après ce que j'ai pu voir sur la route en venant.

Mes mains sont gelées. Je pose le fusil sur le sol et souffle dans mes doigts gourds pour les réchauffer. Je ne les sens presque plus.

C'est alors que mes yeux se baissent sur l'allée de terre qui mène à l'abri. Le pinceau de lumière qui provient de la maison dessine les contours d'une trace que je n'avais pas aperçue auparavant. Deux lignes qui s'entrecroisent dans la boue.

Deux lignes de pneus étroits munis de crampons.

C'est à ce moment-là que j'entends le bruit rageur du moteur. J'ai à peine le temps d'ouvrir l'arrière de la camionnette et de me jeter à l'intérieur. Au moment où je me couche sur le sol et me faufile sous un tas de chiffons qui puent la graisse, la moto s'arrête juste de l'autre côté de la mince cloison de métal.

Le fusil. Il va voir le fusil. Mon cœur va éclater. Son tambour résonne si fort qu'il doit porter à travers la montagne jusqu'à Hendaye. Mais le type, lui, bizarrement, n'entend rien. La porte de la maison claque. Bruit de clés dans la serrure. Je me retrouve seule à nouveau, le sang en ébullition.

Sors de là ! Vite ! Je me lève au ralenti, monte mon regard jusqu'au ras du dossier du siège passager. Le rez-de-chaussée est éclairé. Je vois une silhouette se déplacer rapidement d'une pièce à l'autre, en proie à la plus vive agitation. L'escalier s'allume à son tour, puis le couloir qui mène à la fenêtre isolée du troisième étage.

Et puis tout va très vite. Les lumières s'éteignent à nouveau, la porte d'entrée s'ouvre à la volée, et le type se met à courir vers la camionnette. Pas le temps de sortir de ce piège. Je me recouche dans les chiffons, la peur au ventre.

L'homme se propulse derrière le volant et démarre aussi sec après avoir jeté un sac sur le plancher, juste à côté de moi. En tombant sur la tôle, le contenu émet un son métallique dur, comme s'il était rempli d'outils.

La camionnette s'arrache dans un raffut de moteur surmené. Ce type ne fait pas dans la demi-mesure. On-Off. Les nuances, il ne connaît pas. Le véhicule attaque la route que j'ai suivie un peu plus tôt, lorsque j'ai fini par sortir enfin du bois, mais dans la direction opposée. Je me tiens comme je peux, un pied coincé contre la portière coulissante du flanc et les mains accrochées à la fixation du siège avant. Il suffirait que le tueur jette un seul regard en arrière pour m'apercevoir. Mais le tas de chiffons informe masque la couleur de mon pull.

Je résiste, les muscles bandés au maximum.

Même si ça me paraît durer des heures, la course folle ne continue pas très longtemps. Quelques minutes à peine. La camionnette stoppe dans un bruit de graviers projetés sur de la ferraille.

Le type descend en laissant la portière ouverte, moteur tournant. Je n'aurai pas d'autre chance. Si je reste ici, il va me tomber dessus en venant récupérer son sac.

J'actionne le loquet arrière et me faufile dehors. Quand je pose le pied par terre, j'entends un vantail de fer claquer contre un mur. Je referme le coffre aussi silencieusement que possible. Au moment où je pousse la clenche pour verrouiller la portière, le type redémarre pied au plancher. Je me laisse tomber sur le sol trempé, m'allonge de tout mon long dans les ornières pour échapper à la lueur rougeâtre des feux arrière dans ses rétroviseurs.

Devant la camionnette, un autre bâtiment apparaît dans le pinceau des phares à quelques dizaines de mètres. Pas d'étage, bas de plafond, autrefois blanc, ceinturé d'une rangée de pavés de verre couverts de mousse verdâtre.

Je n'attends pas que le véhicule s'arrête à nouveau. Je rampe jusque dans les fougères qui bordent le chemin de caillasses, puis je me redresse à demi et je m'enfonce de quelques mètres entre les arbres. Une odeur infecte règne ici. Comme si les bois étaient imprégnés de carcasses en décomposition. Mon pied droit écrase quelque chose de mou et de craquant à la fois qui me poisse les semelles. On dirait un cadavre d'oiseau. Je me colle contre un tronc. J'écoute.

Des pas crissent sur les cailloux. Le bruit du vantail qui se referme, puis le silence. L'homme s'est figé, le nez en l'air. Je ne le vois pas, mais je le sais. Quelque chose le perturbe. L'odeur d'une herbe écrasée, peut-être, ou une molécule de mon parfum qui a frôlé ses narines avant d'être avalée par la nuit.

Je n'ai aucune idée de l'endroit où nous sommes. Ce type est peut-être innocent de ce dont mes sombres pensées le soupçonnent. Je n'ai pas pu apercevoir son visage. Il a le droit de posséder une motocross, d'habiter une baraque isolée et d'être aussi brutal qu'un homme de Cro-Magnon avec la mécanique. Il a le droit de fourrer un sac d'outils dans sa camionnette et de partir de chez lui en pleine nuit pour se rendre dans un endroit isolé et sale où personne de sensé ne viendrait seul après la tombée du jour. Il a le droit de lever le nez vers le ciel comme un chien de chasse à l'arrêt, comme s'il attendait d'un simple froissement de plumes dans les bois la confirmation de ce que son instinct lui crie dans les synapses. Mais tout ça mis bout à bout, ça commence à faire beaucoup.

Beaucoup trop.

Soudain, j'entends ses pas qui s'éloignent sur les graviers. Il y a un nouveau bruit de clés, quelques raclements, puis un puissant halogène s'allume d'un coup au milieu de la cour, tout en haut d'un mât. Je m'écrase à nouveau dans l'humus du sous-bois. Seul mon regard dépasse de la végétation.

Je ne vois pas très bien. Il y a beaucoup de ronces. Du houx, aussi, aux feuilles persistantes. Je rampe lentement, très lentement, écartant chaque brindille qui pourrait trahir ma présence en cédant sous mon poids.

Au bout de quelques minutes, je m'aplatis à nouveau. Une trouée soudaine dans un buisson me permet une vue plongeante sur le bâtiment. Il ne manque que l'extrémité gauche, dissimulée à ma vue par un sapin aux branches basses. Mais l'essentiel de ce qu'il y a à voir est face à moi. Le type est en état d'agitation maximum. Il est en train de remplir la camionnette de sacs de toile qui ressemblent à ceux où l'on stocke de l'engrais. Il a l'air d'être costaud, parce que même si chacun d'eux l'oblige à plier comme un arc, ça ne l'empêche pas de le jeter sur son dos d'un coup d'épaule et ensuite dans le coffre du véhicule avec un han de bûcheron. À vue de nez, je dirais que ce sont des sacs de cinquante kilos, comme on en faisait il y a quelques années encore pour le ciment ou le plâtre. Au bout d'une quinzaine de va-et-vient, il reste un moment immobile, les mains palpitant de l'effort qu'il vient de fournir. J'ai l'impression d'entendre ses pensées. *Il croyait qu'il pourrait en mettre plus dans la camionnette.*

Il a un instant d'indécision, puis il lève brusquement les yeux dans ma direction. Je me fige, le cœur au bord de l'explosion. Comme une idiote, j'ai tendu le cou pour mieux voir. M'a-t-il aperçue ? Non, je suis trop loin. Impossible. Je me ratatine petit à petit. Je deviens branchette parmi les branchettes. Avec mes cheveux sombres, j'ai une chance d'être restée invisible depuis la cour.

Bruit de pas. Il est rentré. Je fais un mouvement de reptation en arrière. Il est temps que je disparaisse. Cet homme ne me dit rien qui vaille. Je ferais mieux de…

— Sors de là !

La voix a claqué dans le silence comme un coup de fouet.

Je ne bouge pas d'un pouce. Le type ne peut pas deviner qu'il n'est pas seul. Et même s'il a un doute, il ne peut pas savoir où je suis. Ni si nous sommes plusieurs.

— J'ai dit : sors de là ! Viens par ici que je voie ta gueule en face !

Je m'enfonce encore plus dans les feuilles. Je suis dans l'ombre d'une souche moussue. Je ne respire plus.

Le premier coup de feu déchire la nuit en deux. L'impact de la première balle arrache un morceau d'écorce à un arbre qui est à moins de deux mètres à ma droite. La deuxième se fiche dans la souche. Je sens le bois vibrer contre ma poitrine. La troisième frappe une pierre juste sur ma gauche et me frôle en miaulant.

— La quatrième, je te la mets entre les deux yeux ! T'as pigé ? Je compte jusqu'à trois, ensuite tu es mort…

Mon cœur va éclater. Mais comment ce salopard a-t-il pu me loger ?

— Un !

Je cherche, je scrute la cour… et soudain je la vois. La caméra est fixée tout en haut du mât, juste derrière le spot halogène. Une antenne brille au sommet. Elle doit être capable de capter la nuit, de transmettre sans fil et de tourner à trois cent soixante degrés. Je me suis fait avoir comme une bleue.

— Deux !

La culasse de la carabine bascule dans le silence. Je me lève, la frousse au ventre. Il n'y a rien d'autre à faire. Je suis trop près de lui. Il fera un carton si je tourne les talons pour m'enfuir. Je monte les mains à hauteur de mes épaules et je fais deux pas en pleine lumière. Il ne peut pas ne pas voir que je suis une femme. Il ne peut pas ne pas voir mon ventre rond. Il ne peut pas…

Il a alors un petit rire qui me hérisse les poils de la nuque.

— Tiens, tiens… Comme on se retrouve, ma jolie. Approche-toi un peu, tu veux ? Qu'est-ce que tu fais ici ?

Je traverse l'extrémité du sous-bois et je débouche dans la cour, écrasée par la lampe halogène qui projette nos ombres dures sur les graviers. On dirait qu'elles sont découpées à la scie sauteuse. Ses yeux filent dans le bois, mais il a déjà compris que je suis seule.

Il n'a pas bougé. Il reste à distance prudente de tir.

— C'est toi qui m'as plombé, chez cette vieille pute de Vénus.

Je ne réponds pas. Ce n'est pas une question. Je baisse le front. Je vois le sang qui goutte de sa cheville blessée sur son jean. Je l'ai touché, mais ça n'a pas suffi à l'arrêter. Les bottes de cuir…

Il a un sourire mauvais. Ses petits yeux rapprochés sont emplis d'une haine farouche qui me fait frissonner d'effroi.

— Je ne sais pas qui tu es, mais je me doute un peu de ce que tu cherches. Je te dois un peu de monnaie, tu ne crois pas ?

Il a un grognement forcé.

— Et puis de toute façon, dans l'état où tu es, tu ne me servirais à rien…

Il passe sa langue sur ses lèvres qui se plissent de plaisir anticipé. Le canon de la carabine descend lentement vers mon abdomen.

Je recule d'un pas.

De deux.

Non.

Il ne va pas…

Le sourire du type éclate alors dans la nuit dans un scintillement de dents blanches.

Ses yeux ont la couleur de la Mort.

La fumée se dissipe au bout du canon.

Lisa est tombée à genoux.

Sa langue est soudée.

Elle ne peut plus parler.

Elle ne peut plus crier.

Elle pose une main sur son ventre.

Puis deux.

Un hurlement muet lui déchire le corps du haut jusqu'en bas, la replie sur elle-même, lentement, comme la mer se retire pour s'être écartelée sur la grève une fois encore. Une fois de trop.

Ses paumes compriment le trou qui est là, dans son ventre.

Elle ferme les doigts comme des serres sur sa chair pour empêcher le sang clair de s'écouler au travers.

Une chaleur intolérable lui tord les entrailles. Le feu de l'enfer est entré en elle. Il dévaste tout sur son passage. Il brûle tout ce qu'il y a à brûler. Il ne se soucie pas des cendres qu'il va laisser derrière lui. Il est là pour tuer.

La lumière éclate dans le cerveau de Lisa. Une comète aveuglante qui lui fait fermer les yeux. Une lame de douleur qui s'enroule autour d'elle et la happe tout entière.

Son corps n'est plus que souffrance. Un gémissement presque inaudible franchit ses lèvres exsangues et se fond dans la nuit. C'est juste un souffle. Celui qu'elle ne parvient plus à garder dans ses poumons.

Elle oscille un instant, les mains crispées sur son bébé, comme en équilibre entre la vie et la mort.

Et puis elle tombe en avant.

Face contre terre.

87

— Là ! Une lumière !

Larralde tourne la tête et braque le volant dans le même mouvement. La voiture pile dans un crissement de freins. La vitrine du café-restaurant a baissé le rideau, mais une lampe brûle toujours derrière, comme s'il y avait encore quelqu'un au bar.

Je me jette dehors et je cours à la porte que je mets à frapper à grands coups de poing.

— Police ! Ouvrez !

Rien. Pas un bruit. Je recommence aussi sec, appuyé par Henri qui manque de se briser le poignet.

Une fenêtre s'ouvre alors au premier et un visage prudent de femme nous observe sans rien dire.

— Vous avez entendu ? Ouvrez ! Police !

Le visage disparaît et un autre le remplace aussitôt. Celui d'un homme dans la cinquantaine, le cheveu rare, l'œil furieux du type réveillé en pleine nuit. Ça se voit principalement au flingue qu'il tient au bout de sa main. Il nous braque, l'un après l'autre, comme si nous étions des cibles sur un stand de tir et qu'il hésite sur celle qu'il va dégommer en premier.

Larralde dégaine brusquement et le met en joue.

— Pose ça, abruti !

Au moment où le type pivote pour l'aligner, je sors le Sig Sauer et je hurle en le calant dans ma ligne de mire.

— Stop ! Police ! T'es sourd ou quoi ?

Là-dessus, Henri s'avance entre nous deux et tend bien haut sa carte tricolore dans le rai de lumière qui tombe de l'étage sur la chaussée.

— Criminelle, monsieur. L'état d'urgence instauré par la présidence de la République à la suite de l'attentat du train Paris-Irun nous autorise à vous rendre visite, même à cette heure un peu indue, je vous l'accorde. Auriez-vous l'extrême amabilité de bien vouloir nous ouvrir la porte de votre estaminet, s'il vous plaît ? Nous n'en aurons que pour quelques instants…

Larralde me jette un regard incrédule. Je suis soudain certain que, même s'il vit jusqu'à cent ans, il n'oubliera jamais la silhouette fragile d'Henri dressée, son passe administratif brandi comme un bouclier au-dessus de sa tête emmitouflée dans un bonnet de laine, entre trois pistolets chargés jusqu'à la gueule dans des mains au bord de la rupture nerveuse.

Il y a un moment de silence chargé d'électricité, puis la fenêtre se referme. Le rideau retombe, et des pas lourds résonnent dans un escalier intérieur en bois.

J'entends des volets qui grincent derrière moi, de l'autre côté de la place. Demain, au café, je parie que notre irruption dans la quiétude nocturne du village va monopoliser les discussions de comptoir.

Il y a un bruit de clé, et puis la porte bascule sur ses gonds. Le type nous regarde d'un œil peu amène, mais il n'a plus son pétard à la main. Je rengaine le mien aussitôt, imité par Denis. La porte s'ouvre un peu plus grand et l'inconnu nous fait signe d'avancer. Je pénètre le premier, sur mes gardes. Mais l'intérieur est clean. L'homme referme et se tourne vers nous avec son air de bouledogue affamé.

— Qu'est-ce que vous êtes venus foutre ici, tous les trois ?

Je fais un pas vers lui. Il ne va pas falloir qu'il nous parle longtemps comme ça ou ça va drôlement dégénérer.

— C'est nous qui posons les questions, mon pote. Nous sommes des officiers de la Police criminelle. Nous enquêtons sur la disparition d'une collègue. Alors ou tu la mets en veilleuse, ou la prochaine fois que tu pourras rouvrir ton troquet, c'est Justin Bieber qui sera président des États-Unis. T'as compris ?

Le type va pour rétorquer en se dressant sur ses ergots, mais la porte s'ouvre à nouveau sur un homme grand et sec qui porte un béret noir. J'aperçois d'autres gaillards, dans la rue, mais il referme derrière lui et ôte sa veste qu'il dépose avec lenteur sur une chaise avant de s'y asseoir comme s'il était chez lui.

À la tête de Larralde, je comprends tout de suite qui est le visiteur. Je le détaille avec une attention soutenue. Sous son béret, il me considère d'un œil froid, mais pas hostile. Apparemment, il en a vu d'autres.

— C'est moi que vous cherchez. Je suis Pierre Midart.

C'est simple, sans provocation, sans une once d'agressivité. Le regard bleu me transperce de part en part comme si j'étais un petit garçon. Ce type semble lire à l'intérieur du crâne des autres comme dans un livre.

Je m'assieds face à lui, sors mon portefeuille de ma poche et glisse sur la table la photo de Lisa qui ne m'a jamais quitté depuis qu'elle me l'a donnée. Sur ce cliché, elle sourit avec l'air d'un ange à qui l'on vient de révéler qu'il n'a pas de sexe. Une lèvre crispée sur un début de colère, des yeux de cobra prêt à attaquer. L'homme hoche la tête.

— Oui, c'est elle qui est venue aujourd'hui.

Je respire. Ce type répond même aux questions que je ne lui ai pas posées.

— Qu'est-ce qu'elle voulait ?

Midart a un sourire fané, comme s'il avait déjà affronté ce genre d'interrogatoire des milliers de fois.

— Savoir si nous étions des criminels, j'imagine…

Je le jauge en silence. Il ne cille pas d'un poil. Si cet homme a décidé de ne rien laisser paraître, il ne laissera rien paraître. Mais curieusement, je ne le vois pas faisant du mal à ma Lisa. Et encore moins en train de poser une bombe dans un train bondé de femmes et d'enfants qui rentrent de vacances.

Midart soupire et prend appui sur ses coudes.

— Elle est repartie comme elle est venue. Vous pouvez me faire confiance.

J'opine du menton.

— OK. Je vous crois. Combien de temps est-elle restée ? Elle était seule ?

— Oui. Une petite heure, pas plus.

Je hausse les sourcils.

— Une heure ? Mais qu'est-ce que vous lui avez raconté, pendant tout ce temps-là ?

Les yeux de Midart se plissent. Son visage redevient opaque.

— Notre histoire. Et croyez-moi, en une heure, c'est bien court.

— L'histoire du Pays basque ?

Béret Noir a une grimace d'agacement.

— Mais non, vous le savez bien. Iparretarrak, ETA, les explosifs… C'est pour ça qu'elle est venue.

— Elle pensait que c'était vous, c'est ça ?

— Elle est arrivée sans idée préconçue, elle.

Nos yeux se défient au-dessus de la table. Au bout d'un instant, je baisse pavillon, contraint et forcé par l'acuité de son regard. Je sais qu'il a raison. Lisa a ce pouvoir de s'extraire de l'émotion immédiate pour observer les choses de plus haut que moi.

— Soit. Elle est repartie. Dans quelle direction ?

— Celle de la vallée. Il n'y en a pas d'autres, ici, hormis la route qui grimpe dans la montagne vers la frontière.

— Et comment savez-vous qu'elle n'est pas passée par là ? Si elle suivait une piste liée à ETA, ce n'est pas impossible…

— Elle ne serait pas allée loin. Cette voie finit en impasse juste avant d'entrer en Espagne. Et puis mes gars l'auraient vue. Ils étaient au moins trois, là-haut, à surveiller la route.

— Pour quoi faire ?

— Ça ne vous regarde pas. Elle n'est pas passée par là. Un point, c'est tout.

À ce moment, la porte s'ouvre encore une fois. Larralde se redresse contre le bar, prêt à reprendre son arme, mais la voix du nouveau venu est perchée dans les aigus. Une voix qui nous fait tous nous lever en chœur.

— Vite ! Amenez-vous ! Y a les pompiers chez Vénus ! Ça crame comme c'est pas permis !

— Tonio ! le fusil !

Le cafetier plonge la main derrière le comptoir et, avant que j'aie pu comprendre ce qui se passe, il fonce dans la rue avec le flingue à bout de bras. Midart pose des doigts fermes sur mon bras.

— Toi, viens avec moi. La bagnole de tes copains ne passera pas.

Je le suis en courant. Même pas le temps d'envoyer un message cabalistique à Denis. Midart a garé son 4 × 4 juste devant le café. Je m'y engouffre au moment où il fait rugir le moteur et appuie sur le champignon.

L'engin décolle aussitôt de terre, comme propulsé en avant par une catapulte géante.

— C'est qui Vénus ?

Un instant, je pense que ma voix n'a pas franchi les décibels, mais Midart se penche vers moi et me crie :

— Une espèce d'ermite qui vit comme au XIXe siècle au milieu de nulle part. Elle est connue comme le loup blanc, par ici. Elle a dû dépuceler la moitié des gars de la vallée, quand elle était plus jeune.

— Une prostituée, quoi.

Midart secoue la tête.

— Non, ce n'est pas aussi simple. Elle est partie vivre là-bas après un très gros chagrin d'amour. Un truc sincère, pas un caprice de starlette. Le mec est mort, je crois. Un suicide, il me semble. Elle n'a jamais été très explicite là-dessus.

— Elle t'a fait découvrir la vie, à toi aussi ?

Le tutoiement s'est installé de lui-même entre nous. Midart sourit franchement, cette fois.

— Non, pas du tout, mais je connais la moitié des gars de la montagne qui sont prêts à le jurer, eux aussi !

Il laisse passer un instant pour négocier un virage délicat. La voiture fonce tellement vite que je me demande si nous allons arriver entiers à destination.

— Mes gars et moi, on chasse pendant la moitié de l'année.

— Et l'autre moitié ?

— On braconne.

Il attend une pique que je n'ai pas envie de lui lancer.

— Parfois, la chasse est bonne. Parfois non. Mais nous avons toujours quelque chose à lui donner.

— En échange de quoi ?

— En échange de rien. Ici, on est capables de donner sans rien attendre en retour. C'est pas comme ça, chez toi, à Paris ?

Je prends le Scud de plein fouet. Je l'ai bien mérité.

— Comment tu sais que je suis de Paris ?

Midart me jette un coup d'œil amusé.

— Y a pas beaucoup de types qui se baladent dans nos montagnes avec un accent à la Audiard à couper au couteau. Et quand ça arrive qu'il y en ait un, il ne reste pas longtemps dans les parages.

Je souris aussi, malgré l'angoisse qui me tenaille l'estomac.

— L'altitude ?

— Le plomb…

88

Au bout d'une bonne vingtaine de minutes à contracter mes abdominaux pour ne pas me cogner à la portière durant le rodéo mécanique, Midart dirige la voiture droit vers un ravin en plein milieu d'un nouveau virage.

Je serre les dents, les fesses, les intestins, tout ce que je peux contracter pour ne pas crier de peur tandis que les roues décollent face au vide. L'image de mon plongeon dans la rivière va me hanter encore longtemps, je le crains.

Le 4 × 4 gémit lorsqu'il se reçoit sur le chemin de cailloux. Midart, content de son coup, me regarde à la dérobée.

— Ça va ?

— Impec !

J'ai coassé de trouille, mais l'honneur est sauf. Il avait raison. Larralde n'ira pas plus loin que ce chemin défoncé. Mais ils ont quoi, comme véhicule, les pompiers, ici, pour pouvoir intervenir sur ce type d'incendie ?

La voiture parcourt encore quelques centaines de mètres de dénivelé plutôt raide avant de stopper derrière un engin rouge bardé de tuyaux dont les gyrophares tourbillonnants nous illuminent le portrait. J'ai la réponse à ma question en découvrant les gros pneus crantés et les suspensions rehaussées du camion 4 × 4 Renault des hommes du feu.

— Oh merde…

Je suis le regard sombre de Midart. Une forme est allongée près d'un tas de cendres que les pompiers finissent d'éteindre. Mon sang se fige d'un seul coup. J'ouvre la portière à la volée et je fonce vers la civière où un jeune mec taillé comme un gladiateur essaie de m'empêcher de soulever la couverture de survie qu'ils ont étalée dessus. Midart passe près de nous comme une flèche et s'accroupit à côté du brancard. Il jette un œil sous la toile et me fait un signe négatif du menton. Non, ce n'est pas Lisa.

Je me calme. Lève les mains pour montrer ma bonne volonté. Présente ma carte au soldat du feu. OK. OK. Avec mes excuses. Le type me regarde de travers mais n'insiste pas. Il a autre chose à faire que de s'occuper d'un flic mal embouché. Un flic tétanisé d'angoisse de découvrir la femme qu'il aime sous une bâche mortuaire rabattue sur son visage.

— L'officier me dit que c'est le seul corps qu'ils ont retrouvé. C'est bien Vénus, même si elle a été pas mal esquintée par le feu et par la balle qu'elle a prise dans la tête. Tout ce que contenait cette baraque a cramé. Il n'y a plus rien d'exploitable.

J'observe les pompiers arroser les dernières braises. Ils retournent du bout de la botte des vêtements complètement détruits pour vérifier que les planches ne se consument plus en dessous…

— Il m'a aussi révélé qu'il y a une voiture dans le bois, un peu plus haut. Une Scénic de location. Nous sommes passés trop vite pour la voir. Tu veux que… ? *Qu'est-ce qu'il y a ?*

Je suis devenu tout blanc. Je le sens au vertige qui m'a saisi la nuque entre ses doigts de glace. J'avance comme un automate au milieu des débris calcinés. Un pompier me fait signe de reculer, mais je ne l'écoute pas. Là, au centre de la pièce, près du poêle percé d'impacts de balles, une manche de veste détrempée a échappé à l'incendie. Une manche avec un revers doré au poignet. Une veste que je connais très bien, puisque je l'ai offerte à Lisa à Noël l'année dernière.

Midart s'est tu. Il a compris. Ce type ne perd pas de temps à réfléchir. Il est dans mon dos, juste derrière moi. Sa voix est grave. Presque rassurante.

— Ça ne prouve qu'une seule chose. Elle a rencontré Vénus. Rien d'autre.

— Ça en prouve aussi une seconde. Quand elle est partie d'ici, à pied, elle était tellement pressée qu'elle a préféré ne pas s'habiller chaudement. En plein mois de février. En pleine montagne.

Midart ne répond pas. Il n'y a rien à répondre.

Je lève le nez.

— Elle n'est pas repartie par le chemin.

Béret Noir me regarde intensément. Il attend la suite.

— Elle a fui celui qui est venu ici et qui les a canardées. Elle devait être à l'intérieur quand Vénus a été tuée dehors. Comment a-t-elle pu sortir de là ?

Je me tourne vers la ruine fumante.

— C'était comment, là-dedans ?

Le Basque hausse les épaules.

— Une bicoque comme tant d'autres dans les bidonvilles. Une pièce, un poêle contre un mur, un grabat du côté opposé pour y dormir pas trop près des flammes. Des boîtes de conserve, des cagettes, quelques frusques, des jouets cassés, des toilettes creusées à même le sol derrière la cabane. Un capharnaüm classique de clochard, quoi.

— Et le fusil de chasse, tu crois que c'est classique, ça aussi, chez les SDF ?

Je retourne du pied une cartouche dont la charge a explosé sous la chaleur.

Ou pas.

Je me baisse, ramasse la douille. Elle a été percutée. C'est du plomb à petit gibier. Du 7. Mais j'ai beau fouiller partout, je ne vois pas trace du fusil auquel elle était destinée.

— Tu m'as bien dit que tes copains et toi apportiez régulièrement du gibier à cette femme ?

— Oui, au moins une fois par semaine. Et depuis des années.

— Qui lui a fourni ce flingue ?

— Je ne savais pas qu'elle en possédait un.

Tout en parlant avec Midart, je contourne les décombres. J'avise une planche en miettes près de la fosse à excréments. Au-delà, la végétation est aussi dense que la jungle équatoriale. Tout a été piétiné par les pompiers sur plusieurs dizaines de mètres à la ronde pour éteindre le feu qui se propageait aux arbres. Rien ne me montre que Lisa est passée par là, mais la planche brûlée me prouve que c'était la seule solution qu'elle a trouvée dans l'urgence.

Je plonge mon regard inquiet dans la nuit si dense que je n'aperçois même pas le ciel.

Elle peut être n'importe où là-dedans.

N'importe où.

Larralde arrive en courant depuis le chemin. Henri a dû rester derrière, appuyé contre un arbre pour cracher ses clopes.

Il stoppe juste devant moi, hors d'haleine. Il a un rapide coup d'œil vers la civière et me dévisage, inquiet.

— Appelle l'hélico, Denis. Qu'ils envoient le plus de types possible sur la zone. Avec un médecin urgentiste. Il faut la retrouver très vite. Elle doit être gelée depuis des heures.

Ma voix est froide et désincarnée. J'ai l'impression que ce n'est pas moi qui viens de parler.

Denis acquiesce et passe l'appel illico.

J'essaie de me dire qu'elle est armée. J'essaie de me convaincre que son pull est très chaud, qu'elle continue à marcher pour ne pas se refroidir, j'essaie de croire qu'elle parvient à se diriger dans ce bois en pleine obscurité. J'essaie d'imaginer qu'elle a trouvé un refuge quelque part. Une grotte, une cabane de chasseur, une vieille bagnole abandonnée, n'importe quoi qui puisse la protéger du froid.

Mais rien à faire.

Je n'y crois pas.

Je n'y crois pas.

89

La voiture de location est encastrée dans le tronc d'un sapin. Complètement HS. J'inspecte l'intérieur avec une frontale que Midart est allé chercher dans son 4 × 4, mais Lisa n'a rien laissé dans l'habitacle. Il n'y a pas de sang sur le siège. C'est déjà ça.

Au moment où je me baisse sous les branches d'épines pour revenir sur le chemin, j'entends le bruit des pales qui se rapproche dans la nuit. L'appareil est là très rapidement. Il se positionne à la verticale des gyrophares des pompiers. Il sait déjà ce qu'il a à faire. Le pilote déclenche un phare puissant sous le fuselage et le dirige dans le bois, puis il se met à décrire des cercles de plus en plus grands. Au bout de quelques instants, je ne le vois déjà plus. Le son décroît petit à petit.

Henri nous a rejoints entre-temps, la mine grise. Lisa est comme sa fille. Et ce qui arrive à sa fille, c'est comme si ça lui arrivait à lui. En pire.

Midart me prend par le coude.

— Il vaut mieux qu'on remonte sur la chaussée. Même avec ma Jeep, je ne pourrai pas aller bien loin dans la végétation. De là-haut, on sera plus vite à même de réagir à l'appel de l'hélico.

J'opine en silence. Suis reconnaissant que Midart ne mette pas de conditionnel à sa phrase. Denis se tourne vers moi.

— Nous vous suivons. Tiens, prends la radio et mon portable. On garde la liaison avec le téléphone d'Henri si on vous perd.

Les portières claquent, les visages sont fermés. Nous partageons la même crainte, le même funeste pressentiment. Ça plane au-dessus de nous tous comme un vol de corneilles à l'aplomb d'une carcasse. Midart démarre en faisant hurler son moteur. Les pneus arrachent des cailloux au chemin et les projettent contre la carrosserie. Curieusement, ça me fait du bien. Comme si la fureur de la machine s'accordait à la mienne.

Je monte le son de la radio en liaison avec l'hélico pour pouvoir continuer à l'entendre par-dessus le rugissement de la mécanique surmenée. Ça chuinte, ça crachote. Ma poitrine résonne comme un hangar vide. Ça cogne tellement, là-dedans, que j'ai envie de rentrer tout au fond de moi-même pour ne plus l'entendre tambouriner.

La certitude que quelque chose de grave est arrivé me fait trembler de tout mon corps. J'ai du mal à ne pas écrabouiller la radio tellement je la serre à deux mains.

C'est juste au moment où la voiture bondit sur la route que la voix du pilote retentit dans l'habitacle.

— Là ! Je la vois ! On descend !

J'appuie sur le bouton d'appel à le briser.

— Où êtes-vous ?

— *Merde...*

Ça, c'était une autre voix.

Silence.

— *Allô ? Où êtes-vous, bon sang ?*

Silence.

— Nous atterrissons à côté des bâtiments. Nous ne sommes pas sûrs…

— Sûrs de quoi ? *Sûrs de quoi, bordel ?*

Le bruit des pales s'amplifie. L'appareil se pose sur le sol. Je sors de la voiture. Je ne sais pas d'où ça provient. Dans la montagne, l'écho vient de partout. Soudain, la radio est coupée.

— *Putain de merde !*

Midart me fait signe de remonter. Il tourne un visage de pierre vers moi.

— Le pilote a bien dit qu'il se posait près *des bâtiments* ?

Je lui renvoie son regard sans comprendre.

— Oui.

— Je peux me tromper, mais c'est peut-être là-bas. Chez les Iturzaeta. Il y a une grande cour devant la porcherie. C'est l'un des rares endroits du coin où un hélico peut se poser.

— *Fonce !*

La Jeep repart sur les chapeaux de roue en laissant de la gomme sur le bitume. Je regarde ma montre.

— Vénus, elle était raide tout entière ?

Midart secoue la tête.

— Non, la nuque seulement. J'ai pu plier son bras pour l'écarter de son visage. Pourquoi ?

— Ça fait entre trois et quatre heures pour le décès. Six heures environ après sa mort, elle aurait été rigide comme un morceau de fer. Quatre heures, tout de même, ça fait long, seule dans les bois…

La Jeep roule toujours à fond de train. Soudain, au détour d'un virage, les arbres disparaissent et sont remplacés par des arbustes bas qui ont poussé dans la roche d'un talus. Le faisceau des phares lèche la route, puis le bord d'un ravin, et fait ensuite miroiter les eaux agitées d'une rivière en contrebas.

Mes mains se crispent sur le siège. Quelques instants plus tard, au moment où une poignée de verre brisé crisse sous les pneus, je comprends que ce cauchemar est un éternel recommencement. Que le cercle est sur moi. Que quoi que je fasse, j'étais destiné à revenir ici pour payer. Pour payer très cher.

Même dans l'autre sens, je reconnais alors la route. Nous ne sommes plus qu'à quelques centaines de mètres de là où j'ai été retenu prisonnier.

La Jeep s'arrête en dérapage devant le portail fermé à clé. De l'autre côté, le moteur de l'hélico tourne toujours. Je me hisse sur les bras, mais une douleur fulgurante me rappelle à l'ordre et m'oblige à lâcher le vantail métallique.

Mais pas avant que j'aie vu la civière glisser dans la carlingue à la lumière crue de l'halogène, planté tout en haut du mât.

Tandis que je me hisse à nouveau sur le portail en criant de désespoir, l'hélicoptère décolle dans un vacarme assourdissant qui résonne jusque dans mes os.

J'aperçois un homme qui me regarde à travers le hublot tandis que l'appareil vire à cent quatre-vingts degrés.

Son visage est livide.

Un stéthoscope brille autour de son cou.

90

Midart me soutient tandis que je glisse contre le vantail de métal, complètement scié à la base. Dans ma poche, le portable de Denis Larralde sonne sans interruption. Béret Noir le cueille du bout des doigts et décroche. Il donne notre position affichée au GPS de la Jeep, puis il referme l'appareil et s'empare de la radio de la police.

C'est peut-être bien la première fois qu'il s'en sert, mais il n'hésite pas une seconde.

— Allô, l'hélico. Allô, l'hélico. Unité au sol à l'écoute. Répondez, s'il vous plaît.

Sa voix a une intonation de chef des armées. Puissante. Péremptoire. Il ne se passe pas cinq secondes avant que le contact soit rétabli.

— Libellule 5, j'écoute, unité au sol.

— Libellule 5, veuillez préciser l'identité de la victime, je vous prie.

Il y a un instant de terrible silence, puis la voix enfonce le pieu suspendu au-dessus de mon cœur.

— C'est bien la femme que nous cherchions. Le lieutenant Lisa Heslin. Elle…

Le pilote hésite. Je l'entends presque buter sur les mots qui vont me tuer.

— Je vous écoute, Libellule 5.

La voix de Midart est le seul lien qui me préserve encore de la folie, qui me maintient les narines hors du marais d'horreur où je vais me noyer. Un lien ténu, aussi fragile qu'un fil d'araignée. Sa main est posée sur mon bras. Il ne me lâche pas d'un pouce.

— *Je vous écoute, Libellule 5 !*

C'est l'autre voix qui prend le relais. Une voix aussi neutre que possible. Une voix qui essaie de se détacher de ses yeux qui ont examiné le corps de ma Lisa.

— Elle est vivante, mais son état est critique. Elle… elle a pris une balle de gros calibre dans l'abdomen. Je n'ai pas pu stopper l'hémorragie sur site. Nous la dirigeons immédiatement sur les urgences de l'hôpital de Bayonne. Elle y sera dans moins de vingt minutes. L'équipe est déjà prête à la recevoir. Terminé.

Midart me regarde avec gravité, puis il pose la question qui me dévore l'âme à grands coups de dents.

— A-t-elle une chance de survie, docteur ?

Le bruit des pales emplit l'espace autour de nous. Il fouette l'air de la nuit au rythme effréné de ma respiration. C'est comme si nous volions avec Lisa à travers l'obscurité vers l'îlot du dernier espoir que cet hôpital représente.

— Peut-être. Mais une chance sur combien, ça…

Béret Noir ne m'a pas quitté du regard.

— Merci, Libellule 5. Je reste en contact jusqu'à votre arrivée à destination.

— Compris, unité au sol. Au fait, c'est quoi votre nom ?

Le Basque coupe la radio et la lance sur le siège de la voiture, puis il s'accroupit près de moi. Ma tête a basculé en avant, les larmes coulent enfin en inondant mon visage. Je suis incapable de parler, incapable d'autre chose que de me recroqueviller sur moi-même. L'organe de Midart résonne contre mes yeux vides.

— Elle est vivante. *Vivante.* Tu ne dois penser qu'à ça. Tu dois te fermer à toute autre idée, à tout abandon. Parce que si toi tu la laisses tomber, elle n'aura plus personne sur qui compter.

Les mots du Basque glissent sur moi sans m'atteindre. Le visage de Lisa m'explose à la figure. Je revois son sourire, son air buté qu'elle arbore quand elle a tort et qu'elle le sait, ses yeux révulsés dans la jouissance au creux de notre lit. J'ai l'impression que ça fait des années, des siècles, que j'ai vécu cent vies depuis la dernière fois que je l'ai vue, le visage tordu de colère contre moi. Je pense à cette balle qui a traversé son corps, à ce morceau d'acier qui a emporté avec lui la vie de cet enfant qu'elle portait. Je pense à l'image des deux cœurs superposés qui m'a retenu au bord du vide, quand j'étais à deux doigts de lâcher la rampe, quand j'avais renoncé à me battre.

Je n'entends pas la deuxième voiture arriver. Je n'entends pas non plus les gémissements d'Henri quand il croise le regard sombre de Midart. Mais je le vois tomber à genoux à côté de moi, effondré de douleur, le corps secoué d'inextinguibles sanglots. Il baisse le front et s'appuie sur mon épaule, comme si j'avais le pouvoir de lui procurer autre chose qu'un désespoir sans fond.

Nous restons longtemps prostrés, accrochés l'un à l'autre comme sur un radeau perdu au beau milieu de l'océan. À deux pas de nous, Denis Larralde et Pierre Midart parlent à voix basse dans leurs téléphones portables.

Au bout d'un moment, Béret Noir se retourne vers moi.

— Mes gars sont en place devant chez lui…

Je me redresse comme s'il m'avait planté dans l'oreille un morceau de fil électrique branché sur le deux cent vingt. Je dois avoir un regard de mort-vivant tout juste sorti de terre.

— *Tu sais où vit ce fils de pute ?*

— Oui. C'est à cinq minutes d'ici. Mais…

— *On y va !*

Incapable de conduire, je me jette sur le siège passager, le pistolet à la main. Je ne vois plus que du rouge. Du rouge, du rouge et encore du rouge…

Midart monte aussitôt et démarre. Il renonce à parler. Il a compris que je suis hors de tout contrôle, de tout argument. Une forte giclée de bile me ravage l'œsophage d'un seul coup. L'acidité me fait avaler une mince gorgée de salive. J'ai la bouche aussi sèche qu'une poignée de sable du désert.

Nous arrivons en quelques instants. Midart se gare en bas de l'allée, dans la rue. Je jaillis hors de la Jeep comme un diable de sa boîte. Un gros type surgit de derrière un arbre et me barre le chemin, un fusil de chasse en travers de la poitrine.

La voix grave de Midart résonne derrière moi.

— Il est OK.

L'inconnu s'efface, mais en gardant ses mains en évidence sur la crosse. Derrière la ligne des hommes déployés en éventail, la maison est plongée dans le noir. Il n'y a pas d'autre véhicule qu'une motocross pleine de boue appuyée contre un mur, au fond d'un abri sommaire.

La motocross.

Je la reconnais dès que la lumière des phares de la voiture de Larralde, qui nous suivait de près, se gare à côté de nous. Des lignes orange et vertes sur fond blanc. Une couleur à gerber.

J'arme le pistolet et j'avance droit sur la porte de la maison. Il y a un brouhaha, derrière moi, mais il s'éteint dès que Midart se tient près de moi, un flingue sorti de nulle part à la main. De l'autre côté, Denis actionne la culasse de son pistolet de service et hoche la tête.

OK. On y va. Mais ensemble.

J'ai un méchant pincement au cœur. Il aurait suffi de quelques heures. Juste quelques minutes, peut-être. Mais je n'ai plus le temps de réfléchir. Je tire la première balle qui fracasse la serrure tandis qu'Henri brise une fenêtre à coups de pierres.

Nous entrons tous les trois en même temps, les armes braquées dans toutes les directions à la fois.

91

La route était presque déserte. Damian ouvrit la boîte à gants et sortit un paquet de bonbons à la menthe. Depuis qu'il avait quitté le parc à cochons, il ne pensait qu'à elle. Comment avait-elle pu le trouver ? Comment avait-elle pu comprendre aussi vite que c'était lui ? Avait-elle seulement la moindre idée de ce qu'il projetait ?

Il crispa les doigts sur le volant. Il avait encore en mémoire le poids de la carabine entre les mains. Lunette à infrarouge, viseur millimétrique à bain d'huile, canon usiné hélicoïdal, le nec plus ultra. Ce petit bijou devait valoir un paquet de fric au marché noir. Et presque pas de recul, avec ça. On pouvait grouper trois bastos dans une pièce de deux euros à trente mètres sans perdre de temps à régler la lunette. Ça se faisait tout seul, sans effort, sans prise de tête.

Alors une cible à moins de dix mètres, tu penses…

Damian ébaucha un sourire de loup. Ah, elle avait dû la sentir passer, cette foutue emmerdeuse ! Et elle allait dégonfler un peu, maintenant, cette pouffiasse. Ça lui apprendrait à coucher et à se faire engrosser pour augmenter encore cette population de connards. Il aurait peut-être dû lui en coller une deuxième dans la tête, pour faire bonne mesure. Mais dans l'état où elle était, c'était sans doute inutile. Elle avait eu son compte. Elle ne le ferait plus chier, celle-ci.

Il ne savait pas comment ça s'était produit, mais deux fois de suite, ça commençait à faire beaucoup. Il n'était pas tout à fait prêt, mais il ne pouvait plus attendre. Il avait dû laisser une dizaine de sacs dans la porcherie. Impossible de les rentrer dans la camionnette. Damian jeta un œil dans le rétroviseur obstrué par la cargaison qui montait jusqu'au plafond. Combien y avait-il, au juste ? Pas loin de sept cent cinquante kilos, au bas mot. De quoi passer un bon moment, déjà.

Il ricana. Personne ne lui intenterait un procès pour ne pas en avoir apporté assez dans ses bagages…

Surtout avec la petite surprise qu'il leur avait préparée chez lui.

Le détonateur était réglé à 2 heures du matin. Avec un peu de chance, les flics seraient toujours sur les lieux quand ça leur péterait à la figure. Avec ça, toutes les traces de son passage sur terre partiraient en fumée une bonne fois pour toutes. Encore une diversion de plus, et celle-ci ferait un maximum de bruit dans les journaux. Ça les occuperait un moment. Enfin… avant qu'il accomplisse son Œuvre, bien entendu.

Il consulta sa progression sur la carte du département. Il avait débranché le GPS, cette espèce de sale petit mouchard qui pouvait se révéler un véritable espion embarqué à la solde des enquêteurs. Il allait naviguer à l'ancienne, payer son gasoil en liquide. Il n'avait pas beaucoup de route devant lui. Un signalement de la camionnette était une possibilité à prendre en compte, mais il y avait peu de risques. Il faudrait transférer le chargement, mais à raison de quinze sacs d'à peu près cinquante kilos chacun, il en aurait pour une petite heure en prenant tout son temps. Pas de quoi en faire un plat.

Ensuite, une fois arrivé à destination, il aurait le dernier chargement à effectuer. Mais là, avec l'excitation de l'approche de l'Événement, les sacs ne pèseraient presque plus rien dans ses bras.

Une charge émotionnelle, voilà tout.

Ha ha !

92

— Ça pue.

Nous sommes tous les trois figés dans l'entrée. Il n'y a pas un bruit dans la maison. Denis jette un œil circonspect à Midart et m'interroge du regard. Je hausse les épaules. Nous sommes chez le dingue que nous cherchions depuis une semaine, ce type qui a tué dix-huit personnes, peut-être bientôt dix-neuf avec Lisa, et c'est ça qui importe. Mais je ne peux m'empêcher de suivre le regard de Béret Noir.

Et je ne comprends pas.

— Qu'est-ce qu'il y a ?

— Les volets…

Mes méninges tournent à plat, depuis que l'hélicoptère a emporté Lisa loin de moi. Je scrute les fenêtres, ne vois aucun volet. Dans un coin, une comtoise ancienne pulse sans bruit. Elle affiche 1 h 52.

— Ils sont tous ouverts au rez-de-chaussée, souffle Midart. Comme si ce type avait voulu s'assurer que nous pourrions entrer ici facilement.

Je secoue la tête.

— C'est au milieu des bois. Il n'y a personne, ici. Il n'a pas perdu de temps avec ça.

Midart a un petit sourire en coin. Il passe près de moi et penche la tête à mon oreille avant de s'engager le premier dans l'escalier.

— C'est un point de vue de Parisien, ça... Il y a toujours quelqu'un dans les bois.

Il pose le pied sur la première marche, se courbe en deux et avance en crabe, son pétard à hauteur d'épaule braqué vers l'étage. Je ne sais pas s'il n'a fait sauter que des entrepôts vides la nuit, avec ses petits copains d'IK, mais ce n'est sûrement pas la première fois qu'il mène une action de ce genre. Tandis que Denis part explorer le rez-de-chaussée avec Henri, je colle au train de Béret Noir pour ne pas lui laisser la direction des opérations.

La crosse du pistolet est couverte de sueur. Je suis dans un état second, comme si je venais d'achever un marathon. Mes muscles sont tellement engourdis qu'ils me font mal partout. Le souffle court, comprimé par la rage, je propulse à grands coups de pied chaque porte du couloir dans la pièce qu'elle dessert.

Cette baraque est immense, mais délabrée de fond en comble. Les papiers se décollent des murs avec l'humidité, des champignons courent en arabesques noirâtres entre le sol et le plafond. Les meubles sont recouverts de poussière, comme s'ils n'avaient pas reçu de coup de chiffon depuis des années.

Au premier, seule une chambre paraît habitée. Il y a un lit défait, du linge sale en tas dans un coin. Sur un mur, une photo jaunie d'un jeune type en fauteuil roulant est accrochée avec trois punaises. Le quatrième angle pointe vers l'avant, comme une invitation à la décrocher. Je le soulève. *1995,* écrit à l'envers au crayon noir. Le garçon sourit du bout des lèvres. Pris de trois quarts, au soleil d'une belle journée d'été qui le fait cligner des paupières, on voit très bien ses jambes atrophiées qui gonflent à peine son pantalon. Ses bras maigres font penser au corps meurtri d'un rescapé des camps de la mort. Et pourtant, son visage, encore poupin, dégage une énergie presque palpable. Le cliché a bien l'air d'avoir été pris il y a au moins vingt ans. On aperçoit derrière lui la calandre d'une Renault 25 qui paraît neuve et le bout d'un immeuble blanc bardé de balcons rouges sur lequel un sigle illisible fait une ombre un peu sale. Le garçon est encore un ado. Pas plus d'une quinzaine d'années, à mon avis.

Il y avait un ordinateur portable sur le bureau. Il a disparu. Seuls restent le chargeur et le modem Wi-Fi. Midart me laisse et repart dans le couloir. J'ouvre le placard de la piaule à la volée et braque mon arme à l'intérieur. Rien que des habits en tas, à peine pliés, des chaussures de marche, de course, des manteaux jetés à la va-vite sur des piles de CD de hard rock et de DVD pornos, tout un foutoir de chambre de mec qui vit seul et qui n'attend pas spécialement de visite.

Sauf nous...

Les mots de Midart tournent en rond dans ma tête. Petit à petit, mon instinct de flic reprend le dessus sur l'abattement. Je suis dans l'action, prêt à défourailler si j'aperçois la sale gueule de cette ordure.

Il savait que nous allions venir.

Il savait que ça ne nous prendrait que très peu de temps pour établir le lien avec le parc à cochons.

Il est allé à l'essentiel...

Je sors de la chambre, visite tout l'étage. Personne. Midart a déjà grimpé l'escalier jusqu'au deuxième. Je le retrouve sur le palier. Il secoue la tête. Personne ici non plus.

Cette fois, c'est moi qui m'engage le premier vers le troisième et dernier étage. Une partie est mansardée de chaque côté. Nous nous mettons d'accord d'un hochement de tête. Béret Noir prend à droite, je prends à gauche.

C'est dans la dernière pièce que je trouve le cadavre. La femme d'une soixantaine d'années est assise nue sur son lit, les yeux grands ouverts sur le vide. Elle ne doit pas être morte depuis plus de deux heures. Du trou rond qui s'ouvre au milieu de son front, un peu de sang a coulé sur son visage et lui dessine des larmes écarlates sur les joues. L'arrière du crâne, en revanche, a disparu. Le mur du fond, derrière les barreaux de la tête de lit, est moucheté de traces infâmes sur plus de cinquante centimètres de haut. Les draps, autour des hanches de la morte, sont imbibés de tout ce qui lui restait dans la vessie et les intestins. La puanteur est insupportable.

Il y a un petit sifflement, juste derrière moi. Midart s'avance, l'arme dirigée vers le sol.

— Il lui en voulait, on dirait…

Il me désigne du menton les mains sectionnées du cadavre enfoncées dans son sexe, moignons en avant.

Je hoche la tête, l'esprit en ébullition. Le type a tout préparé pour nous accueillir. Cette mise en scène, il l'a accomplie après avoir tiré sur Lisa. Parce qu'à ce moment-là, il savait qu'il avait atteint un point critique.

Mes pensées tournent toujours en boucle. Il y a quelque chose qui me gêne, ici. Plus encore que le cadavre de cette femme qui m'a tout l'air d'avoir l'âge de sa mère.

Il est allé à l'essentiel...

Mais c'est quoi, l'essentiel, pour lui ?

Je regarde le corps de la morte. Elle faisait partie de l'équation, aucun doute là-dessus. Comme la balle qui a fauché Lisa. Comme la bombe dans le train…

L'essentiel, c'est non seulement de tuer, mais de marquer les esprits. De tuer en choquant le plus possible.

Il savait qu'on allait venir ici, qu'on allait rappliquer aussi sec...

Il voulait nous scotcher dans cette chambre...

Les mots de Midart reviennent encore me tourner autour.

« Ça pue… »

Oui, ça pue. Cette pièce, toute cette baraque sent la mise en scène à plein nez. Il serait en train de nous regarder à travers un œilleton, caché quelque part, que ça ne m'étonnerait pas plus que ça.

Je scrute à nouveau le cadavre de la sexagénaire. *Pourquoi au troisième ? Pourquoi tout en haut de cet escalier ? Pourquoi tout au bout de ce couloir sans fin ?*

Et là, la réponse m'arrive en pleine face, aussi limpide qu'un verre d'eau, aussi évidente que si elle avait été écrite en lettres capitales sur le mur. Je consulte ma montre, les poils de la nuque hérissés par le sentiment de l'imminence d'un effroyable danger. Il est deux heures moins deux.

Je me baisse sur les genoux et je soulève la couverture pour jeter un œil sous le lit. Les chiffres d'un vert lumineux de l'horloge analogique scintillent dans la pénombre. Il ne reste plus qu'un petit « 1 » dans la colonne des minutes. Les autres numéros défilent tellement vite que je peux à peine les lire.

Je saute sur mes pieds et propulse Midart hors de la chambre en direction de l'escalier.

— VITE ! ON SORT DE LÀ !

Il ne perd pas de temps à me demander pourquoi. Nous avalons les marches trois par trois, puis quatre par quatre en hurlant pour que Denis et Henri nous entendent. Lorsque nous débouchons enfin au rez-de-chaussée, ils sont sortis mais sont restés devant la porte, se demandant ce qu'il se passe. J'attrape Henri par un aileron et je l'entraîne en courant vers l'abri le plus proche, à une quarantaine de mètres de là, un mur de béton qui clôture le hangar à voitures à hauteur de ceinture, derrière lequel nous tombons à plat ventre au moment où le monde entier se désintègre autour de nous.

93

Des explosions, dans ma carrière de flic, j'en ai connu deux ou trois. Je sais que l'effet de souffle est parfois aussi mortel que les morceaux de béton ou d'acier qui traversent l'espace comme des projectiles de guerre. Je sais également que la surdité ne dure qu'un temps. Ça, ce sont les grandes lignes. Dans le détail, on flippe comme un malade. On a beau savoir que si l'on est capable de se relever, les dégâts seront *a priori* modérés, on pense tout d'abord qu'on ne retrouvera jamais l'ouïe. On voit des lèvres bouger, des gens courir et faire des grands gestes dans le silence le plus total. Un silence déchiré par un larsen qui vous arrache les tympans de l'intérieur, qui vous fait regretter de ne pas vous être évanoui pour de bon.

Et puis vous réalisez que vous êtes couvert de plaies, de brûlures, de poussière et de gravats. Vous vous relevez avec la sensation d'avoir passé une semaine dans un broyeur, les reins en marmelade, les muscles rigidifiés par l'adrénaline, pour vous réveiller enfoui dans un sac de farine éventré où vous respirez comme un poisson qu'on vient juste de sortir de l'eau.

Arrive alors le temps des constats. On se redresse, hagard, perdu, brisé de l'intérieur. On vérifie qu'on est encore en un seul morceau. On réalise qu'on a échappé au pire, que ce ne sera pas encore pour aujourd'hui. Que le sursis va continuer pour un petit moment.

La dernière fois, c'était en Suisse, au chalet de Lisa. Il s'en était fallu de peu, là aussi. Probable qu'un ange gardien veille sur moi, quelque part dans l'éther, et qu'il ne me laissera pas partir de cette façon, en mille morceaux.

Lorsque la poussière commence à se disperser un peu autour de moi, délayée par le vent, je relève le nez et inspecte les environs tandis qu'Henri se dégage des gravats. Il est blanc comme un linge, mais indemne. Je ne parviens pas à voir à plus de trois mètres. Impossible de savoir si Denis et Midart ont eu le temps de se mettre à l'abri, eux aussi.

Le toit du hangar a été soufflé comme une toile de tente mal arrimée. La moto a été projetée par-dessus le muret, elle a disparu dans l'obscurité. Seuls quelques phares de voitures trouent encore la nuit de minces pinceaux délétères qu'on discerne à peine dans la fumée dense qui s'étend et nous noie dans une marée blanche et opaque.

Je prends le bras d'Henri, lui montre la direction à suivre pour tenter de retourner vers la voiture. Je lui explique par signes qu'il doit s'accrocher à ma veste pour ne pas se perdre dans la purée de pois. Il acquiesce en secouant la tête d'un air un peu absent. Il est sonné, complètement à plat. Je crains qu'il en ait pour un moment avant de s'en remettre.

Une fois qu'il est bien attaché, je me lance dans le nuage qui ne faiblit pas. Je marche sur des morceaux que je ne peux identifier, redoutant par-dessus tout de poser le pied sur quelque chose de mou.

Quelque chose d'inerte.

Nous avançons pas à pas, comme des bébés qui apprennent tout juste à se tenir debout. J'ai l'impression que ça dure des heures, mais il ne s'est sûrement pas écoulé plus de quelques minutes avant que l'une des lumières devienne soudain plus présente, plus proche de moi. Une fois que j'en ai conscience, je trace droit sur elle et je finis par poser les mains sur le capot d'une voiture. Une Jeep.

Un homme apparaît devant moi. Il me sourit. Me frappe le dos. *Midart.* Juste à côté de lui, le visage ensanglanté de Denis me considère d'un œil absent. Il a une vilaine coupure sur le front qui lui laissera certainement une belle cicatrice, mais apparemment rien de grave. Midart est plein de poussière jusqu'aux cheveux. Il a perdu son béret dans la tempête.

Il va falloir qu'on lui trouve un autre surnom.

L'idée, incongrue, m'arrache un sourire sans joie. Nous aurions pu mourir tous les quatre, enfermés dans ce piège. Et la première chose qui me vient à l'esprit ensuite est une vanne à deux balles.

Peu à peu, comme un matin de chants d'oiseaux qui se lève, les bruits environnants réintègrent le pavillon de mon oreille martyrisée. Je me tourne vers Midart.

— Qui est cet enfoiré de première ? Tu avais l'air de connaître les hangars de la porcherie…

Midart a un large geste qui englobe les ruines de la maison effondrée sur elle-même.

— Ici vit – enfin… vivait – la famille Iturzaeta. Des gens simples, mais qui ont eu une existence compliquée.

— Explique.

Midart se passe une main précautionneuse sur le crâne. Il doit avoir l'impression d'être soudain tout nu sans son couvre-chef.

— Eritz, le père, s'est suicidé quand les gosses étaient encore petits. Je m'en souviens bien, parce que c'était la première fois que j'entendais parler d'unc chosc pareille chez nous. Je devais avoir dans les vingt, vingt-deux ans. L'aîné des frères, environ dix. Le plus jeune, pas plus de cinq ou six.

Impossible, en me rappelant l'image du fou furieux qui m'a maintenu en détention, de l'imaginer sous les traits d'un enfant.

— Lequel a des yeux plus rapprochés que la moyenne ?

Il n'hésite pas un seul instant.

— Damian. Le plus jeune. C'est lui qui a trouvé son père pendu au bout de sa corde, un après-midi. C'est du moins ce qui s'est raconté, ensuite, au village, quand il a commencé à déconner.

— À déconner ?

Ma voix est froide, distante, clinique. Je dissèque les informations à la volée comme si je n'étais pas partie prenante dans l'histoire de ce tueur dégénéré.

— Oui, le genre de trucs que commet un ado en mal d'existence. L'essentiel s'est passé à Baïgorry. Vols à l'étalage, dans un supermarché, bagarres, provocation de flics, injures publiques, cambriolages…

— *Assassinat, attentat à la vie d'autrui avec acte de terrorisme et de barbarie ?*

Midart me laisse déverser ma bile, puis il secoue la tête.

— Non, rien de tout ça. Mais il a pu changer, je le reconnais. Ça fait des années que je ne l'ai pas vu. Si cette femme, là-haut, était sa mère, je ne peux pas te le confirmer. Je ne l'avais jamais rencontrée. Je suis juste certain que le garçon que j'ai connu petit aurait été incapable de… lui faire ce qu'il lui a fait. Le grand frère a disparu il y a deux ans environ. Écoute… j'ai fait des recherches avec mes gars, après le départ de ton amie. Ce Semtex, que Damian a utilisé, ça sent ETA à plein nez. Pour moi, il provient d'un *zulo*. Un trou, creusé dans la forêt, où les etarras ont commencé à planquer leurs armes après les grosses prises des collègues par la police dans les années quatre-vingt. En ville, ils étaient trop repérables. Dans les bois, ils pouvaient venir les récupérer quand ils le voulaient. Ces caches sont tellement bien dissimulées qu'il est presque impossible de les déceler dans la végétation. Souvent, une borne incendie ou un rocher sert de repère. Il faut juste connaître l'azimut et le nombre de pas à marcher pour tomber dessus. On sait qu'Iturzaeta courait dans la montagne depuis des années. Il avait plus de chances que n'importe qui de découvrir l'un de ces zulos. Ça devait bien finir par arriver un jour…

Je serre les dents, garde mes réflexions pour moi. Je sais bien, moi, de quoi ce salopard est capable. Je l'ai vu descendre à bout portant cette instit' qui ne lui avait rien fait… Et Lisa en a payé le prix fort, elle aussi.

J'ouvre la porte de la Jeep, pêche la radio de Larralde qui est restée sur le siège. Je passe l'appel d'une voix atone que je ne reconnais pas. En quelques instants, c'est le branle-bas de combat à l'autre bout de la ligne. Langeais est réveillé sur-le-champ, ainsi que deux ou trois ministres, j'imagine. Le commandant prend lui-même la communication moins de cinq minutes après que j'ai donné l'identité du tueur au Semtex à mon premier interlocuteur. La chasse est lancée. Dans quelques minutes, tous les flics de France, tous les gendarmes, tous les journaux connaîtront son visage. Sa sale gueule, celle de l'Ennemi public numéro un, sera dans toutes les mémoires, dans tous les collimateurs. Il ne pourra plus aller nulle part pour pisser, pour faire le plein ou pour acheter une baguette sans se faire repérer dans la seconde.

Mais au moment où je formalise cette pensée, une autre prend le dessus sur elle.

Il s'en fout.

Il s'en fout. Complètement. Parce que ce qu'il a prévu, ce dont il nous a menacés, il est sur le point de l'accomplir. Midart vient de me mettre au courant. Deux de ses gars ont fouillé les hangars à cochons, après notre départ en catastrophe avec la Jeep. Ils ont retrouvé dix sacs de vingt-cinq kilos d'un mélange qu'ils soupçonnent très fort d'être de la poudre de nitrate d'ammonium. C'est l'avantage de converser avec des poseurs d'engins explosifs. Ils savent très vite à quoi ils ont affaire, dans ce genre de situation…

— Daniel…

Je refais surface. C'est la voix de Langeais, toujours au bout du fil. Il ne m'a jamais appelé par mon prénom, jusque-là. Un mauvais pressentiment – un de plus – me noue les tripes.

— Je suis là, commandant.

— Je… je suis désolé, pour votre femme. Je voulais que vous le sachiez.

Mes yeux sont secs, à présent. Mes cils ne sont plus embués par les larmes. Mais mes mains sont devenues des outils mortels, des étaux capables de broyer n'importe quoi entre mes doigts.

— Merci, commandant.

— Je suis en contact avec l'équipe du chirurgien qui est en train de l'opérer. Je vous tiens au courant dès que j'ai des nouvelles.

Un souffle d'air chargé de poussière pénètre dans mes poumons.

— Elle est toujours en vie…

Silence.

— Elle est entre de bonnes mains. Les meilleures de la région. Mais… le médecin refuse de se prononcer. Il faut espérer. Et prier pour elle.

Je serre le combiné à le briser. Espérer, oui. À mort. *À mort!* Mais les prières, je n'en ai rien à foutre. Si Dieu existait quelque part, IL ne permettrait pas que des femmes enceintes prennent des balles dans le ventre. J'ai mieux à faire que d'adresser des supplications stériles à un ciel vide.

— Je vais le choper, commandant, le transformer en hamburger. Je veux que vous me donniez carte blanche sur ce coup-là.

Il y a un bruit, de l'autre côté de la radio. Je prends ça pour un frottement contre un meuble, et puis un léger écho dans la voix du commandant Langeais me renseigne. Il a connecté son téléphone à un deuxième appareil. Il est en train d'enregistrer notre conversation.

— Non, Daniel. Je ne peux pas vous donner carte blanche, vous le savez bien. Vous êtes un policier. Un officier. Vous n'êtes pas un justicier. Pas un criminel comme ce type-là. Votre boulot, c'est de l'arrêter, pas de le descendre.

Voilà, le parapluie est ouvert au-dessus de sa tête. Il pourra prouver, si cela s'avère un jour nécessaire au tribunal, qu'il m'a prévenu. Qu'il ne peut être tenu pour responsable de mes agissements.

— Merci, commandant. Je savais que je pouvais compter sur vous.

J'enfonce la touche, éteins le poste, puis le balance sur le siège. Henri m'a rejoint, suivi par Denis. Ils se sont tous les deux assis à l'arrière, les yeux rougis par la poussière.

Henri m'observe sans rien dire. Il n'a entendu qu'une seule chose. « Elle est *vivante.* »

Denis tousse, s'essuie le visage d'une manche aussi sale que ses joues et se penche sur le dossier du siège avant en allongeant les poignets de chaque côté de l'appuie-tête.

— Et maintenant ?

Midart a incliné le buste pour entendre ma conversation avec le commissariat. Tous ont les yeux tournés vers moi. Ils attendent ma décision. Je regarde ma montre. 2 h 11. Si je ne me trompe pas, Iturzaeta aura fait exploser sa cargaison de nitrate d'ammonium avant la fin de la journée.

Il a besoin d'être vu. Que les images filmées par les télés soient fortes. Qu'elle marque leur cible au fer rouge.

Il n'attendra pas la nuit.

Et en février, elle tombe tôt.

La photo que j'ai trouvée accrochée au mur dans la chambre du cinglé danse devant mes yeux. Elle m'attire tel un symbole très fort de l'esprit dérangé de celui que nous traquons.

Il y a un sens puissant dans le fait qu'elle ait été la seule punaisée au mur, j'en suis sûr.

Lorsque je lève les yeux sur mes trois compagnons, je vois en surimpression sur leurs visages de pierre un deuxième compte à rebours qui défile comme un métronome infernal.

Sauf que cette fois, je ne sais pas où ça va péter.

94

L'hôpital de Bayonne est un bâtiment cubique aussi froid qu'une montagne de granit. Je pénètre dans le hall d'accueil devant un Henri aux yeux humides et creusés. Il est un peu plus de 4 heures du matin. Midart nous a quittés en nous souhaitant bonne chance. Il avait récupéré son béret légendaire et l'avait fiché crânement sur sa tête osseuse après l'avoir brossé de façon approximative. Son regard intense m'a suivi tandis que je montais dans la voiture de Larralde, et j'ai compris que je m'étais fait un nouvel ami que je ne reverrais probablement jamais.

Denis m'a laissé le volant à l'entrée de la ville et est rentré en taxi au commissariat pour s'occuper des recherches que je lui ai demandées.

Un vigile s'avance vers nous, la démarche chaloupée pour bien montrer qui est le patron, à cette heure indue, mais ma carte le calme aussitôt. Il nous explique le chemin pour nous rendre aux urgences, puis il retourne à son poste, bras croisés face à l'entrée, visage hostile, mâchoire fermée. On ne le paye pas pour être sympa, il veut que ça se voie.

Un médecin asiatique à la peau bistre tient la permanence et me demande de m'asseoir dans la salle d'attente après avoir noté mon nom, celui d'Henri, et l'objet de notre visite. Il se dirige ensuite vers le fond de son local et ouvre une porte à clé avant de passer la tête à l'intérieur, puis il revient vers moi après avoir refermé à double tour. La sécurité, ici, ça ne rigole pas. Je ne sais pas ce qui a pu s'y dérouler auparavant, mais les consignes sont strictes. *On ne passe pas !*

Le toubib nous demande d'attendre un moment. Nous patientons une interminable demi-heure jusqu'à ce qu'il revienne vers nous et nous invite à l'accompagner dans un bureau adjacent qu'il déverrouille avant de s'effacer pour nous laisser entrer. Un homme d'une soixantaine d'années y est assis, le nez plongé dans un dossier. Il est visiblement arrivé par une autre porte restée entrouverte, et qui mène vers les tréfonds de l'hôpital.

L'Asiatique disparaît après avoir refermé derrière lui. Henri et moi nous asseyons tandis que le sexagénaire remonte ses lunettes sur son nez. Il a les yeux fatigués de celui qui se bat jour après nuit pour sauver des vies.

— Bonjour, messieurs. Je suis le docteur Letocart. Chirurgien, plus précisément. C'est moi qui ai opéré votre collègue, Mme… (Il jette un œil au dossier devant lui.) Lisa Heslin.

Le sang s'est arrêté de couler dans mes veines. L'air ne parvient plus à mes poumons. Mes yeux s'agrandissent de frayeur devant l'expression grave du praticien. Henri se recroqueville à côté de moi dans l'attente du coup de grâce. Mais le chirurgien lève une main apaisante.

— Elle est passée très près de mourir, je ne vous le cache pas, mais son état semble se stabiliser depuis qu'elle est sortie du bloc, il y a à peine une demi-heure. Deux infirmières et un médecin se relaient en permanence auprès d'elle, n'ayez aucune inquiétude à ce sujet.

La lumière crue des néons vrille mon âme d'éclats tranchants comme des lames de scalpels.

Vivante. Elle est vivante...

Je pense à Midart, à son conseil. Ne plus croire que cela, ne pas renoncer. Ai-je finalement prié ce Dieu auquel je ne crois pas ? Je serais incapable de le dire. Mais je ne pouvais pas imaginer que Lisa allait partir comme ça, sans même avoir eu l'occasion de la serrer dans mes bras une nouvelle fois. *Au fond de moi, je n'y ai pas cru.*

Le médecin se racle la gorge. Son regard devient moins direct. Je comprends ce qu'il va me dire avant même qu'il ouvre la bouche.

— *Le bébé...*

Letocart a un soupir d'une tristesse infinie.

— Il n'a pas survécu. Je suis désolé, monsieur Magne. La blessure était trop...

Je lève les mains bien haut comme pour parer un coup mortel.

— Je ne veux pas le savoir, docteur. *Je ne veux pas le savoir !*

Il y a un silence gêné, un silence dans lequel j'entends mon bon Henri renifler au fond de son fauteuil. Je ferme les yeux, tente de reprendre contact avec la réalité, de passer au-dessus de la douleur qui m'arrache les tripes et me les disperse aux quatre vents.

Le médecin rajuste ses lunettes.

— Hem... Il y a tout de même quelque chose que je dois vous dire... à ce sujet.

Je relève le front. Le type a toujours l'air embêté de celui qui a encore une mauvaise nouvelle à annoncer, et qui sait qu'il va porter l'estocade. Comme je ne réponds pas, il considère cela comme un acquiescement.

— Votre compagne… ne pourra hélas plus jamais avoir d'enfant, monsieur Magne. J'en suis profondément déso…

La rage explose soudain en moi, hors de toute espèce de contrôle. Je balaye d'un puissant revers tout ce qui se trouve sur le bureau, je me lève et lance un grand coup de poing dans le mur qui brise le placoplâtre comme du sucre glace. Et puis je me tiens face à la vitre qui me renvoie sur l'écran noir de la nuit le reflet d'un fou furieux prêt à trucider le premier inconscient qui se trouvera au milieu de son chemin.

Je ne reconnais pas le regard de tueur que je lis sur mon propre visage.

Mais je sais que c'est le mien, désormais.

Le médecin me parle comme si rien ne s'était passé. Il a dû assister à cela des dizaines de fois durant sa carrière aux urgences.

— Mme Heslin va être transférée demain à l'hôpital Henri-Mondor de Créteil. Elle y sera entre les mains des plus grands spécialistes de la capitale.

Je me retourne d'un bloc vers lui.

— Mais je…

— C'est votre hiérarchie qui a pris la décision, monsieur. Le commandant Picaud, pour être exact. En l'absence de famille proche, c'est la procédure légale.

La colère afflue de nouveau dans mes tempes prêtes à péter de fureur.

— *Mais je suis sa famille proche !*

Le médecin se lève.

— Vous n'êtes pas mariés, monsieur Magne. Il n'y a aucun lien officiel entre vous et Mme Heslin. Je suis encore une fois désolé, mais je ne peux pas refuser d'accéder à la demande de vos supérieurs hiérarchiques.

Le coup m'arrive en pleine figure. Je baisse les yeux, ma colère me tombe des épaules comme une mue trop longtemps portée. *Picaud... Maudit soit-il...*

— Écoutez, elle sera soignée dans les meilleures conditions, et assez proche de chez elle – de chez vous – pour que sa convalescence se déroule le mieux possible. C'est une bonne solution, non ? Vous ne croyez pas ?

Je ne réponds rien, une fois de plus. Oui, bien sûr. Ils ont raison. Elle sera en sécurité là-bas, et les collègues pourront bientôt passer lui parler, essayer de l'aider à survivre à ce cauchemar.

Je lève le nez, des larmes plein les paupières.

— Je veux la voir avant de partir.

Le chirurgien secoue la tête d'un air impénétrable.

— Non, je regrette. Elle n'est pas en état. Vous ne...

— Ce n'est pas une question, docteur.

Letocart plonge ses yeux sombres dans les miens. Mesure ma détermination à l'aune de mes mâchoires prêtes à déchiqueter tout ce qui se mettra en travers de mon chemin. Il réalise qu'il n'aura pas le dernier mot sur ce point.

— Venez avec moi. Vous aurez cinq minutes. Pas une de plus. Vous allez comprendre pourquoi.

Il ouvre la porte en grand et avance dans la pénombre des couloirs sans se retourner. Nous le suivons comme des chiots obéissants, écrasés malgré nous par le silence qui règne dans l'immense bâtisse. Un silence rompu seulement par des râles, parfois, quand nous passons tout près d'une chambre entrouverte. À chaque fois, j'essaie de penser que ce n'est pas celle de la femme que j'aime. De celle qui ne sait pas encore qu'elle ne sera plus jamais maman.

L'intensité de la lumière a été baissée de moitié pour la nuit.

Nous longeons un dédale de couloirs avant de parvenir, quelques minutes plus tard, à une porte devant laquelle le docteur Letocart s'arrête et fait volte-face. Il pose la main sur la poignée, plonge ses yeux sans émotion dans les miens, et me répète à voix basse.

— Cinq minutes. Pas une de plus. Ne lui parlez pas. Ne la touchez pas. Elle a pour l'instant uniquement besoin de repos, il ne faut pas que son cœur se mette à battre la chamade. Je reste devant. Et vous, dit-il à Henri, vous ne bougez pas de là.

Je hoche la tête en serrant les dents, me retiens de lui attraper le poignet pour le briser en deux. Fais signe à Henri qu'il s'asseye dans le couloir. Que tout est OK.

Je veux que le médecin se taise.

Je veux qu'il me laisse entrer.

Je veux la voir vivante pour y croire enfin…

Lisa gît comme une morte, les bras le long du corps, la couverture remontée jusqu'aux épaules. Il fait chaud dans la chambre, si chaud que la sueur me perle instantanément aux reins. Des tuyaux lui entrent par le nez, par la bouche, le poignet droit et jusque sous les draps. Son teint est très pâle. Elle a les narines pincées avec le sparadrap, mais je perçois un léger mouvement dans sa poitrine. Ça se soulève doucement, si doucement que j'en retiens ma respiration pour mieux entendre la sienne.

Je m'assieds à distance, sur la chaise en acier chromé, et je la contemple jusqu'à ce que les yeux me brûlent comme s'ils étaient remplis de sable. Son ventre est presque plat. Je réalise que je n'ai jamais vu sa grossesse, que je ne la verrai jamais. Que cet enfant qui allait naître de notre amour n'aura pas de nom, ni de sépulture. Qu'il ne connaîtra pas la chaleur de ses bras, la douceur de son sein gorgé de lait.

Au bout d'un moment, tandis que l'aiguille des secondes me martèle dans le cerveau le peu de temps qu'il me reste, je ne peux plus résister. Je me lève sans faire le moindre bruit, m'approche de son corps abandonné, puis je me penche sur elle et pose mes lèvres sur l'endroit où seraient les siennes si elle les tendait pour me donner un baiser.

Je reste un instant immobile, en suspens au-dessus de son visage hâve et inerte.

— Je vais le trouver, Lisa. Je vais le trouver, je te le promets

Je n'ai pas prononcé un seul mot à voix haute. Je les ai juste articulés en silence pour sceller notre accord.

Je me recule au moment où la porte s'ouvre derrière moi. Letocart me fait un signe impératif de sortir. J'accède à sa demande sans broncher. Ce que j'avais à dire à Lisa, je le lui ai dit.

À présent, le reste me regarde.

95

Connecting to iCloud…

J'ai garé mon engin à un peu moins de cinq kilomètres de l'endroit où j'ai l'intention de le faire exploser. J'ai encore quelques heures à attendre, bien tranquillement, à l'abri de ce hangar abandonné que j'ai repéré depuis plusieurs jours, mais au moins je vais rester invisible depuis la route qui mène là-bas. J'ai apporté de la lecture, et aussi un modem portable 3G qui va me permettre de mettre en ligne ce manifeste, ma signature, juste avant de décoller pour mon ultime destination.

Lorsque les flics vont tomber là-dessus, ils vont devenir cinglés. Parce que j'ai finalement décidé de réduire à peau de chagrin le temps que j'ai imparti à leur possibilité de riposte. L'idéal, c'est qu'ils arrivent juste trop tard. Juste ce qu'il faut pour qu'ils voient le truc partir en fumée sous leur nez.

Si tout va bien, les journaux et les chaînes télé les suivront de près, avec leurs caméras et leurs micros prêts à avaler toute la boue que j'aurai laissée derrière moi. Ils en auront tellement à ramasser, à raconter, ils fronceront tellement les lèvres de dégoût qu'ils en auront la nausée pour des mois. Et ils n'en auront pas fini de sitôt. Parce que mes écrits me survivront. Parce que ce qui est gravé en mots et en actes dure plus longtemps que ce qui est crié dans le vent, même avec toute l'énergie du désespoir.

Ils sont quelques-uns, déjà, à pouvoir regretter d'avoir croisé ma route. J'espère que cette femme flic survivra, finalement. J'espère qu'elle gardera gravée au fer rouge dans sa chair et dans sa mémoire cette balle que je lui ai donnée pour la punir de porter cet enfant dans sa matrice.

Plus tard, elle me remerciera.

Parce que les enfants sont la plaie de l'humanité. Ils portent tous vos espoirs, tout votre amour, ils sont le bras armé que vous projetez vers l'avenir. Et puis ils grandissent, ils s'émancipent, ils se détachent de vous et commencent à vous cracher à la gueule. Ils deviennent toutes vos frustrations, toutes vos colères, toute la déception du formidable espoir que vous aviez placé en eux.

C'est pour ça que je n'en ai jamais eu.

Si mon père avait su ce qu'il adviendrait de la relation entre ma mère et mon frère, il les aurait sûrement tués de sa propre main. Je n'ai fait que respecter sa volonté, plus de vingt-cinq ans après sa mort.

Mais j'ai dû descendre une marche de plus dans la fange pour y parvenir.

Eh bien, voilà ce qui s'est passé exactement.

L'enterrement de Patxi n'était qu'un leurre, qu'une illusion. Le cercueil était vide. Il a fallu que je m'introduise chez lui, un soir, il y a un an, alors que j'avais appris que ses parents avaient l'intention de vendre la maison, pour le comprendre. Ils étaient partis pour le week-end. Je voulais récupérer une photo de lui, en souvenir. Je n'en avais jamais eu. J'ai eu tout le temps de fouiller dans les dossiers, parce que je ne trouvais rien dans sa chambre. Sa chambre qui avait été vidée de tout ce qu'elle contenait autrefois comme s'il n'avait jamais existé. C'est dans les papiers médicaux de Patxi que j'ai découvert des comptes-rendus de spécialistes, des résultats d'examens émanant des grands savants du CRMGAI, le Centre de recherches des maladies génétiques et auto-immunes.

Quand j'ai lu la date sur les documents, le monde s'est arrêté de tourner sur son axe. C'est là que j'ai réalisé que Patxi n'avait pas été tué par l'accident, devant le lycée. Il était en état de mort cérébrale à la suite du choc, mais il avait vécu encore presque quinze ans dans une boîte, quelque part dans ce Centre, comme un légume qu'on cultive dans une serre.

J'ai alors compris que ses parents avaient vendu son corps et qu'ils touchaient une grosse somme d'argent chaque année pour ça.

Personne n'a jamais eu le pouvoir de guérir Patxi. Personne n'a même seulement essayé. Il n'a été maintenu en vie pendant toutes ces années que pour servir de matériau d'expérimentation, de cobaye, de rat de laboratoire. Son état n'a en fait jamais cessé de décliner, petit à petit, morceau après morceau. Ces enfoirés de spécialistes l'ont fait durer jusqu'au bout de sa misérable pelote de ficelle, jusqu'à ce qu'elle soit complètement déroulée, jusqu'à ce qu'il ne reste plus rien à en tirer que de la poussière.

Et là, ils l'ont laissé mourir comme un chien. Sa coquille était vide, il n'intéressait plus personne. Il s'est éteint seul, abandonné de tous. Ils ne l'ont pas enterré une deuxième fois. Il a été incinéré en catimini le 21 juillet, l'année dernière, à l'insu de tous ceux qui le connaissaient et avaient pleuré sa mort une décennie *et demie plus tôt. C'était le dernier papier qui clôturait le dossier de santé de mon ami.*

Ses parents avaient tout prévu, tout manigancé depuis très longtemps. Leur désespoir lors de l'enterrement n'avait été qu'une façade, leurs larmes une mascarade. Tout ce qu'ils avaient montré ce jour-là, leur tristesse, leur désespoir, la chute de sa mère devant le cercueil, n'avait été que de la poudre aux yeux.

Je ne les ai pas tués tout de suite dès qu'ils sont rentrés de voyage. Je voulais faire les choses en grand. Les punir en cinémascope, que tout le monde puisse en profiter.

Maintenant, c'est fait. Avec le masque, ils ne m'ont même pas reconnu. Je ne les avais pas revus depuis l'enterrement. C'est un peu frustrant, quand j'y pense, mais je ne pouvais pas prendre le risque qu'ils prononcent mon nom avant que je leur foute cette balle dans la tête à tous les deux pour leur faire payer la torture qu'ils ont infligée à leur fils.

Autre chose... Je peux bien le dire, maintenant que tout va bientôt s'arrêter. Dans les papiers des Urreta, ce soir-là, j'ai aussi trouvé un dossier sur moi. Sur ma mère. Les Urreta étaient des vrais fouille-merdes. Il y en avait comme ça sur une bonne vingtaine de familles de la région. Des relevés d'heures, des mentions de visites, des numéros de plaques minéralogiques, et aussi des articles de journaux qui relataient la mort de mon père. Des articles que je n'avais jamais vus à la maison. Des articles qui mettaient en doute son suicide, qui parlaient de l'infidélité chronique de sa femme, du corbeau qui l'avait dénoncée en envoyant une lettre anonyme chez nous. Des articles qui faisaient mention d'une bagarre entre mon paternel et un autre type, un certain Eneko Arramberra, un etarra de la première heure. L'homme a été soupçonné d'avoir assassiné mon père, mais la police n'a jamais trouvé aucune preuve. Il a été lavé de toute accusation six mois plus tard. Le visage d'Arramberra apparaissait sur une photo, à la sortie du tribunal, alors qu'il montait dans sa voiture dont on voyait parfaitement la plaque d'immatriculation. Il souriait. Il avait réussi son coup. Il pouvait baiser ma mère tranquillement, à présent, et plus seulement de 14 à 15 heures, comme c'était noté toutes les semaines dans les relevés de ces fils de pute d'Urreta pendant une période de plus de dix ans.

Arramberra avait un alibi en béton, pour le jour de la mort de mon père. Mais toujours d'après les journaux, il connaissait du monde, en Espagne. Des durs, des tueurs. On a même prétendu qu'il avait autrefois collaboré avec les GAL, ces exécuteurs patentés, pour se blanchir les pattes d'un certain nombre de coups fourrés. Il n'avait eu qu'à détacher leurs laisses et à les lâcher sur lui.

Les gens sont médisants…

Papa n'a eu aucune chance.

Aucune.

J'ai mis six mois à retrouver Arramberra. Un peu moins à préparer mon piège. J'ai découvert la mention de la naissance de sa fille dans les documents de la mairie où il habitait. Et elle, je l'ai dénichée tout simplement sur Facebook. Elle avait gardé son patronyme de jeune célibataire pour ne pas être identifiée en tant que femme mariée. Un peu couillon, non ? À quoi ça tient, parfois…

J'ai acheté le billet en liquide, au nom de sa fille, et je l'ai envoyé à Arramberra avec une gentille lettre. Il ne pouvait pas ne pas venir dans ce train. Il avait compris que je la tuerais sans hésiter. C'est beau, le sacrifice d'un père, quand même...

Dix-huit morts... Les flics n'étaient pas près de trouver qui était visé. J'avais tout mon temps, et je le savais. C'était même très excitant de glisser ce sac bourré jusqu'à la gueule sous le siège sur lequel j'étais assis, là où il viendrait bientôt poser ses vieilles fesses et ses couilles molles qui allaient s'envoler vers le ciel dans un beau feu d'artifice.

J'avais renseigné quelques instants plus tôt ce sale fumier pour qu'il cherche sa place ailleurs, dans le wagon d'à côté. Pour qu'il me laisse profiter de ça quelques secondes de plus.

Il ne m'a pas reconnu non plus.

Il n'a pas été déçu.

Pour un peu, ça m'aurait fait bander.

C'est dire...

Ensuite, je me suis demandé si ma mère savait, pour l'assassinat de mon père, et si elle n'avait rien tenté pour l'empêcher. J'ai attendu d'en avoir terminé avec Arramberra pour lui en parler. Quand je l'ai fait, ce soir-là, j'ai compris en voyant les yeux d'Arantxa s'arrondir d'effarement que c'était elle qui avait tout organisé pour se débarrasser de mon père.

Ça m'a un peu énervé, je l'avoue...

Je ne vois pas le bâtiment, de là où je suis garé. Il est encore loin de mes sept cent cinquante kilos de mort en sac, mais c'est comme si j'y étais déjà. Je suis venu tellement de fois, ici, sur Google View que je pourrais le parcourir de long en large en pleine nuit les yeux fermés.

Le danger, c'est que quelqu'un me reconnaisse, si un avis de recherche a été lancé, mais avec mon uniforme et ma casquette sale qui me tombe sur les yeux, il y a peu de risques.

Même si le vêtement est un peu grand pour moi.

Même s'il a quelques petites taches de sang sur les manches.

En tout cas, si ça devait arriver, je ne crois pas que qui que ce soit ait le pouvoir de m'arrêter.

Mais s'il en a envie, il peut toujours essayer !

HA ! HA !

Clic.

Upload completed.

96

Denis m'appelle alors que je suis déjà en route pour revenir à Hendaye. C'est Henri qui décroche. Il donne l'impression de se réveiller tout juste, d'émerger d'une longue plongée dans des abysses insondables.

— Oui, il est à côté de moi… D'accord, je lui transmets…

Il raccroche, tourne un visage enchifrené vers moi.

— Il a le renseignement que tu lui as demandé.

Je serre les doigts sur le volant. Henri me passe le combiné. J'écoute en silence, émets des « mmh » pour que Denis entende que je le suis pas à pas. Mon cœur bat un peu plus vite. Le jour ne se lèvera pas avant plusieurs heures, mais un coin du voile, lui, est en train de glisser vers la lumière.

À nous deux, mon pote.

Le commandant Langeais passa la tête dans l'embrasure de la porte de Denis Larralde.

— Vous pouvez venir quelques minutes dans mon bureau, capitaine ? J'ai à vous parler.

Larralde se leva sans broncher et suivit son chef jusqu'à son antre que celui-ci referma avec soin avant de prendre place sur son fauteuil. L'officier croisa les doigts en une vague pyramide et prit le temps d'observer son subalterne avec une attention soutenue. Denis Larralde ne baissa pas les yeux. La pyramide s'écroula lorsque Langeais se pencha soudain par-dessus son bureau.

— Vous pouvez m'expliquer ce bordel, capitaine ?

Larralde haussa les sourcils.

— Mais certainement, mon commandant. D'après les premières constatations menées par la Scientifique, il s'agit de Semtex, là aussi.

Langeais frappa du poing sur le bureau, le visage tordu de colère.

— Ne me prenez pas pour un con, Larralde ! Je parle de l'évasion de Magne de l'hôpital ! Qu'est-ce qui vous a pris, bon sang ? Vous croyiez que ça allait passer à l'as, cette connerie ? Et ces menaces sur le personnel soignant, vous savez où ça peut vous mener, ça ?

Les yeux de Denis Larralde étincelèrent.

— La femme de Magne avait disparu, commandant. Qu'est-ce que vous auriez fait, à sa place ? Vous auriez piqué un roupillon après avoir avalé vos cachets pour la nuit ? Et si un connard avait voulu se mettre en travers de votre route, vous ne lui auriez pas démoli le portrait à coups de poing dans la gueule ? Vous allez faire croire ça à qui ? Mais réveillez-vous, nom de Dieu ! Magne se bat pour retrouver cet enfoiré, comme nous, mais avec encore plus de rage et de détermination. Parce que lui, il est touché de plein fouet par ce criminel. C'est ça, la différence !

Larralde se leva brusquement sans y avoir été invité. Il dominait Langeais de toute sa taille et de toute sa colère.

— Et nous allons le coincer, commandant. Nous allons stopper ce fils de pute avant qu'il ne soit trop tard.

Parce que cette fois, nous savons qui il est, nous savons qu'il n'a plus rien à perdre et qu'il ne s'agit plus que d'une question d'heures avant qu'il ne mette la région à feu et à sang !

Le capitaine posa ses deux poings aux jointures blanches sur le bureau de son patron. Ses yeux n'avaient pas quitté ceux de Langeais.

— Ai-je répondu à votre question, commandant ?

Langeais resta un instant immobile, le front buté, prêt à exploser. Puis il se renversa en arrière, un demi-sourire aux lèvres, les doigts à nouveau en pyramide.

— Faites votre boulot, capitaine. Mais faites-le bien. Ou je vous garantis que vous paierez les pots cassés de votre poche…

La porte claqua si fort qu'un bibelot tomba de l'étagère située derrière Langeais et se brisa en mille morceaux sur le carrelage. Une horreur que sa femme lui avait rapportée de son dernier séjour en thalasso à Athènes.

Langeais sourit.

C'était un bon présage pour l'avenir.

Je consulte ma montre à la lueur de la lune. 5 h 10. Si je me réfère à mes observations précédentes, les collègues passeront vers 11 heures du matin. Je n'aurai qu'à leur emboîter le pas. La roue, plutôt. *HA ! HA !*

Les flics doivent avoir trouvé l'indice que j'ai laissé dans ma chambre. Si ce n'est pas le cas, ils n'auront perdu qu'un peu de temps sur mon planning. Mon manifeste sera en ligne d'ici une petite heure. Juste pour être sûr que les journaux du jour seront déjà imprimés. Je veux que ça n'arrive en première page que demain matin, avec les photos du carnage. Dommage, je ne serai plus là pour le voir. Ça va être quelque chose de mémorable, une date marquée d'une pierre rouge. Je vais devenir une sorte de charnière dans l'Histoire de France. Une référence criminelle. Une référence temporelle. Il y aura eu un *avant moi,* et il y aura un *après moi*.

Je vais fermer un peu les yeux pour être en pleine forme tout à l'heure. Je veux me voir mourir sans ciller, sans rien regretter.

Je vais leur montrer, à tous, ce dont je suis capable.

Et personne ne se foutra plus jamais de ma gueule.

Henri se gare devant la maisonnette à 5 h 50. Il fait encore nuit noire. Je pousse la porte après avoir tourné la deuxième clé que Denis nous a donnée. Le feu est mort, mais le chauffage électrique a enfin pris le relais. Je me déshabille et entre sous le jet brûlant de la douche. J'ai besoin de me laver de toute cette crasse accumulée, de toute cette noirceur qui me colle à la peau.

J'arrache tous mes pansements et je regarde le sang suinter sous l'eau qui ruisselle. Mes blessures ne sont rien, comparées à celle de Lisa. Ma douleur va se refermer, ma chair va cicatriser. Il ne me restera qu'une petite trace rose de ces entailles, de ces trous. Ils feront partie de moi, comme les précédents.

Mais elle...

Lorsque je sors de sous la douche, vingt minutes plus tard, la fatigue est partie avec le savon dans les égouts. Je passe une tenue propre, et enfin à ma taille.

Henri ne tient plus debout. Ses paupières clignotent tant que je commence à craindre qu'il ne me fasse une attaque.

Je glisse le pistolet de Denis dans ma ceinture après en avoir encore une fois vérifié le chargeur. Au moment où mon comparse prend appui sur l'accoudoir pour se lever, je lui pose les mains sur les épaules.

— Non, repose-toi, Henri.

Il cligne des yeux comme un hibou épuisé.

— Pas question, je t'accompagne.

Je m'accroupis près de lui et lui maintiens les bras sur le fauteuil.

— Lisa va avoir besoin de toi à son réveil. Il faut que tu dormes un peu. Je ne suis pas sûr que je serai là, moi.

Mon vieux compère me jette un regard de cocker au-dessus de sa moustache en berne. Il ne croit pas un seul mot de ce que je viens de lui dire. Nous savons tous les deux que Lisa ne se relèvera pas demain du choc opératoire qu'elle a subi. Cependant, contre toute attente, il hoche la tête et soupire.

— Comme tu voudras.

Il est au bout du rouleau. Il sait que c'est la bonne décision. Il me fait confiance, comme toujours. Ne discute pas mes ordres, comme toujours. Mais même si ça lui bouffe la cervelle de me laisser partir seul, il l'accepte et va attendre mon retour en se rongeant les sangs. Comme toujours…

J'enfile l'une des vestes de Denis accrochée derrière la porte, un vêtement d'hiver avec une grosse capuche bordée d'une fourrure synthétique qui me chatouille le front. Je ne sais pas si je vais avoir à attendre longtemps dehors, mais je préfère prendre les devants. Une paire de gants enfilés plus tard, je suis dans la rue et je remonte à bord de la voiture de Denis.

J'ai mis la radio à charger entre-temps.

Il est temps d'avoir des nouvelles fraîches.

Et de savoir si je ne me suis pas trompé…

97

J'ai mis moins d'une heure à transporter le nitrate d'ammonium de la camionnette jusqu'à mon nouveau véhicule. Une fois que ça a été terminé, j'ai fait le tour de l'engin pour vérifier que rien n'était visible, que pas un bout de sac n'apparaissait à travers une vitre, ou dans une échancrure du métal à l'arrière. Et puis je me suis attaqué à la préparation de l'explosif primaire. Parce que c'est ça, l'emmerdement, avec le nitrate. Ça ne pète pas tout seul. Il faut le porter à plus de deux cents degrés pour provoquer la déflagration. J'ai gardé une quantité suffisante de Semtex, mon dernier morceau de pâte à modeler magique. Avec ça, je suis tranquille. Ça ne fera pas un pli.

J'ai travaillé lentement, en prenant tout mon temps, pour positionner le détonateur sans qu'on puisse l'apercevoir, même en jetant un œil par la portière. Je me méfie des vigiles, ils sont au taquet depuis l'attentat à *Charlie Hebdo*. Je sais que je ne ferai jamais ça une deuxième fois, que je n'ai pas le droit d'être négligent. J'installe le boîtier juste à côté de moi, derrière le siège passager. Il est collé contre le dossier, d'une couleur identique à la partie de la ceinture de sécurité reliée à la cabine.

Une ceinture qui n'a jamais dû servir, j'en ai bien l'impression. Le conducteur est souvent seul, faut dire, dans ce type de camion…

Sur le sol, sous une couverture, j'ai installé bien à plat le Dragunov et ses trois chargeurs de dix balles remplis à ras la gueule, et je les ai bien enroulés dedans. Le Beretta est enfoncé dans la poche intérieure de ma veste, prêt à faire le vide autour de moi.

Je me sens en paix avec moi-même, avec la trajectoire que je me suis fixée pour échapper à toute cette pourriture. Je ne vais pas partir tout seul. *Je vais en sauver quelques-uns avec moi.*

À ma montre, il est bientôt 7 heures. Le jour commence à percer à l'est. J'observe la nuit se dissoudre peu à peu avec un petit pincement au cœur. Dans ma poche, il y a un cachet d'ecstasy. J'ai acheté ce truc un soir en ville, dans un quartier louche où personne n'a prêté attention à mon visage enfoui dans une capuche, comme ceux de bon nombre de toxicos venus mendier leur dope aux dealers. Normalement, je n'en aurai pas besoin. Mais si la peur parvient à s'infiltrer en moi, au fur et à mesure de l'avancée de la matinée, je n'hésiterai pas à y avoir recours. C'est ma soupape de sécurité, celle qui m'empêchera d'abandonner au dernier moment, qui me permettra de résister à un ultime sursaut d'aller plus loin dans ce monde de merde.

Lorsque j'arrive au commissariat, le jour est en train de s'ébrouer au-dessus de la ville. Des oiseaux commencent à piailler dans les branches nues des arbres, décidés à en découdre si des importuns s'approchent trop des femelles qu'ils convoitent. C'est le même discours que chez les humains, mais là ça a un petit côté printanier qui ferait battre mon cœur un peu plus fort s'il n'était pas en berne.

Le planton est un jeune type que je ne connais pas. Une recrue de Paris, sûrement, qui a pris le relais pour que les gars du coin puissent aller se reposer quelques heures.

Larralde ne dort pas, lui. Il répond à la première sonnerie. Je le vois traverser le hall à grandes enjambées pour me rejoindre.

— Daniel, tu avais raison.

Intérieurement, je jubile.

— Combien ?

Larralde consulte la fiche qu'il a imprimée.

— Trois le mois dernier. Six le précédent.

— Parfait. Qu'est-ce qu'on a ?

Tout en parlant, nous arrivons face au bureau que nous partageons depuis novembre. J'ai un moment d'arrêt dans l'embrasure de la porte. Une jeune femme est assise devant mon ordinateur. Ses cheveux blonds lui descendent sur la poitrine. Elle a le regard de chien de chasse d'un flic de terrain, le front plissé par la concentration.

— C'est le lieutenant Jessica Lacour, de l'Antiterro, croit bon de préciser Denis. Elle a accepté de me filer un coup de main. Et comme tu m'avais donné le code d'accès de ta bécane, au cas où…

J'acquiesce mollement, peu habitué à ce qu'une inconnue vienne s'immiscer dans mes dossiers. Mais un coup d'œil à l'écran me rassure. La jeune femme est bien plongée dans la liste des véhicules volés récemment déclarés à la préfecture des Pyrénées-Atlantiques.

— Jessica, voici le capitaine Magne, dont je t'ai parlé.

Le lieutenant Lacour lève un œil sur moi et me sourit. C'est une vraie beauté, une femme qui ne peut laisser un homme indifférent. Je tourne la tête vers Denis et surprends entre eux un échange muet qui me renseigne aussi bien que si j'avais posé une question à voix haute. Si ces deux-là ne sont pas encore ensemble, ça ne va pas tarder.

Je tends la main à la belle blonde et lui fais signe de rester sur mon siège, puis je dépose sans façon une fesse sur mon propre bureau.

— Dites-moi tout.

Jessica lève les yeux vers Denis, qui hoche la tête avec un sourire de connivence. Elle montre l'écran de son doigt verni d'un rouge éclatant.

— Il y a eu une cinquantaine de véhicules volés depuis le début du mois de janvier dans le département, dont six utilitaires et trois camions spécialisés. Les utilitaires sont tous trop petits pour contenir le poids que vous avez mentionné. Restent les trois camions.

Elle bascule l'écran pour que je puisse lire la description des véhicules. Je parcours la liste de l'index, histoire de bien mémoriser leurs caractéristiques. Je fronce les sourcils. Je suis dans l'impasse. Chacun des trois correspond au besoin de ce dingue. Je sais que nous sommes à la croisée des chemins. Soit je prends la bonne décision, soit c'est la catastrophe. *Et si j'étais à sa place, lequel j'aurais choisi, moi ?*

Je regarde la liste. Son choix doit être logique, guidé par la réalité du terrain. Il a prévu d'entreposer une tonne d'explosif dans cet engin. *Une tonne.* Et il doit passer complètement inaperçu. Il sait qu'on va fouiller toutes les camionnettes, tous les frigorifiques, tous les camions de chantier… Il n'a pas pu acheter ce véhicule. Beaucoup trop cher pour ses moyens. Denis et Jessica ont épluché ses comptes et ceux de sa mère. Il n'a plus que quelques centaines d'euros devant lui. Il n'a plus de garde-fou, plus d'alternative. Cet engin, il l'a forcément volé. Et pas loin d'ici, pour qu'il ne se fasse pas repérer sur la route. Je suis certain qu'il n'est pas sorti du département. Ma main à couper.

Soudain, mes yeux se figent sur l'écran, et je comprends. Les lignes se mettent presque à clignoter devant moi.

Ça ne peut être que celui-ci…

Je ferme les paupières, imagine la poix dans laquelle l'esprit de cet homme s'est englué, le sentiment de revanche qui l'anime, la haine qui lui dévore l'estomac de ses crocs de lycaon. Pendant que je suis allé voir Lisa, Denis s'est renseigné sur le passé d'Iturzaeta. Il m'a tout raconté à la radio tandis que je roulais à tombeau ouvert vers le commissariat. Je sais tout de lui dans les grandes lignes. Les cochons, la faillite, le suicide suspect de son père, ses années difficiles de collège et de lycée, la disparition pour le moins curieuse de son frère, les années qu'il a passées auprès de sa mère impotente pour qu'elle ne crève pas seule dans son coin. Un homme isolé, sans aucune relation intime connue de qui que ce soit. Son unique ami, Xan Urreta, est mort il y a quinze ans. D'après les infos que Denis a pu récupérer en fouinant sur le Web, ce jeune homme était coincé dans un fauteuil roulant. Lorsqu'il m'a dit ça, j'ai tout de suite compris qu'il s'agissait du garçon que j'avais vu sur le cliché accroché au mur de la chambre du cinglé. Ça ne pouvait être que lui.

Qu'est-ce qui liait ces deux-là au point que Damian Iturzaeta en a pété les plombs presque quinze ans après la mort de son copain ?

Je revois le sourire tordu de cet ado soudé à son fauteuil. Rien ne devait le mettre plus mal à l'aise que le fait qu'on le prenne en photo le cul enfoncé dans sa prison de métal et de plastique.

La porte du bureau s'ouvre soudain sur un opérateur web aux yeux cernés de fatigue. Le type est blanc comme un linge.

— Capitaine, il faut que vous veniez voir ça…

98

Les mots d'Iturzaeta défilent comme une litanie. Il y en a des dizaines de pages. Peut-être plus d'une centaine.

J'en lis quelques-unes, au hasard, conscient que le temps ruisselle à grande vitesse entre mes doigts.

Je prends alors la véritable mesure de l'esprit fêlé de cet homme et de toute la puissance destructrice qui l'habite. Le cyberflic a eu de la chance, il a trouvé le texte quelques minutes à peine après qu'il a été posté sur une bonne trentaine de sites de téléchargement gratuits. C'est le volume des destinataires qui l'a alerté, plus une veille avec des mots clés efficaces, j'imagine. Un râteau virtuel destiné à ramasser toutes les scories du Web qui lui collent aux dents comme des crottes de chien. Il a dû en lire, de ces immondices, avant d'identifier celui-ci au milieu de cette lie de l'humanité.

C'est le nom qui lui a tout de suite fait tilt dès que le texte a été mis en ligne. Et pour cause. On n'a incrémenté la recherche là-dessus que depuis 3 heures du matin. Celui du tueur apparaît en toutes lettres dans ce long monologue qui retrace le délire de ses dernières semaines. Il n'y manque rien. Ce type joue cartes sur table, ne tente pas de minimiser son geste avec des raisons futiles. Il assume tout ce qu'il a fait. *Il le revendique.*

Et plus que ça, même. Avec ce manifeste visiblement mis en ligne pour prouver que nous sommes incapables de l'arrêter, il nous provoque.

Je réfléchis à plein tube. Il nous cherche depuis le début. Ce qu'il veut, c'est qu'on parle de lui partout, dans tous les journaux, sur tous les plateaux de télévision. Et pour ça, il a besoin d'un public. Il a la volonté qu'on assiste à son prochain crime majeur. Qu'on soit en première ligne avec des caméras.

Il nous a laissé des indices qu'il pense suffisamment clairs.

La photo, c'était son ami Xan Urreta. Les renseignements qu'on a obtenus par leur école indiquent qu'il se faisait surnommer Patxi – ce que corroborent les écrits d'Iturzaeta –, et qu'il était atteint d'une myopathie de Duchenne. En revanche, nulle part n'est mentionné l'endroit où il était soigné. Si la discrétion me paraît logique de la part de la famille et de l'établissement scolaire, *le texte d'Iturzaeta n'en parle pas du tout !*

C'est soudain comme une toute petite étincelle qui scintille, au fond de mon cerveau. Un minuscule feu de paille qui se met à ronfler comme un incendie de forêt.

La photo... Le sigle, juste derrière le garçon, un logo gris sur le mur blanc... Des balcons rouge sang...

Je frappe l'épaule de l'opérateur.

— Faites-moi une demande sur les centres de soins et de recherche de la région. Maladie de Duchenne. Par images, *vite !*

Le type s'active comme un damné sur son clavier. Les photos défilent sous mes yeux, hypnotiques.

Et puis soudain, c'est là, juste devant moi.

Je presse la main sur la clavicule du flic.

Le bâtiment blanc…

Les balcons rouge sang…

Le sigle gris…

Ce dernier est formé de la lettre H barrée d'une mouette en plein vol.

Hôpital Marin d'Hendaye.

Les véhicules que j'attendais passent sur la route dans un vacarme de ferraille malmenée. C'est l'heure. Mon manifeste est en ligne depuis plus de deux heures, maintenant. S'ils ne se sont pas encore lancés dans la chasse, c'est à désespérer des flics.

Je m'étire dans la cabine. Mon cœur bat au ralenti, comme si rien de particulier n'allait se passer.

J'ai pris un comprimé, finalement. Je tiens à en profiter jusqu'au bout. Ça va me permettre de garder la tête froide, de descendre le plus possible de ces salopards juste avant de faire sauter le camion et les bâtiments en même temps. La fusillade, c'est ce qui va attirer un maximum de monde dans le secteur. Les flics, les journalistes, les télés, ils vont tous se ruer ici pour ne rien manquer du spectacle. Si j'ai bien calculé mon coup, ils vont se garer juste à côté de mon camion. C'est l'endroit le plus logique, un peu dominant par rapport au site. Il permet une vue dégagée de l'ensemble du centre de recherche tout en restant à distance prudente des balles.

J'attends ce jour depuis des mois. Ce ne pouvait être qu'aujourd'hui. La femme a bien failli me faire rater ma sortie, mais elle est finalement arrivée un peu trop tard.

Dans quelques minutes, je vais tous les tenir dans le creux de ma main et je vais les broyer comme ils t'ont broyé, je vais les détruire comme ils t'ont réduit à néant à force d'acharnement.

Crois-moi, Patxi, ils vont payer tout ça.

Et avec ce qu'il leur est de plus cher.

Denis a pris le volant. Il roule à tombeau ouvert sur la route de la corniche. Du commissariat, il y a à peine à dix minutes jusqu'à l'hôpital. Nous sommes quatre dans la voiture. Deux autres hommes, deux flics au nez cabossé de rugbymen, ont grimpé avec nous au dernier moment. Des copains de Jessica, de l'Antiterro. Elle les a appelés en catastrophe. Un coup de bol, ils étaient encore à leur hôtel, à deux minutes du commissariat. L'un des deux, Liamm, un Breton, est démineur. Il n'a pas l'air d'en mener large. Je l'observe pianoter comme un malade sur son téléphone. Peut-être un dernier message avant de se retrouver au pied du mur. L'autre, Didier, regarde dehors comme s'il allait faire un tour à la plage. Son attitude, malgré la tension qui règne dans l'habitacle, est communicative. Je serre les doigts sur la crosse du Sig. Bientôt, elle va en prendre l'empreinte à vie.

Ça y est. Je suis dans la place. Le camion est garé pile-poil où je voulais, juste en face de la salle où ils doivent déjà être réunis. Le car des enfants est là, lui aussi, pour la revue annuelle des équipements. Cette année, comme je l'ai lu dans le journal, la visite des jeunes lourdement handicapés de la région coïncide avec le colloque de ceux qui œuvrent pour leur salut. Communication maximum sur le sujet. On récupère du fric comme on peut, hein… Avec le froid ambiant, les allées extérieures sont vides. Tout le monde est à l'abri à l'intérieur des bâtiments.

Je me penche sur le détonateur, enclenche le système de commande Wi-Fi. Le décompte est lancé. Si je me fais descendre et ne peux appuyer sur le bouton d'appel de mon téléphone, le réseau secondaire prendra le relais. Dans une demi-heure, très exactement, il ne restera plus un boulon entier de cette carcasse de métal. Plus rien, à présent, ne pourra arrêter mon processus de destruction massive. J'arrache la couverture et prends mes armes à la main avant de jeter la casquette verte sur le siège. J'ôte ma veste sale, la roule en boule, puis lui fais suivre le même chemin. En dessous, je suis habillé tout en noir, des pieds à la tête. C'est comme si j'entrais à l'église par la grande porte. Pour ma confirmation, il faut que j'aie de la gueule. Il faut que je fasse bonne impression, sur les photos qui sortiront dans les journaux du soir. Car dans quelques minutes, ma légende sera en marche. On parlera de mon exploit pendant des décennies. Chaque année, désormais, le 28 février, des dizaines de familles porteront le deuil, le cœur bourrelé de remords d'avoir permis que ces savants fassent croire à leur enfant qu'ils pouvaient faire quelque chose pour eux. Mais, la honte leur abaissant le front jusqu'à terre, ils remercieront aussi le ciel dans un silence de sépulcre de leur avoir ôté ce boulet de leurs vies. Ils ME remercieront !

La porte est devant moi. Enfin. J'y suis. Mon cœur se calme. Mon sang ralentit dans mes veines. Je pense à mes petits trésors, mes petits oiseaux de printemps, mes petites chéries que j'ai gardées au frais durant toutes ces années, de la terre entre les dents. Je pense à celles qui n'auront jamais la malchance de me rencontrer. Il en reste tellement, à tuer…

Au loin, j'entends le vrombissement de plusieurs hélicoptères qui sont en train de fondre vers le même point. MOI. Ils convergent dans ma direction à fond de train en formation de combat. D'autres vont bientôt arriver aussi avec leurs caméras, leurs commentateurs affolés et leurs petites bimbos qui vont débiter mon histoire dans le vent soulevé par les pales et l'air du large. Elles vont en faire des tonnes, l'expression froide du reporter de guerre affiché sur leur visage maquillé de frais. Des guignols vont gesticuler derrière elles pour que leurs copains les voient bien le soir, aux infos télévisées.

Et puis tout ça va s'évanouir dans une belle gerbe de feu qui va leur sauter à la gueule. Les copains vont être servis, moi je vous le dis.

J'arrache le Dragunov de son étui et je pousse la porte d'un violent coup de pied. J'ai cinq chargeurs de dix coups dans ma poche droite, quatre autres dans la gauche. Le Beretta est à ma ceinture, chargé de ses quinze balles parabellum pour achever le travail.

La dernière sera pour moi, si le camion n'explose pas avant.

Dès que la porte rebondit contre le mur, je saute dans la pièce et je déclenche l'Apocalypse.

Six minutes.

Sept.

La voiture de Denis file comme le vent sur la corniche. Même moi, qui suis habitué à rouler plutôt vite avec ma caisse, je suis impressionné par la maîtrise du capitaine Larralde. Je me tiens aux poignées fixées dans l'habitacle au ras du plafond. Denis double à gauche, à droite, fait des queues de poisson au milieu des coups de klaxon, mais il reste concentré à l'extrême. Il suivrait des cours de pilotage avec Sébastien Loeb que ça ne m'étonnerait pas. Heureusement, ce n'est pas la pleine saison touristique. Il y a quelques vacanciers qui préfèrent la mer au ski en hiver, mais la route est plutôt dégagée.

Curieusement, c'est en approchant de l'hôpital Marin que la foule se densifie. Des voitures par dizaines roulent au pas à la queue leu leu comme si elles transportaient une cargaison de porcelaine Ming. Ou de la nitroglycérine.

— *Putain, mais c'est quoi, ça ?*

J'ai posé la question à voix basse, plus pour moi-même qu'autre chose. Didier, l'un des deux flics qui nous accompagnent, jette un œil sur son portable. Il trouve la réponse en quelques secondes. Une réponse qui me glace le sang.

— C'est le *Rare Disease Day*[1]. Apparemment, c'est partout dans le monde le dernier jour de février. Des conférences, des réunions, des formations… Toute l'élite médicale française est là. Ils sont des dizaines de spécialistes, venus de la Salpêtrière, à Paris, du service de génétique du CHU de Bordeaux, de Lyon, de Marseille, de Lille, voire des USA ou de Russie…

Je croise le regard de Denis dans le rétroviseur.

La photo… Tout y était… Le mobile, la victime, le lieu de la vengeance ! Ce n'est pas un indice, que ce salopard nous a laissé, c'est un plan pour le retrouver, pour le suivre jusqu'ici !

Denis s'est déporté sur la gauche. Il double sans discontinuer et force les rares voitures qui arrivent

---

1. Journée mondiale des maladies rares.

dans l'autre sens à se jeter dans le fossé. Ça proteste en tôles froissées, en pneus surmenés, en coups d'avertisseurs survoltés, mais ça passe. Nous franchissons la porte de l'enceinte en dérapant et stoppons à quelques mètres d'un camion-benne de la ville d'Hendaye garé en crabe sur les places réservées aux véhicules légers.

Au moment, où nous ouvrons les portières de la voiture, ça se met à canarder sec dans le bâtiment juste derrière nous.

Je pose la main sur le bras de Denis. Désigne le camion-poubelle à Liamm.

— Le camion va exploser ! Impossible de savoir dans combien de temps, essaie de faire quelque chose ! Denis, sécurise la zone avec Didier ! Éloigne tout le public, tous ceux qui vont se pointer ici ! Même les collègues ! Moi, je m'occupe de lui…

Le capitaine Denis Larralde me regarde intensément. Nos yeux sont soudés par la même détermination. Il me tend son arme, un Glock, récupère le Sig de l'autre. Ce dernier n'a jamais existé. Il ne doit jamais exister. Le pistolet de Denis est plus léger, plus maniable. Je bascule le cran de sécurité.

Didier me retient une seconde, le temps de passer autour de mon corps son gilet pare-balles qui ne l'a pas quitté.

Et puis je fonce vers la mitraille, le cœur empli de haine et de fureur. Je n'ai qu'une seule idée.

Une seule et lancinante idée.

Qui me hante depuis que j'ai lu cette phrase dans le manifeste d'Iturzaeta : « J'espère qu'elle gardera gravée au fer rouge dans sa chair et dans sa mémoire cette balle que je lui ai donnée pour la punir de porter cet enfant dans sa matrice. »

La tête explose comme une pastèque bien mûre. Le type n'a pas lâché son carnet. Il tombe au ralenti, comme dans un dessin animé. Il s'affaisse plutôt, peu à peu, se ramasse et s'enroule autour d'un squelette qui ne tient plus que par un équilibre précaire avant de glisser de sa chaise jusqu'au sol. Ça se met à hurler, tout autour de moi. Le fusil aboie sa colère, rebondit entre mes mains comme un animal sauvage. Une femme essaie de se faufiler à quatre pattes sous une table. D'autres se cachent courageusement derrière un collègue. Mes balles traversent tout, sans exception, sans distinction de race, de sexe, d'âge ou de religion. Certaines ricochent sur des fauteuils roulants, et ce bruit me fait grincer des dents au-delà du supportable. J'en suis à quatre chargeurs. J'enclenche le cinquième à la volée. Je ne vois plus que du rouge sur le carrelage. Je passe entre les tables, achève chacun d'entre eux d'une dernière balle dans la tête. Certains font déjà le mort, mais leur souffle court les trahit comme s'ils étaient en train de chanter ou de rire. Je les pousse d'abord du pied pour qu'ils me regardent bien dans les yeux avant que je les exécute.

Un enfant s'est traîné jusque devant la porte qui donne sur l'arrière du bâtiment. Je vois au travers de la vitre les casques des militaires qui courent en rangs serrés vers moi.

Le garçon ne bouge plus. Son regard est fixe.

Par acquit de conscience, je lui fais quand même sauter la cervelle sur le carrelage avec la dernière rafale du chargeur.

Je ne ressens rien.

Rien.

Mon doigt est posé sur le bouton d'appel d'urgence de mon téléphone portable. C'est la fin. Je vais m'en aller en apothéose, au sommet de mon parcours.

Adieu Patx...

— *Eh, Damian !*

Le cinglé se retourne lentement, le fusil braqué vers moi. Il est couvert de sang, de ses chaussures de combat jusqu'à son visage au regard halluciné.

— Tu te souviens de moi, espèce de sale enfoiré ?

Iturzaeta me sourit.

— T'en as mis du temps, à comprendre, mon bon flic...

— Ç'aurait été plus rapide si j'avais un cerveau moisi comme le tien. Mais maintenant, t'es baisé. Tu es à moi.

Le sourire du tueur s'agrandit.

— Je ne suis à personne, pauvre con. Je n'en suis qu'au début de ma gloire. Bientôt, je serai plus célèbre que le Christ lui-même. Il va y avoir des tas de sites Internet créés en mon honneur. Ils vont se battre pour être le premier, pour être *L'officiel.* Parce que ce que j'ai fait, aujourd'hui, va rester dans les mémoires de l'humanité jusqu'à ce que tes enfants aient des petits-enfants...

Mes yeux se plissent d'un coup. Mon sang se met à battre la chamade entre mes oreilles. Je vois le nez pincé de Lisa, la voix atone du médecin qui ose à peine me regarder. Mes doigts serrent la crosse du pistolet à la briser. Je le monte lentement face à Iturzaeta qui débite sa litanie en me narguant. Il a sorti de la main gauche un téléphone portable de la poche de sa veste. Il le tient bien en évidence, le pouce posé sur le bouton d'appel d'urgence, au dos de l'appareil. Il veut que j'en profite bien à fond, jusqu'à la dernière seconde.

— Je crois qu'il est temps de se dire au revoir…

Je pense à mon serment de policier, à mon devoir, à ma réserve, à la prison.

Je pense à toutes les valeurs que j'ai défendues toute ma vie.

Je pense à tous ces gens, étendus là autour de nous, qui baignent dans leur propre sang.

Je pense au lit blanc dans lequel repose la femme que j'aime, à la balle tirée à bout portant qui a emporté avec elle la petite vie qui était en train d'éclore dans la sécurité de son ventre.

La mire du Glock est calée au centre de son front, juste entre ses deux yeux derrière lesquels pulse un cerveau dégénéré.

J'acquiesce.

— Ouais. Il est temps.

Et là, enfin, juste au moment où il appuie sur le bouton, je ne pense plus.

99

22 heures...

— Quinze morts... Quelle merde, hein ?

Je lève le nez, l'esprit un peu embrumé par ma bière. Combien en ai-je bu, ce soir ? Je ne sais plus. Et quelle importance ?

— Hmm...

Denis n'insiste pas. Henri est en retrait, il a pris un verre de vin blanc qui est en train de réchauffer face à lui, posé sur la table. Il n'y a pas touché. Il a le front bas, les yeux braqués sur ses chaussures. Jessica est assise devant moi, un verre à la main, elle aussi. Le bras de Denis entoure son épaule. Bientôt, ils vont s'en aller finir leur nuit ailleurs.

Un méchant pincement me brise le cœur en deux.

Lisa...

La bûche émet un craquement et roule sur les chenets. Une pluie d'étincelles vole dans la cheminée avant d'être avalée par l'âtre bas. Je vide mon verre et claque ma langue sur mes dents.

Denis laisse passer un moment, le regard dans le vague, les pupilles un peu dilatées par l'alcool, les flammes qui dansent devant nous, et la promesse de la belle fin de soirée qui s'avance en catimini. Au bout d'un moment, il n'y tient plus. Il y a des gens, comme ça, qui ont besoin d'évacuer par la parole. Il est jeune. Ça lui passera.

— Un coup de chance tout de même que la salle ait été trop petite pour le colloque des toubibs, sinon ç'aurait été bien pire. Il aurait pu y avoir dix fois plus de cadavres à ramasser s'il avait choisi le bâtiment d'à côté, au lieu de celui où ils étaient l'année dernière.

Cette fois, je ne réponds pas. J'ai vu les corps sans vie de ces jeunes étudiants, venus spécialement à l'occasion du *Rare Disease Day* pour écouter les conférences des professeurs. Il y en avait de toutes les nationalités, de toutes les provenances. Ils étaient arrivés en avance, l'administration de l'hôpital les avait fait rentrer au chaud, en sécurité.

En sécurité...

Je pense à la bombe, cette foutue bombe d'une tonne qui aurait pu détruire tous les bâtiments avec ce qu'ils contenaient à plus de cinquante mètres à la ronde autour du point d'explosion.

— Et Liamm ? Comment va-t-il ?

Lorsque je l'ai revu, en sortant de la salle du massacre, ce que j'ai aperçu en premier, ce sont ses yeux habités par la mort. Ensuite, ça a été son bras cassé. Il était livide, décomposé. Il n'avait eu que le temps de brancher le brouilleur Wi-Fi de son paquetage d'intervention d'urgence – le même que celui que le RAID utilise lors des actions contre des groupes terroristes pour réduire à néant leurs transmissions – avant de voir le signal du téléphone d'Iturzaeta se matérialiser sur l'écran de contrôle de son appareil. Seule son expérience des attentats lui avait permis de deviner qu'il y avait un second circuit filaire destiné à pallier toute déficience du mécanisme à ondes de transmission. C'était comme ça que tous ces enfoirés procédaient afin d'être certains de ne pas rater leur coup. Il n'y avait aucune raison de douter que ce salopard n'ait pas prévu de procéder de la même manière.

Le dispositif était complexe. Liamm n'avait même pas essayé de le désamorcer. Et comme la clé était encore sur le contact, le Breton avait eu l'intelligence et le courage de se mettre au volant, de diriger le poids lourd vers la plage Handiplage. S'il l'avait conduit n'importe où ailleurs, il l'aurait enlisé dans le sable dès les premiers tours de roue. Là, il avait pu le lancer à pleine vitesse sur les caillebotis destinés à recevoir les véhicules des handicapés jusqu'à l'eau et il avait sauté en marche comme il avait pu. Le camion s'était envasé au bout de quelques mètres après le sol en dur, mais il était désormais loin des bâtiments de l'hôpital. Il avait sauté quelques instants plus tard au moment où la marée venait lui lécher les pneus avant.

Liamm n'avait eu la vie sauve que parce qu'il avait plongé dans les vagues quelques fractions de seconde avant que la plage ne se soulève dans une gerbe d'écume et une tornade de sable.

Damian Iturzaeta n'a pas assisté à son échec. La première balle, je la lui ai finalement tirée dans la jambe. Quand il est tombé à genoux, je lui ai mis la seconde dans la hanche. Au moment où il a touché terre, plié en deux, le souffle court, les yeux presque révulsés, je lui en ai mis une troisième dans l'estomac, puis une quatrième dans le poumon gauche. Quand il a essayé de parler, un flot de sang a jailli de sa bouche et a giclé jusque sur mes chaussures.

Je me suis agenouillé près de lui, je lui ai souri gentiment, et je lui ai tiré la cinquième juste entre les deux yeux, là où j'avais visé la première fois.

Et puis j'ai vidé mon chargeur dans la bouillie immonde qui avait éclaboussé le carrelage jusqu'à ce que le percuteur clique pour rien.

Et là je me suis relevé, complètement groggy, et j'ai aperçu mon visage qui se reflétait dans la vitre. Il y avait aussi celui de Denis Larralde, juste derrière. Les deux hommes me regardaient, debout l'un à côté de l'autre, de la frayeur au fond des yeux.

Dans leurs prunelles, j'ai lu ce qu'ils pensaient tous les deux.

Tu es comme lui...

Épilogue

14 mars

L'appartement est encore froid de mon absence de presque trois mois. Je ne l'ai chauffé que depuis ce matin. Il va sûrement falloir quelques jours pour que l'odeur d'humidité s'en aille complètement.

La nuit tombe lentement sur Paris. Le printemps va bientôt commencer. Les jours rallongent déjà peu à peu. D'ici quelques semaines, les arbres seront en fleurs, la vie renaîtra partout dans les jardins, dans les cœurs.

Je range la bouteille de whisky que j'ai fortement entamée hier soir. Si je remets le nez là-dedans, je suis cramé.

J'ai quitté Denis après la fin de l'enquête interne qui a absolument voulu mettre des mots sur les événements. Il a corroboré ma propre version des faits. Iturzaeta m'a tiré dessus dès qu'il m'a vu. J'ai eu de la chance qu'il me rate, moi je l'ai touché plusieurs fois. J'ai fait comme je l'ai pu pour l'arrêter. Dans ces cas-là, on tire mal, on n'est pas à l'entraînement.

Il y avait tellement de corps à gérer, tellement de blessés à soigner que le médecin légiste a paré au plus pressé. Iturzaeta a été examiné, déclaré mort et enfermé dans une bâche plastique avant d'être remisé dans le fourgon médico-légal avec les autres victimes. Moi, j'ai subi un interrogatoire serré, puis deux, puis trois. Mais on n'apprend pas à un vieux singe à faire des grimaces.

Ma version était la seule disponible. Soit les enquêteurs l'acceptaient, soit ils me foutaient en cabane.

Je suis celui qui a mis fin à la trajectoire de Bombman. On l'appelle comme ça, désormais, pour ne pas prononcer son nom. Il ne doit pas entrer dans l'Histoire autrement que par la porte de l'Institut médico-légal où les légistes ont fait ce qu'ils ont pu pour identifier les morceaux de sa cervelle que mes balles n'ont pas pulvérisés.

Les journaux ont fait de moi une star. Je suis un héros. Même Langeais a dû le reconnaître, faute de pouvoir prouver le contraire. Le capitaine Larralde a témoigné pour moi. Il a engagé sa parole, alors qu'il sait que je ne reviendrai jamais là-bas…

Lisa a repris connaissance, mais elle ne parle toujours pas. Elle passe ses journées à regarder le mur, apparemment indifférente à tout ce qui se déroule autour d'elle.

Derrière moi, la salle d'eau est pleine de vapeur. La buée s'est déposée sur le miroir. Je m'approche, nu, face à lui. Je n'ose pas l'effacer. Qu'est-ce que je vais trouver, là-dessous ? Quel est le monstre qui m'habite, désormais ? Quel est cet homme que je ne connais pas, ce tueur qui m'a été révélé à Hendaye ?

Le téléphone sonne alors que je me sèche les cheveux dans la chambre, ayant finalement renoncé à lever ce voile inquiétant.

— Capitaine Magne ?

Picaud...

— Oui. Je…

— Un crime, en banlieue, dans le 78. Une femme. Il faut que vous veniez. Maintenant.

Je tombe sur le lit où je dors seul depuis que je suis rentré.

— Commandant…

— Oui ?
— Écoutez... il y a d'autres gars. Cette affaire n'a pas besoin de moi ce soir...
Silence.
— Non, Daniel. C'est vrai. C'est vous qui avez besoin d'elle.
Silence.
Puis l'estocade.
— Je suis en bas, devant chez vous. Je vous attends dans ma voiture.

Au moment où je referme la porte, j'accroche du regard la photo de Lisa et moi suspendue au-dessus de la console de l'entrée.

Lisa sourit à l'objectif.

En dessous, couchée dans son panier, Sham m'observe de l'air le plus circonspect que peut manifester une bergère allemande. Je suis allé hier la récupérer en Suisse chez sa gardienne. Nous avons fait ami-ami dans la voiture sur le chemin du retour. D'abord méfiante, elle s'est couchée dans son panier sans broncher quand je lui ai donné un vieux peignoir de sa maîtresse. Elle l'attend de patte ferme, elle aussi.

Je la fixe un moment, baisse les yeux sur l'arme que je viens de ranger dans son étui de nylon, juste sous mon aisselle, puis je referme sans bruit.

Je me tourne vers l'escalier qui s'enfonce dans l'obscurité des étages.

Je pense à cet homme que j'ai exécuté de sang-froid, comme un chien enragé.

À cette vie que j'ai écrasée sans hésiter une seule seconde.

Et je ne ressens rien.

Rien...

Note au lecteur

J'ai posé les premiers chapitres de ce roman fin décembre 2014. Moins de dix jours plus tard, la France entière prenait brutalement conscience avec le massacre de *Charlie* que des actes barbares et sanguinaires pouvaient être commis sur le sol national, et en plein Paris.

Pour les besoins de l'intrigue, intimement liée à celle de *La Pieuvre* par la grossesse de Lisa, et dont le décor est planté tout au début de l'année 2015, je n'évoque pas dans ce thriller les autres attentats qui ont ensuite ensanglanté notre pays. Certains dialogues des personnages – comme le commandant Picaud disant au chapitre 15 : « *On n'a jamais connu ça* en France depuis la guerre » –, sont hélas désormais obsolètes, mais je ne pouvais les supprimer dans ce contexte.

Je pense qu'il n'est pas besoin d'insister sur le fait que l'évolution de la noirceur des événements consécutifs à cette tuerie a fortement influé sur la fin de ce roman très sombre achevé le 28 novembre 2015.

Ce polar a pris ancrage au Pays basque par le plus grand des hasards, lorsque j'ai décidé d'envoyer le capitaine Magne purger sa peine et sa culpabilité le plus loin possible de Lisa, qui s'était réfugiée en Suisse à la fin de *La Pieuvre*. Cela m'a permis de découvrir un pays magnifique et une histoire humaine riche et tourmentée.

J'espère ne pas avoir commis d'erreurs dans les citations et faits historiques que j'ai relatés, ils ne seraient que le fruit de ma propre ignorance des subtilités qui ont construit le Pays basque français tel qu'il est aujourd'hui.

Si ce livre est ponctué de références à des faits réels qui ont émaillé l'Histoire, ce récit est une fiction pure, et toute ressemblance avec des personnes existantes ou ayant existé ne serait que le fruit d'une simple coïncidence.

Le personnage de Damian m'a tout d'abord été inspiré par la lecture de *Dernier jour sur terre*, de David Vann, où l'auteur explique de quelle façon il aurait pu devenir un tueur, lui aussi, après le suicide de son père et son héritage à treize ans des armes paternelles, dont celle qui lui avait servi à se donner la mort. D'où la citation de David Vann en tête de ce roman.

L'autre source d'inspiration principale de cette intrigue est *Utoya*, de Laurent Obertone, publié aux éditions Ring. Ce roman invente de l'intérieur la folie furieuse qui a conduit un homme à exterminer de sang-froid soixante-dix-sept personnes sur cette île norvégienne en 2011, des adolescents pour la plupart, pour de fumeuses raisons politiques. C'est cette dérive meurtrière qui m'a incité à imaginer le côté le plus sombre de ce roman, qui m'a permis d'entrer dans les rouages les plus délétères du cerveau malade de mon personnage de tueur de masse.

Pendant cette plongée en apnée dans ces méninges exaltées, j'ai vécu des moments parmi les plus terrifiants de ma vie d'auteur de romans noirs. J'y ai souvent ressenti, en cherchant à rendre Damian moins haïssable, la mince cloison qui sépare l'homme de la bête sauvage.

Lors de mes recherches sur les explosifs – qui m'ont pris quelques mois, c'est un domaine dans lequel je ne connaissais strictement rien –, je m'attendais parfois à trouver un camion de la gendarmerie le soir en rentrant chez moi, mais j'ai dû avoir de la chance… En tout cas, je n'ai donné aucune recette complète qui permette de fabriquer facilement une bombe comme celle de Damian. Mais il est assez effrayant de constater que ce que j'ai découvert sur Internet, tout le monde peut le trouver aussi.

S'il y a bien une chose qui m'a marqué pendant cette année d'écriture, c'est le fait que les médias répètent à l'envi les noms des assassins, qu'ils montrent leurs visages en gros plan à la télévision, jour après jour, semaine après semaine, mois après mois, jusqu'à ce qu'ils deviennent ineffaçables dans nos esprits, quitte à leur offrir un statut de héros aux yeux de ceux qui seraient prêts à suivre aveuglément leurs traces criminelles.

Le titre du roman s'est imposé de lui-même, il m'a sauté dessus dès qu'il a franchi les lèvres du lieutenant Castaing au chapitre 18.

Ne prononcez jamais leurs noms…

JS,
10 août 2016

Sources

L'Amérique des écrivains, de Pauline Guéna et Guillaume Binet, éd. Robert Laffont

Dernier jour sur terre, de David Vann, éd. Folio

Utoya, de Laurent Obertone, éd. Ring

La logique du massacre, éd. Inculte Documents

ETA, histoire secrète d'une guerre de cent ans, de Jacques Massey, éd. Flammarion

Tueurs de masse, d'Olivier Hassid et Julien Marcel, éd. Eyrolles

Pour les caches d'armes ETA, le matériel utilisé, l'histoire d'IK et du Pays basque : de nombreux articles de journaux français et espagnols, ainsi que Wikipédia.

REMERCIEMENTS

C'est une évidence, le travail d'un écrivain est la plupart du temps solitaire. Mais si la construction d'une intrigue est une partition qu'il est difficile de jouer à plusieurs mains, l'œil avisé de quelques lecteurs/trices trié(e)s sur le volet est une richesse dont ne peut se priver aucun auteur de romans.

Ceux et celles qui m'aident à franchir le cap de ce premier jet sont de plus en plus critiques et efficaces. Merci Nathalie, Christine, Claire et Chantal, votre finesse d'analyse à toutes les quatre est un trésor dont je ne saurais me passer. Christine notamment précieuse pour que ce récit reste d'équerre avec la justice, comme tous les précédents.

Un très grand merci à toi aussi, chère Isabelle, pour ta correction chirurgicale de ce roman. Il n'aurait définitivement pas été le même sans tes compétences à toute épreuve.

Merci, mon cher Hervé, pour tes conseils sur un certain nombre de détails que je ne préciserai pas ici.

Clin d'œil amical à Marin Ledun pour nos échanges très sympathiques lorsque j'ai réalisé, en poursuivant mes recherches sur le Web à propos du Pays basque – et à la moitié du roman – que je travaillais sur un thème proche de l'un de ses propres livres.

Merci à Damien Serieyx et au Toucan, ainsi qu'à Hachette et au Livre de Poche, pour leur confiance renouvelée et leurs efforts de promotion de mes romans, tant en France qu'au Québec.

Si mes histoires parviennent à toucher chaque année de nouveaux lecteurs de l'autre côté francophone de l'Atlantique, je le dois en particulier à Chrystine, Johanne, Caroline et Richard, ainsi qu'à leur incroyable soutien dans le monde québécois du polar. Merci à tous les quatre pour votre fidélité à toute épreuve et pour votre amitié en acier trempé.

Et comme à chaque parution, merci aux libraires, bibliothécaires, lecteurs/trices et blogueurs/euses. Vous êtes de plus en plus nombreux chaque année à accepter de venir faire un tour entre mes lignes. C'est un grand honneur que vous m'offrez tous ensemble de pouvoir continuer à prendre autant de plaisir à vous raconter mes histoires noires…

Pour finir, merci à toute l'équipe des auteurs, célèbres ou pas, que je croise à chaque salon. C'est toujours une joie de vous retrouver autour d'une crise de rire, d'une nouvelle parution, d'un verre bien frais, ou d'une claque amicale dans le dos. Le succès des uns fait l'émulation des autres, et vice versa.

Les copains, nous sommes tous dans le même bateau… qui navigue en père peinard sur la grande mare du polar.

Salut à tous…

Du même auteur :

Éditions du Toucan

La Pieuvre
Le Loup peint

Éditions L'Atelier Mosésu

Sens interdit[s]
Anicroches (nouvelles)

Éditions Les Nouveaux Auteurs

Colère noire
De sinistre mémoire
Quatre racines blanches
Principes mortels
L'Enfant aux yeux d'émeraude

Éditions Joker

Le Joyau du Pacifique (bd)

Le Livre de Poche s'engage pour l'environnement en réduisant l'empreinte carbone de ses livres. Celle de cet exemplaire est de :
500 g éq. CO_2
Rendez-vous sur www.livredepoche-durable.fr

PAPIER À BASE DE FIBRES CERTIFIÉES

Composition réalisée par Belle Page

Achevé d'imprimer en décembre 2017, en France sur Presse Offset par
Maury Imprimeur – 45330 Malesherbes
N° d'imprimeur : 223711
Dépôt légal 1re publication : janvier 2018
LIBRAIRIE GÉNÉRALE FRANÇAISE – 21, rue du Montparnasse – 75298 Paris Cedex 06

26/9881/8